Bernd Franzinger

BOMBEN-
STIMMUNG

Bernd Franzinger

BOMBEN-STIMMUNG

Tannenbergs sechster Fall

KRIMI IM GMEINER-VERLAG

Bibliografische Information
der Deutschen Bibliothek
Die Deutsche Bibliothek verzeichnet diese Publikation in der Deutschen Nationalbibliografie; detaillierte bibliografische Daten sind im Internet über http://dnb.ddb.de abrufbar.

Besuchen Sie uns im Internet:
www.gmeiner-verlag.de

Im Ehnried 5, 88605 Meßkirch
Telefon 07575/2095-0
info@gmeiner-verlag.de

2. Auflage 2006
Lektorat: Isabell Michelberger, Meßkirch
Umschlaggestaltung: U.O.R.G. Lutz Eberle, Stuttgart
unter Verwendung eines Fotos der Stadt Kaiserslautern
Gesetzt aus der 10/14 Punkt GV Garamond
Druck: Fuldaer Verlagsanstalt, Fulda
Printed in Germany
ISBN 13: 978-3-89977-684-3
ISBN 10: 3-89977-684-4

»Das erste, das der Mensch im Leben vorfindet,
das letzte, wonach er die Hand ausstreckt,
das kostbarste, was er im Leben besitzt,
ist die Familie.«

Adolf Kolping

»Die Familie ist es, die unsren Zeiten nottut.«

Adalbert Stifter

1

Marco Kern erhob sich von der roten Ledercouch und schlenderte lässig auf die Führungskamera zu. Seine vor Selbstbewusstsein strotzende Körpersprache drückte genau das aus, was er nach Meinung vieler Fernsehzuschauer derzeit auch war: der ungekrönte König der deutschen Jungmoderatoren-Zunft.

Plötzlich blieb er stehen. Sein stechender Blick bohrte sich tief ins Objektiv. »Meine Damen und Herren«, begann er theatralisch, »ich bin mir sicher, dass auch Sie zu Hause vor Ihren Bildschirmen dieses Knistern spüren, diese schier unerträgliche Spannung, die hier bei uns in dieser wunderschönen alten Halle herrscht.«

Dann hielt er kurz inne. Sein Gesicht leuchtete auf. Mit anschwellender Stimme fuhr er fort: »Kein Wunder! Denn wir haben nun fast das Ende der ersten Spielrunde erreicht.«

Er klatschte in die Hände, knetete sie. Erneut ließ er einen Augenblick verstreichen, bevor er ergänzte: »Ich sage es Ihnen gerne noch einmal: Der Maximalgewinn beträgt auch heute Abend wieder *zehn … Millionen … Euro*. Eine Eins mit *sieben* Nullen!« Auf der großen Studioleinwand erschien die beeindruckende Zahl in glitzernder Leuchtfarbe. »Das Geld befindet sich bereits hier in der Halle. Natürlich unter strengster Bewachung.«

Das Bild auf der Leinwand wechselte: Sowohl die Hallengäste als auch die Zuschauer an ihren Fernsehgeräten begleiteten nun einen Kameramann dabei, wie er durch einen engen Flur eilt und wenig später einen lichtdurchfluteten Raum betritt. Zentraler Blickfang waren zwei goldene Metallkoffer, um die herum wie bei einer Sargwache vier finster dreinblickende Security-Mitarbeiter postiert waren.

Unterdessen nahm Marco Kern seine rechte Schulter zurück und wies mit einer ausladenden Geste auf eine Sitzgruppe hin, von der er sich ein paar Sekunden zuvor entfernt hatte. Die Führungskamera schwenkte an seinem Arm vorbei und zoomte nacheinander auf die einzelnen Quizteilnehmer.

»*Eine* dieser vier Familien hat schon bald die Riesenchance, diesen außergewöhnlich hohen Geldbetrag zu gewinnen«, verkündete der Starmoderator. »*Eine* dieser Familien kann heute Abend steinreich werden. So reich, dass keiner von ihnen jemals mehr zu arbeiten braucht. Vielleicht sind es ja die Tannenbergs – unsere Lokalmatadoren hier aus Kaiserslautern. Tobias, das jüngste Mitglied dieses Teams hat ja bereits die erste Hürde mit Bravour gemeistert. Jetzt bin ich sehr gespannt darauf, ob der junge Mann auch die Frage, die ich ihm gleich stellen werde, innerhalb einer Minute richtig beantworten kann.«

Schnitt – das grinsende Gesicht Marco Kerns in Großaufnahme. »Aber zuerst gibt's noch eine Werbepause.« Er drohte scherzhaft mit dem Zeigefinger. »Jetzt nur nicht weggehen! Damit Sie ja nichts verpassen, wenn es nachher weitergeht – mit der Zehn-Millionen-Euro-Show.«

Das Mienenspiel des Moderators veränderte sich schlagartig. Seine Gesichtszüge entspannten sich, er atmete ein paar Mal tief durch. Mit schnellen Schritten verschwand er hinter der Bühne, wo ihn in seiner Garderobe eine junge Maskenbildnerin zum Abpudern erwartete.

Während er mit geschlossenen Augen die notwendige Prozedur über sich ergehen ließ, hatte ein paar Meter von ihm entfernt der Einpeitscher seinen großen Auftritt. Mit einem Mikrofon in der Hand sprang er auf die Bühne und wandte sich fordernd ans Publikum:

»So, Leute, und wir nutzen jetzt die Zeit zum Üben. Von euch muss nämlich noch ein bisschen mehr Engagement kommen. Wir sind hier schließlich nicht im Altersheim. Ihr könnt das doch viel, viel besser. Nicht wahr?«

Vereinzelt erklang ein eher zögerliches ›Ja‹.

»Ich hab eben fast gar nichts gehört.« Er kniff die Augen zusammen, wiegte unzufrieden den Kopf hin und her. »Nicht wahr?«, wiederholte er dieselben Worte, diesmal allerdings mit einer bedeutend schärferen Klangfärbung versetzt.

»Jaaaa.«

»Gut, das war schon besser. Aber es war immer noch nicht gut genug. Also nochmal. So laut ihr könnt!«

»Jaaaa«, dröhnte es nun vielstimmig zurück.

»Okay! Ihr müsst stets daran denken: Wir sind heute Abend alle supergut drauf! In dieser Halle herrscht eine Bom-ben-stimmung. Bei uns hier geht es volle Kanne ab. Deshalb müsst ihr immer schön auf mein Zeichen achten. Und wenn ihr es seht, müsst ihr es sofort richtig schön krachen lassen! Ist das jedem von euch klar?«

»Jaaa.«

Mit eindeutigen Handbewegungen beschwichtigte er daraufhin die Menge. »Okay, okay, das reicht. Nun zum Klatschen. Das war auch noch nix. Wir sind hier doch nicht bei einer Rentner-Veranstaltung. Ich will kein höfliches Konzert-Klatschen. Ich will tosenden Beifall von euch hören, wahre Begeisterungsstürme. Ihr müsst johlen, trampeln, ausflippen. Immer wenn ihr mich anklatschen hört, will ich sofort Action sehen – totale Action! Achtung: Probelauf.« Er klatschte.

Das Publikum reagierte zu seiner vollen Zufriedenheit.

»Leute, das war Spitzenklasse!«, lobte er. Danach hechtete er von der Bühne.

In der Halle wurde es nun wieder merklich ruhiger. Währenddessen versuchte Marco Kern in seiner engen Garderobe die attraktive Maskenbildnerin mit einer nicht sonderlich originellen Anmache zu bezirzen: »Na, mein süßes, kleines Schätzchen, wie gefalle ich dir denn heute Abend?«

»Super gut, Marco. Du siehst wieder fantastisch aus, so wie immer«, säuselte sie zurück. »Du bist einfach der Allergrößte. Der Schwarm einer jeden Frau.«

Der Moderator öffnete blinzelnd die Augen. Mit einem skeptischen Blick fixierte er die süffisant schmunzelnde Blondine. »Ach, Schätzchen, wenn ich doch nur einmal hinter deine wunderschönen blauen Augen schauen könnte. Wenn ich nur wüsste, was du wirklich über mich denkst.«

»Ja, lieber Marco. Wie heißt es in diesem alten Lied so schön: Die Gedanken sind frei – wer kann sie erraten?«

»Ist mir auch egal, Schätzchen.« Grinsend lehnte er sich zurück. »Na, was machen wir beiden Hübschen denn heute Abend noch Schönes mit …«

Weiter kam er nicht, denn wie aus dem Nichts ertönte urplötzlich die markante Stimme des Regisseurs in seinem Rücken. »Marco, ich muss dich dringend sprechen.«

»Was? Wie?«, stammelte Kern. »Wir sind doch gleich wieder auf Sendung.«

»Nein, wir machen jetzt 'ne doppelte Werbung. Und anschließend bringen wir den ersten Showblock. Den ziehen wir vor und verlängern ihn mit Zugaben.«

»Aber warum denn das?«

»Sag ich dir gleich.« Er fuchtelte hektisch mit der Hand. »Mandy, komm, lass uns mal allein!«

Als die Maskenbildnerin nicht umgehend reagierte, sondern in aller Ruhe damit begann, die Schminkutensilien zusammenzuräumen, verlor der untersetzte, glatzköpfige Mann völlig die Beherrschung: »Los, los, verschwinde endlich!«, brüllte er mit hochrotem Kopf.

Marco Kern stierte den Regisseur fassungslos an. »Was ist denn mit dir los, Gero?«

»Mit mir?« Er wartete noch einen Augenblick, bis Mandy die Garderobe verlassen hatte. Dann fuhr er im Flüsterton fort: »Nicht mit mir, mein Junge, mit uns! Es geht um nichts Geringeres als um unser Leben.«

»Um unser Leben?« Kern fuhr aus seinem Sessel hoch, pflanzte sich direkt vor dem etwa einen Kopf kleineren Endvierziger auf und starrte ihn mit einem entsetzten Blick an. »Was redest du denn da für wirres Zeug?«

Gero Lottner räusperte sich, schluckte hart. »Von wegen wirres Zeug«, schnaubte er. »Mensch, Marco, wir haben eine Bombendrohung erhalten.«

»Eine Bombendrohung?«

»Nicht so laut, Mann!«

»Bombendrohung?«, wiederholte der Moderator mit deutlich abgesenkter Stimme. Er hob die Augenbrauen, zog das Kinn zur Brust. »Aber, Gero, das ist doch nichts Besonderes«, versuchte er zu beschwichtigen. »Solche

Spinner hatten wir schließlich schon öfter. Da war doch noch nie etwas dran.«

»Aber diesmal wäre ich mir da nicht so sicher«, versetzte der Regisseur mit bekümmerter Miene.

»Wieso?«

»Ich weiß nicht, aber irgendwie hab ich diesmal ein ziemlich ungutes Gefühl.«

»Was ist denn überhaupt passiert?«

»Vor ein paar Minuten hat sich ein Erpresser bei mir gemeldet. Er fordert die zehn Millionen. Er behauptet, unter der Halle mehrere Sprengsätze deponiert zu haben.«

»Aber das kann doch jeder behaupten.«

Der Regisseur schaute auf seine Armbanduhr. »Na, wir werden ja schon bald sehen, was an dieser Sache dran ist. Er will uns nämlich gleich einen spektakulären Beweis für die Ernsthaftigkeit seine Drohung vorführen.«

»Und was will er da machen?«

»Keine Ahnung. Er hat nichts angedeutet, nur gesagt, dass er kurz vorher nochmal anruft. Wir sollen bis dahin eine Internetverbindung herstellen. Brauchen wir nicht, wir sind ja immer online.«

Marco Kern brummte auf. »Hast du schon die Polizei verständigt?«

»Nein.«

»Und warum nicht?«

»Weil er gesagt hat, dass er dann sofort die Halle in die Luft jagen wird. Was ist, wenn dieser Typ wirklich durchdreht? Willst *du* etwa die Verantwortung für das Leben all dieser Menschen da draußen übernehmen?«

Betroffen schüttelte Marco Kern den Kopf.

»Wir warten erst mal ab, was er uns gleich zeigen wird.

Danach können wir immer noch die Polizei informieren.« Ein zartes Pflänzchen Hoffnung keimte in Gero Lottner auf. »Vielleicht hast du ja recht und es ist wirklich nur ein übler Scherz.« Er legte ihm die Hand auf die Schulter. »Komm, wir müssen los.«

Die beiden Männer eilten in den Übertragungswagen und nahmen am Regiepult Platz. Keiner der anwesenden Personen gab während der quälenden Wartezeit auch nur einen einzigen Ton von sich.

Das Telefon läutete. Die Bildmischerin zuckte erschrocken zusammen. Gero Lottner griff nach dem Hörer, presste ihn ans Ohr. Kommentarlos nahm er die Anweisungen entgegen. Bereits nach wenigen Sekunden legte er den Hörer wieder auf.

Mit fliegenden Fingern hämmerte er die ihm übermittelte Internetadresse in die Tastatur. Alle im Ü-Wagen befindlichen Mitarbeiter des Fernsehteams hatten sich inzwischen hinter dem Laptop versammelt und starrten nun gebannt auf den Monitor. Das Bild hatte sich in Windeseile aufgebaut. Es wurde von einer Webcam übertragen und zeigte den in gleißendes Licht getauchten Prachtbau der Pfalzgalerie.

Der Erpresser meldete sich erneut.

Kurz darauf detonierten in unmittelbarer Nähe der breiten Sandsteintreppe zwei Sprengsätze. Es waren dumpfe Geräusche, wie starke Kanonenschläge. Die Scheiben des Übertragungswagens vibrierten. Alle zogen reflexartig ihre Köpfe ein.

»Oh Gott, das war hier ganz in der Nähe«, wimmerte die Bildmischerin.

Langsam tauchte hinter einer Staubwolke die blassrote Fassade der Pfalzgalerie wieder auf. Entsetzt stierte das *Event-TV*-Team auf die Mattscheibe.

Lottner wies mit zitternder Hand auf den Bildschirm. »Da, da stand doch eben noch ein Mensch«, stotterte er. »Dieser Irre ... hat eben ... vor unseren Augen ... einen Menschen ermordet.«

»Ach, du Scheiße! Der meint es wohl tatsächlich ernst«, keuchte Marco Kern.

Er sprach damit genau das aus, was in diesem Augenblick wohl jeder dachte.

2

(vier Wochen zuvor)

Heiner stürmte in die gemütliche Wohnküche seiner Eltern. »Yeah, Leute, ich hab's endlich hingekriegt!«, jubilierte er. Er ballte die Fäuste, warf sie in Richtung der Decke. »Es ist geschafft!«

Wie stets, wenn Tannenbergs Mutter das Essen zubereitete, hatte Kurt die ganze Zeit über erwartungsvoll neben ihr gestanden und sie nicht aus den Augen gelassen. Doch Heiners polternder Auftritt hatte dieser friedlichen Harmonie ein jähes Ende bereitet. Kurt war erschrocken zusammengezuckt und hatte kurz aufgejault. Nun klemmte er den Schwanz ein und trottete mit hängendem Kopf hinüber zu seinem Herrchen, der gemeinsam mit dem Senior der Familie am gedeckten Mittagstisch saß.

»Ja, meine lieben Kulturbanausen«, fuhr Heiner unterdessen fort, »ihr könnt wirklich stolz auf mich sein. Denn die Muse hat mich wieder einmal geküsst!«

Wolfram Tannenberg kraulte sanft den wuscheligen Hundekopf auf seinem Oberschenkel. Ohne die Verwöhnaktion zu unterbrechen, drehte er den Oberkörper zu seinem Bruder hin, runzelte dabei die Stirn.

»Was hast du?«, fragte er, allerdings eher pro forma. Denn obwohl seine Mimik eine gewisse Überraschung zum Ausdruck brachte, schwante ihm jedoch bereits, was ihn nun erwartete.

»Gerade eben hab ich eine weitere kriminalpoetische Spitzenleistung vollbracht«, verkündete Heiner mit stolzgeschwellter Brust. Er zog ein Blatt Papier aus seiner Hose und faltete es auseinander. »Und ihr, meine Lieben, seid dazu auserkoren, dem ersten öffentlichen Vortrag dieses Meisterwerks zu lauschen. Seid ihr bereit?«

Hiermit bestätigte sich Tannenbergs düstere Vorahnung. Jacob, der bislang keine Miene verzogen hatte, schmökerte noch ein wenig in seiner *Bildzeitung*. Dann bedachte er seinen ältesten Sohn mit einem ausdruckslosen Blick. Seine Frau Margot dagegen erweckte einen durchaus interessierten Eindruck. Sie lehnte schmunzelnd an der Spüle, trocknete sich die Hände an ihrer Kittelschürze ab.

»Ich sollte vielleicht vorausschicken, dass ein offensichtlich geistesgestörter Mann auf der Polizeiwache erscheint«, erläuterte Heiner. Er nahm eine theatralische Pose ein. Gestenreich trug er anschließend seine neueste lyrische Komposition vor:

Kleine Verwechslung

»Oh Gott, geamselt hab ich eben meine Frau.«
»Geamselt?«, fragt der Polizist. »Was soll das denn sein?«
»Ach, verdammt, mir fällt das Wort doch nicht mehr ein!
War irgendwas mit einem Vogel, weiß ich ganz genau.«

»Mit einem Vogel?«, wundert sich der Polizist.
Wohl ein Zoogeschäft das Richtige für Sie ist.«
»Ach, ohne Grund käm ich doch nie an diesen Ort.
Jawohl, ich hab's: erdrosselt heißt das Wort.«

»Das ist gut«, feixte Jacob. Er hatte während des Gedichtvortrags die Zeitung auf den Tisch niedersinken lassen und klopfte sich nun auf die Oberschenkel. »Das ist wirklich gut! Geamselt? Nein: erdrosselt!« Er konnte kaum mehr an sich halten, lachte schallend weiter. »Das muss ich unbedingt am Montag denen im Tchibo vorlesen.«

Margot warf ihrem Ehemann einen tadelnden Blick zu, der sogleich wie ein Schalldämpfer wirkte: Das herzhafte Männerlachen schwoll ab, bis es schließlich in einem spontanen Hustenanfall erstickte. Jacob atmete tief durch und räusperte sich mehrmals. Grinsend wandte er sich wieder seiner Zeitungslektüre zu. »Geamselt hab ich eben meine Frau«, murmelte er in ein unterdrücktes Lachen hinein.

Margot wandte sich kopfschüttelnd zum Herd um und rührte die Kartoffelsuppe noch einmal durch. Anschließend hob sie nacheinander die beiden schweren Deckel von den großen, gusseisernen Töpfen, wischte mit einem Geschirrhandtuch eilig das Kondenswasser ab und verschloss sie wieder.

Tannenberg kroch eine verführerische Duftspur in die Nase. »Mutter, wie lange dauert's denn noch?«, fragte er ungeduldig. Wenn er nur daran dachte, was in diesen antiquiert anmutenden Gusstöpfen gerade in einer Salzlake vor sich hinbrutzelte, lief ihm das Wasser im Munde zusammen. Und dann auch noch dieser wunderbare Geruch.

»Ich halt's wirklich kaum mehr aus«, jammerte er weiter.

»Ach, geht es dir mal wieder nicht schnell genug? Du sollst mich doch nicht so hetzen«, beschwerte sich die alte Dame.

Sie liebte ihre Söhne zwar abgöttisch, aber beim Kochen ertrug sie nun mal keine Hektik. »Du weißt genau, dass die Dampfnudeln eben ihre Zeit brauchen. Wenn ich sie zu früh raushole, bekommen sie nicht die dicke Kruste, die gerade du doch immer haben willst, Wolfi.«

Wie stets, wenn sie ihn mit dieser ungeliebten Koseform seines Vornamens titulierte, stellten sich bei Wolfram Tannenberg auch diesmal sofort die Nackenhaare. Aber seit einiger Zeit ließ er diese Verunglimpfung kommentarlos über sich ergehen. Zähneknirschend hatte er einsehen müssen, dass es überhaupt keinen Zweck hatte, seine Mutter um Unterlassung zu bitten, denn sie ließ sich partout nicht von ihrer Marotte abbringen.

Margot füllte die dampfende Kartoffelsuppe in eine Terrine und stellte sie auf den Tisch. Heiner, der inzwischen ebenfalls am Küchentisch Platz genommen hatte, schnappte sich den Schöpflöffel.

»Hei-ner«, versetzte Mutter Tannenberg in rügendem Tonfall, »wir warten, bis deine Frau und meine Enkel da sind.«

So als ob die restlichen Mitglieder der Großfamilie die ganze Zeit über vor der Tür auf diesen Satz gewartet hätten, betraten nun Betty Tannenberg und ihre beiden Kinder Marieke und Tobias die Küche.

Betty, mit einem farbenfrohen, indischen Gewand bekleidet, überreichte zuerst ihrem Mann mehrere Briefe und dann dem Senior ein größeres Couvert. Doch ehe es sich die beiden Männer versahen, hatte Margot die Post wieder eingesammelt und den kleinen Stapel links neben der Spüle abgelegt. Sie stemmte die Arme in die Hüften. »Jetzt wird erst mal gegessen«, stellte sie unmissverständlich klar.

Während sie vorsichtig eine Dampfnudel nach der anderen aus den gusseisernen Töpfen kratzte, nahm

Jacob plötzlich seinen jüngsten Sohn mit einem prüfenden, nachdenklichen Gesichtsausdruck in Augenschein.

Tannenberg fing den seltsamen Blick auf. »Was ist denn los, Vater, warum guckst du mich so komisch an?«

»Also, wenn ich mir den Herrn Hauptkommissar näher anschaue«, bemerkte der Senior mit langgezogenen Worten. Er stockte, fasste sich ans Kinn und knetete es ein wenig. »Dann ist es wirklich so, wie's in der *Bildzeitung* steht.« Er kratzte sich am Kopf, betrachtete nun auch noch seinen anderen Sohn mit derselben skeptischen Miene.

»Was denn?«, fragte Heiner verwundert.

»Na ja«, seufzte der Senior, »als Mann kann man sich eigentlich nie sicher sein, ob die Kinder, die man großzieht, auch tatsächlich die eigenen sind – also solche, die man selbst gemacht hat.«

Margot riss entsetzt Augen und Mund auf, brachte aber keinen Ton heraus.

Heiner schürzte die Lippen. »Selbstgemacht? Ich versteh nicht, was du meinst.«

»Ich auch nicht«, pflichtete Wolfram Tannenberg seinem Bruder bei.

Jacob nahm nun wieder seinen jüngsten Sohn ins Visier. Er deutete mit dem Zeigefinger auf ihn und sagte: »Du zum Beispiel hast doch überhaupt nichts von mir. Vielleicht bin ich ja gar nicht dein Vater.«

Für ein paar Sekunden kehrte Grabesstille in der Wohnküche ein.

Margot brach als Erste das Schweigen. Ihre Augen funkelten vor Zorn: »Was willst du damit sagen? Willst du mir etwa unterstellen, dass ...«

»Ich will dir gar nichts unterstellen«, versuchte ihr Mann zu retten, was noch zu retten war. »Das ist doch nur Spaß gewesen, was ich eben gesagt habe. Aber hier steht's halt.«

Er tippte auf den Zeitungsartikel und las daraus vor: »›Hunderttausende Kuckuckskinder in Deutschland‹ – Fragezeichen. Die Genforschung macht's möglich: Väter wehren sich mit geheimen Vaterschaftstests gegen untergeschobene Kinder. Die Justizministerin will schon bald diese Tests verbieten und uneinsichtige Männer mit Haft bis zu einem Jahr bestrafen.«

»Das ist ja wohl auch richtig so«, mischte sich Betty ein. Sie warf ihre kupferfarbene Lockenpracht in den Nacken und verkündete. »Wo kämen wir denn hin, wenn die Männer ungestraft ihre Frauen ausspionieren dürften!«

Wolfram Tannenberg holte gerade tief Luft, um zur engagierten Gegenrede zu starten, aber sein Vater war schneller: »In Afrika sagen die: ›Motters Babi, Vatters Maibi‹.«

»Hmh?«, brummte Tannenberg verständnislos. »Maibi? Was soll'n das sein? Zeig mal her.« Bevor der Senior seiner Aufforderung nachkommen konnte, hatte sein jüngster Sohn sich bereits erhoben und neugierig über die Zeitung gebeugt. Er lachte auf: »›Maybe‹ heißt das.«

»Mach dich nur über deinen alten Vater lustig«, schimpfte Jacob. »Wir haben diesen Amikram in der Volkschule halt nicht gelernt.«

Ohne auf diese vorwurfsvolle Bemerkung zu reagieren, amüsierte sich Tannenberg weiter: »Guter Spruch«, stieß er nickend hervor: »Mother's baby, father's maybe.«

»Und was heißt das jetzt?«, knurrte der alte Mann.

Über seine Lesebrille hinweg feuerte er einen forschen Blick hinüber zu seiner Schwiegertochter.

Betty, von Beruf Englischlehrerin, trat nun mit geballter Fachkompetenz auf den Plan. In tadellosem Englisch wiederholte sie den von ihrem Schwager vorgetragenen Satz. Anschließend übersetzte sie ihn: »Wörtlich heißt das: ›Mutters Baby, Vaters vielleicht. Das wiederum …«

»Ich weiß schon, was das heißt, liebe Elsbeth. Ich komme ja nicht vom Mond. Spiel dich mal nicht so auf«, fuhr ihr der Senior über den Mund. »Wer von uns beiden stammt denn von einem Hinterpfälzer Bauernhof, he? Du oder ich? Pariser Schühchen für Sippersfelder Füße. Pass ja auf, dass du dir dabei nicht die Haxen brichst!«

Tannenberg grinste schadenfroh in sich hinein, denn normalerweise war er derjenige, der seine streitbare Schwägerin mit ihrem Geburtsnamen und ihrer rustikalen Herkunft provozierte.

»Kommt, hört endlich auf zu streiten«, versuchte Margot zu schlichten. »Wir wollen jetzt in Ruhe essen.«

Doch bereits Sekunden später missachtete sie als Erste ihren eigenen Appell. Die Ursache lag wohl darin begründet, dass sie anscheinend noch eine kleine Rechnung mit ihrem Mann offen hatte: »Jacob, schlürf nicht so laut und schlingt die Dampfnudel nicht so schnell runter«, giftete sie von der Seite her.

Aber der Senior ließ sich von diesem Einwurf nicht sonderlich beeindrucken. Er schlürfte weiter die heiße Kartoffelsuppe und verleibte sich dazu schmatzend abgebrochene Dampfnudelstückchen ein. »Ich hab's halt eilig«, gab er kurz angebunden zurück.

»Wieso hast du es eilig? Es ist doch Samstag«, entgegnete Margot.

Tannenberg nahm das kleine verbale Scharmützel seiner Eltern nur am Rande wahr. Seine Sinneskanäle konzentrierten sich nahezu vollständig auf den Genuss der über alles geliebten Leibspeise. Er hielt sich eine intensiv nach Hefe und Salz duftende Dampfnudel unter die Nase und schnuffelte mit geschlossenen Augen daran. Dann schlug er seine Fingerspitzen in die zähe, ölig glänzende Haut, riss einen Fetzen der weißen Masse heraus, dippte ihn unter den missbilligenden Blicken seiner Schwägerin in die Kartoffelsuppe und schob ihn langsam in seinen Mund. Diese Prozedur wiederholte er so lange, bis nur noch die dicke, schwarzbraune Salzkruste übrig war. Dann strich er sich reichlich Butter auf die ungebratene Seite und vertilgte mit kleinen Bissen genüsslich den tellerartigen Rest der Dampfnudel.

Währenddessen erhob sich Jacob und ging zum Küchenschrank.

»Wir sind noch nicht alle fertig«, protestierte Margot in scharfem Tonfall.

»Ihr nicht, aber ich«, konterte der alte Herr trotzig. »Außerdem ist das Schreiben vielleicht sehr, sehr wichtig. Und zwar für uns alle.«

Heiner hob neugierig die Augenbrauen. »Wichtig? Für uns alle? Von wem ist es denn?«

Sein Vater antwortete nicht. Er schnappte sich das große Couvert, öffnete es mit fahrigen Händen, zerrte mehrere Blätter heraus und überflog den Text. Kurz danach ballte er die rechte Hand zur Faust und schmetterte »Jawohl!« in die Küche.

Während Kurt erneut aufjaulte, bombardierten sich die Familienmitglieder gegenseitig mit staunenden Blicken.

»Endlich: Wir haben's geschafft!«, fuhr Jacob mit sich

überschlagender Stimme fort. Seine Augen füllten sich mit Flüssigkeit, er schniefte auf. »Ach Gott, dass ich das noch erleben darf. So viel Geld.«

Als Tobias das letzte Wort hörte, schnellte er wie von einem Katapult abgeschossen von der Sitzbank hoch und hechtete zu seinem Großvater.

»Opa, haben wir etwa Geld gewonnen? Du weißt, ich brauch dringend einen neuen Scooter.«

»Ja, ja, ich weiß Tobi«, entgegnete Jacob mit verklärtem Blick. Reflexartig drückte er sich die Schriftstücke an die Brust. »Komm, setzt dich mal wieder hin. Ich erzähle euch das jetzt mal alles schön der Reihe nach.«

»Sag uns doch erst, was wir gewonnen haben, Opa, bitte«, flehte Tobi.

Doch der Senior ließ sich nicht erweichen. Er faltete die Blätter zusammen und steckte sie mitsamt des Couverts in die Hosentasche. Dann nahm er wieder am Küchentisch Platz.

Die Spannung war kaum mehr zu ertragen. Bis auf Kurt, der unbeeindruckt weiter seine arttypischen Geräusche produzierte, war es mucksmäuschenstill. Alle Blicke hingen gebannt an Jacobs Lippen.

Der alte Tannenberg schien offensichtlich die Situation noch eine Weile auskosten zu wollen. Schmunzelnd trank er einen großen Schluck Mineralwasser. Langsam stellte er das Glas ab, umschloss es mit beiden Händen. »Wollt ihr wirklich wissen, was in diesem Brief steht?«, fragte er eher beiläufig.

»Jaaa«, antworte ein mehrstimmiger Chor.

»Also gut, dann will ich mal nicht so sein«, verkündete er mit gönnerhafter Mimik. »Ihr kennt doch sicherlich alle diese Sendungen im Fernsehen, die Mutter und ich uns oft anschauen.«

»Meinst du diese Gameshows?«, fragte Heiner.

»Gameshows? Immer dieser Amikram!«, schimpfte Jacob. Er wandte sich zu seiner Frau. »Früher hieß das ›Ratesendung‹, gell Mutter?«

Margot nickte eifrig.

»Zum Beispiel ›Dalli, Dalli‹ mit dem guten, alten Hanns Rosenthal – oder ›Einer wird gewinnen‹ mit dem Kuhlenkampff. Wie hieß der nochmal mit Vornamen?«

»Der heißt immer noch so: Hans-Joachim«, gab Margot zurück.

»Ja, richtig. Aber am besten war der Robert Lembke.« Er warf einen amüsierten Blick in die Runde seiner sich immer ungeduldiger gebärdenden Familienmitglieder. »Welches Schweinderl hätten's denn gern?«, ergänzte er mit schalkhaftem Lächeln. »Fünf Mark gab's damals für eine richtige Antwort – läppische fünf Mark!«

»Vater, komm jetzt endlich mal zur Sache!«, forderte Heiner sichtlich genervt.

Doch der Senior schien seine Familie noch ein bisschen länger auf die Folter spannen zu wollen. »Erst wenn ihr mir die folgende Frage beantworten könnt«, bemerkte er schmunzelnd: »Wer war der Gastgeber der Sendung ›Der goldene Schuss‹?«

Jacob sondierte nacheinander alle Anwesenden. Einige warfen grübelnd die Stirn in Falten, andere reagierten mit Schulterzucken oder Kopfschütteln. Aber keiner von ihnen schien eine Antwort parat zu haben.

»Na los, ich warte.«

»War das nicht irgendso ein grauhaariger Holländer?«

»Nicht schlecht, Mutter!«, lobte ihr Ehemann.

»Rudi Carell«, packte Betty ihren Geistesblitz in Worte.

Der alte Tannenberg lehnte sich grinsend zurück, schüttelte den Kopf. »Nein«, sagte er gedehnt, »der war es nicht.«

»Ich hab's: Lou van Burg«, frohlockte Tannenberg.

Jacob riss erstaunt die Augen auf. »Woher weißt denn ausgerechnet du das?«

»Na ja, wir mussten uns diesen langweiligen Kram schließlich immer samstagabends gemeinsam mit euch anschauen«, erwiderte sein jüngster Sohn.

»So langweilig war das doch gar nicht, Wolf, wenn ich mich richtig erinnere«, meinte Heiner, wechselte dann aber gleich das Thema: »Lass jetzt endlich die Katze aus dem Sack, Vater.«

Großzügigerweise erbarmte sich nun Jacob. Er zog das mehrseitige Schreiben aus der Tasche, faltete es gemächlich auseinander und wedelte damit wie mit einem Fächer ein paar Mal vor seinem Gesicht herum. Dann hielt er die Rückseiten der Blätter mit spitzen Fingern seiner Familie entgegen und begann zu erläutern: »Das hier ist eine Einladung zur nächsten Folge der Ratesendung mit Marco Kern, die genau heute in vier Wochen hier bei uns in der Fruchthalle stattfindet.«

Margots Gesicht leuchtete auf. »Der ist ja so goldig«, schwärmte sie und ließ ihrem emotionalen Auswurf einen langen Seufzer folgen.

»Ist das nicht diese Quizshow, in der mehrere Familien gegeneinander antreten müssen?«, fragte Betty mitten in den Gefühlsausbruch ihrer Schwiegermutter hinein.

»Genau«, stimmte Jacob zu. »Das Besondere an dieser Ratesendung ist, dass die Teilnehmer einer Familie aus drei Generationen stammen müssen.« Er richtete sich auf und sagte, während er mit seiner flachen rechten Hand auf die betreffenden Personen wies: »Die Kandidaten der Familie Tannenberg heißen: Jacob, Heiner und Tobias.«

»Geil, Opa«, gab der Junior begeistert zurück. »Und was können wir gewinnen?«

Jacob lachte. »Das hängt natürlich ganz davon ab, wie weit wir kommen.«

»Warum hast du eigentlich nicht mal die Frauen in deiner Familie gefragt, ob sie in diesem Team mitmachen möchten?«

Diese Frage traf den Senior wie ein Keulenhieb. Aus seiner versteinerten Miene konnte man schließen, dass er an diese Möglichkeit bislang noch nicht einmal einen einzigen Gedanken verschwendet hatte.

»Ähm, na ja, …«, stammelte er, »ich hab halt … gedacht, dass ihr auf so was … keine Lust hättet.« Sein flackernder Blick streifte seine hochschwangere Nichte. »Und, und Marieke könnte das in ihrem Zustand sowieso nicht mitmachen.«

»Da hast du recht, Opa«, versetzte Marieke mit einem versonnenen Lächeln. Sie streichelte sanft über ihren prallen Kugelbauch. »Für uns zwei wäre das wirklich ein klein bisschen zu anstrengend. Aber dabei wäre ich schon gerne. Ich meine, als Zuschauerin in der Halle.«

Jacob Tannenberg atmete erleichtert auf. Geistesgegenwärtig packte er die sich bietende Chance am Schopf. »Natürlich, ich kümmere mich gleich am Montag um Tribünenkarten für euch alle.« Er zählte die in Frage kommenden Personen an seinen Fingern ab. »Das wären dann vier, wenn ich …«

»Opa, du hast Max vergessen«, warf Marieke dazwischen.

»Entschuldige. Natürlich darf dein Freund auch mit.

Der gehört schließlich inzwischen zur Familie. Also brauchen wir fünf Karten.«

»Nein, vier«, versetzte Tannenberg.

Der Senior krauste verständnislos die Stirnpartie. »Wieso?«

»Weil ich mir das garantiert nicht antun werde. In so einer überfüllten Halle krieg ich bloß Platzangst. Außerdem müsste ich andauernd daran denken, was bei einer Massenpanik passieren würde.« Er schüttelte sich. »Ein Albtraum. Und dann auch noch dieser emotionale Stress – nee! Ich drück euch lieber von meiner Couch aus die Daumen.«

Er packte Kurt an beiden Ohren und wiegte den schweren Hundekopf ein paar Mal hin und her. »Außerdem muss ja auch einer von uns auf diesen wilden Kerl hier aufpassen, damit der keinen Blödsinn macht.«

3

Für gewöhnlich begrüßte Tannenberg den bevorstehenden Arbeitstag nicht gerade mit ausgelassenen Freudentänzen. Auch an diesem frühen Freitagmorgen, als er kurz vor acht Uhr sein Elternhaus in der Beethovenstraße verließ und sich zu Fuß auf den Weg zu seiner am Pfaffplatz gelegenen Dienststelle machte, breitete sich keineswegs Euphorie in ihm aus. Eher war das Gegenteil der Fall: Müde und übellaunig schlappte er am zähflüssigen Berufsverkehr vorbei durch die engen, in trübes Novemberlicht getauchten Straßen des Musikerviertels.

Doch als er an der Marienkirche die Königstraße überquerte, verirrte sich plötzlich ein dezentes Lächeln in das verkniffene Gesicht des chronischen Morgenmuffels. Er hatte eine Plakatwand entdeckt, auf der *Event-TV* für ihre in genau 36 Stunden in der Fruchthalle stattfindende Fernsehsendung warb.

Gedanklich ließ er die letzten vier Wochen Revue passieren, die nun seit dem Empfang des Einladungsschreibens vergangen waren. Schmunzelnd erinnerte er sich an diesen Samstagmittag, an dem Heiner der Familie sein neuestes kriminalpoetisches Meisterwerk präsentiert hatte. Was ist mein Bruderherz doch für ein verrückter Kerl!

Bereits kurz nach dem Mittagessen hatten die ausgewählten Quizshow-Kandidaten gemeinsam mit der professionellen Vorbereitung auf die Ratesendung begonnen. Seit diesem Zeitpunkt drehte sich bei den Tannenbergs alles nur noch um dieses eine Thema.

In jeder freien Minute wurden die von *Event-TV* gegen Entrichtung einer beachtlichen Geldsumme erworbenen Trainingsprogramme durchgearbeitet, Videoaufzeichnungen von vorherigen Sendungen analysiert, das Internet nach hilfreichen Tipps und Erfahrungsberichten anderer Kandidaten durchstöbert, Lexika und Zeitschriftenberge gewälzt. Alle diese verstreuten Informationen wurden zu verschiedenen Themenblöcken gebündelt, für die jeweils einer der drei Kandidaten als Experte auserkoren und zur individuellen Vorbereitung verpflichtet wurde.

Schon sehr bald war Wolfram Tannenberg dieser hektische Aktionismus ziemlich auf die Nerven gefallen. Nicht zuletzt deshalb, weil sich durch die ständige Konfrontation mit dem immer näher heranrückenden Liveauftritt seiner Familie die eigene Anspannung mehr und mehr steigerte. Schließlich wurden sie zur besten Sendezeit Millionen Fernsehzuschauern präsentiert. Hoffentlich blamieren sie sich nicht, schickte er mehrmals täglich Stoßgebete gen Himmel.

Um sich von diesem Psychostress abzulenken, blieb er in diesen Wochen viele Stunden länger als nötig im Kommissariat. Und das, obwohl er eigentlich seine Überstunden abfeiern sollte, die sich wegen des Einsatzes bei der Fußball-WM auf seinem Dienstzeitkonto angesammelt hatten.

Sein Beruf bot ihm allerdings in dieser aufregenden Vorbereitungsphase nicht die gewünschte Zerstreuung, die er sich erhofft hatte. Denn es war in dienstlicher Hinsicht eine sehr unspektakuläre, um nicht zu sagen ausgesprochen langweilige Zeit: Im Zuständigkeitsbereich des K 1 war seit mehreren Monaten kein einziger Mord mehr passiert. Lediglich eine Körperverletzung mit Todesfolge und zwei Suizidfälle hatten die Mitarbeiter des K 1 zu bearbeiten gehabt – kriminalpolizeiliche Routinearbeit eben.

Irgendwann fasste Tannenberg den Entschluss, dem häuslichen Dauerstress zumindest für ein paar Tage zu entfliehen. Deshalb war er vor zwei Wochen nach Nettetal gefahren, um seinem holländischen Freund Benny de Vries einen spontanen Besuch abzustatten. Das letzte Wochenende hatte er gemeinsam mit Ellen Herdecke in den Hochvogesen verbracht.

Eigentlich wollte ich mich dort von meiner Familie erholen, dachte er, während er ungeduldig an der Ampel wartete. Aber Erholung war das ja wohl nicht. Fragt mich Ellen doch tatsächlich, ob ich nicht bald zu ihr ziehen möchte. Aber das will ich nicht! Das ist mir ein viel zu großer Schritt. Die gehen mir zwar manchmal ganz schön auf den Keks zu Hause, aber ausziehen? Nee!

Das geht ja auch schon deshalb nicht, weil Ellen keine Hunde mag und eines ihrer Kinder eine Tierhaarallergie hat. Und ein Leben ohne Kurt – nee, nee. Das kommt gar nicht in Frage! Dann lassen wir doch lieber alles so, wie es ist. Oder wir lassen es ganz. Wäre sowieso vielleicht das Beste für uns beide.

In einem tiefen Zug sog er die nasskalte Novemberluft in die Lungen und entließ sie seufzend wieder in die Freiheit.

Irgendwie passen wir auch einfach nicht richtig zusammen. Ja, sie ist zwar unheimlich lieb und verständnisvoll, sagte er zu sich selbst, so als wolle er sich mit Durchhalteparolen Mut für eine Fortdauer der Beziehung machen.

In Gedanken versunken schob er mit seiner Schuhspitze einen Zigarettenstummel in den Rinnstein.

Aber immer und überall dieser nervige Kulturkram: In jedem Kaff in die Kirche rein, hier ein Museumsbesuch, dort eine Galerie. Sogar im Elsass! Ich wollte eigentlich nur durch die Vogesen wandern, die Natur genießen, gut essen und trinken. Verdammt, ich bin einfach nicht mehr fähig zu einer dauerhaften, tiefen Beziehung. Ich hab auch keine Lust mehr auf diese andauernden Begründungen, warum ich das und das nicht will, warum ich schon wieder schlecht gelaunt bin.

»Hal-lo, Che-ef«, polterte Petra Flockerzie unvermittelt in Tannenbergs Selbstgespräch hinein.

Verdutzt riss der Leiter des K 1 seinen Blick vom nassen Asphalt nach oben. Auf der anderen Straßenseite stand seine Sekretärin und winkte ihm zu. Sie trug eine beige, lässig geschnittene Übergangsjacke, die ihre Körperfülle geschickt verbarg.

Die Ampel wurde grün und Tannenberg überquerte die mehrspurige Hauptverkehrsstraße.

Ein wenig außer Puste begrüßte sie ihn: »Guten Morgen, Chef. Nehmen Sie mich mit zum Pfaffplatz?«

»Klar, Flocke«, sagte er so freundlich, wie es ihm angesichts der frühen Morgenstunde und des gerade gedanklich von ihm bearbeiteten Themas möglich war. Er stemmte den Ellbogen nach außen, damit sie sich bei ihm einhängen konnte.

Aber ganz gleich wie Tannenberg sich ihr gegenüber auch gebärdet hätte, Petra Flockerzie hätte ihm auch diesmal wieder sein Fehlverhalten nachgesehen. Sie war seit vielen Jahren nicht nur die zuverlässige und kompetente Sekretärin des K 1, sondern auch die gute Seele der

Mordkommission. Sie hatte ein riesengroßes Herz, verfügte über eine Engelsgeduld und hatte stets ein offenes Ohr für die Probleme ihrer Kollegen. Darüber hinaus besaß sie eine Beobachtungsgabe, vor der man nichts verheimlichen konnte. Sensibel wie ein Seismograph registrierte sie jedes kleine emotionale Beben, jede atmosphärische Störung.

Sie kannte Tannenberg bereits aus einer Zeit, als er noch ein völlig anderer Mensch war: fröhlich, ausgeglichen, belastbar, freundlich. Doch dann war er mental regelrecht zusammengebrochen, wurde verbittert, verschlossen und haderte fortan mit sich selbst und der Welt. Der einzige Mensch, der damals außer seiner Familie überhaupt noch Zugang zu ihm hatte, war sein bester Freund, der Gerichtsmediziner Dr. Rainer Schönthaler, der ihm in diesen dramatischen Monaten als treuer Wegbegleiter zur Seite stand.

Petra Flockerzie wusste nur allzu gut, worauf die Veränderung seiner Persönlichkeit zurückzuführen war, was sich hinter seiner Launenhaftigkeit, seinen Alkoholexzessen und seinem rüpelhaften Verhalten versteckte. Auch die vor etwa einem Jahr plötzlich aufgetretenen und als Fibromyalgie diagnostizierten körperlichen Probleme ihres Vorgesetzten hatten sie nicht sonderlich verwundert. Eigentlich hatte sie schon viel früher damit gerechnet, dass Tannenberg auf seine gravierenden seelischen Probleme mit psychosomatischen Symptomen reagieren würde.

Die Ursache für all diese Eruptionen, die ihm das Leben so unendlich schwer machten, ließen sich mit einem einzigen Wort zusammenfassen: Lea. Er konnte den Verlust seiner vergötterten Traumfrau einfach nicht verwinden. Sie war nun schon seit fast zehn Jahren tot, aber die Erinnerungen an sie lagen immer noch wie ein dunkler Schatten auf seiner Seele.

Jedes Mal, wenn er sich dem weiblichen Geschlecht zwar eher zögerlich, aber nicht unbedingt erfolglos näherte, war Lea mit von der Partie. Obwohl er ernsthaft versuchte, sich dagegen zu wehren, waren die Vergleiche mit ihrer Person und ihrem Wesen allgegenwärtig und verhinderten eine tiefere emotionale Bindung an irgendeine andere Frau.

Bei Ellen Herdecke, die Lea von ihrem Erscheinungsbild her stark ähnelte, hatte er eine Zeit lang fest geglaubt, dass er sich mit ihrer Hilfe endlich von Leas dominantem Einfluss befreien könnte. Aber diese Hoffnungen hatten sich nicht erfüllt. Nach dem verlängerten Wochenende in den Vogesen war er nun noch ein wenig skeptischer als zuvor, ob seine Beziehung zu Ellen überhaupt eine Zukunft hatte. Irgendwie wollte der Funken zu ihr einfach nicht richtig überspringen, auch an diesen Tagen nicht. Seine emotionale Energie ihr gegenüber verpuffte zusehends.

»Was treibt Sie denn schon so früh hierher?«, fragte Petra Flockerzie, deren pralle Gesichtshaut von stark geröteten Wangen dominiert wurde. »Sonst kommen Sie freitags doch immer erst um neun Uhr zur Dienstbesprechung.«

»Moin, Flocke«, gab der Leiter des K1 kurz angebunden zurück.

Kommentarlos akzeptierte die feiste Endvierzigerin Tannenbergs Verweigerung. »Ich denke, ich sollte Sie jetzt gleich mal mit einem doppelten Espresso verwöhnen«, sagte sie lächelnd. »Chef, Sie werden sehen: Der weckt sofort Ihre Lebensgeister wieder auf.«

Tannenberg nickte dankbar. Schweigend begaben sich

die beiden zum Dienstgebäude der Kriminalinspektion am Pfaffplatz. Während seine Sekretärin den Aufzug benutzte, nahm er den Weg übers Treppenhaus. Im K 1 angekommen, zog er sich, ohne ein weiteres Wort verlauten zu lassen, in sein Büro zurück und schloss demonstrativ die Tür.

Petra Flockerzie empfand dieses Verhalten weder als außergewöhnlich noch gar als besorgniserregend. Es war eben eine seiner Marotten, die alle Mitarbeiter des K 1 mehr oder weniger stillschweigend akzeptierten. An diesem Morgen kam ihr sein Rückzugsbedürfnis sogar sehr zupass, denn schließlich hatte sie dadurch ein paar Minuten Zeit für sich und den interessanten Diätratgeber gewonnen, den ihr am Freitag eine Kollegin aus dem K 5 geliehen hatte, den sie aber vergaß, mit nach Hause zu nehmen.

Sie schaltete die Espressomaschine ein und schlug das Buch auf. Als sie gerade den Untertitel ›Warum Diäten ab 40 immer ins Leere laufen‹ las, schnarrte das Telefon. Das Gespräch dauerte nicht lange. Sie legte auf und betätigte die Gegensprechanlage: »Chef, eben hat der Herr Kriminaldirektor angerufen und gefragt, ob Sie schon im Hause sind. Sie sollen sofort zu ihm kommen.«

Das einzige Geräusch, das an ihr Ohr drang, war ein mürrisches Brummen. Dann wurde die Verbindung unterbrochen.

Nur wenig später erschien Tannenberg im Büro des Dienststellenleiters. Kriminaldirektor Eberle saß an seinem Schreibtisch, ihm direkt gegenüber Dr. Hollerbach, seines Zeichens Oberstaatsanwalt und nicht gerade jemand, mit dem Tannenberg freiwillig in Urlaub fahren würde. Die beiden Männer hatten sich anscheinend gerade angeregt miteinander unterhalten, denn als Tannenberg nach kaum hörbarem, kurzem Anklopfen das Dienstzimmer betrat, hatte er den Eindruck, mitten hinein in ein wichtiges Gespräch geplatzt zu sein. Sie erhoben sich und begrüßten den Leiter des K1.

Klaus Eberle trug eine Bluejeans, ein farblich darauf abgestimmtes Sakko und ein offenes, sportliches Karohemd. Dagegen war der lang aufgeschossene, etwa einen Kopf größere Dr. Hollerbach wie stets weitaus distinguierter gekleidet: Sein silbergrauer Nadelstreifenanzug entsprach dem topaktuellen Business-Look und wurde durch eine silberfarbene Seidenkrawatte optisch abgerundet.

Kriminaldirektor Eberle erhob sich und bot Tannenberg einen Platz am Besuchertisch an. Der aber wollte lieber stehen bleiben.

»Sie haben recht, Herr Hauptkommissar, wir sitzen sowieso viel zu lange auf unseren Beamtenhintern herum. Das ist wirklich nicht gesund«, begann Eberle. Er räusperte sich. »Na, mein lieber Herr Kollege, was macht denn so die Arbeit?«

Tannenberg krauste skeptisch die Stirn. Aus der Vergangenheit wusste er nur allzu gut, dass sein Vorgesetzter stets dann mit solchen floskelhaften Bemerkungen aufwartete, wenn er irgendetwas im Schilde führte. Für gewöhnlich handelte es sich dabei um Aufträge oder Forderungen, von denen er befürchten musste, dass der störrische Kommissariatsleiter darauf abweisend reagieren würde. Auch die Anwesenheit seines Busenfreundes Dr. Hollerbach, der sich inzwischen ebenfalls erhoben hatte, ließ bei Wolfram Tannenberg umgehend die Alarmglocken schrillen.

»Nicht gerade viel los bei uns im Moment, nicht wahr, Herr Hauptkommissar?«, fuhr der Kriminaldirektor scheinbar nebensächlich fort. Er bedachte den Oberstaatsanwalt mit einem verschwörerischen Blick. »Kaiserslautern ohne Mord und Totschlag? Das wäre ja wohl auch nicht gerade das Gelbe vom Ei. Schließlich würden wir ja dann alle arbeitslos werden.«

Das ist garantiert nur die berühmte Ruhe vor dem Sturm, dachte Tannenberg bei sich. Der hat bestimmt was ganz Fieses in petto. Vielleicht wieder irgendeine dieser schwachsinnigen Fortbildungen. Quatsch! Er weiß doch ganz genau, dass ich an keiner mehr teilnehme. Hollerbach hat doch selbst mal gesagt, ich sei nicht nur fortbildungsresistent, sondern fortbildungsrenitent.

»Warum denn so schweigsam, Herr Hauptkommissar?«, versetzte der Oberstaatsanwalt mit provokativem Unterton.

Tannenberg reagierte nicht auf die spitze Bemerkung, sondern ging nun selbst in die Offensive. »Herr Kriminaldirektor, warum wollten Sie mich denn nun eigentlich so dringend sprechen?«

»Also gut, Kollege Tannenberg«, erwiderte Eberle recht zögerlich. Er brach ab, faltete die Hände vor dem Körper und ging ein paar Schritte durch sein geräumiges Dienstzimmer. Ihm schien diese Angelegenheit ziemlich unangenehm zu sein. Dann gab er sich einen Ruck, postierte sich direkt vor dem Leiter des K 1 und fixierte ihn mit einem stechenden Blick. »Was ich Ihnen jetzt sage, unterliegt strengster Vertraulichkeit.« Er räusperte sich geräuschvoll und schluckte hart. »Haben wir uns da verstanden?«

»Ja.«

»Gut.« Erneut stockte Eberle, während er die Lippen zu einem schmalen Strich zusammenkniff. »Wie Sie wissen, stattet in gut zwei Wochen der US-Präsident anlässlich seiner Europareise dem Landstuhler Militärkrankenhaus einen Besuch ab.«

Tannenberg nickte stumm.

»Für diese Sache sind natürlich wie immer vor allem das LKA und das BKA zuständig. Trotzdem mussten wir auf Anordnung von ganz oben auch einige Kollegen unserer Dienststelle dazu abordnen.«

»Ist mir durchaus bekannt.«

Eberle ließ einen Stoßseufzer verlauten. »Obwohl unsere Personaldecke zur Zeit sowieso extrem dünn ist.« Mit einer flüchtigen Geste strich er über sein sehr gepflegtes, leicht angegrautes Kinnbärtchen. Dann machte er eine wegwerfende Handbewegung. »Und zu allem Übel nimmt auch noch der Kollege Schauß an dieser Interpol-Fortbildung in Brüssel teil.«

»Auch das ist mir hinlänglich bekannt, Herr Kriminaldirektor«, entgegnete der Leiter des K1. Anscheinend riss ihm gerade der Geduldsfaden. Er rollte die Augen, hob die Schulterblätter, drehte die Handinnenflächen nach außen. »Nur was hab ich denn damit zu tun, verdammt nochmal?«, blaffte er mit anschwellender Stimme.

»Bitte sachlich bleiben«, mahnte der ranghöchste Vertreter der Staatsanwaltschaft.

»Auf was wollen Sie denn nun eigentlich hinaus? Wenn Sie mir jetzt nicht augenblicklich sagen, was Sache ist, gehe ich«, setzte Tannenberg unbeeindruckt nach. Demonstrativ blickte er auf seine Armbanduhr. »Ich hab nämlich nicht mehr viel Zeit. In einer halben Stunde beginnt die Frühbesprechung und ich muss mich noch darauf vorbereiten. Auch wenn gegenwärtig tatsächlich nicht ...«

»Gut, dann bringen wir die delikate Angelegenheit nun auf den Punkt«, warf Dr. Hollerbach mit energischem Tonfall dazwischen. Mit einem gequälten Seitenblick auf den Kriminaldirektor schob er nach: »Ich hab meine Zeit ja schließlich auch nicht gestohlen.«

Eberles Telefon läutete.

»Es ist für Sie, Tannenberg.«

»Wer?«

»Ihre Mutter.«

»Meine Mutter? Ich hab jetzt keine Zeit.«

Der Kriminaldirektor hielt ihm den Hörer entgegen. »Sagen Sie es ihr bitte selbst. Die gute Frau erscheint mir ziemlich aufgelöst. Vielleicht ist ja irgendwas mit Ihrer Familie.«

Dieses Wort versetzte Tannenberg sofort einen Stich ins Herz. Er riss Eberle das Mobilteil aus der Hand. »Was ist passiert?«, fragte er mit bebender Stimme. »Vater – Herzinfarkt?« Er wurde kreidebleich, schien von der einen zur anderen Sekunde um Jahre gealtert. »Um Gottes willen.« Plötzlich entspannte sich seine schreckverzerrte Mimik wieder. »Ach, er hat gar keinen Herzinfarkt.«

Zunächst lauschte er den hektischen Worten seiner Mutter noch geduldig, doch dann explodierte er auf einmal. »Er hat nur Angst, dass er gleich einen bekommt. Aber warum? ... Und deswegen störst du mich in einer Besprechung? Nein, ich kann ihm nicht helfen.« Wütend drückte er die Unterbrechertaste.

»Wohl doch nichts Dramatisches?«

»Nein, jedenfalls nicht für mich«, gab Tannenberg kurz angebunden zurück.

Unterdessen taxierte ihn Dr. Hollerbach mit einem forschen Blick. »Herr Hauptkommissar, wissen Sie eigentlich, was ein Koi ist?«

»Bitte?«, knurrte der Kriminalbeamte.

Der Themenwechsel war derart abrupt erfolgt, dass sein immer noch mit dem merkwürdigen Telefonat beschäftigtes Gehirn mehr als nur einen Augenblick benötigte, um den Inhalt dieser Frage verarbeiten zu können. Sein ziemlich debil wirkendes Mienenspiel war in diesem Moment ausgesprochen unvorteilhaft für ihn: Augen und Mund weit geöffnet, die Brauen zur gefalteten Stirn emporgezogen, das Kinn fest an den Hals gedrückt.

Eine Chance, die sich Dr. Hollerbach offensichtlich nicht entgehen lassen wollte. »Sie müssten sich jetzt im Spiegel sehen«, höhnte er. »Stan Laurel ist gar nichts dagegen. Doofer geht's wirklich nicht.«

Während Tannenberg vor Zorn wie gelähmt schien, sprang sein Vorgesetzter für ihn in die Bresche. »Herr Oberstaatsanwalt, lassen Sie doch bitte diese alberne Polemik«, bemerkte Kriminaldirektor Eberle in gereiztem Ton. Schließlich war ihm die unverhohlene Kritik Dr. Hollerbachs an seiner bisherigen Gesprächsführung nicht entgangen. »Wir müssen diese leidige Angelegenheit gemeinsam, und vor allem mit der gebotenen Ernsthaftigkeit angehen. Also nochmal …«

»Natürlich weiß ich, was Kois sind«, verkündete der Leiter des K 1, nachdem er seinen kurzzeitigen Schockzustand überwunden hatte. »Das sind diese potthässlichen Viecher, für die manche Japaner ein Vermögen ausgeben.«

»Nicht nur Japaner«, entgegnete der Oberstaatsanwalt in Oberlehrermanier. »Auch bei uns werden inzwischen gigantische Preise für besonders schöne Exemplare bezahlt.«

»Schön? Na ja.« Tannenberg schüttelte angewidert den Kopf. »Die würde ich noch nicht mal essen, wenn ich sie geschenkt bekäme. Karpfen konnte ich noch nie ausstehen. – Pfui Teufel!«

»Kois – essen? So etwas Kulturloses und Degoutantes kann auch nur von Ihnen kommen«, versetzte Dr. Hollerbach mit geschürzten Lippen. »Sie haben anscheinend nicht die geringste Ahnung von der japanischen Hochkultur, Sie Barbar! Zur japanischen Kulturgeschichte gehören die Kois genauso wie Zazen, Bonsais, GO, Ikebana ...«

»Und Kamikaze«, konnte sich Tannenberg nicht verkneifen.

Der Oberstaatsanwalt überging die Bemerkung. »Übrigens erkennt ein Koizüchter jeden seiner Fische an der einzigartigen Zeichnung der Farbmutationen.«

»Toll! Wirklich toll!«, spottete Tannenberg. Offensichtlich wurde es ihm allmählich zu bunt. »Was soll das hier überhaupt werden? Eine Fortbildung über japanische Fischzucht, oder was?« Er schlug sich mit der flachen Hand an die Stirn. »Bin ich denn bescheuert? Ich lass mich hier doch nicht anmachen! Jetzt habe ich aber endgültig die Schnauze voll von diesem albernen Kasperletheater!« Er wandte sich dem Kriminaldirektor zu. »Wenn Sie eine Dienstanweisung für mich haben, faxen Sie sie mir einfach hoch.« Er drehte sich auf dem Absatz um und wollte fluchtartig den Raum verlassen.

Aber Eberle hielt ihn am Arm fest. »Mensch, Tannenberg, die Sache ist ...«

»Ja, was denn für eine Sache, verflucht nochmal?«

»Diese Geschichte klingt so verrückt und ist derart delikat, dass man sie eigentlich gar nicht glauben kann – oder glauben will.« Mit leidender Miene holte der Kriminaldirektor tief Luft. »Also gut: Der japanische Ministerpräsident hat mit dem US-Präsidenten ein Treffen vereinbart. Und zwar an dem Tag, an dem er das Landstuhler Krankenhaus besucht. Es geht dabei angeblich um die Bemühungen der Japaner um einen ständigen Sitz im UN-Sicherheitsrat. Dafür sollen sich die Amis einsetzen.« Er stockte, machte keinerlei Anstalten weiterzusprechen.

»Ja, und? Was weiter?«, drängte Tannenberg. Genervt klatschte er in die Hände und warf einen flehentlichen Blick an die Zimmerdecke.

Dr. Hollerbach riss das Gespräch an sich. »Der japanische Ministerpräsident ist ein leidenschaftlicher Koizüchter. Zufälligerweise ist er ein sehr guter Freund und Parteigenosse des Bürgermeisters von Bunkyo-ku, unserer japanischen Partnerstadt. Und über diesen Kontakt ist es gelungen, den Ministerpräsidenten dazu zu überreden …«

»Wozu?«, knurrte Tannenberg dazwischen.

»Dazu, unserem Japanischen Garten als besondere Attraktion für das Rahmenprogramm der Fußball-WM seine schönsten und wertvollsten Kois zur Verfügung zu stellen. Und das hat er ja zum Glück auch getan.«

»Toll. Aber kommen Sie doch jetzt bitte endlich zur Sache.«

»Bin gerade dabei. Also: Obwohl Japan ja hier im Fritz-Walter-Stadion gespielt hat, war es trotzdem eine unheimlich schwierige Überzeugungsarbeit, die da geleistet werden musste. Er hat sich erst dazu bereit erklärt, nachdem sich der Bürgermeister von Bunkyoku persönlich dafür verbürgt hat, dass seinen Lieblingsfischen nichts passiert.« Er seufzte tief auf. »Nach seinem Treffen mit dem US-Präsidenten will er sie mit nach Hause nehmen.« Entsetzt schlug er die Hände vors Gesicht. »Und jetzt sind sie alle weg, alle – heute Nacht gestohlen!«

»Was? Und wegen dieser hässlichen Fische machen Sie solch ein Gedöns? Ich fass es nicht! Und ich hab die ganze Zeit über gedacht, dass etwas wirklich Schlimmes im Busch ist. Erkenntnisse über einen geplanten Terroranschlag oder so was.« Tannenberg stieß abschätzig den Atem durch seine Nase und wiegte den Kopf. »Ich glaub es einfach nicht.«

»Also, Sie sind wirklich so was von naiv und borniert«, schimpfte Dr. Hollerbach. »Sind Ihnen die dramatischen Konsequenzen denn nicht bewusst? Haben Sie noch nie etwas von Seppuku gehört?«

»Sepp-was?« Tannenbergs Stirnhaut glich einem ungebügelten Taschentuch.

Oberstaatsanwalt Dr. Hollerbach nahm eine theatralische Pose ein und begann zu dozieren: »Seppuku ist die in der japanischen Gesellschaft besonders in der Führungsschicht auch heute noch relativ weit verbreitete Form des rituellen Selbstmordes. Vielleicht haben Sie's ja in der Zeitung gelesen: Erst vor kurzem hat sich ein Spitzenmanager aus Schande über den Bankrott seiner Firma …«

»Harakiri?«, sprudelte es aus Tannenbergs Mund.

»Ja, das ist die bei uns gebräuchlichere Bezeichnung. Aber eigentlich trifft sie nicht …«

»Sie wollen damit doch nicht ernsthaft behaupten, dass der japanische Ministerpräsident sich wegen ein paar blöden Fischen einen Dolch in den Bauch rammt?« Er rümpfte angewidert die Nase, so als nähme er gerade einen fauligen Geruch wahr. »Das können Sie nicht wirklich glauben, oder?«

»Doch, Herr Hauptkommissar, leider ist genau das zu befürchten. Sie können sich sicherlich vorstellen, welche internationalen Konsequenzen eine solche Katastrophe hätte. Ich betone: internationale!«

Tannenberg weigerte sich noch immer trotzig, das, was er eben vernommen hatte, als bare Münze zu nehmen. Er warf die Stirn in Falten und sagte: »Sie wollen mich doch nur verscheißern, nicht wahr? Haben wir etwa heute einen außerplanmäßigen 1. April – mitten im November?«

»Nein, Tannenberg, das ist leider, leider kein Aprilscherz«, seufzte der Oberstaatsanwalt. Er blickte zu Boden, wiegte den Kopf mit bekümmerter Miene hin und her.

Kriminaldirektor Eberle hegte anscheinend ebenfalls gewisse Zweifel hinsichtlich des von Dr. Hollerbach aufgetischten Horrorszenarios. »Also, ehrlich gesagt weiß auch ich nicht so recht. Er brach ab, atmete kurz durch, dann fuhr er fort. »Ich denke, Ihre Befürchtungen sind sicherlich ein wenig übertrieben.«

Erneut stockte er, eine Hand glitt über sein nur noch spärlich vorhandenes Haupthaar. »Aber natürlich wäre dieser Koidiebstahl auch ohne eine derartige Eskalation eine gewaltige Blamage für das Ansehen unserer Stadt – vor allem in Japan.«

»Weiß zufällig jemand von Ihnen, wie der aktuelle Ministerpräsident Japans heißt?«, fragte der Oberstaatsanwalt, scheinbar ohne jeglichen Zusammenhang zum aktuellen Gesprächsthema.

Wolfram Tannenberg lag die Frage auf der Zunge, ob Dr. Hollerbach auch für eine Quizshow trainiere, aber bevor er sie stellen konnte, ergänzte sein Intimfeind in eine wegwerfende Handbewegung hinein: »Wahrscheinlich könnten Sie mir eher den Namen eines japanischen Fußballspielers nennen, als den des …«

»Junichiro Koizumi«, verkündete der Leiter des K1 mit einem triumphalen Lächeln auf den Lippen.

Dr. Hollerbach reagierte im ersten Moment ziemlich verblüfft. Doch bereits einen Wimpernschlag später hatte er die unerwartete Antwort verkraftet. »Respekt! Sogar mit Vornamen!«, lobte er scheinheilig. »Und?«

»Was, und?«

»Na, was sagt Ihnen denn dieser Name?«

Nun war Tannenberg seinerseits sichtlich irritiert. »Ähm …«, stammelte er, »was sollte er mir … denn sagen?«

»Koi-zumi«, splittete der Oberstaatsanwalt den Namen des japanischen Ministerpräsidenten in zwei Worte. Er ließ einen Augenblick verstreichen, bevor er ergänzte: »Nomen est omen! Wörtlich übersetzt heißt Koizumi: der Koizüchter. Also ein Name, der sich von einem Beruf herleitet. Wie bei uns auch. Denken Sie nur an ›Schneider‹ oder ›Müller‹. Junichiro Koizumi gehört zur berühmtesten Koizüchterfamilie Japans. Das ist ein uralter Familienclan, der seit vielen Jahrhunderten die kaiserliche Familie mit den prächtigsten Kois beliefert.«

»Wirklich?«

»Ja.«

»Verstehen Sie nun endlich, welche Brisanz der Diebstahl der Kois in sich birgt, egal, wie unrealistisch die Suizidvariante auch sein mag?«, mischte sich nun der Kriminaldirektor wieder in das Gespräch ein.

lie berichtet.« Er warf die Hände nach oben. »Und jetzt dieses Fiasko!«

»Wäre es da nicht dringend angezeigt, BND, Verfassungsschutz, MAD usw. zu informieren?«, höhnte der Leiter der Mordkommission mit einem unglaublich breiten Grinsen auf den Lippen.

»Also, Tannenberg, jetzt mal im Ernst«, sagte Eberle: »Wir können diese delikate Angelegenheit wirklich nicht an die große Glocke hängen. Zumindest jetzt noch nicht. Vielleicht *müssen* wir es ja irgendwann mal tun. Aber jetzt noch nicht! Nicht auszudenken, wenn die Presse davon Wind bekäme. Die würden uns doch glatt zum Gespött von ganz Deutschland machen.«

»Nicht auszudenken, wenn das Justizministerium davon Wind bekäme«, ergänzte Dr. Hollerbach in nahezu gleichem Wortlaut.

»Herr Oberstaatsanwalt, haben Sie eben auch dieses Geräusch gehört?«, warf Tannenberg dazwischen.

»Welches Geräusch denn?«

»Na, dieses metallische Klirren.«

»Was?«

»Ja, bei mir ist gerade der Groschen gefallen.« Höchst erfreut registrierte er Hollerbachs verdutztes Gesicht. »Mir ist nämlich eben schlagartig klar geworden, weshalb Sie angesichts dieser Lappalie derart in Panik geraten sind. Diese Hirngespinste sind doch völlig aus der Luft gegriffen. An diese Suizidvariante glauben Sie doch selbst nicht! Nein, nein, es steckt etwas ganz anderes dahinter: Sie haben mal wieder Angst um Ihre Karriere.«

Obwohl Tannenberg den ranghöchsten Vertreter der Kaiserslauterer Staatsanwaltschaft partout nicht ausstehen konnte, war er aus naheliegenden Gründen sehr daran interessiert, dass Dr. Hollerbach irgendwann auf der Karriereleiter die nächste Sprosse erklomm. Schließlich würde damit zwangsläufig ein Ortswechsel des Oberstaatsanwalts einhergehen.

Kriminaldirektor Eberle versuchte die erhitzten Gemüter ein wenig zu beruhigen. »Herr Kollege«, begann er mit sanfter Klangfärbung der Stimme, »auch wenn es sich bei dem, was Dr. Hollerbach orakelt, meines Erachtens eher um ein theoretisches Szenario handelt, sollten wir trotzdem alles in unserer Macht Stehende tun, um dieses Problem so schnell wie möglich aus der Welt zu schaffen. Schließlich steht zu befürchten, dass die Japaner möglicherweise sehr ungehalten reagieren werden. Ich bin mir zum Beispiel ziemlich sicher, dass man saftige Regressforderungen geltend machen würde. Und das ist eine sehr realistische Befürchtung.«

»Wie teuer ist denn eigentlich so ein Viech?«, wollte Tannenberg wissen.

»Preisgekrönte Kois haben bei Auktionen schon 700 000 Euro und mehr eingebracht«, entgegnete der Oberstaatsanwalt.

»Wahnsinn!«

Dr. Hollerbach zuckte mit den Schultern. »Aber den Wert der gestohlenen Exemplare kann ich beim besten Willen nicht einschätzen. Die Japaner haben sich über dieses Thema ausgeschwiegen. Wahrscheinlich aus gutem Grund.«

»Ist Ihnen nun endlich der Ernst der Lage klar, Herr Hauptkommissar?«, fragte Eberle. Ohne eine mögliche Antwort abzuwarten, ergänzte er: »Deshalb müssen wir diese Angelegenheit so schnell wie möglich in den Griff kriegen – und zwar intern!«

»Und wie stellen Sie sich das vor?«

»So schwer kann das ja wohl nicht sein, Herr Hauptkommissar«, versetzte Eberle. »Die Kois müssen ja schließlich irgendwo abgeblieben sein: in einem Aquaristikcenter, in einem Forellenweiher …«

»In einer Tiefkühltruhe«, ergänzte der Leiter des K 1. Er erntete damit allerdings lediglich einen entsetzten Blick des Oberstaatsanwalts.

Unterdessen fuhr Eberle fort: »Der Fang und der Abtransport der Tiere waren sicherlich eine größere Aktion.«

»Klar, das dauert schon seine Zeit«, stimmte Tannenberg zu. »Man muss diese Viecher ja erst mal einfangen.«

»Nein, das sehen Sie völlig falsch«, bemerkte Dr. Hollerbach mit gequälter Miene.

»Wieso?«, sprudelte es nahezu gleichzeitig aus zwei Mündern.

»Kois sind sehr zutrauliche Tiere. Wenn man sich intensiv mit ihnen beschäftigt, werden sie sogar handzahm. Ich habe auch vier Kois im Gartenteich.« Er legte eine kurze Pause ein. Mit glänzenden Augen schob er nach: »Wenn man die Hand ins Wasser streckt, kommen sie sofort zu einem hingeschwommen.«

»Ach, Gott, wie süß. Darf ich mal …«

»Tannenberg«, rüffelte Eberle mit bedrohlich anschwellender Stimme. »Da werden doch sicherlich im Japanischen Garten einige Tatortspuren zu finden sein: Fuß- und Reifenspuren. Vielleicht lassen sich ja sogar Zeugen ausfindig machen, die irgendwelche sachdienlichen Beobachtungen gemacht haben.«

Der Leiter des K 1 blies skeptisch die Backen auf und ließ die Luft anschließend geräuschvoll entweichen. »Da wäre ich mir nicht so sicher.« Er stülpte die Unterlippe vor. »Wenn wir es bei diesem Fischdiebstahl mit Profis zu tun haben, sehe ich schwarz. Die sind womöglich mitsamt ihrer Beute schon im angrenzenden Ausland untergetaucht. Vielleicht gibt es ja auch eine Koi-Mafia, die international agiert.«

»Das glaub ich eher weniger«, meinte Kriminaldirektor Eberle, der anscheinend nicht so recht wusste, ob ihn sein Mitarbeiter gerade veralbert hatte. Deshalb überspielte er seine Unsicherheit, indem er sogleich nachschob: »Ich denke, die halten sich noch hier in der Gegend auf und warten erst mal ab, bis sich der Pulverdampf verzogen hat.«

»Warum wurden die Kois eigentlich nicht bewacht, wenn sie so ausgesprochen wertvoll sind?«, wollte Tannenberg wissen.

»Wurden sie ja«, antwortete Eberle. »Und zwar von einem Sicherheitsdienst. Aber die Leute sitzen natürlich nicht 24 Stunden am Teich und gaffen die Fische an. Die haben ihre festen Kontrollrouten und -zeiten. Und diese Lücke müssen die Täter offensichtlich ausgenutzt haben.«

»Dahinter steckt eine ausgefeilte Logistik. Was wohl eher für professionelle Täterkreise spricht«, versetzte Dr. Hollerbach.

»Trotzdem versuchen wir unser Glück erst mal hier in der Gegend«, beharrte der Kriminaldirektor auf seiner Einschätzung. Er wandte sich an Tannenberg, reichte ihm einen beschrifteten Zettel. »Hier ist die Handynummer des Mannes, der den Koidiebstahl entdeckt hat. Der Herr ist Vorsitzender des Freundeskreises unseres Japanischen Gartens. Wenden Sie sich an ihn. Er erwartet Ihren Anruf. Und denken Sie daran: Wir müssen den

Kreis der Eingeweihten so klein wie nur irgend möglich halten.«

Tannenberg nickte zustimmend.

»Deshalb schlage ich Folgendes vor, Herr Hauptkommissar«, erteilte Eberle weitere Anweisungen: »Sie suchen sich jetzt gleich einen, höchstens zwei vertrauenswürdige«, er reckte mahnend den Zeigefinger, »und vor allem schweigsame Mitarbeiter aus ihrem Team. Und mit denen machen Sie sich so schnell wie möglich an die Arbeit. Damit die anderen Kollegen des K1 nichts davon mitbekommen, teilen Sie ihnen bitte mit, dass sie auf meine Weisung hin ab sofort zur Einsatzzentrale in Landstuhl abgeordnet sind.«

»Okay«, entgegnete Tannenberg. Er leckte sich nachdenklich die Lippen. »Ich hab auch schon zwei hochqualifizierte Leute im Auge.«

»Und die wären?«

»Zum einen Karl Mertel von der Kriminaltechnik.«

»Gute Idee, das macht Sinn«, lobte Eberle.

»Und Dr. Schönthaler.«

»Was wollen Sie denn mit dem Rechtsmediziner?«, fragte Dr. Hollerbach verdutzt. »Dem können und dürfen Sie doch überhaupt keinen Ermittlungsauftrag erteilen.«

»Auch hinter meiner Wahl steckt eine ausgefeilte Logistik«, behauptete Tannenberg: »Der eine sichert die Spuren, der andere obduziert die Fische.« Als er sah, wie sein Busenfreund erbleichte, ergänzte er grinsend: »War nur ein Scherz, Herr Oberstaatsanwalt! Der Mertel reicht mir völlig.«

Nach diesem Satz ließ Tannenberg die sprachlosen Männer einfach stehen und eilte aus dem Dienstzimmer seines Vorgesetzten. Während er in dem menschenleeren Treppenhaus eine Etage tiefer zu den Katakomben der kriminaltechnischen Abteilung trippelte, murmelte er: »Na ja, endlich mal was anderes: Kaiserslauterer Mordkommission jagt Fischdiebe. Der Wahnsinn hat drei Buchstaben: K-o-i.«

»Ach, Eberle«, warf der Oberstaatsanwalt dazwischen. »Auch wenn Sie es nicht glauben mögen, aber die Japaner haben eben eine ganz andere Tradition als wir Europäer. Das Fatale an der Sache ist nämlich Folgendes.« Er hüstelte hinter vorgehaltener Hand, bevor er mit gequälter Mimik weitersprach: »Falls der Herr Ministerpräsident die Kois, die er an unseren Japanischen Garten ausgeliehen hat, nicht zurückbringt, verliert er sein Gesicht und …?«

Als niemand auf seine Frage reagierte, fuhr er fort: »Und bringt große Schande über seine altehrwürdige Familie.« Er stöhnte auf. »Und laut der in seinen Kreisen vorherrschenden Tradition gibt es nur *eine* einzige Möglichkeit für ihn, die Ehre seiner Familie zu bewahren. Und die besteht darin, sich das Leben zu nehmen.«

»Verdammte Scheiße, das glauben Sie doch alles selbst nicht«, schimpfte der Leiter des K 1 mit einem weiteren Ausflug in die Fäkaliensprache.

»Kommen Sie, Herr Kollege, bitte mäßigen Sie sich!«, mahnte sein direkter Vorgesetzter.

Tannenberg machte eine entschuldigende Geste. »Okay, okay.« Anschließend wandte er sich an den Oberstaatsanwalt. Aber, woher wollen Sie denn das eigentlich alles so genau wissen?«

»Ganz einfach, mein Lieber: Ich verkehre eben in völlig anderen gesellschaftlichen Kreisen als Sie«, entgegnete Dr. Hollerbach in arrogantem Tonfall. Mit emporgezogenen Augenbrauen verkündete er: »Der Oberbürgermeister von Bunkyo-ku hat bei seinem letzten Besuch einen Vortrag bei uns im Lionsclub gehalten, und uns dabei ganz stolz von seinem Freund Koizumi und dessen hochangesehener, traditionsbewusster Fami-

4

Als der Leiter des K 1 in ungewohnt heiterer Stimmung das Labor betrat, untersuchte Karl Mertel gerade mit einem Spezialgerät ein angekohltes Holzstück auf Spuren von Brandbeschleunigern. Es stammte von einem bis auf die Grundmauern niedergebrannten Möbellager, bei dem vorsätzliche Brandstiftung nicht ausgeschlossen werden konnte.

»Moin, du alte Kellerassel«, begrüßte Tannenberg seinen langjährigen Kollegen. »Schnüffelst du mal wieder im Dreck anderer Leute herum?«

Mertel zog die Lesebrille ab und musterte den Eindringling mit einem staunenden Blick. »Was'n mit dir los, Wolf? Schon so munter? Um diese Uhrzeit? Bist du etwa krank? Oder hast du möglicherweise im Mittwochslotto gewonnen?« Sein Gesicht leuchtete auf. »Quatsch, das hast du ja gar nicht mehr nötig. Deine Familie knackt ja morgen den 10-Millionen-Jackpot.«

Tannenberg postierte sich neben ihn und legte ihm eine Hand auf die Schulter. »Abwarten, mein lieber Karl, abwarten. Vielleicht schaffen es diese drei Teufelskerle ja tatsächlich. Zutrauen würde ich es ihnen jedenfalls. Weißt du was: Wenn's klappt, stifte ich dir ein neues Mikroskop – versprochen.«

»Ich nehme dich beim Wort, Wolf.«

»Kannst du. Ach, übrigens, alter Junge, im Gegensatz zu dir weiß ich schon, welchen Dienstgang du jetzt gleich unternehmen wirst.«

Mertel verzog das Gesicht. »Und wohin, wenn ich fragen darf?«

»Tja.« Tannenberg ließ einen Moment verstreichen, bis er schließlich mit einem süffisanten Lächeln fortfuhr. »Du fährst jetzt gleich zum Japanischen Garten.«

»Wohin? Zum Japanischen Garten?«

»Ja, genau. Weißt du, wo der ist?«

»Natürlich weiß ich, wo sich der größte Japanische Garten Deutschlands befindet«, antwortete der Spurensicherer mit einem Anflug von Lokalpatriotismus. »Der ist direkt hinter der Kammgarn. Auf der anderen Seite der Lauterstraße. Da war ich sogar schon mal mit meiner Frau. Ist wirklich schön dort. Warst du …« An dieser Stelle brach er plötzlich ab. »Au Backe, Mord im Japanischen Garten?«

Tannenberg schnaubte und stieß ein höhnisches Lachen hervor. Aber bevor er antwortete, blickte er sich suchend im Labor um. Von Mertels Mitarbeitern war niemand zu sehen. Trotzdem senkte er die Stimme ab und schob fast im Flüsterton nach: »Von wegen Mord, Karl.«

»Ja, was denn dann?«

»Du wirst es mir wahrscheinlich nicht glauben, aber laut Eberles Dienstanweisung sollen wir zwei wegen eines Fischdiebstahls ermitteln?«

»Was? Wegen eines Fischdiebstahls?« Mertel verschlug es einen Augenblick lang die Sprache. »Du machst doch wohl Witze, Wolf, nicht wahr?«

»Hab ich ja auch erst gedacht, aber er und Hollerbach meinen es tatsächlich ernst.«

Während der nächsten Minuten präsentierte Tannenberg seinem Kollegen die schier unglaubliche Koi-Geschichte, die er erst kurz zuvor in Eberles Büro vernommen hatte. Mertel unterbrach ihn des Öfteren, bat ihn sogar mehrmals, bestimmte Passagen noch einmal langsam zu wiederholen. Zu unwirklich erschien ihm das, was ihm da gerade zu Ohren kam.

Entsprechend seiner Order ermahnte Wolfram Tannenberg abschließend den altgedienten Kriminaltechniker zu striktem Stillschweigen und eröffnete ihm seinen konkreten Ermittlungsauftrag: Spurensicherung am Tatort und Befragung des ihn im Japanischen Garten erwartenden vermeintlichen Zeugen.

»Mach ja diesem Freundeskreis-Vorsitzenden klar, dass er niemandem etwas von diesem Diebstahl erzählen darf. Und falls irgendjemand von den anderen Vereinsfritzen wissen will, wo die Kois abgeblieben sind, soll er ihnen einfach sagen, dass diese Viecher heute Morgen schon in aller Frühe von den Japanern abgeholt worden seien.«

»Gut. Und was machst du?«

»Ich gehe jetzt hoch in mein Büro und avisiere dich diesem Herrn. Von dem besorg ich mir auch gleich die Telefonnummer des zuständigen Sicherheitsdienstes. Und dann rufe ich diese Pfeifen mal an und nehme sie mir anständig zur Brust. Schließlich haben wir diesen unfähigen Hilfssheriffs den ganzen Schlamassel zu verdanken.«

»Also, gut, wenn unser Chef es so haben will, dann gehe ich jetzt eben Fische suchen.« Kopfschüttelnd warf er einen kurzen Blick auf das angekohlte Holzstück auf seinem Labortisch. »Das ist ja auch viel wichtiger, als die Frage, ob wir es hierbei mit Brandstiftung zu tun haben oder nicht.«

»Ach, mein lieber Karl, mir fällt gerade etwas ein, worum ich dich inständig bitten möchte«, flötete der Leiter der Kaiserslauterer Mordkommission.

»Geht's auch etwas weniger geschwollen?«

»Klar. Also: Könntest du mir bitte den Gefallen tun und mal vorher kurz bei meinem Vater vorbeischauen?«

»Wolf, du weißt doch ganz genau: Wenn du so schön ›bitte‹ sagst, kann ich dir keinen Wunsch abschlagen. Und was soll ich bei ihm?«

Man sah Tannenberg an, dass es ihm ein wenig unangenehm war, Mertel um Hilfe bei dieser Privatangelegenheit zu bitten. Er zog eine Pinzette vom Tisch und spielte nervös damit herum.

Sein Kollege nahm ihm die Pinzette aus der Hand. »Sag schon, wo drückt dem alten Herrn der Schuh?«

»Na ja, mein biologischer Erzeuger ist natürlich wegen seines Auftritts in dieser Rateshow total aufgeregt.«

»Verständlich, wäre ich auch.«

»Sein Computer ist abgestürzt. Da sind sämtliche Materialien drauf, mit denen er und die anderen beiden sich auf dieses Quiz vorbereiten.«

Mertel lächelte freundlich. »Mal sehen, was ich tun kann. Schließlich wollen wir doch wohl alle, dass deine Familie unserem pfälzischen Volksstamm keine Schande macht.«

Der Dienstanweisung entsprechend durfte auch Petra Flockerzie nicht das Geringste von seinem Geheimauftrag erfahren. Deshalb versuchte Tannenberg eigenhändig die Telefonverbindung zur Zentrale des Security-Services herzustellen. Nachdem allerdings über eine Viertelstunde lang lediglich das Besetztzeichen der Saarbrücker Telefonnummer in sein Ohr gehupt hatte, entschloss er sich widerwillig zu einer Dienstreise ins benachbarte Bundesland, in welches sich ein waschechter Pfälzer normalerweise nur dann begibt, wenn es unbedingt sein muss.

Wie stets war die A 6 auch an diesem relativ milden und diesigen Novembertag stark befahren. Tannenberg verspürte nicht die geringste Lust auf eine stressige Autobahnfahrt. Deshalb reihte er sich auf der rechten Spur in die Blechkarawane ein und drehte das Autoradio lauter. Als der Empfang seines Lieblingssenders mit der Zeit schlechter wurde, wechselte er notgedrungen zum 1. Programm des Saarländischen Rundfunks, derjenigen ARD-Anstalt, die sein Vater stets nur als ›Feindsender‹ titulierte.

Nachdem die letzten Takte von ›Born to be wild‹ verklungen waren, meldete sich ein dampfplaudernder Moderator zu Wort und verkündete lauthals, dass der neue Trainer des 1. FC Kaiserslautern als erste Amtshandlung die Verwendung von Hochdeutsch angeordnet habe. Damit wolle er die Kommunikation in der Mannschaft verbessern. Die afrikanischen Spieler hätten damit keine Probleme – ganz im Gegensatz zu ihren pfälzischen Kollegen …

»Ach, Gott, bist du vielleicht ein Komiker! Mein Junge, ich frag dich nur eins: In welcher Liga spielt denn der 1. FC Saarbrücken?«, konterte Tannenberg in voller Lautstärke.

Im Anschluss an diese seiner Meinung nach mehr als angebrachten Retourkutsche kehrte er auf die gedankliche Ebene zurück und beschäftigte sich mit einem anderen Thema.

Auch eine Folge der Globalisierung, sagte er zu sich selbst: Ein *Japanischer* Garten mitten in der Hauptstadt des *Pfälzer* Waldes wird von einem *saarländischen* Sicherheitsdienst bewacht – das konnte ja wirklich nicht gut gehen!

Nach einer regelrechten Irrfahrt durch das Saarbrücker Gewerbegebiet erreichte der Leiter des K 1 schließlich doch noch seinen Zielort. Allerdings musste er sich einmal mehr eingestehen, dass die Realität auch diesmal nicht bereit war, sich seinen Vorurteilen unterzuordnen. Denn das mehrgeschossige, moderne Verwaltungsgebäude eines offensichtlich gut florierenden mittelständischen Unternehmens entsprach absolut nicht seinen Vorstellungen von der Zentrale eines Sicherheitsdienstes. Er hatte da eher an einen armseligen, containerartigen Flachbau gedacht, in dem er sich mit gezogener Waffe einer Horde finsterer Gestalten erwehren müsste.

Sichtlich irritiert stellte er seinen Wagen auf dem Besucherparkplatz ab. Auf seinem Weg zum Gebäude passierte er eine gepflegte Grünanlage und den Fuhrpark der Firma, der aus weit mehr als einem Dutzend Kleinbussen, Geländewagen und PKWs bestand. Auf allen Fahrzeugen prangte das Firmenlogo, ein rennender Igel, auf dessen Flanke in grellem Orange der Schriftzug *SIOK-Security* aufgedruckt war. Während Tannenberg auf den verglasten Eingangsbereich zuschlenderte, wunderte er sich über den merkwürdigen Firmennamen, der ihm da in Großbuchstaben vom Vordach entgegenleuchtete.

Plötzlich blieb er stehen.

Das gibt's doch gar nicht, schoss es ihm geradezu durchs Hirn. *SIOK* rückwärts gelesen heißt ja *KOIS*. Was für ein merkwürdiger Zufall!

Wie aus dem Nichts tauchte auf einmal eine schon längst vergessen geglaubte Erinnerung in seinem Bewusstsein auf: Vor vielen Jahren hatte er gemeinsam mit seinem Bruder und dessen beiden Kindern einen Ausflug in den Karlsruher Zoo unternommen. Dabei durfte natürlich auch die obligatorische Bootsfahrt auf dem inmitten des weitläufigen Zoogeländes künstlich angelegten See nicht fehlen.

Wenn er nur daran dachte, was er damals gesehen hatte, dann schauderte es ihn auch heute noch: Im trüben Seewasser tummelte sich eine Unzahl von Karpfen. Wohin er auch blickte, überall sah er nur gierig aufgesperrte Fischmäuler, starre Glotzaugen und dicke, wulstige Fischleiber, die sich besonders um die Boote herum dicht aneinanderdrängten, sich dabei übereinandergeschoben und an diesen Stellen die aufgewühlte Wasseroberfläche regelrecht brodeln ließen.

Zutiefst angewidert schüttelte sich Wolfram Tannenberg wie ein nasser Braunbär. Doch kurz darauf ging ein heftiger Ruck durch seinen Körper und er setzte sich wieder in Bewegung. Noch bevor er die Empfangsdame nach dem für die Bewachung des Japanischen Gartens zuständigen Mitarbeiter fragte, bat er die apart gekleidete Mittdreißigerin, ihm doch bitte die Bedeutung ihres Firmennamens zu erläutern. Bereitwillig klärte sie ihn darüber auf, dass *SIOK* die Abkürzung für ›Sicherheitsdienste – Individuallösungen – Objekt– und Klientenschutz‹ sei. Anschließend begleitete sie ihn zu dem eine Etage höher gelegenen Büro des Geschäftsführers.

›Klientenschutz‹, wie sich das anhört, amüsierte er sich, während er gemächlich neben der dezent parfümierten Frau die Treppenstufen emporstieg. Klingt richtig seriös, so als ob man sich hier in einer Anwaltskanzlei befände. Security – blöde Fremdsprachenbegriffe! Früher hieß das einfach ›Wach- und Schließgesellschaft‹.

Der Mann, der dem Leiter des K 1 wenig später freundlich die Hand entgegenstreckte, wollte so gar nicht dem Bild entsprechen, das sich Tannenberg bislang von einem Mitarbeiter eines privaten Sicherheitsdienstes gemacht hatte. Der ungefähr 30-jährige Geschäftsführer hatte weder einen kahlgeschorenen Schädel, noch trug er eine Sonnenbrille, hinter der er mit grimmiger Miene hervorblickte, noch wies er das Gardemaß eines wandernden Kleiderschrankes auf. Nein, er sah eher aus wie ein leitender Bankangestellter oder wie ein selbstbewusster Jungunternehmer: sportliche Figur, mit einem geschmackvollen, dunklen Anzug bekleidet, akkurat geschnittenes, kurzes Haar, leicht gebräunt, glattrasiert.

»Sagen Sie mal, wirtschaftlich scheint es Ihrer Firma ja prächtig zu ergehen«, versetzte Tannenberg, während er seinen Dienstausweis präsentierte. »Und das in diesen schwierigen Zeiten.«

»Ja, ja, ich weiß, das erscheint vielen auf den ersten Blick hin als paradox. Aber gerade in dieser Epoche des gesellschaftlichen Umbruchs, in der die Schere zwischen Arm und Reich immer weiter auseinanderklafft, wird das Sicherheitsbedürfnis der wohlhabenden Bevölkerungskreise zusehends ausgeprägter.«

Er ging ein paar Schritte durch den lichtdurchfluteten Raum. Vor einem direkt an der Wand aufgestellten großen Tisch, auf dem in Miniaturformat eine Unzahl Häuser, Bäume und Zäune aufgebaut waren, blieb er stehen und wies mit seinem ausgestreckten Arm darauf.

Als Tannenberg dieses Modell sah, dachte er sofort an eine mittelalterliche Stadtbefestigung.

»Schauen Sie sich doch bitte nur mal unsere Security-Siedlung hier an«, begann der von sich und seinen Produkten extrem überzeugte Geschäftsführer zu erläutern. »Sie werden es nicht glauben, aber alle Häuser dieser exklusiven Wohnanlage sind bereits verkauft.« Er hob die Augenbrauen, warf Tannenberg einen scharfen Blick zu. »Und ich kann Ihnen versichern, dass diese Immobilien nicht gerade billig sind.«

»Das glaub ich Ihnen aufs Wort«, entgegnete der Kriminalbeamte. »Aber irgendwie erinnert mich diese Festungsanlage sehr an einen Hochsicherheitstrakt.«

Der Mann lachte auf. »Genau das soll es ja auch sein, Herr Hauptkommissar: Streifendienste, Videoüberwachung, Sicherheitszäune usw. – eben die gesamte Palette dessen, was wir unseren hochsolventen Klienten bieten können!«

»Also ich möchte in diesem Gefängnis nicht leben.«

»Gefängnis?«, schnaubte der Geschäftsführer, dem anscheinend schlagartig klar wurde, dass sein Gegenüber für dieses Projekt offenbar nicht zu begeistern war. Er brummte, kratzte sich nachdenklich am Hals. »Hab ich das eben auf Ihrem Dienstausweis richtig gelesen? Sie sind von der Mordkommission?«, beendete er seinen geradezu leidenschaftlich vorgetragenen Exkurs in die Welt der modernen Sicherheitstechnik.

»Ja, ja, aber machen Sie sich mal keine Gedanken«, beschwichtigte Tannenberg. »Es geht nicht um ein Kapitalverbrechen, sondern um etwas ganz anderes.« Mit wenigen Sätzen erläuterte er ihm den Grund, der ihn hierher geführt hatte. Allerdings beschränkte er sich bei seinen Äußerungen auf das Notwendige, die delikaten Details verschwieg er ebenso wie mögliche diplomatische Komplikationen.

»Ach so, ich verstehe. Dann bitten wir doch am besten gleich mal unseren Einsatzleiter, den Herrn Sievers, zu uns. Der kann Ihnen im Gegensatz zu mir in dieser Angelegenheit bestimmt weiterhelfen.«

Er führte ein kurzes Telefongespräch mit seinem Mitarbeiter, der offensichtlich eine ausgeprägte Verweigerungshaltung an den Tag legte. Erst eine deftige Drohung fruchtete. Etwa fünf Minuten später erschien der Einsatzleiter im Büro. Er war augenscheinlich ziemlich im Stress, denn er machte einen sehr gehetzten Eindruck.

»Chef, ich hab's Ihnen ja schon am Telefon gesagt«, begann der muskelbepackte, glatzköpfige Bodyguardtyp, dessen äußeres Erscheinungsbild nun endlich Tannenbergs Vorstellung von einem richtigen Security-Mitarbeiter entsprach. »Ich hab überhaupt keine Zeit«, stieß er hechelnd hervor. »Ich muss dringend nach Kaiserslautern, da gibt's gewaltige Probleme mit diesen komischen Fernsehfuzzis.« Nervös kratzte er sich auf seinem linken, mit einem Flammenschwert tätowierten Handrücken herum. Anschließend rieb er kurz sein Ohrläppchen, an dem ein großer, goldener Ring baumelte.

»Welche Probleme?«, wollte der Leiter des K 1 neugierig wissen.

Sievers warf dem Geschäftsführer einen fragenden Blick zu, der ihm sogleich zunickte. Nachdem er auf diese Weise die Erlaubnis eingeholt hatte, schimpfte der Einsatzleiter gestenreich los: »Ach, diese aufgeblasenen Typen vom Fernsehen haben sie doch nicht mehr alle! Denen kann man's nie recht machen. Die wissen immer alles besser – verdammt und zugenäht.«

»Sind Sie und Ihre Leute etwa für die Quizshow morgen in der Fruchthalle zuständig?«

»Ja, klar. Das ist vielleicht eine Schrotthalle! Aus Sicherheitsgründen dürften dort überhaupt keine Großveranstaltungen stattfinden.«

»Wieso?«

»Warum interessiert Sie das denn? Bei uns brennt die Hütte und Sie fragen mich Dinge, die Sie überhaupt nichts angehen«, bellte Sievers aggressiv zurück. »Sind Sie nicht wegen etwas ganz anderem hier?«

»Doch, doch, natürlich.« Tannenberg räusperte sich.

»Wegen dieser blöden Fische, hat der Chef gesagt.«

»Genau.«

»Okay. Also: Ich hab eben in unseren Einsatzplänen nachgeschaut. Die beiden Kollegen, die dort heute Nacht auf Streife waren, hab ich gerade angerufen. Sie haben mir gesagt, dass sie den Japanischen Garten wie immer zu den festgelegten Zeiten überprüft hätten. Und zwar um 23 Uhr, um 1 Uhr 30 und um 4 Uhr. Ihnen sei dabei nichts Ungewöhnliches aufgefallen. War's das?«

»Ja, im Augenblick schon. Aber irgendwie werde ich das Gefühl nicht los, dass wir zwei uns demnächst nochmal über den Weg laufen.«

»Hoffentlich bei Nacht und Nebel. Ich kann Bullen nämlich auf den Tod nicht ausstehen.«

5

Dr. Schönthaler staunte nicht schlecht, als Tannenberg ihn von Saarbrücken aus anrief und ihm mitteilte, dass er ihn gerne in einer Dreiviertelstunde zum Essen abholen würde. Der Rechtsmediziner willigte ohne Zögern ein, denn das überraschende Angebot erschien ihm überaus verlockend.

Zum einen deshalb, weil Tannenberg sich entgegen sonstiger Gewohnheit freiwillig dazu bereiterklärt hatte, die Restaurantkosten zu übernehmen. Und zum anderen, weil sein alter Freund verkündet hatte, ihn ausführlich über seinen spektakulären neuen Fall zu informieren. Als leidenschaftlicher Hobbykriminalist konnte er seine Neugierde nun natürlich nicht mehr zügeln.

Von gespannter Vorfreude erfüllt verließ er die tristen Katakomben und begab sich an die frische Luft. Zuerst wanderte er ungeduldig eine Zeit lang auf dem breiten Bürgersteig vor dem Haupteingang des Westpfalz-Klinikums auf und ab. Dann schlenderte er die Hellmut-Hartert-Straße entlang, bis zu der Stelle, an der diese in die Pariser Straße einmündet.

Knapp eine Viertelstunde später erschien endlich Tannenbergs feuerrotes BMW-Cabrio. Dr. Schönthaler hechtete geradezu ins Auto. Kaum hatte er darin Platz genommen, schon bedrängte er den Leiter der Kaiserslauterer Mordkommission mit bohrenden Fragen. Aber der weigerte sich strikt, dem wissbegierigen Rechtsmediziner irgendwelche Auskünfte zu erteilen. Er müsse sich aufs Autofahren konzentrieren, behauptete er. Selbstverständlich war diese Begründung nur vorgeschoben.

Der wahre Grund lag vielmehr darin, dass er seinen besten Freund noch ein wenig auf die Folter spannen und in seiner Unwissenheit schmoren lassen wollte – was Dr. Schönthaler natürlich wusste. Schließlich waren die alten Kumpane begeisterte Strategiespieler, die jede sich bietende Gelegenheit zu einem kleinen intellektuellen Scharmützel nutzten. Und nichts war prickelnder, als über Informationen zu verfügen, die der Gegner nicht besaß, aber alles daransetzte, um sie zu besitzen.

»Gib mir wenigstens einen kleinen Tipp«, bettelte Dr. Schönthaler.

»Gerne«, zeigte sich Tannenberg unerwartet gönnerhaft. »Der Zentralbegriff, um den sich in meinem aktuellen, äußerst mysteriösen Kriminalfall alles dreht, lautet …« Tannenberg brach ab, stülpte die Unterlippe vor und zuckte mit den Schultern. »Tut mir leid, Rainer, hab ich jetzt doch tatsächlich vergessen.«

»Los, mach schon«, knurrte der Rechtsmediziner wie ein beißwütiger Polizeihund.

»Na, gut«, erbarmte sich sein Freund: »Zentralbegriff, Doppelpunkt: ›Fische‹.«

»Fische? Und was soll ich damit anfangen?«

»Na, dann lass doch einfach mal deine grauen Zellen arbeiten.«

»Ich brauch mindestens noch einen weiteren Hinweis.«

»Nee.«

»Elender Sadist!«, zischte der Pathologe. In Gedanken ergänzte er: Warte nur, das zahl ich dir heim – heute noch!

Bereits wenige Minuten später saßen die beiden Männer bei ihrem Lieblingsitaliener in der Altstadt. Tannenberg hielt sich auch weiterhin bedeckt, ließ bezüglich seines neuen Falls lediglich ein paar recht nebulöse Andeutungen verlauten. Erst nachdem er seinem Gegenüber ein regelrechtes Schweigegelübde abgetrotzt hatte, servierte er ihm die ganze verrückte Koigeschichte.

Dr. Schönthaler reagierte genauso, wie Tannenberg befürchtet hatte: Er prustete los, lachte aus vollem Halse. »Harakirigefahr?«, rief er dabei so laut, dass sich einige der Restaurantgäste neugierig zu ihm umdrehten. Tränen schossen ihm in die Augen.

Kopfschüttelnd legte Tannenberg das Besteck auf seinen Teller und bedachte seinen unbeherrschten Freund mit einem tadelnden Blick. »Brüll hier nicht so rum!«, schimpfte er leise. »Die Leute werden ja schon auf uns aufmerksam.«

Franco, der Wirt des italienischen Restaurants, erschien schmunzelnd am Tisch, fragte nach dem Grund für den Heiterkeitsausbruch seines Stammgastes.

»Ach, mein alter Kumpel hat mir nur gerade einen Witz erzählt. Aber den behalten wir wohl besser für uns«, schwindelte der Rechtsmediziner. Er atmete noch ein paar Mal schwer, dann hatte er sich emotional wieder besser im Griff.

Mit leiser Stimme sagte er an Tannenberg gerichtet: »Wolf, unabhängig davon, ob die Befürchtungen unseres geliebten Herrn Oberstaatsanwaltes nun zutreffen werden oder nicht …« Dr. Schönthaler stockte und nippte an seinem Rotwein. »Offensichtlich ist der werte Herr zur Zeit etwas hysterisch.«

»Zur Zeit? Das ist er doch wohl immer.«

»Na ja, egal. Also ich halte das alles für völlig irreale Hirngespinste. Obwohl man bei den Japanern tatsächlich nie so genau weiß, was sie im Schilde führen. Aber davon mal abgesehen, das Thema Harakiri ist aus pathologischer Sicht ein äußerst interessantes.«

»Für euch Leichenschnippler vielleicht«, entgegnete Tannenberg. Dann verstummte er, schob sich ein Stück Lasagne in den Mund.

Dr. Schönthaler tat es ihm gleich. Allerdings kaute er ein wenig schneller. Er schluckte den Bissen hastig hinunter und tupfte sich den Mund ab. Man sah ihm deutlich an, dass dieses Thema offensichtlich eine magische Faszination auf ihn ausübte. Er war nun in seinem Element und kannte fortan keinerlei Rücksichtnahme mehr auf die Befindlichkeit seines zuweilen recht sensiblen Tischgenossen.

Außerdem hab ich noch ein Hühnchen mit dir zu rupfen, freute sich seine schwarze Seele. Danach legte er los: »Wolf, ich erinnere mich gerade an einen internationalen Rechtsmedizinerkongress, bei dem uns mal ein japanischer Kollege einen unglaublich interessanten Vortrag über die Obduktion von Harakiri-Opfern gehalten hat.« Er brach erneut ab, um einen weiteren Schluck Wein zu trinken. »Weißt du eigentlich, wie das klassische Harakiri-Ritual aussieht?«

Tannenberg schüttelte den Kopf. »Will ich auch gar nicht wissen.«

»Doch, doch, ein bisschen kulturelle Bildung kann besonders dir nie schaden«, gab Dr. Schönthaler betont laut zurück. »Also: Der Suizidkandidat kniet nieder …« Grinsend beugte er sich über den Tisch und ergänzte im Flüsterton: »Was ich aus Rücksicht auf dich jetzt nicht tun werde. Damit du dich nicht noch mehr mit mir schämen musst.«

»Danke, sehr freundlich.«

Danach richtete der Pathologe seinen Oberkörper auf und drückte seinen Stuhl etwa einen halben Meter vom Tisch weg. »Dann nimmt er einen kurzen Dolch«, fuhr er mit anschwellender Stimme fort. Er zeigte mit der Spitze des Messers, mit dem er Sekunden zuvor noch die Lasagne geschnitten hatte, auf seine Leistengegend, »sticht sich damit links unten in den Bauch und zieht die scharfe Klinge hoch bis in den Magen und schlitzt ihn auf.« Mit schmerzverzerrter Mimik spielte er diese makabere Prozedur vor.

Tannenberg hatte inzwischen aufgehört zu kauen. Wie in Blei gegossen starrte er hinüber zu Dr. Schönthaler, der nun auch noch den Inhalt seiner nächsten Sätze pantomimisch in Szene setzte.

»Trotz dieser höllischen Schmerzen sieht das traditionelle Ritual vor, dass der Kandidat schweigend den Kopf zum Boden hin senkt. Das ist das Zeichen für den Assistenten – meistens ist das übrigens der beste Freund, in meinem Falle also du –, den letzten Schritt durchzuführen: das Abschlagen des Kopfes mit einem wuchtigen Schwertschlag.«

Wolfram Tannenberg schluckte hart und legte dabei sein Messer in Zeitlupe auf der Serviette ab.

Im Gegensatz zu dem Kriminalbeamten, dessen Appetit sich anscheinend schlagartig verflüchtigt hatte, schob Dr. Schönthaler seinen Stuhl wieder an den Tisch heran und ließ es sich auch weiterhin schmecken.

»Wolf, du siehst aus, als ob du jetzt einen Schnaps vertragen könntest«, bemerkte er mit einem schelmischen Gesichtsausdruck.

Der Leiter des K 1 nickte stumm.

»Franco, zwei doppelte Grappa bitte.« Anschließend wandte sich der Gerichtsmediziner wieder an Tannenberg. »Ach, übrigens, bevor ich es vergesse: Du bist ja heute Nachmittag für mich erreichbar, oder?«

»Warum?«

»Weil ich dich mal kurz bräuchte. Dauert auch bestimmt nicht lange.«

»Wofür denn?«

»Na ja, ich gehe jetzt nach Hause und ziehe mich um – irgendwas Festliches. Ich hoffe, ich finde etwas Passendes.«

»Warum?«, brummte sein Gegenüber verständnislos.

»Warum, fragst du? Aber das liegt doch wohl auf der Hand, mein alter Junge: Ich verziehe mich nachher in meine geliebten Katakomben und mache Harakiri. Wollte ich schon immer mal ausprobieren. Ich melde mich rechtzeitig vorher bei dir – zwecks des letzten Freundschaftsdienstes, den du mir dann bitte erweisen möchtest.«

Tannenberg kehrte zurück zu seiner Dienststelle. Zuerst stattete er Mertel in dessen Reich im Keller des Gebäudes einen unangekündigten Besuch ab. Der Kriminaltechniker stand gerade im Flur vor einem Getränkeautomaten und wartete geduldig auf die Kaffeeausgabe.

»Karl, lass um Himmels willen die Finger weg von dieser ekligen Brühe«, riet ihm Tannenberg mit gerümpfter Nase. »Komm mit hoch, ich brau dir einen Spitzenespresso.«

»Wolf, du weiß doch, dass ich lieber normalen Kaffee trinke. So schlecht ist der aus dem Automaten im Übrigen gar nicht«, entgegnete Mertel, während er den gefüllten Plastikbecher aus dem Ausgabefach zog. »Möchtest du auch einen?«

»Gott bewahre! Willst du mich etwa vergiften?« Angewidert drehte Tannenberg der Maschine den Rücken zu.

»Sag mir mal lieber, ob du heute Morgen bei meinem Vater warst. Konntest du ihm helfen?«

»Ja, ja, das war keine allzu schwierige Nummer«, entgegnete er. »Zehn Minuten, höchstens, dann lief der Kasten wieder einwandfrei. Die sind ja alle völlig aus dem Häuschen bei dir zu Hause.«

»Ich weiß, Karl. Du kannst mir glauben, ich bin heilfroh, wenn morgen Abend diese ganze Chose endlich vorbei ist und die Normalität wieder bei uns einkehrt.« Er ging einen Schritt auf den Kriminaltechniker zu. »Aber mal was anderes: Bist du im Japanischen Garten fündig geworden?«

Mertel schlürfte vorsichtig an der braunen Brühe, dann hob er den Kopf. »Das ist vielleicht eine komische Sache, Wolf. Fischdiebstahl – so was Verrücktes hatten wir wirklich noch nicht.«

»Hast du nun etwas Brauchbares gefunden, oder nicht?«

»Ja, schon«, antwortete der altgediente Kriminaltechniker gedehnt. »Zum Beispiel jede Menge Fingerabdrücke. Und Fußspuren natürlich auch. Die beginnen oben am Tor und führen hinunter bis zu dem kleinen See. Sie konzentrieren sich an einer Stelle am Ufer. Dort haben die Leute anscheinend die Fische gefangen.«

»Das waren also mehrere?«

»Sieht so aus. Das Tor war mit einer dicken Kette und einem massiven Bügelschloss gesichert. Aber mit Profiwerkzeug ist das natürlich kein Problem. Oben am Tor hab ich auch tiefe Reifenabdrücke entdeckt. Kein Wunder bei dem Gewicht, das die zu transportieren hatten. Ich tippe mal auf einen robusten Transporter, so einer, wie ihn diese Paketdienste benutzen. Die Fischdiebe haben ihre Beute garantiert in irgendwelchen großen Wasserkanistern oder Bassins wegtransportiert. Da kommt schon einiges an Gewicht zusammen, denk ich mal.«

»Hmh«, brummte Tannenberg nachdenklich. »Und was ist mit der Zeugenaussage dieses Vereinsvorsitzenden?«

»Leider total unergiebig. Der kam heute Morgen erst in den Japanischen Garten als alles schon längst vorbei war.«

»Mann, Mann, Mann, was für eine bekloppte Nummer! So ein Schwachsinn!«, schimpfte Tannenberg mit einem Mal ungehalten los. Er warf seine Hände seitlich an den Kopf, hämmerte mit den Fingerkuppen auf die Schläfen ein. »Wie sollen wir denn diesen durchgeknallten Typen auf die Spur kommen? Warum haben diese Irren nicht eine Bank überfallen oder einen Supermarkt? Dann hätten wir wenigstens Videoaufnahmen und wertvolle Tatzeugen.« Er stapfte wie Rumpelstilzchen durch den Flur. »Soll ich jetzt etwa alle Fischweiher absuchen, oder was?«

Karl Mertel war während Tannenbergs Wutausbruch in sein Labor geeilt. Nun stellte er sich ihm in den Weg und hielt ihm einen Schnellhefter unter die Nase.

»Was ist das?«

»Ein Katalog mit den Fotos der gestohlenen Kois, Wolf. Den hat mir heute früh dieser Mann im Japanischen Garten übergeben.« Er klappte die Broschüre auseinander. »Da sind alle geklauten Fische drin. Du glaubst es nicht, aber die haben tatsächlich jeden einzelnen von ihnen fotografiert. Die besonders wertvollen Exemplare sind diejenigen, die mit einem roten Kreuz markiert sind. Anhand der Rückenzeichnungen lassen sie sich wirklich sehr gut voneinander unterscheiden, findest du nicht?«

»Doch, klasse, ich bin total beeindruckt! Und was soll ich damit?«, blaffte Tannenberg. »Die Forellenteiche der Umgebung abklappern?«

»Nein, ich hab einen anderen Vorschlag für dich«, erwiderte Mertel schmunzelnd. »Während ich mich weiter um die Auswertung der Spuren kümmere, könntest du dich mal im Internet schlau machen, ob es dort nicht irgendwelche Koi-Börsen oder Schwarzmärkte gibt, wo mit diesen schweineteuren Fischen gehandelt wird. Vielleicht tauchen die Kois aus dem Ordner dort ja irgendwo auf. Dann hätten wir wenigstens eine heiße Spur.«

»Na ja, ich weiß nicht«, bemerkte der Leiter des K 1 mit skeptischer Miene. »Aber ich kann's ja mal versuchen. Ist auf alle Fälle besser als bei diesem Sauwetter Fischweiher abzugrasen.«

»Vielleicht stecken hinter der ganzen Sache ja auch nur ein paar Scherzkekse.«

»Scherzkekse?«

»Ja, irgendwelche Witzbolde, die bloß so zum Spaß oder aus purer Langeweile die Kois geklaut haben.«

»Irgendwie ist alles möglich. Aber vielleicht stecken ja auch militante Tierschutz-Aktivisten dahinter – Abteilung ›Freiheit für alle Kois‹.«

»Warum eigentlich nicht? Die haben sie dann bestimmt irgendwo in einem Fluss ausgesetzt. Vielleicht sogar in unserer alten Lauter.«

»Das wäre O.K.«

»Wieso?«

»Na ja, vielleicht besitzen diese hässlichen Viecher auch so ein Navigationssystem wie die Lachse, mit dem sie zurück an ihren Geburtsort geleitet werden. Dann kämen sie doch irgendwann automatisch nach Japan.«

Die restlichen Stunden dieses Freitagnachmittags verbrachte Kriminalhauptkommissar Wolfram Tannenberg vor seinem Computer. Er hatte bei einer Suchmaschine die Worte ›Koi‹ und ›Handel‹ eingetippt, dazwischen ein Pluszeichen gesetzt und anschließend die Returntaste gedrückt. Über 70.000 verschiedene Internetseiten wurden ihm daraufhin präsentiert. Er fing ganz vorne an – und kam aus dem Staunen nicht mehr heraus.

Schnell gewann er den Eindruck, die Tür zu einer ihm bislang völlig unbekannten Welt aufgestoßen zu haben. Die erste Internetseite, welche er öffnete, war die eines Fachhandels für Original Japankois und Spezial-Teichzubehör.

Er entdeckte den dramatischen Hilferuf eines Vereins zur Ausrottung der Koi-Herpes, er fand ausführliche Informationen über diverse Koi-Transportsysteme und bewährte Verfahren zur Teichoptimierung. Am allermeisten jedoch faszinierten ihn die Preisangaben, mit denen die unzähligen Koi-Abbildungen versehen waren. Den eigentlichen Anlass für seine Internetrecherche hatte er inzwischen völlig vergessen. Der Ordner mit den Fotos der im Japanischen Garten gestohlenen Fische lag ungeöffnet auf seinem Schreibtisch.

Plötzlich läutete das Telefon.

»Hast du gewusst, dass diese komischen Kois zigtausende Euro wert sind?«, verkündete er, direkt nachdem sich Dr. Schönthaler mit seinem Vornamen gemeldet hatte.

»Natürlich hab ich das gewusst. Aber das ist mir im Augenblick eigentlich ziemlich schnuppe. Kannst du gleich mal zu mir kommen?«

»Wieso?«, fragte Tannenberg, gedanklich auch weiterhin mit der auf seinem Monitor abgebildeten Preisliste der ›Premium-Kois‹ beschäftigt.

»Wegen meines Ha-ra-ki-ris«, zerhackte der Gerichtsmediziner den Begriff in seine einzelnen Silben. »Schon vergessen?« Dann unterbrach er die Verbindung.

Irritiert zog der Leiter des K 1 seine Lederjacke von der Stuhllehne und machte sich auf zu den Katakomben des Westpfalz-Klinikums.

Der mit einem makabren Pathologen-Humor behaftete, skurrile Rechtsmediziner erwartete ihn bereits sehnsüchtig. Ungeduldig wanderte er durch sein weiß gekacheltes Totenreich. Als er vom Flur aus endlich die schlurfenden Schritte seines Freundes hörte, öffnete er von innen die Hydrauliktür.

»Was geht denn hier ab?«, gab der völlig perplexe Tannenberg einen der Lieblingssprüche seines Neffen Tobias zum Besten.

Völlig ungewollt war dieser Satz aus seinem Mund herausgesprudelt. Einfach so, ohne von seinem Bewusstsein dazu autorisiert worden zu sein. Es war ein spontaner Reflex auf das, was er da gerade Unwirkliches erblickte.

Der Sektionsraum war nicht wie sonst üblich von kaltem, grellem Kunstlicht durchflutet, sondern von unzähligen Teelichtern in fahlen Kerzenschein getaucht. Auf jedem der drei Seziertische flackerten jeweils etwa ein Dutzend Kerzen. Selbst die Vitrinen an den Wänden waren mit brennenden Teelichtern bestückt. Auch roch es hier ganz anders als sonst, nicht nach scharfen Desinfektions- und Reinigungsmitteln, sondern ein schwerer, süßlicher Geruch lag in der Luft. Er wurde von Räucherkerzen verbreitet, die im Raum verteilt von mehreren Stellen aus ihre dünnen Rauchfädchen aufsteigen ließen.

Inmitten dieses sakral-romantischen Ambientes stand Dr. Rainer Schönthaler. Er hatte die Hände wie betend vor dem Körper gefaltet. Er trug nicht wie gewöhnlich einen grünen Kittel, sondern einen schwarzen, einreihigen Smoking mit farblich abgestimmter Weste, weißem Hemd und bordeauxfarbenem Kummerbund sowie einer gleichfarbigen Fliege und schwarze Lackschuhe.

»Bist du unter die Satanisten gegangen?«, fragte der merklich verdutzte Leiter des K 1. »Willst du jetzt eine schwarze Messe mit mir feiern, oder was?«

»Nein«, gab der Rechtsmediziner lachend zurück. »Aber eigentlich ist das gar keine schlechte Idee.« Er ging ein paar Schritte auf Tannenberg zu. »Das könnten wir zwei doch wirklich mal machen, alter Junge, nicht wahr. Als Menschenopfer schlage ich unseren allseits geschätzten Herrn Oberstaatsanwalt vor.«

Tannenberg nickte zustimmend.

Unterdessen fuhr Dr. Schönthaler fort: »So falsch liegst du übrigens mit deiner Vermutung gar nicht.«

»Welcher Vermutung?«

»Na ja, dass ich mein steriles Refugium hier unten deshalb ein wenig wohnlicher gestaltet habe, um einen würdigen Rahmen für unsere kleine Feier zu schaffen.« Schmunzelnd registrierte er den nach wie vor auf seinem Smoking festklebenden Blick des alten Freundes. »Manchmal gibt es eben festliche Anlässe, zu denen man durchaus in angemessener Kleidung erscheinen sollte. Im Gegensatz zu dir ist mir diese kulturelle Basisgepflogenheit durchaus bekannt.«

Verstohlen schaute Tannenberg hinunter zu seinen verwaschenen Jeans und den schon ziemlich ausgebleichten Wildleder-Clarks.

»Was haben wir denn zu feiern?«, versuchte er abzulenken.

»Zum Beispiel Abschied. Hast du meine Harakiri-Pläne etwa schon vergessen?«

»Ach, Rainer, jetzt hör doch endlich mal auf mit diesem albernen Quatsch«, entgegnete Tannenberg mit geschürzten Lippen.

Dr. Schönthaler reckte den Zeigefinger empor. »Im japanischen Kulturkreis ist das kein Quatsch, mein lieber Wolf, wirklich nicht. Was macht denn eigentlich deine Jagd nach den Fischdieben?«, ergänzte er mit einem hämischen Grinsen.

»Lass mich wenigstens heute Abend in Ruhe mit diesem Schwachsinn. Sag mir jetzt mal lieber, was wir zu feiern haben.«

»Mein lieber Herr Hauptkommissar«, begann der Gerichtsmediziner mit hochgezogenen Brauen und theatralischer Klangfärbung seiner Stimme, »Sie wissen wohl nicht, was heute für ein bedeutungsvoller Tag ist?«

»Nee, weiß ich nicht.«

»Exakt heute vor zwanzig Jahren habe ich hier unten im Keller des Kaiserslauterer Krankenhauses meinen Dienst als Pathologe und Rechtsmediziner angetreten. Seit genau zwei Jahrzehnten verbringe ich einen guten Teil meiner kostbaren Lebenszeit in diesem aus Edelstahl und weißen Kacheln bestehenden ungastlichen Sarg. Ist das etwa kein Anlass, den man gebührend feiern sollte?«

»Doch, doch, das ist durchaus ein triftiger Grund«, stimmte Tannenberg zu. Mit einem kräftigen Händedruck beglückwünschte er seinen alten Zechkumpan. »Hättest du mir das denn nicht früher sagen können? Dann hätte ich dir doch selbstredend ein paar Blümchen mitgebracht.«

»Das wäre tatsächlich zu aufmerksam von dir gewesen«, meinte der großgewachsene Rechtsmediziner mit schalkhafter Miene. »Aber du hast mich ja heute schon mit der Einladung zum Mittagessen reichlich beschenkt ...«

ler und wies mit seinem ausgestreckten Arm auf die Sitzgelegenheiten hin.

Tannenbergs Gesichtszüge erstarrten. Er schluckte hart, so als steckte ihm etwas Sperriges in der Kehle. »Hier?«, fragte er mit belegter Stimme. »Das wird ja immer doller! Du hast doch nicht etwa da drin, wo sonst die Leichname liegen, ein kaltes Büfett ...« Er schluckte erneut, räusperte sich.

»Doch. Es gibt schließlich kaum eine bessere Kühlmöglichkeit für diese leicht verderblichen, köstlichen Leckereien, die ich für unser gemeinsames Abendmahl ausgesucht habe.«

Dr. Schönthaler begab sich zu seinem alten Freund, nahm ihn am Arm und zog ihn zu dem linken Stuhl. Dort stellte er ihn wie einen Schirmständer ab, schob ihm von hinten den Stuhl in die Kniekehlen und drückte ihn nach unten.

Nachdem der Leiter des K 1 mehr oder weniger unfreiwillig Platz genommen hatte, setzte sich der Rechtsmediziner ihm direkt gegenüber. »Du wirst jetzt gleich Bauklötze staunen. Bist du bereit?«

Tannenberg war innerlich hin- und hergerissen. Zwei Zentralinstanzen seines Körpers kämpften verbissen gegeneinander an. Während sein Kopf dieses skurrile Ambiente als nicht gerade appetitanregend deklarierte, bestand sein Magen auf umgehender Nahrungszufuhr.

»Na, was ist?«, drängte der Pathologe. »Natürlich wartet auch dein geliebter Chardonnay da drinnen auf dich – selbstverständlich wohltemperiert.«

Der verführerische Weinname löste den entscheidenden Impuls aus. Tannenberg nickte.

»Na, endlich!«, stöhnte Dr. Schönthaler auf.

Er legte den Metallhebel an dem silberfarbenen Kühlfach um, klappte das Türchen zur Seite und zog vorsichtig die zum Büffet umfunktionierte Leichenbahre heraus. Er hatte sich wirklich große Mühe gegeben: Die Bahre war vollständig mit einer Leinentischdecke belegt. Außer einer geöffneten Weinflasche, zwei Gläsern und einer Handvoll Teelichtern befanden sich auf dem blütenweißen Tischtuch noch vier Tabletts. Sie waren allesamt mit Edelstahlhauben bedeckt und exakt geometrisch angeordnet.

Zuerst entzündete der Rechtsmediziner die Teelichter, dann schenkte er den Wein in die Gläser, nahm eins davon in die Hand und wartete, bis Tannenberg das andere ebenfalls erhoben hatte.

Dann ließ er den Lieblings-Trinkspruch der alten Freunde verlauten: »Auf uns beide!« Die Gläser trafen kurz aufeinander und erzeugten dabei ein hochtöniges Klirren. Dr. Schönthaler lauschte einen Augenblick dem Nachhall des schnell abschwellenden Geräuschs, dann lupfte er alle Deckel. »Voilà: original japanische Sushiplatten«, verkündete er strahlend und ergänzte: »Die Inschrift in den Porzellantellern lautet übersetzt: ›Behaglich und mit ruhigem Gewissen das Leben genießen‹.«

Im Gegensatz zu Wolfram Tannenberg, dem dieser Anblick augenscheinlich die Sprache verschlagen hatte, plapperte Dr. Schönthaler munter weiter. Er nahm zwei Essstäbchen auf und erläuterte die Fischdelikatessen, indem er mit den Stäbchenspitzen nacheinander auf die einzelnen Köstlichkeiten zeigte: »Das, was ich hier vor deinen staunenden Äuglein aufgebahrt habe, sind Heilbutt, Lachs, Flusskrebs und Seeigel. Und die Röllchen auf der anderen Platte bestehen aus Thunfisch, süßen Shrimps und Weißfisch. Bon Appetit!«

Während Tannenberg zögerte, schnappte sich sein Freund das erste Häppchen, dippte es in die Sesamsauce und schob es in den Mund.

»Hmh, köstlich«, brummte er genießerisch. »Wolf, was meinst du wohl, wie die beiden Japaner von diesem Cateringservice vorhin geguckt haben, als ich sie fragte, ob sie mir nicht noch einen delikat zubereiteten Koi besorgen könnten. Ich hätte da nämlich einen sehr guten alten Freund, der würde gerne mal einen probieren. Ach Gott, haben die mir giftige Blicke zugeworfen.«

Dr. Schönthaler lachte auf.

»Bei ihren Kois verstehen diese Japaner anscheinend überhaupt keinen Spaß«, fuhr der Gerichtsmediziner schmunzelnd fort. »Der eine war besonders empört und hat mir sogar einen kleinen Vortrag gehalten: Für die Japaner sei ein Koi nicht einfach nur ein Fisch, sondern das traditionelle Symbol für Glück, Tapferkeit, Erfolg und langes Leben. Also quasi ein Nationalheiligtum. – Der arme Mann hatte wirklich Tränen in den Augen, als er mir das erzählte.«

Tannenberg kommentierte diese Bemerkungen nicht, dafür war er gedanklich zu sehr mit dem beschäftigt, was da vor ihm stand. »Du, Rainer, ich weiß nicht, aber dieses Japanerfutter haut mich wirklich nicht vom Hocker. Sei mir nicht böse, aber ehrlich gesagt hab ich eigentlich überhaupt keine Lust auf Fisch.«

Dr. Schönthaler rückte seine Brille zurecht und warf dem Kriminalbeamten einen mitleidigen Blick zu. »Ach, Gott, du bist aber auch ein komischer Kerl«, sagte er mit gespielter Empörung. »Ich zaubere dir Delikatessen auf den Tisch, nach denen sich meine Kollegen die Finger lecken würden. Und wie reagierst du darauf?«

Er stockte, ließ eine Weile verstreichen. Da sein Gegenüber jedoch nicht auf diese Frage reagierte, fuhr er fort: »Mit Abscheu! Du müsstest dich jetzt mal im Spiegel sehen. Du siehst schon wieder aus, als ob du dringend einen Schnaps bräuchtest.«

Mit einem schnellen Griff zauberte er aus einem weiteren Kühlfach eine durchsichtige Flasche mit selbstgebranntem Mirabellengeist. »Ich hab doch wirklich an alles gedacht, nicht wahr?«, lobte er sich selbst, während er die glasklare Flüssigkeit in zwei eiskalte Schnapsgläser füllte.

Dr. Schönthaler stöhnte gequält. »Schade, aber du bist und bleibst eben ein Barbar. Auf was hättest *du* denn jetzt Lust?« Er stieß geräuschvoll einen Schwall Luft durch die Nase und lachte anschließend auf. »Ich weiß schon: Da wir heute Mittag bereits den italienischen Teil deiner immergleichen Lieblingsspeisekarte abgearbeitet haben, bleibt wohl nur noch der Bereich Rustikalkost übrig, oder lieg ich da etwa falsch?«

Tannenberg zuckte scheinbar teilnahmslos mit den Achseln.

Derweil wechselte sein Gegenüber in eine höhere Tonlage: »Na, wie wär's denn jetzt mit zwei Scheiben frischem Roggenbrot? Die eine je zur Hälfte mit Schwartenmagen und Bratwurst belegt, die andere mit Blut- und Leberwurst? Beide Brote natürlich mit vielen Gurken garniert. Dazu reichlich Senf und ein schönes Hefeweizen.«

Dem Leiter des K 1 lief das Wasser im Munde zusammen. Er rollte die Augen, stöhnte auf. »Genau das wär jetzt das Richtige.«

Es bedurfte keiner langwierigen Überzeugungsarbeit, um den Rechtsmediziner ebenfalls für die Verlockungen der Hausmannskost zu begeistern. Urplötzlich verspürte auch er weit mehr Appetit auf eine Pfälzische Hausmacherplatte als auf die vermeintlichen Delikatessen der fernöstlichen Küche.

Wie gewöhnlich waren die beiden Freunde auch diesmal wieder in der Lage, die nun anstehenden Probleme gemeinsam und umgehend einer Lösung zuzuführen: Während Dr. Schönthaler sich in seinem Büro umkleidete und bereits beim ersten Telefongespräch einen bereitwilligen Abnehmer für die drei noch völlig unberührten Sushiplatten fand, versetzte Tannenberg den Sektionsraum wieder zurück in seinen Normalzustand.

Das, was sowohl Herz als auch Magen so sehnlichst begehrten, fanden die beiden zecherprobten Kumpane im Stüterhof, einem vor den Toren der Stadt gelegenen, idyllischen Landgasthof, den sie in solchen existentiellen Notlagen schon des Öfteren angesteuert hatten.

6

Die digitale Studiouhr zeigte 20 Uhr 10. Mariekes Herz schlug immer schneller. Dem Baby in ihrem Bauch blieb die Anspannung seiner Mutter natürlich nicht verborgen. Es reagierte mit heftigen Strampelbewegungen.

»Ich bin ja so unheimlich aufgeregt«, seufzte Marieke. »Unser Sohn spürt das auch. Fühl mal«, hauchte sie Maximilian liebevoll ins Ohr. Sie ergriff seine Hand, legte sie vorsichtig rechts neben ihren stark hervorgewölbten Bauchnabel. »Der kleine Kerl ist anscheinend überhaupt nicht damit einverstanden, dass ihn seine Eltern diesem Lärm aussetzen. Und dann auch noch diese Hitze und diese stickige Luft hier drinnen.«

»Schatz, wenn's dir zu viel wird oder wenn es dich zu sehr anstrengt«, meinte Max mit sorgenvoller Miene, »dann gehen wir nach Hause. Du musst es nur sagen.«

»Nein, so schlimm ist es nun auch wieder nicht«, beschwichtigte Marieke. »Ich bin ja schließlich nicht krank, sondern nur schwanger. Außerdem kann ich doch meine Familie jetzt nicht im Stich lassen.«

Maximilians Mimik entspannte sich. Die ernsten Züge verschwanden und wurden durch ein strahlendes Lächeln ersetzt. Sein gesamtes Gesicht leuchtete auf. Er schloss die Augen und konzentrierte sich auf das, was sich da gerade unter seiner Handfläche abspielte. Deutlich spürte er die unkoordinierten Bewegungen des

Fötus, die ab und an kleine Beulen in die pralle Bauchdecke drückten.

»Du bist wirklich eine tolle, starke Frau!«, sagte Max. »Ich bin so mordsmäßig stolz auf dich.«

Er küsste sie zärtlich auf die Wange, während er ihren kugelförmigen Bauch streichelte. Dabei ruhte sein Blick einen Moment lang auf Margot Tannenbergs faltigen, mit Altersflecken übersäten Händen, die in ihrem Schoß einen Rosenkranz umschlossen hielten. Im Gegensatz zu Marieke, die sich in ihrem Sitz weit nach hinten gelehnt hatte, saß die Seniorin ein wenig nach vorne gebeugt. Von ihren schmalen Lippen konnte man ablesen, dass sie ein ›Ave Maria‹ nach dem anderen betete.

Mariekes Mutter, die links neben ihrer Oma saß, war kurz vor Beginn der Sendung die Nervosität in Person: In stetem Wechsel knibbelte sie an ihren Nägeln herum, fuhr sich mit den Fingern in ihre kupferfarbene Lockenpracht, schüttelte den Kopf, rutschte unruhig auf ihrer Sitzschale hin und her, trippelte mit den Füßen auf der Stelle oder zupfte am Saum ihrer indischen Bluse herum.

Plötzlich dröhnte die bekannte Erkennungsmelodie der Unterhaltungssendung aus mächtigen Lautsprecherboxen. Zeitgleich mit dem Erscheinen des Starmoderators auf der Bühne brandete tosender Applaus auf.

Während der Anklatscher außer Sichtweite der Kameras weiter die Menge anheizte, spielte Marco Kern für die Zuschauer zu Hause an den Fernsehgeräten routiniert seine Rolle. Es war die eines von den euphorischen Ovationen der Hallengäste völlig überraschten Moderators, dem es nur mühevoll gelingen wollte, die Beifallsstürme zu bändigen. Auf Handzeichen des Einpeitschers hin ebbte die einstudierte Woge der Begeisterung geschwind ab und Marco Kern konnte nun endlich seine ritualisierten Begrüßungsformeln herunterspulen.

Danach wurden die Kandidaten der heutigen Quizshow präsentiert: Jede der vier an der Startrunde teilnehmenden Familien erschien nacheinander en bloc auf der Bühne. Die Tannenbergs waren das einzige Team, das ausschließlich aus Männern bestand. Marco Kern stellte jeweils die verschiedenen Familienmitglieder kurz vor und begleitete sie anschließend zu einem der vier knallroten Ledersofas, die halbkreisförmig auf der linken Hälfte der Bühne aufgestellt waren.

Traditionsgemäß startete diejenige Familie als Erste in die Spielrunde, die den jüngsten Teilnehmer in ihren Reihen hatte. Diesmal eröffnete eine Familie aus Osnabrück die beliebte Unterhaltungssendung, wogegen das Rateteam der Tannenbergs erst als letztes in die schalldichten Kabinen musste.

Die Spielidee war recht einfach gestrickt: In einer kurzen, temporeichen Startrunde wurden die jüngsten Teammitglieder einer jeden Familie nacheinander in einen abgeschotteten Raum geschickt. Dann wurden mit einem Zufallsgenerator jeweils drei Themengebiete ausgewählt. Unter hohem Zeitdruck musste nun der Kandidat zu jedem der Bereiche eine Frage beantworten. Dabei war es möglich, eine Wahl zwischen verschiedenen Schwierigkeitsgraden zu treffen. Für richtige Antworten gab es Pluspunkte, für falsche Minuspunkte.

In einer zweiten Runde begaben sich alle Mitglieder eines Rateteams zusammen in die schalldichte Kabine. Fortan durften sie gemeinsam die gestellten Fragen beantworten. Danach wurde Bilanz gezogen und die beiden Familien mit der geringsten Gesamtpunktzahl schieden aus. In einer Finalrunde wurde schließlich die Siegerfamilie ermittelt, die sich dann an den sogenannten Millionenfragen versuchen durfte – einer Hürde, die bislang allerdings noch niemand überwinden konnte.

Als jüngster Kandidat seiner Familie war nun der knapp 18-jährige Tobias an der Reihe. Der leidenschaftliche Fußballfan hatte ein rotes, eng geschnittenes Langarmshirt übergestreift. Aufgrund des Aufdrucks ›Deutscher Meister 1998: 1. FC Kaiserslautern‹ hatte er beim Publikum wahre Begeisterungsstürme hervorgerufen. Dazu trug er eine superbequeme Workerhose und topaktuelle Sportschuhe. Sein dunkelbraunes, modern gestyltes Haar war mit hellen Strähnchen durchzogen und hing in langen Fransen ins Gesicht.

Entsprechend seines coolen Outfits schlurfte er betont lässig in die Kabine. Nachdem er auf dem Drehsessel Platz genommen hatte, fragte ihn der Moderator, ob er bereit sei. Tobi warf seine Mähne nach hinten und nickte.

Nun präsentierte ihm Marco Kern das erste Themengebiet, es lautete: ›Märchen aus aller Welt‹.

Oh Mann, was für ein Fuckthema!, dachte Tobias. Zu weiteren Gedanken kam er nicht, denn der Moderator bedrängte ihn sogleich, sich für einen der drei zur Auswahl stehenden Schwierigkeitsgrade zu entscheiden. Obwohl er wusste, dass er alles andere als ein Experte in diesem Themenbereich war, wählte er trotzdem die mittlere Kategorie.

Die Tannenbergs hatten in den vergangenen Wochen eingehend die vorangegangenen Sendungen analysiert und waren zu dem Ergebnis gekommen, dass es in sol-

»Das du mir ja zum Dank gründlich verdorben hast.«

»Ach, was, sei mal nicht so empfindlich. Außerdem werde ich mich nun bei dir für diese Nettigkeit revanchieren. Ich habe nämlich ein Festtagsmahl für uns beide anrichten lassen.«

Da Tannenberg inzwischen ziemlich hungrig war, leuchtete sein Gesicht bei diesen Worten erwartungsvoll auf. »Super Idee! Und wo gehen wir hin?« Unvermittelt warf er die Stirn in Falten. »Wo willst du denn in diesen Klamotten essen gehen? Pickfein, oder wie?« Mit ausgesprochen gequälter Mimik schob er nach. »Muss ich mich da etwa auch noch in Schale werfen? Ich hab doch so was Feines überhaupt nicht.«

»Das ist mir durchaus bekannt, du alter Stoffel.« Dr. Schönthaler machte eine wegwerfende Handbewegung. »Aber mach dir mal keine Gedanken. Wir gehen nirgendwo hin. Wir bleiben hier unten«, versuchte er die Ängste seines Freundes zu beschwichtigen.

Verblüfft blickte sich Tannenberg um. »Und wo hast du dieses angebliche Festmahl versteckt? In deinem Büro?«

»Nein, hier in dieser heiligen Halle.«

Angewidert rümpfte Tannenberg die Nase. »Hier im Sektionsraum?« Er musste husten und verschluckte sich fast dabei.

»Ja, komm, ich zeig's dir.« Der Rechtsmediziner schlenderte zu der Seite des Raums, an dem die Kühlfächer in eine Zwischenwand eingebaut waren.

Erst jetzt fiel Tannenberg auf, dass vor dem linken unteren Schubfach sich zwei Bürostühle im Abstand von etwa einem Meter direkt gegenüberstanden.

»Bitte, lieber Wolf, nimm Platz«, sagte Dr. Schönthachen, von relativer Unwissenheit geprägten Situationen sinnvoll war, einen strategischen Mittelweg zwischen Vorsicht und Risiko einzuschlagen.

Denn diejenigen Kandidaten, die in der Vergangenheit allzu ängstlich agiert hatten und die niedrigste Kategorie wählten, hatten zwar keine Minuspunkte erhalten, dafür aber waren sie aufgrund der niedrigen Gesamtpunktzahl meist vorzeitig ausgeschieden. Das Fatale an der ganzen Geschichte war nämlich, dass keiner der Kandidaten während der aktuellen Runde über die von den anderen Familien erreichte Punktzahl Bescheid wusste.

Folglich hielt sich Tobias an die ausgegebene Stallorder und entschied sich für den mittleren Schwierigkeitsgrad. Lag er richtig mit seiner Antwort, würden fünf Punkte dem Konto seines Teams gutgeschrieben.

Dann erschien die Frage auf seinem Monitor:

Aus welchem Märchen der Gebrüder Grimm stammt der folgende Vers: Spieglein, Spieglein an der Wand, wer ist die Schönste im ganzen Land?

A) Frau Holle
B) Hänsel und Gretel
C) Schneewittchen
D) Der gestiefelte Kater

Während die 60-Sekundenuhr auf seinem Monitor unerbittlich herunterlief, grübelte Tobias angestrengt über die Frage und die zur Auswahl stehenden Antwortmöglichkeiten nach:

Frau Holle? – Das war doch die mit den ausgeschüttelten Bettfedern. Die Schönste im Land? Nee!

Hänsel und Gretel? Backofen – Hexe. Nee, auch nicht!

Schneewittchen – oder der gestiefelte Kater? Shit, shit, shit! Schneewittchen – war das nicht diese abgedrehte Story mit dem gläsernen Sarg? Wo sie ewig drin gepennt hat. Oder war das dieses komische Dornröschen?

Die Uhr zeigte bereits weniger als zehn Sekunden, sieben, sechs, fünf ...

In Panik tippte er auf die Taste mit dem Buchstaben ›c‹. Nur Sekundenbruchteile später ertönte die Siegesfanfare – das von allen Kandidaten heißersehnte Signal für die Richtigkeit der Antwort.

Der Quizmaster gewährte Tobias nicht die geringste Verschnaufpause.

»Gleich weiter zu unserem nächsten Themengebiet«, setzte er den jungen Kandidaten unter Druck.

Marco Kern stockte, denn er musste einen Augenblick warten, bis der Zufallsgenerator seine Wahl getroffen hatte. Auf einem hinter den roten Ledersofas angebrachten, überdimensionalen Bildschirm leuchtete der Begriff ›Sport‹ auf. Ein Raunen ging durch die Menge.

»Welche Schwierigkeitsstufe möchten Sie haben?«

»Die höchste Kategorie«, erwiderte Tobias, dem das unerwartete Erfolgserlebnis anscheinend Flügel verliehen hatte. Kaum hatte diese spontane Entscheidung seinen Mund verlassen, schon bekam er Angst vor der eigenen Courage. Mit schnell ausgestoßenen Worten versuchte er den im Rausch seines jugendlichen Übermutes gefassten Entschluss wieder zu revidieren: »Nein, nein, ich möchte lieber noch einen Moment darüber nachdenken. Vielleicht nehm ich doch besser eine andere.«

»Dazu ist es nun leider zu spät, mein lieber Tobias«, entgegnete der Starmoderator mit sarkastischem Unterton. »Sie haben Ihre Wahl bereits getroffen. Die Zuschauer hier in der Halle und zu Hause an den Bildschirmen sehen bereits die betreffende Frage. *Sie* müssen sich jedoch noch ein wenig gedulden.«

Tobi verschwand hinter einem schwarzen Vorhang. Kern warf seinen Arm in Richtung der Großleinwand und las sowohl die Frage als auch die vier Antwortalternativen vor:

»Wie viele Spieler der legendären deutschen Fußball-Nationalmannschaft, die im Jahre 1954 die Weltmeisterschaft gewann, sind noch am Leben?

A) 1
B) 2
C) 3
D) 4.«

Anschließend drehte er seinen Körper wieder in Richtung der Zuschauertribüne und verkündete: »Wie immer können Sie hier in der Halle mitraten und sich angeregt darüber unterhalten. Unser junger Kandidat kann Sie weder hören noch sehen.«

Marco Kern begab sich eiligen Schrittes zu dem Dreiersofa, auf dem die beiden anderen Mitglieder des Tannenberg-Teams saßen.

Er legte seinen Arm um Heiners Schultern und fragte: »Na, wissen Sie die richtige Antwort?«

Heiner presste die Lippen fest aufeinander und schüttelte den Kopf. »Ich bin mir da nicht so …«

»Und sie Jacob?«, unterbrach ihn der junge Moderator.

Der Senior nickte. »Ja, das weiß ich«, antwortete er seufzend. Sein deprimiertes Mienenspiel sprach Bände: Er befürchtete anscheinend, dass Tobias mit dieser schwierigen Aufgabe überfordert sein könnte.

»Dann wollen wir doch mal Ihren Enkel fragen«, meinte der Starmoderator, erhob sich und schlenderte auf die Führungskamera zu.

»Also, der Ottes und der Eckel, die leben ganz sicher noch«, behauptete Wolfram Tannenberg zum selben Zeitpunkt. Gemeinsam mit Dr. Schönthaler verfolgte er die Quizshow zu Hause auf seiner Wohnzimmercouch.

»Das weiß ich auch«, bemerkte der Rechtsmediziner. »Die waren bei der WM doch andauernd in der Zeitung und im Fernsehen. Das ist noch nicht mal ein halbes Jahr her. Und wenn von den beiden einer gestorben wäre, hätten wir das ganz sicher mitbekommen. Der Ottes wohnt schließlich hier in der Stadt und der Eckel glaub ich in Kusel.«

Er hielt ein Kompaktlexikon in der Hand, suchte hektisch nach den Mitgliedern der damaligen deutschen Fußball-Nationalmannschaft.

»Komm, Wolf, das kannst du dir sparen«, versetzte der Gerichtsmediziner mit ruhiger Stimme. »Erstens ist dein Superlexikon nicht aktuell und zweitens kannst du Tobi damit sowieso nicht helfen. Bei dieser blöden Sendung gibt es ja leider keinen Telefonjoker.«

»Na und?«, polterte der Kriminalbeamte. »Ich möchte es trotzdem rauskriegen. Vielleicht kann ich ihm ja mit einer Gedankenübertragung helfen.«

Sein Freund zog das Kinn an den Hals und ließ ein höhnisches Grunzgeräusch verlauten. »Bist du etwa zu den Esoterikern übergewechselt?«

Tannenberg ignorierte diesen Einwurf. Unter dem Stichwort ›Wunder von Bern‹ war er gerade fündig geworden. Er las die elf Spielernamen vor.

»Gut, zwei von ihnen hätten wir schon mal: Ottmar Walter und Horst Eckel«, stimmte Dr. Schönthaler seinem Freund zu. »Nur, wer von den anderen neun lebt noch? Also, ich hab keine Ahnung. Aber dein Vater weiß es offensichtlich.«

»Klar, der alte Fuchs hat ja einige von ihnen persönlich gekannt. Die Walter-Brüder haben früher manchmal bei uns in der Küche gesessen«, erzählte Tannenberg mit stolzgeschwellter Brust. »Verdammt nochmal, wo kann ich das nur rauskriegen?«

»Im Internet natürlich.«

»Sicher, du Klugscheißer. Aber da ich ja hier oben keinen PC habe, müsste ich runter in die Wohnung meiner Eltern. Und dazu hab ich jetzt keine Zeit – und auch keine Lust. Es geht ja gleich weiter. Ich halt's vor Spannung fast nicht mehr aus.«

»Nun reg dich mal schleunigst wieder ab, Wolf. Sonst brichst du mir hier gleich noch mit 'nem Herzinfarkt zusammen. Dann müsste ich dich wiederbeleben. Und dazu hab *ich* nämlich keine Lust!« Angewidert verzog Dr. Schönthaler das Gesicht. »Mund-zu-Mund-Beatmung bei so einem alten, ekligen Kerl wie dir. Pfui Teufel!«

Tannenberg rollte die Augen.

»Aber nun mal im Ernst«, fuhr der Pathologe fort: »In deinem Alter darf man sich nicht mehr so heftig aufregen. Besonders an einem Tag wie diesem, an dem du nicht nur aussiehst wie das berühmte Häuflein Elend, sondern wie ein ganz großer Haufen davon.« Er lachte schallend und gab seinem unvermindert mürrisch dreinblickenden Freund einen kräftigen Klaps auf den Oberschenkel.

Kurt, der zu Tannenbergs Füßen lag, knurrte bedrohlich und hob den Kopf.

»Schon gut, mein alter Bär, der Rainer kann nichts dafür. Der hat sich manchmal einfach nicht unter Kontrolle.«

»Das sagst ausgerechnet du«, spottete Dr. Schönthaler mit einem herausfordernden Grinsen auf den Lippen. »Vielleicht dürfte ich dich mal daran erinnern, *wer* dafür gesorgt hat, dass du letzte Nacht nicht irgendwo im Wald erfroren bist.«

»Na, jetzt mach aber mal halblang. Da war doch eigentlich überhaupt nichts.«

»Von wegen!« Er brach ab, schob die Augenbrauen nach oben und ließ sie dort verharren. Parallel dazu richtete er seinen Zeigefinger auf Tannenberg. »Die Stüterhofwirtin und ich. Uns beiden hast du dein Leben zu verdanken. Ja, ja, schau du nur so unschuldig. *Wir* haben der Kälte und der dunklen Nacht getrotzt und den sturzbetrunkenen Leiter der Kaiserslauterer Mordkommission nach einer halben Stunde intensivster Suche hinter dem großen Waldparkplatz entdeckt: schlafend auf einer Bank – bei Minus 3 Grad!«

Wolfram Tannenberg räusperte sich verlegen.

»Mann, das hätte wirklich ins Auge gehen können.« Dr. Schönthalers Stimme gewann deutlich an Schärfe: »Was ist denn da nur in dich gefahren? Warum bist du so urplötzlich verschwunden?«

»Ich glaube, ich war auf einmal todmüde und wollte einfach nur nach Hause in mein Bett«, jammerte Tannenberg. Er drückte sich mit den Fingerkuppen auf die Schläfen, um die immer stärker hämmernden Kopfschmerzen wegzumassieren.

»Aber du bist in die entgegengesetzte Richtung gelaufen, mein Junge!«, setzte der Gerichtsmediziner nach. »Außerdem ist es doch viel zu weit.«

Für einen Moment hatte Tannenberg seinen radikalen Absturz völlig vergessen gehabt. Der letzte Erinnerungsfetzen an den ausgeuferten Gaststättenbesuch, der in seinem Gehirn gerade noch präsent war, war ein Satz, den sein alter Freund im Verlauf des Abends gleich mehrfach hatte verlauten lassen: »Wolf, was du gerade machst, nennen wir Mediziner ›vorsätzliche Narkotisierung‹.«

Was danach geschehen war, wusste er nicht mehr. Er hatte einen bilderbuchmäßigen Filmriss erlitten, hatte nicht einmal mehr die Spur einer Erinnerung an das, was in den letzten Stunden der vergangenen Nacht geschehen war. Dr. Schönthaler hatte ihm vorhin erzählt, dass er immerfort ein- und dieselbe Begründung für seinen Kampftrinker-Exzess heruntergeleiert habe: Er müsse die vielen Kois in seinem Kopf in Alkohol ertränken.

Als er dann in den frühen Morgenstunden von Kurt mit einem feuchten Nasenstüber geweckt wurde, wusste er im ersten Moment überhaupt nicht, wo er war. Zuerst meinte er, dass ihn jemand wachküssen würde. Aber nachdem Kurt aus purer Zuneigung seinem verschlafenen Herrchen auch noch die raue Zunge über die Wange gezogen hatte, machte sich sogleich Ernüchterung bei ihm breit.

Blinzelnd schlug er die Augen auf und blickte mitten hinein in einen massigen, wohlig brummenden Hundekopf. Kurt wollte nichts anderes, als seine Streicheleinheiten einfordern. Aber Tannenberg war ganz und gar nicht nach Liebkosungen zumute. Sein Rücken schmerzte, ihm war übel und schwindelig. Er richtete sich mühevoll auf und schaute sich um: Er befand sich unzweifelhaft in seinem eigenen Wohnzimmer. Hier auf seiner alten Ledercouch hatte er augenscheinlich die wenigen Nachtstunden verbracht.

Seine Familie kümmerte sich am Morgen rührend um ihn: Heiner führte Kurt aus, Mutter Margot versorgte ihn mit Zwieback, einer Wärmflasche und einer Kanne Tee. Und selbst sein störrischer Vater zeigte sich ungewöhnlich hilfsbereit und übernahm die Markteinkäufe, für die samstags normalerweise Tannenberg zuständig war.

Am frühen Nachmittag meldete sich Dr. Hollerbach bei ihm. Er erkundigte sich nach dem Ermittlungsfortschritt in der ›hyperdelikaten Koisache‹ – wie er wörtlich sagte. Tannenberg erklärte, dass es heute von seiner Seite her überhaupt keinen Ermittlungsfortschritt gäbe, da er erkrankt sei. Die neugierige Nachfrage des Oberstaatsanwalts nach dem Grund seiner plötzlichen Unpässlichkeit beantwortete er in bewährter Manier: Er habe gestern Abend einen Koi verspeist und sich offensichtlich daran den Magen verdorben.

Daraufhin teilte ihm der ranghöchste Vertreter der Kaiserslauterer Staatsanwaltschaft brüllend mit, dass er sich umgehend an den Kriminaldirektor wenden werde. Nur wenige Minuten später rief tatsächlich Eberle bei ihm an und forderte seinen provokanten Mitarbeiter zum wiederholten Male dazu auf, sich gegenüber dem Oberstaatsanwalt in Zukunft doch bitte kooperativer und vor allem weniger rüpelhaft zu gebärden.

Vor etwa einer Stunde erschien Dr. Schönthaler an Tannenbergs Tür, zwecks Krankenbesuchs, wie er schmunzelnd betonte. Seine Mitbringsel hatte er – nach eigenem

Bekunden gerecht – aufgesplittet: Für sich eine Flasche Barbera d'Alba und mehrere Päckchen Grissini, für seinen immer noch sichtlich angeschlagenen Freund eine Flasche Cola und ein großes Paket Salzbrezeln. Letztere Gastgeschenke bezeichnete der Rechtsmediziner als Kondolenzgaben für einen Schwerstkranken.

Tannenbergs Appetit kehrte allmählich zurück. Der magenlädierte Kriminalbeamte schob sich gleich mehrere Grissinistangen auf einmal in den Mund. Er begann gerade damit, sie geräuschvoll zu zerkleinern, als sein Handy klingelte. Es lag auf dem Couchtisch in Reichweite des Rechtsmediziners.

»Ich kann nicht. Komm, Rainer, geh du mal ran«, bat er schmatzend.

Der tat, wie ihm geheißen. »Schönthaler. – Ja, ich bin's, Sabrina. – Was ist los? – Das glaub ich nicht! Das Ofenrohr und der rote Zahnstocher? – Nein, sag's ihm bitte selbst, er sitzt direkt neben mir.« Völlig perplex übergab er das Handy an Tannenberg und erhob sich kopfschüttelnd.

»Ofenrohr und Zahnstocher?«, fragte Tannenberg mit gekrauster Stirn, wobei er gleichzeitig mit der Zunge in seinem Mund nach Grissiniresten fischte.

»Genau, Wolf. Du kennst doch diese beiden Plastiken direkt vor der Pfalzgalerie«, sagte seine junge Mitarbeiterin.

»Ach so, na klar kenne ich diese hässlichen Dinger. Das Ofenrohr hat doch früher vorm Rathaus gestanden. Irgendwann haben sie's dann weggeschafft – wegen massiver Bürgerproteste. Verschandelung und …«

»Und dort sind vor ein paar Minuten zwei Sprengsätze detoniert«, vollendete Sabrina Schauß. »Die Kunstwerke sind zerstört. Aber …«

»Kunstwerke?«, warf Tannenberg ketzerisch ein. »Wo ist der Täter, ich möchte ihm gerne persönlich gratulieren.«

»Du solltest besser keine Witze darüber machen.«

»Wieso?«

»Weil es einen Toten gegeben hat.«

»Was?«

»Ja. Du kennst ihn sicher: Es ist Dr. Winkelmann, der Landtagsabgeordnete.«

»Ach, du dickes Ei! Wir sind schon unterwegs.«

Der Gerichtsmediziner warf Tannenberg seine schwarze Lederjacke zu. Aber der zog sie nicht an, sondern legte sie nur über die Schulter. Die beiden Männer eilten hinunter in die Garage. Mit dem betagten BMW-Cabrio des Kriminalbeamten brausten sie die Breitscheidstraße entlang bis zur Marienkirche, schwenkten dann rechts in die Königstraße ein.

Als kurz nach dem Fackelrondell linker Hand die Bruchsandsteinfassade der Fruchthalle mit ihren unzähligen hellerleuchteten Rundbogenfenstern auftauchte, dachte Tannenberg zum ersten Mal nach Sabrinas Anruf wieder an seine Familie, die in diesem Augenblick nur ein paar Meter Luftlinie von ihm entfernt hinter den dicken Sandsteinmauern des Prunkbaus saß und ihr Rateglück versuchte.

»So ein verdammter Mist! Wieso muss dieses Bombenattentat ausgerechnet jetzt passieren?«, zischte Tannenberg frustriert vor sich hin.

»Vielleicht sind wir schon schneller wieder zurück auf deiner Couch, als du denkst«, orakelte Dr. Schönthaler.

»Wie kommst du denn auf so was?«

»Ganz einfach. Sabrina hat garantiert inzwischen die Staatsschutzabteilungen beim LKA und BKA informiert. Schließlich war der Winkelmann ein hohes Tier im Innenministerium und ein politischer Hardliner. Was meinst du wohl, wie die sich sputen werden.«

»Ja, und? Die brauchen doch mindestens eineinhalb Stunden, bis sie ihren Kram zusammengepackt haben und von Mainz bzw. Wiesbaden hierher zu uns gefahren sind. Bis dahin ist die Sendung doch schon längst vorüber. Verfluchte Hacke!«

»Junge, die sind doch zur Zeit in Landstuhl bei dieser Sondertruppe und bereiten den Besuch des US-Präsidenten vor. Folglich ...«

»Folglich sind die schon bald da, meinst du?« Tannenberg strahlte. »Das wäre ja spitze! Da könnte ich mich ja vielleicht wirklich gleich wieder abseilen.«

Kurze Zeit später trafen sie am Museumsplatz ein. Das parkähnliche Gelände unmittelbar vor der Pfalzgalerie wurde gerade von uniformierten Polizeibeamten weiträumig abgesperrt. Tannenberg fuhr über die mit Glasscherben, Erde und Grasbüscheln übersäte Villenstraße und parkte direkt vor den rot-weißen Trassierungsbändern.

»Sieht aus wie ein Bugspriet«, sagte der Leiter der Kaiserslauterer Mordkommission, als er die aus mehreren rotgespritzen Stahlträgern zusammengeschweißte Plastik sah.

»Wie sieht was aus?«, fragte Dr. Schönthaler verdutzt.

»Ach, du weißt wohl nicht, was ein Bugspriet ist, hab ich recht?«

»Doch, aber ich möchte wissen, ob du es weißt. Erklär mal!«

Tannenberg grinste über beide Ohren. »Das ist dieser schräg über den Bug hinausragende Mast – quasi die Spitze eines Segelschiffs. Weiß ich, weil ich mit Tobi schon einige Bausätze zusammengebastelt habe.«

Der Rechtsmediziner hatte den größten Teil des letzten Satzes schon nicht mehr richtig mitbekommen. Er war bereits nach rechts abgebogen und bewegte sich auf den Sockel des Museumsgemäuers zu, wo sich unter einer silbernen Plane der – offensichtlich sitzende – Tote befand.

Sein Freund dagegen lief geradeaus weiter. Er trippelte die mit unzähligen Glasstücken bestreute Museumstreppe hinauf. Etwa auf halber Höhe der Treppe blieb er stehen, drehte sich um und betrachtete nun das unwirkliche, gespenstische Szenario von dieser erhöhten Blickposition aus.

Mitarbeiter der Spurensicherung schalteten gerade zwei leuchtstarke Halogenscheinwerfer an. Grelle Lichtkegel bohrten sich in die etwa fünf Meter breiten und circa zwei Meter tiefen Krater hinein. Die beiden Kunstobjekte waren mitsamt ihrer Betonfundamente nach vorne in die Erdlöcher hineingekippt. Der sogenannte ›Zahnstocher‹ wies wie ein ausgestreckter Zeigefinger direkt auf die Sandsteinfassade der Pfalzgalerie hin. Die im Volksmund abschätzig als ›Ofenrohr‹ bezeichnete, chromfarbene Edelstahlplastik erinnerte Tannenberg unwillkürlich an einen überdimensionierten, verbeulten Motorradauspuff.

Auf einem gepflasterten Weg, der die beiden modernen Kunstwerke voneinander trennte, entdeckte er Karl Mertel, der sich gerade erhob und zu ihm herüberschaute. Tannenberg bedachte ihn mit einem stummen Gruß. Der altgediente Kriminaltechniker nickte kurz zurück. Dann drehte er ihm den Rücken zu, ging ein paar Meter weiter und kniete sich vor einer auf der Seite liegenden Konifere nieder, neben der ein einzelner Herrenschuh lag.

»Wolf, kommst du bitte mal zu uns«, hörte er urplötzlich Sabrinas Stimme von rechts. »Ich möchte dir gerne die Kollegen vorstellen, mit denen ich gerade einen kleinen Kneipenbummel unternommen habe, als es passiert ist.«

Tannenberg riss seinen Blick, der den linken Krater fixierte, abrupt aus dem hellerleuchteten Erdloch und suchte seine junge Kollegin. Um besser sehen zu können, warf er eine Hand als Blendschutz vor die Stirn. Blinzelnd entdeckte er Sabrina, die inmitten eines Trosses von Männern gerade aus dem Dunkel auftauchte. Dem Leiter des K 1 war natürlich sofort klar, um wen es sich bei den zivil gekleideten Beamten handelte.

»Guten Abend, die Herrschaften, schön, dass Sie so schnell den Weg hierher gefunden haben«, begrüßte Tannenberg seine Kollegen aus den Staatsschutzabteilungen mit einer derart übertriebenen Freundlichkeit, dass bei Sabrina Schauß umgehend die Alarmglocken zu läuten begannen.

Schließlich wusste sie nur allzu gut, dass solchen verbalen Ouvertüren meist die berühmt-berüchtigten sarkastischen Provokationen ihres Vorgesetzten folgten. Natürlich konnte sie nicht ahnen, dass ihr Chef es diesmal durchaus ernst gemeint hatte, wollte er doch so geschwind wie nur irgend möglich zurück zu seinem Fernsehgerät.

Deshalb war sie umso verblüffter, als Tannenberg die LKA- und BKA-Mitarbeiter höchstpersönlich zu Dr. Schönthaler führte und ihnen den Kaiserslauterer Gerichtsmediziner vorstellte. Dieser ließ sich allerdings nur kurzzeitig bei seiner Arbeit stören und wandte sich sogleich wieder der Begutachtung des männlichen Leichnams zu.

Der Landtagsabgeordnete Dr. Kurt Winkelmann saß am Fuße der Bruchsandsteinfassade, den Rücken leicht schräg an die Wand gelehnt. Er war mit einem grauen Anzug bekleidet. Die Beine, an deren Ende die Schuhe fehlten, lagen in Richtung des kleinen Parks und waren merkwürdig verdreht. Seine Arme hingen seitlich vom Oberkörper herab auf den mit Erdbrocken betupftem Rasen, so als wolle er sich damit abstützen.

Der Kopf war weit nach hinten gestreckt. Die Kopfachse wies zum Thorax einen 90-Grad-Winkel auf. Woraus wohl selbst ein Laie auf einen Genickbruch geschlossen hätte. Das mit Dreck und verkrustetem Blut besprenkelte Gesicht des etwa 60-jährigen Mannes war völlig entstellt. Der Mund war sperrangelweit geöffnet, Wangen und Stirn mit tiefen Rissen übersät. Ein großer Grasbüschel steckte in der Mundhöhle und hing wie eine überdimensionierte grüne Zunge über Unterlippe und Kinn.

Dr. Schönthaler schaute kurz auf. »Vorläufiger Befund gefällig?« Ohne eine mögliche Reaktion abzuwarten, schob er sogleich nach: »Sowohl Schädel- als auch Genickbruch kommen als unmittelbare Todesursachen in Betracht. Mit anderen Worten: Der arme Mann hier ist nicht etwa durch herumfliegende Eisenkugeln, Nägel oder andere Materialien gestorben, die Sprengkörpern gerne beigefügt werden, sondern er wurde von der enormen Druckwelle der Detonationen an die Steinmauer geschleudert und ist auf diese Weise zu Tode gekommen. Sein Körper wurde dabei regelrecht zerschmettert, so ähnlich wie bei einem Sturz von einem Gebäude herunter.«

Er zeigte auf einen wässrigen Fleck an der Gebäudewand, der sich ungefähr in einem Meter Höhe befand, jedoch erst bei genauerem Hinsehen erkennbar war. »An dieser Stelle ist er sehr wahrscheinlich mit dem Kopf aufgeschlagen.«

»Interessante Spekulationen, lieber Herr Doktor, wirklich. Aber dieser für Sie hier in der Provinz sicherlich ungewöhnliche Todesfall sollte Sie nicht weiter belasten«, versetzte ein LKA-Beamter mit unüberhörbar ironischem Unterton. »Ich wollte Sie sowieso gerade dazu auffordern, umgehend Ihre Arbeit einzustellen. Sie sind nämlich ab sofort nicht mehr für die rechtsmedizinischen Untersuchungen zuständig. In etwa einer halben Stunde sind Ihre Kollegen aus Mainz da.«

»Wissen Sie was, verehrter Herr, es gibt durchaus Schlimmeres!«, gab der Kaiserslauterer Gerichtsmediziner grinsend zurück. Er lehnte sich nach vorne und fischte hinter dem Leichnam etwas Haariges hervor. An Tannenberg adressiert sagte er: »Schau mal, Wolf, was ich hier gefunden habe: den Skalp des Herrn Landtagsabgeordneten.«

»Wenn ich um ein bisschen mehr Pietät bitten dürfte, Herr Doktor«, blaffte der LKA-Ermittler sofort los.

»Bitten dürfen Sie schon, mehr aber auch nicht«, erwiderte Dr. Schönthaler, während er mit spitzen Fingern den Umstehenden die zerzauste Herrenperücke entgegenhielt. »Ist ja nur ein Toupet.« An seinen besten Freund gerichtet, ergänzte er: »Wolf, hast du eigentlich gewusst, dass der Winkelmann ein Toupet trug?«

»Nein«, versetzte Tannenberg gedehnt. »Komm endlich, wenn wir hier nicht mehr gebraucht werden, fahren wir jetzt nach Hause und machen uns einen gemütlichen Abend.«

Der Rechtsmediziner streifte die dünnen Plastikhandschuhe ab und warf sie direkt neben den künstlichen Haarschopf des Politikers. Gemächlich erhob er sich. »Du hast ja recht. Ist wohl wirklich besser. Denn auf so viel geballte Fachkompetenz reagiere ich immer allergisch. Also, schnell weg von hier, sonst bekomme ich noch einen Asthmaanfall.« Demonstrativ begann er zu husten.

Er legte dem Leiter des K 1 den Arm auf die Schulter und zog ihn mit sich. »Wirklich schade, dass uns hier keiner haben will, findest du nicht auch?«, murmelte er und feuerte ein verstecktes Augenzwinkern ab.

»Ja, das ist leider sehr bedauerlich.«

Wolfram Tannenberg hatte gerade die Autotür geöffnet, als es in seiner Hosentasche zu vibrieren begann. Er zückte sein Handy, warf es ans Ohr.

»Ach du bist es, Marieke, was gibt's?«, fragte er lachend. »Na, wie läuft's denn so bei euch? Haben diese Teufelskerle schon die Millionen gewonnen?«

Doch von der einen auf die andere Sekunde veränderte sich urplötzlich seine Mimik, die Gesichtszüge versteinerten sich. Gebannt lauschte er dem schier Unglaublichen, das ihm seine geliebte Nichte mit schnell ausgestoßenen Sätzen mitteilte. Wie von einer Tarantel gestochen sprang er auf einmal auf den Fahrersitz und schlug die Tür ins Schloss. Der Rechtsmediziner hastete auf die andere Seite und setzte sich ebenfalls ins Auto.

»Du musst unbedingt alles für dich behalten«, mahnte er. »Das ist ganz, ganz wichtig! Kein Wort zu irgendjemandem. Sonst gibt es eine Massenpanik. Hast du mich verstanden? ... Doch, Max kannst du es von mir aus sagen. Aber sonst niemandem! Ihr müsst unter allen Umständen einen kühlen Kopf bewahren. Versprichst du mir das?« Wolfram Tannenberg zog das Handy vom Ohr. »Verdammt, jetzt ist auch noch ihr Akku leer.«

»Was ist denn los, Wolf?«

»Oh, Gott, oh Gott, was mach ich jetzt bloß?«, jammerte Tannenberg und schlug die Hände vors Gesicht. »Wie kann ich ihnen denn nur helfen? Die sitzen doch alle in dieser Scheißhalle.«

Dr. Schönthaler packte den Freund am Ärmel seiner Jacke und zog ihn ein wenig zu sich heran. »Nun sag schon endlich, was passiert ist.«

Tannenberg schniefte und rang nach Atem. »Marieke hat ein Gespräch mitangehört. Zwischen diesem Moderator und sonstwem.« Er schluckte hart. Es fiel ihm sichtlich schwer, die Contenance zu wahren. In einen tiefen Seufzer hinein fuhr er fort: »Ein Erpresser hat sich gemeldet. Er fordert die 10 Millionen aus diesem Superjackpot.«

»Ach, du dickes Ei.«

»Und er hat gesagt, dass seine Leute im Keller unter der Halle Sprengsätze angebracht hätten. Außerdem an allen Ausgängen. Er droht damit, sie zu zünden, wenn man seine Forderungen nicht erfüllt.«

»Oh je.«

Einen Augenblick lang umspielte ein bitteres Lächeln Tannenbergs Mundpartie. »Weißt du, was sie noch gehört hat?«

Dr. Schönthaler schüttelte den Kopf.

»Der Moderator muss irgendwas über einen Bombenanschlag angedeutet haben, mit dem die Erpresser gerade ihre Drohungen untermauert hätten.«

Der Kopf des Rechtsmediziners schnellte nach links. Mit Blick auf das gespenstische Szenario vor der Pfalzgalerie sagte er: »Du glaubst …«

»Ist doch durchaus möglich, oder?«

»Ja, vielleicht. Hat Marieke denn nicht mehr davon mitbekommen?«

»Nein, anscheinend nicht.«

»Kann schon sein, dass diese beiden Dinge miteinander zusammenhängen«, meinte Dr. Schönthaler mit gekrauster Stirn. »Ein Zufall ist mir irgendwie zu unwahrscheinlich.«

»Mir auch. Ist im Moment aber sowieso egal. Wir müssen uns jedenfalls dringend etwas einfallen lassen.«

»Willst du denn nicht besser die Kollegen informieren?«

Tannenberg wurde von blankem Entsetzen gepackt. »Um Gottes willen, Rainer, nein. Was glaubst du wohl, was die dort unten vor der Fruchthalle für einen Aufmarsch veranstalten würden.«

»Klar, du hast recht. Aber was sollen wir denn alleine gegen diese skrupellosen Verbrecher ausrichten? Wer weiß, wie viele das sind. Und wo die überall sitzen. Die beobachten garantiert alles.«

Tannenberg nagte nervös auf seinen farblosen Lippen herum. »Weiß ich doch auch nicht. Aber wir haben keine Alternative. Wenn diese LKA-Fuzzis erst mal die Sache übernommen haben, bin ich automatisch draußen. Und das ist wohl das Allerletzte, was ich will.«

Zitternd nahm er die linke Hand seines alten Freundes, drückte sie fest. »Verdammt, Rainer, meine gesamte

Familie sitzt dort unten in der Todesfalle. Und die arme Marieke ist auch noch hochschwanger. Verdammt, verdammt, was mach ich jetzt bloß?«

7

Nach dem Erpresseranruf hatten Marco Kern und sein Regisseur den Übertragungswagen verlassen. Um das Chaos in seinem Kopf zu ordnen, fasste Lottner die dramatische Situation mit wenigen Sätzen zusammen.

»Gero, ich kann das einfach nicht«, stieß Marco Kern kopfschüttelnd hervor. Er war kleidebleich und zitterte am ganzen Körper.

»Nicht so laut!«, schimpfte der Regisseur. »Komm, wir gehen in deine Garderobe.« Er umfasste Marcos Schultern und führte ihn weg.

Die beiden Männer, die nicht wissen konnten, dass Marieke ihr Gespräch durch das geklappte Toilettenfenster mitangehört hatte, erreichten nach nur wenigen Metern die Garderobe des Showmasters. Lottner schob den Starmoderator in den engen Raum hinein, drückte eilig die Tür ins Schloss.

»Wie soll ich denn bloß den Coolen mimen, wenn ich mich in Todesgefahr befinde?«, keuchte Marco Kern mit halberstickter Stimme.

»Wenn du auf der Bühne im Rampenlicht stehst, wirst du schon sehen, dass es geht. Außerdem hast du keine andere Wahl, mein Junge«, gab der Regisseur in eindringlichem Ton zurück. »Du musst weitermachen. Sonst gibt es hier eine Katastrophe. Diese Typen haben gerade bewiesen, dass mit ihnen nicht zu spaßen ist.«

»Aber diesen psychischen Druck halt ich nicht aus.

Der macht mich total fertig«, wimmerte der Starmoderator.

»Hör auf zu jammern!«, entgegnete Gero Lottner scharf.

Der Appell zeigte nicht die geringste Wirkung. Kern trippelte weiter nervös auf der Stelle herum, sein Oberkörper pendelte wild hin und her. Während er mit fahriger Hand an seiner weißen Seidenkrawatte herumhantierte, wanderte sein Blick ziellos durch den fensterlosen Raum. Plötzlich schien der unruhige Körper einzufrieren. Ein verzweifelter Blick bohrte sich in Lottners Gesicht. »Was ist, wenn ich total versage?«

»Reiß dich jetzt endlich am Riemen, du Weichei! Es gibt keine andere Möglichkeit. Du *musst* das einfach hinkriegen!« Gero Lottner hielt inne. In einen kurzen Stoßseufzer hinein schob er nach: »Sonst jagen diese Typen diese ganze verfluchte Halle in die Luft.«

»Wie soll ich das nur durchstehen?«

Der Regisseur packte Marco am Revers. »Schluss! Du musst es einfach schaffen!«, fauchte er wütend. »Es gibt keine Alternative!« Dann ließ er ihn wieder los. Dabei schaute er auf seine Armbanduhr. »Denk an die vielen Menschen da draußen in der Halle. Du bist verantwortlich für sie. Ist dir das nicht klar?«

»Doch«, Marco Kern räusperte sich verlegen, »natürlich.«

»Gut. Dann ruf ich jetzt die Mandy rein. Sie soll dich nochmal schnell abpudern und dich schminken. Du siehst ja aus wie der Tod von Basel.« Abermals warf er einen Blick auf seine Analoguhr. »In knapp zwei Minuten musst du wieder auf der Bühne stehen. Jetzt kannst du uns allen beweisen, ob du wirklich ein Profi bist.«

»Oh Gott«, stöhnte Marco entsetzt auf. »Das ist zeitlich unmöglich. Ich muss doch noch aufs Klo.« Mit extrem leidender Miene ergänzte er: »Mein Magen.« Er legte beide Hände auf seinen Bauch, krümmte sich nach vorne.

Lottner zeigte sich unerbittlich. »Tut mir echt leid für dich, aber dazu hast du jetzt keine Zeit. Der Typ hat gefordert, dass wir gleich wieder auf Sendung sein müssen. Sonst zündet er die Sprengsätze. Also reiß dich am Riemen. Du musst ja auch nur kurz raus und den Showblock anmoderieren. Das wirst du wohl gerade noch schaffen. Dann hast du ja nochmal zehn Minuten Zeit.«

Kern nickte.

»Übrigens dürfen wir keine zusätzliche Werbepause mehr bringen. Danach muss die Sendung ohne Unterbrechung weiterlaufen.«

»Auch das noch«, stöhnte der Quizmaster vor sich hin.

Gero Lottner riss die Tür auf. Mandy, die offensichtlich gelauscht hatte, zuckte erschrocken zusammen. »Hast du gerade mitgekriegt, was du jetzt tun sollst?«, zischte er der verdutzten Frau entgegen.

Die Maskenbildnerin nickte. Dann schob sie sich an ihm vorbei durch den Türrahmen und machte sich umgehend an ihre Arbeit. Der Regisseur stürmte zurück in den Übertragungswagen, wo ihn seine beiden anderen Mitarbeiterinnen bereits voller Ungeduld erwarteten. Mit wenigen, hastig vorgetragenen Worten brachte er sie auf den neuesten Stand der Dinge.

»Sollten wir nicht doch besser die Polizei informieren?«, meinte die junge Regieassistentin. Sie fingerte nervös an ihrer Uhr herum. Dann schnappte sie sich einen Edding und einen kleinen Pappkarton, beschriftete ihn.

»Ja, dafür bin ich auch«, blies unterdessen ihre Kollegin ins selbe Horn. »Die könnten uns bestimmt helfen.«

»Habt ihr denn vorhin nicht richtig zugehört?«, stieß Lottner mit barscher Stimme hervor. »Dieser Mistkerl hat doch gesagt, dass sie an den Ausgängen und unter der Halle Sprengsätze angebracht haben. Wollt ihr etwa ausprobieren, ob das wirklich stimmt?«

Mit betretenen Mienen schwiegen die beiden Frauen.

»Unabhängig davon, ob sie vielleicht doch nur bluffen«, setzte der Regisseur nach, »gäbe es hier garantiert eine Massenpanik, wenn irgendjemand etwas von der Bombendrohung mitbekäme. Und bei diesen viel zu kleinen Eingangstüren würden bestimmt einige Menschen zu Tode getrampelt werden. Wollt ihr das allen Ernstes riskieren?«

»Ich denke, Gero hat recht«, korrigierte die sehr leger, um nicht zu sagen schlampig gekleidete Frau mittleren Alters ihre Meinung. Sie war ein eher ängstlicher Typ und arbeitete schon viele Jahre als Bildmischerin bei *Event-TV*. »Wir sollten nicht das geringste Risiko eingehen und besser genau das tun, was diese skrupellosen Verbrecher von uns verlangen.«

»Endlich hast du's kapiert, Mädchen«, entgegnete Gero Lottner.

Die Bildmischerin zuckte mit den Schultern. »Was soll's. Die Hauptsache ist doch wohl, dass wir alle heil aus dieser gefährlichen Sache rauskommen.« Sie warf eine Hand in Richtung des Regisseurs. »Geben wir ihnen eben das Geld. Unser Sender ist ja bestimmt gut versichert.«

Lottner sog tief die abgestandene Luft ein. Dann gebar er in einen gewaltigen Stoßseufzer hinein etwas, das bei seinen Kolleginnen sogleich die Kinnladen heruntersinken ließ: »In diesen superbewachten goldenen Koffern befindet sich überhaupt kein Geld, nicht mal ein einziger Cent.«

»Was?«, fragte die Regieassistentin fassungslos. »Du machst doch wohl gerade Witze, oder?«

»Nein, leider nicht.«

Der jungen, sportlich gekleideten Frau schossen Tränen in die Augen. »Dann ist alles aus«, schluchzte sie.

Bei ihrer feisten Kollegin hatte diese niederschmetternde Mitteilung offensichtlich einen Schock ausgelöst. Sie erbleichte, auf ihrem glänzenden, speckigen Gesicht bildeten sich unzählige kleine Schweißperlen. Sie zitterte wie Espenlaub. »Der wird uns alle ...«, sagte sie in einer abgehackten Robotersprache. Den Rest ließ sie unausgesprochen.

Gero Lottner ging zu ihr, legte ihr tröstend eine Hand auf die Schulter. »Nein, nein, mein Mädchen, beruhig dich. Keine Angst, so weit wird es nicht kommen, Wir warten jetzt erst mal ab, bis der Erpresser sich wieder meldet. Vielleicht hat er ja schon die Schnauze voll von uns und meldet sich überhaupt nicht mehr. Und wenn, kannst du sicher sein, dass deinem lieben Gero bestimmt etwas Geniales einfallen wird.« Er blickte hoch an die Decke des Ü-Wagens und dachte: Mir *muss* einfach irgend etwas Geniales einfallen!

»Nur, was passiert, wenn eine Familie die Masterfragen alle richtig beantwortet hat?«, warf die Bildmischerin scheinbar zusammenhanglos ein. Sie machte immer noch einen ziemlich verstörten, geistesabwesenden Eindruck. Aber diese Frage schien sie so enorm zu beschäftigten, dass dieser Impuls sie aus ihrer Lethargie riss. »Marco verspricht doch immer, dass die Leute dann das Geld bar ausgezahlt bekommen ...«

»Alles nur Verarsche, mein altes Mädchen«, unterbrach Lottner mit einem hämischen Grinsen. »Es ist schlichtweg unmöglich, diese Fragen alle richtig zu beantworten.«

Einen Augenblick lang schien er die dramatische Situation vergessen zu haben, in der er sich befand. Doch dann verfinsterte sich wieder seine Miene.

Genau in diesem Moment zerschnitt ein schrilles Klingelgeräusch die kurzzeitig eingekehrte Stille. Unwillkürlich zuckten alle zusammen. Gero Lottner griff nach dem Hörer, warf ihn ans Ohr. Damit seine Kolleginnen mithören konnten, drückte er die Lautsprechertaste.

Eine elektronisch verfremdete, metallisch klingende Erpresserstimme meldete sich: »Warum geht die Sendung nicht weiter?«

Lottner hatte die Digitaluhr in der Monitorwand fest im Blick. »Gleich ist es soweit. In genau zehn Sekunden.« Er stellte Blickkontakt zur Bildmischerin her, die inzwischen wieder hellwach zu sein schien und zählte mit. »Fünf, vier, drei, zwei, eins – Jetzt.«

Die Erkennungsmelodie der beliebten Quizshow ertönte. Sofort brandete tosender Beifall in der Halle auf. Zwei Kameras hatten die Zuschauerränge im Visier. Die Führungskamera begleitete Marco Kern dabei, wie er lachend die Bühne betrat. Lottner hatte recht gehabt: Man merkte dem Moderator kaum etwas von der psychischen Ausnahmesituation an, mit der er sich zwangsweise zu arrangieren hatte. Höchstens ein für ihn ungewöhnlich lebhaftes Augenzwinkern und der hektische, flackernde Blick zeugten von seiner enormen inneren Anspannung.

»Weiß dieser Kasper da auf der Bühne Bescheid?«

»Ja.«

»Steht er das durch?«

»Ja, ich denke schon.«

»Gut, werden wir sehen. Wenn nicht, müssen Sie eben ran.« Das nun im Übertragungswagen ertönende, elektronisch verzerrte Lachen hatte einen gespenstischen Halleffekt, der den Anwesenden kalte Schauder den Rücken hinunterjagte.

»Ich hab aber ein Problem, es …«

»Eins? Ich hab zur Zeit viele!«, unterbrach die Erpresserstimme amüsiert. »Welches haben Sie denn?«

»Es gibt Probleme mit dem Geld.«

»Das ist mir schon klar, Mann. Mit Geld gibt es immer Probleme. Die einen wollen es haben und die anderen wollen es nicht rausrücken, stimmt's? Sie haben sich hoffentlich an die Order gehalten und weder die Bullen noch Ihren Sender verständigt, oder?«

»Ja, natürlich hab ich mich daran gehalten.«

»Das kann ich Ihnen auch nur wärmstens empfehlen. Wir machen keinen Spaß!«

»Glaub ich ja. Das haben Sie uns ja vorhin schon bewiesen.«

»Genau. Das war 'ne geile Nummer, ne?«

»Sie können sich darauf verlassen: Wir werden alles tun, was Sie von uns verlangen.«

»Alles?« Wieder dieses diabolische Lachen.

Lottner ließ sich davon nicht beeindrucken. »So es denn in unserer Macht steht.«

»Schön, sehr schön! Dann hören Sie mir jetzt mal ganz genau zu: In ziemlich genau einer Stunde erscheint am

Hintereingang der Fruchthalle ein Taxi. Sie persönlich übergeben dem Fahrer die Geldkoffer. Wenn er wegfährt darf ihm niemand folgen! Haben Sie diese Anweisung kapiert?«

»Ja, schon, aber ...«

»Und keine Tricks. Wir zünden sonst sofort die Sprengsätze. Hören Sie genau zu. Ich sage es kein zweites Mal: Exakt um 23 Uhr entschärfen sich die Zeitzünder automatisch. Bis dahin muss die Sendung ganz normal weiterlaufen.«

»Aber da müssten wir ja um mehr als eine volle Stunde überziehen.«

»Ja, und? Lassen Sie sich eben etwas einfallen! Wie hat Freddy Mercury immer so schön gesungen: Show must go on!« Singend wiederholte er diesen Satz. Dann war es plötzlich totenstill am anderen Ende der Leitung.

»Sind Sie noch da?«

»Natürlich bin ich noch da. Also weiter: Wenn alles geklappt hat und wir mit dem Geld in Sicherheit sind, können die Leute gefahrlos die Halle verlassen. Aber denken Sie immer daran: Sobald die Bullen irgendwo auftauchen oder Sie uns irgendwie zu linken versuchen, fliegt alles in die Luft.«

Lottner hatte die ganze Zeit über mit sich gerungen, ob er den Erpresser mit der schrecklichen Wahrheit konfrontieren sollte oder ob es nicht sinnvoller wäre, auf Zeit zu spielen und vielleicht doch besser die Polizei zu informieren. Er wusste nicht den Grund dafür, aber er hatte sich zu Ersterem entschieden: »Nur genau das ist ja das Problem.«

»Wo ist da ein Problem?«

»Ganz einfach: in den Koffern ist kein Geld«, ließ er

mit einer Ruhe und Gefasstheit verlauten, die ihn selbst überraschte.

Abermals verstummte die elektronisch verfremdete Erpresserstimme. Diese Mitteilung schien den Anrufer aus dem Konzept gebracht zu haben. Gero hörte nichts außer einem stoßartigen, keuchenden Atem.

»Ich glaub es einfach nicht«, brach der Anrufer endlich die Stille. »Du willst mich tatsächlich verarschen. *Du* willst *mich* verarschen? In dieser Situation? Bist du denn völlig wahnsinnig geworden?« Erneut erklang dieses verzerrte, sarkastische Lachen. Diesmal war es allerdings mit einem weitaus bedrohlicheren Unterton versehen.

»So, du willst also ums Verrecken dieses Scheiß-Geld nicht rausrücken? Die Kohle ist dir mehr wert als dein Leben?«, brüllte die sich überschlagende Männerstimme.

Gero Lottner war mit einem Mal klar, dass man mit diesem skrupellosen Menschen nicht zu weit gehen durfte. Der ist wirklich zu allem fähig, pochte es in seinem Hirn. Ich muss Zeit gewinnen.

»Entschuldigung, Entschuldigung«, stammelte er. »Ich hab eben nur geblufft. Natürlich ist das Geld in den Koffern. Ich hab nur gedacht, wenn Sie das hören, geben Sie vielleicht sofort auf.«

»Ich und sofort aufgeben?«, höhnte der Erpresser. »Jetzt pass mal auf, du blöder Affenarsch: Entweder haben wir um Punkt 22 Uhr die zehn Millionen oder ihr werdet alle draufgehen! Wenn ihr nicht spurt, werdet ihr allesamt elendig verrecken! Das verspreche ich euch.«

»Tut mir leid, dass ich das eben getan habe. Ich hab Sie wohl unterschätzt.«

»Genau das hast du. Und genau das hättest du besser nicht tun sollen!«

Dann war urplötzlich das Gespräch beendet.

»Was hat er damit gemeint? War das eine versteckte Drohung?«, fragte die bestürzte Regieassistentin. Sie warf einen Blick auf die Digitaluhr an der Wand. »Oh Gott, ich muss sofort raus.« Sie schnappte sich das Pappschild und stürmte aus dem Übertragungswagen.

Lottner zuckte deprimiert mit den Achseln.

Für ein paar Sekunden kehrte Stille ein.

Als Erste fand die Bildmischerin ihre Sprachfähigkeit wieder. »Wo sollen wir denn bloß so schnell so viel Geld herkriegen, Gero?«, wimmerte sie. »Das ist doch unmöglich zu schaffen.«

»Verdammt, das weiß ich doch auch. Ich kann schließlich nicht zaubern.«

Tannenberg rieb sich mit fahrigen Händen die Stirn, so als sei sie von einem plötzlichen Juckreiz befallen. »Was mach ich jetzt bloß? Was mach ich jetzt bloß?«, brabbelte er litaneienartig vor sich hin. Er atmete sehr schnell. Seine Lippen zitterten. »Ich muss unbedingt da rein.«

»In die Halle?«, fragte Dr. Schönthaler.

»Ja.«

»Aber wie denn? Die Eingänge sind doch mit Sprengfallen versehen.«

»Der Karl muss mir, muss mir helfen, da irgendwie … Ich muss da irgendwie reinkommen«, stotterte Tannenberg. Er wandte sich zu Mertel um, der noch immer zwischen den beiden umgekippten Stahlplastiken nach verwertbaren Tatortspuren suchte. Er ließ die Seitenscheibe herunter.

»Karl«, brüllte er aus vollem Halse, »komm mal her!«

Einige der vor der Pfalzgalerie versammelten Beamten und die meisten der zahlreichen Schaulustigen warfen reflexartig ihre Köpfe in Tannenbergs Richtung. Als er seinen Vornamen hörte, blickte natürlich auch der Kriminaltechniker neugierig zu ihm hin. Staunend betrachtete er seinen langjährigen Kollegen, wie er wild gestikulierend aus dem Autofenster herauswinkte.

»Was ist denn, Wolf? Siehst du nicht, dass ich zu tun habe?«

»Bitte, Karl, schnell. Es ist wirklich sehr wichtig.«

»Okay, alte Nervensäge, ich komme ja schon.« Er erhob sich und begab sich hastigen Schrittes zu Tannenbergs Auto.

Mertel, der einen weißen Plastikoverall und Überschuhe aus demselben Material trug, hörte sich die schier unglaubliche Geschichte an, die ihm der Leiter des K1 mit hektischen Worten erzählte. Er arbeitete schon seit vielen Jahren eng mit ihm zusammen. Obwohl sie sich dienstlich nicht selten in die Haare gerieten, hatten sich die beiden, von ihrem Wesen her recht unterschiedlichen Männer, mit der Zeit angefreundet. Deshalb kannte Mertel auch Tannenbergs Familie ziemlich gut. So war es nicht weiter verwunderlich, dass er ähnlich betroffen reagierte wie der Rechtsmediziner.

»Oh Gott. Hoffentlich geht das gut«, seufzte er fassungslos.

»Karl, ich muss ihnen helfen. Ich muss unbedingt da rein.«

»Wie willst du das denn anstellen?« Mertel wies mit einer ausladenden Geste dorthin, wo am Sockel der Pfalzgalerie der tote Landtagsabgeordnete lag. »Diese

Mistkerle sind doch absolut rücksichtslos und brutal. Die haben uns gerade bewiesen, dass sie bereit sind, über Leichen zu gehen.«

»Genau deshalb muss ich ja da rein«, wiederholte Tannenberg.

»Aber das Risiko ist viel zu groß, Wolf. Nicht nur für dich. Denn damit würdest du doch erst recht die Zuschauer in der Fruchthalle gefährden«, gab der Kriminaltechniker zu bedenken.

»Verdammt, du hast ja recht. Aber ich kann doch meine Familie in so einer gefährlichen Situation nicht alleine lassen. Ich will bei ihnen sein«, schniefte er. Mit einer fahrigen Bewegung putzte er sich die Nase.

»Wenn die Forderungen erfüllt werden, passiert ihnen ja sehr wahrscheinlich überhaupt nichts«, versuchte Mertel seine Ängste zu reduzieren.

»Trotzdem muss ich da rein«, beharrte Tannenberg. Er verengte die Augen und presste seine Lippen zu einem dünnen Strich zusammen. »Wenn irgendwas schiefgeht, will ich bei ihnen sein.« Verzweifelt wiegte er seinen Kopf hin und her. »Ich kann sie in dieser lebensgefährlichen Lage nicht im Stich lassen. Marieke ist doch hochschwanger, verflucht nochmal.«

»Vielleicht gibt es ja eine Möglichkeit, auf einem anderen Weg in die Halle hineinzugelangen«, bemerkte Dr. Schönthaler mit nachdenklicher Miene.

Mertel und Tannenberg bombardierten ihn sofort mit fragenden Blicken.

»Und wie?«, sprudelte es wie aus einem Munde hervor.

»Nicht durch die Eingangstüren.«

»Sondern?«

»Ich hab mal vor langen Jahren an einer Führung

durch die unterirdischen Gänge der Kaiserburg teilgenommen.« Er stockte.

»Ja, und weiter?«, drängte Tannenberg.

»Da sind wir an einem verschlossenen Eisentor vorbeigekommen. Der Stadtführer hat behauptet, dass zwischen der Kaiserburg und der Fruchthalle im Mittelalter die Katakomben der Stadt gewesen seien.«

»Die Katakomben?«, fragte der Kriminaltechniker mit gekrauster Stirn.

»Genau. Unter der Ost-West-Achse befindet sich anscheinend so etwas wie ein unterirdischer Friedhof. Dort haben sie damals die Opfer der Pest hingebracht.«

»Und du meinst, dass durch diese Katakomben vielleicht ein Zugang zur Fruchthalle existiert?«

»Könnte doch sein, Wolf«, antwortete Dr. Schönthaler. Er knetete sein Kinn, schüttelte dann aber den Kopf. »Ist aber wohl doch eher unwahrscheinlich.«

»Egal, das werden wir jetzt einfach mal ausprobieren«, beschloss Tannenberg. Urplötzlich verfinsterte sich seine Miene. »Aber wie kommen wir am schnellsten in die Barbarossaburg hinein?«

»Ich zeig's euch«, entgegnete der Rechtsmediziner. »Neben dem Parkplatz …«

»Gut«, würgte ihn Tannenberg ab. »Karl, geh mal dein Werkzeug holen.«

Mertel reagierte nicht.

»Karl, hol dein Zeug«, setzte Tannenberg scharf nach. »Los, mach schon! Wir müssen's ausprobieren.«

Aber Mertel machte immer noch keinerlei Anstalten, Tannenbergs Aufforderung nachzukommen. Er schüttelte energisch den Kopf. »Nein, nein, das bringt nichts. Ich hab 'ne andere Idee, wie wir vielleicht viel schneller und direkter in die Fruchthalle reinkommen können.«

»Und welche?«

Der Kriminaltechniker nagte kurz an seinem Zeigefinger, dann verkündete er: »Ich weiß nicht, ob ihr euch noch daran erinnert. Vor ein paar Jahren hatten wir mal einen Fall, bei dem ein eifersüchtiger Ehemann seine Frau absichtlich angefahren hat.«

»Ja, und? Was hat das denn mit unserem Problem zu tun?«

»Das war unten in der Tiefgarage …«

Tannenberg wurde immer ungehaltener. »In welcher Tiefgarage?«

»In der vor dem Pfalztheater. Die ist doch gegenüber der Fruchthalle. Dort unten gibt es eine massive Tür. Und wenn ich mich richtig entsinne, hat der Hausmeister damals behauptet, dass sich dahinter ein alter Geheimgang befindet, den man bei den Bauarbeiten zufällig entdeckt habe.«

»Direkt hinüber in die Fruchthalle?«

»Hat er jedenfalls behauptet.«

In Tannenberg keimte ein zartes Pflänzchen Hoffnung auf. »Das wären wirklich nur ein paar Meter unter der Straße …«

»Ja, Wolf. Aber wir wissen leider nicht, ob das überhaupt stimmt«, warf der Kriminaltechniker dazwischen.

»Egal. Wir schauen jetzt sofort nach. Und wenn es nicht stimmt, versuchen wir es eben über den anderen Weg.«

Karl Mertel nickte. »Also los, dann kommt. Wir fahren mit meinem Auto.«

»Geht's nicht schneller zu Fuß?«, fragte Dr. Schönthaler.

»Kann sein. Aber was ist mit dem Werkzeug und den Lampen? Wollt ihr die Sachen etwa selbst schleppen?«, wandte Mertel ein.

Dieser Hinweis überzeugte seine Mitstreiter. Die drei Männer spurteten zum Kleintransporter der Kriminaltechnik, der nur wenige Meter entfernt geparkt war. Mertel nahm den Weg über den Benzinoring, überquerte die nur wenig befahrene Lauterstraße ohne jegliche Rücksicht auf das Ampelsignal, das ihm hellrot entgegenleuchtete. Sie brausten an der Nordfassade des Pfalztheaters vorbei und wechselten in die Abbiegespur zur Martin-Luther-Straße.

Direkt vor Tannenberg tauchte die zum Rittersberg-Gymnasium gehörige Villa Winkler auf. Dieser Anblick versetzte ihm sogleich einen schmerzhaften Stich in der Magengegend. In diesem schmucken alten Gebäude war seit einigen Jahren die Oberstufe seiner alten Schule untergebracht. Marieke und Tobias absolvierten dort zur Zeit ihre letzten Schuljahre.

In einem Gedankensplitter erinnerte er sich daran, wie stolz er auf Marieke war, weil sie sich trotz ihrer ungeplanten Schwangerschaft nicht davon hatte abbringen lassen, ihre Abiturprüfung im kommenden Frühjahr abzulegen.

Plötzlich schob sich von rechts her der imposante Bruchsandsteinbau der Fruchthalle in sein Blickfeld. Die von einer Unzahl kleiner Rundbogenfenster geprägte Fassade erinnerte an einen beleuchteten Adventskalender.

In vier Wochen hat sie Geburtstermin, genau um die Weihnachtszeit, dachte er. Und jetzt ist sie in dieser verfluchten Halle eingesperrt. Lieber Gott, bitte, bitte, sorg dafür, dass alles gut geht!

»Fahr langsamer!«, befahl Tannenberg. »Wir dürfen keine Aufmerksamkeit erregen. Vielleicht beobachten diese Typen ja auch die Umgebung der Fruchthalle.«

Mertel reduzierte daraufhin die Geschwindigkeit. Sie passierten die Rotunde des Pfalztheaters. Nur ein paar Meter weiter verließ der Kleintransporter die leicht abschüssige Straße und schwenkte in die Einfahrt des Parkhauses ein.

»Scheiße!«, fluchte Tannenberg, als vor ihm ein rotes Leuchtband mit der Inschrift ›Parkhaus besetzt‹ auftauchte. »Und jetzt?«

»Soll ich die Schranke durchbrechen?«, fragte Mertel und ließ dabei den Motor aufheulen.

»Quatsch, das macht viel zu viel Lärm.«

»Seid mal ruhig!«, zischte Dr. Schönthaler, der die Seitenscheibe heruntergekurbelt hatte. »Ich höre ein Geräusch.«

Schon kurz darauf sahen sie das Scheinwerferlicht eines Autos, das aus dem Untergeschoss emporgeschlichen kam. Ungeduldig warteten die Männer, bis sich endlich die Schranke auf der anderen Seite geöffnet hatte. ›Parkhaus frei‹ leuchtete in Grün auf. Während Mertel einen Parkschein zog, vibrierte Tannenbergs Handy.

»Was? Oh nein, auch das noch. Warte mal kurz!« Er nahm das Handy vom Ohr und wandte sich an den Rechtsmediziner. »Es ist Max. Marieke hat Wehen. Was sollen sie machen?«

Dr. Schönthaler pflückte seinem alten Freund das Handy aus der Hand. »Du weißt über alles Bescheid?«

»Ja«, antwortete Max.

»Gut. Also erstens: Du musst unbedingt Ruhe bewahren. O.K.?«

»O.K.«

»Gut, Max. Dann suchst du jetzt die Sanitäter. Die sind irgendwo in der Halle. Wahrscheinlich hinter der Bühne. Unter ihnen befindet sich garantiert auch ein Notfallmediziner. Und wenn du den gefunden hast, rufst du uns sofort an, verstanden?«

»Ja.«

»Ich muss ihn unbedingt informieren. Er darf Marieke unter keinen Umständen durch die Eingangstüren aus der Halle bringen lassen. Das ist viel zu gefährlich. Ist das klar?«

»Klar.«

»Warte! Wolf will dich nochmal.«

Der Rechtsmediziner überreichte Tannenberg das Handy. »Max, wir versuchen in den nächsten Minuten irgendwie durch einen Tunnel in den Keller der Halle zu gelangen. Wenn wir das nicht schaffen, melde ich mich nochmal bei dir. Dann müssen wir uns irgendwas anderes einfallen lassen.«

Unterdessen hatte Karl Mertel den Kleinbus der Spurensicherung über eine Rampe hinab in die unterste Parkhausebene gesteuert und ihn hinter einer Reihe parkender Fahrzeuge abgestellt. Während seine Kollegen im Auto mit Max telefonierten, war er ins Innere des Kleintransporter geklettert und hatte mit flinken Handgriffen das benötigte Werkzeug sowie drei Stablampen in einem größeren Rucksack verstaut.

Der Kriminaltechniker ging zielstrebig zu einer massiven, grau gestrichenen Tür.

»Ich glaube, das ist sie«, murmelte er vor sich hin.

Tannenberg und Dr. Schönthaler trafen bei ihm ein. Mertel stellte seinen Rucksack auf dem staubigen Betonboden ab und kramte darin herum. Er fischte die Profitaschenlampen heraus, überreichte sie seinen Mitstreitern.

»Probiert sie mal aus«, forderte er.

Obwohl er sein Werkzeug stets wie den eigenen Augapfel hütete und die Taschenlampen fast täglich überprüfte, unterzog er sie ebenfalls einem kurzen Funktionstest.

Gleich nachdem die hellen Lichtkegel die Funktionstüchtigkeit der Lampen bestätigten, machte sich Mertel am Sicherheitsschloss der Tür zu schaffen. Der Leiter des K1 sondierte mit hektischen Blicken die Umgebung, während der Rechtsmediziner beeindruckt Mertels Fingerfertigkeit beobachtete. Es dauerte kaum länger als eine Minute, bis der altgediente Kriminaltechniker das Schloss geknackt hatte. Er drückte den Metallgriff kräftig nach unten und riss die Tür auf. Im grellen Neonschein der Parkhausbeleuchtung präsentierte sich den entsetzten Männern eine mit Reinigungsutensilien vollgestopfte Abstellkammer.

»Verdammt, Karl, das war wohl ein Flop!«, fluchte Tannenberg.

»Begrüßen wir noch einmal gemeinsam die Kandidaten unserer Sendung mit einem donnernden Applaus«, brüllte Marco Kern in sein Mikrofon. Dabei klatschte er demonstrativ in die Hände.

Während die Zuschauer sogleich wunschgemäß zu johlen und mit den Füßen zu trampeln begannen, verschwand der Quizshow-Moderator kurz hinter einer Stellwand. Aus Erfahrung wusste er natürlich, dass er nun mindestens 30 Sekunden Zeit hatte, bis er wieder an der Reihe war.

Von Publikum und Kamera unbeobachtet kramte er

geschwind einen kleinen Stapel Memo-Kärtchen aus seinem Sakko und versuchte sich hektisch den Inhalt der obersten Karteikarte einzuprägen. Normalerweise genügte ihm ein kurzer Blick auf seinen Erinnerungszettel, um sich auf den nächsten Sendeabschnitt vorzubereiten. Aber diesmal war alles anders. Denn obwohl er fast die ganze ihm zur Verfügung stehende Zeit nutzte, gelang es ihm nicht, sich auf die handschriftlichen Notizen zu konzentrieren.

Unterdessen fingen gleich mehrere Kameras die Bilder der frenetisch applaudierenden Hallengäste ein. Schnitt – Die Führungskamera schwenkte langsam zur Sitzgruppe. Dort angekommen, nahm sie nacheinander jede der vier Familien in Großformat ins Visier.

Die junge Regieassistentin, die Marco Kern stets aus den Augenwinkeln heraus beobachtete, hielt das übliche Pappschild mit der Aufschrift ›Action in 10 Sekunden‹ neben dem Kameramann in die Höhe. Mit der anderen Hand schob sie schnell ein weiteres Schild darüber, auf dem zu lesen war: ›Du schaffst es, Marco – denn du bist der Beste!!!‹

Ihr habt gut reden, dachte er und stieß dabei abschätzig einen Schwall Luft durch die geschlossenen Zahnreihen.

Er trat hinter der Stellwand hervor. Das rote Lämpchen an der Führungskamera leuchtete auf.

»Vielen Dank für Ihre Unterstützung. Das haben Sie toll gemacht!«, lobte der Starmoderator. »Die Kandidaten können diese Aufmunterung vor der neuen Runde auch wirklich gut gebrauchen. Gerade nach dieser etwas längeren Pause.« Mit federnden Schritten eilte er zu einem containerartigen Bühnenaufbau. »Aber wir dachten eben, wenn wir Ihnen schon einmal diese Weltstars präsentieren können, dann auch richtig. Das sehen Sie doch genauso, nicht wahr.«

Tosender Applaus brandete auf.

»Ich habe noch weitere Überraschungen für Sie.« Er wartete einen Moment, bis es ruhiger in der Halle wurde. »Es gibt heute Abend keine weitere Werbeunterbrechung. Damit die Spannung noch mehr knistert. Und wir verlängern die Sendung! Das sind unsere vorgezogenen Weihnachtsgeschenke für Sie.«

Jubelschreie, stehende Ovationen.

»Danke, Danke! Nun aber zurück zu unserem lieben Tobias Tannenberg, der immer noch hier in dieser schalldichten Kabine sitzt und auf seine neue Frage lauert. Sie, meine verehrten Damen und Herren hatten ja in der Zwischenzeit genügend Gelegenheit, nach der Lösung zu suchen. Haben Sie die richtige Antwort gefunden?«

Schnitt – Gemischte Reaktionen bei den Zuschauern: wenige nickten, die meisten der Tribünengäste zuckten mit den Schultern oder verneinten mit einer Kopfbewegung.

Wie von Geisterhand bewegt, öffnete sich plötzlich hinter einer dicken Glasscheibe ein Vorhang und gab den Blick frei auf das jüngste Mitglied des Tannenberg-Rateteams. Tobias hatte einen Kopfhörer auf und betrachtete gerade ein Musikvideo, das ihm die Regie auf seinem Monitor eingespielt hatte. Nun bekam auch er endlich die knifflige Fußballfrage präsentiert, konnte sie jedoch in der vorgegebenen Zeit nicht lösen.

»Schade. Na, vielleicht haben Sie ja jetzt mehr Glück. Auf zur nächsten Frage«, gönnte ihm der Moderator noch nicht einmal eine kleine Verschnaufpause. »Sind Sie bereit?«

Tobias nickte mit bekümmerter Miene.

Auf der Leinwand prangte inzwischen der Begriff ›Biologie‹.

»Ihre Wahl?«

»Der niedrigste Schwierigkeitsgrad, bitte.«

»Na, auf einmal so ängstlich. Nun gut, hier kommt Ihre Frage:

Wie nennt man die Blüten der Weide?

A) Mäuschen
B) Häschen
C) Kätzchen
D) Eichhörnchen?

»Ist das eine Scherzfrage?«

»Wieso? Ist Sie Ihnen etwa zu einfach?«

»Das ist ja höchstens Grundschulniveau.«

»Ich habe Sie nicht gezwungen, diese Kategorie zu wählen.«

»Antwort C«, seufzte Tobias.

Von brausendem Zuschauerjubel untermalt ertönte die Siegesfanfare.

Nachdem die Beifallsstürme abgeebbt waren, sagte der Starmoderator: »Na, jetzt werfen Sie mal nicht gleich die Flinte ins Korn. In der zweiten Runde erhalten Sie ja nun tatkräftige Unterstützung von Ihrem Vater und Ihrem Großvater. Vielleicht läuft's dann ja wieder besser.«

Marco Kern wandte sich an die beiden anderen Mitgliedern des Tannenberg-Teams. »Wenn ich bitten dürfte, meine Herren.«

Laute Musik dröhnte aus den Lautsprecherboxen.

Der Starmoderator wartete, bis Jacob und Heiner sich ebenfalls in der Kabine eingefunden hatten.

Tobias war dem Anschein nach zu urteilen ziemlich enttäuscht darüber, dass er die enorm wichtige Fußball-Frage nicht richtig beantworten konnte. Frustriert ließ er den Kopf baumeln. Die anderen beiden setzten sich zu ihm und versuchten ihn aufzumuntern. Sie hatten offensichtlich für einen Moment vergessen, wo sie sich gerade befanden und dass die Zuschauer sie beobachten konnten.

»Unter uns gesagt: Die Frage war aber auch wirklich nicht gerade einfach«, erklärte der Moderator.

Erst diese direkte Ansprache holte die Tannenbergs in die Realität zurück. Ihre Köpfe schnellten unwillkürlich zur Glasscheibe hin. Eine ebenso reflexartige wie unsinnige Reaktion, denn eigentlich wussten sie ja, dass sie nicht durch sie hindurchschauen konnten. Schließlich war die Scheibe aus gutem Grund von innen verspiegelt worden. Damit wurde nämlich verhindert, dass Zuschauer den Kandidaten Hilfen, z.B. in Form von Handzeichen geben konnten. Die Insassen der Kabine sahen lediglich auf mehreren Monitoren die ihnen von der Regie eingespielten Bilder, in diesem Falle die von der Führungskamera eingefangenen Liveaufnahmen des vor ihrer Kabine stehenden Moderators.

»Und wie fühlen Sie sich nun, junger Mann?«, fragte Kern mit sarkastischem Unterton.

»Gut«, gab Tobi trotzig zurück. Sein Frust schien sich inzwischen in Wut verwandelt zu haben.

»Obwohl Sie die Frage nicht richtig beantworten konnten?«, stocherte er weiter in der offenen Wunde herum. »Sind Ihre Mitstreiter denn nicht sauer darüber?«

»Nein, das sind wir nicht!«, meldete sich sein Vater ebenso ungefragt wie energisch zu Wort. »Das macht überhaupt nichts. Schließlich ist alles nur ein Spiel.«

»Ja, das ist richtig.« Kern lachte auf. »Alles ist nur ein Spiel. Aber eins um sehr viel Geld, nicht wahr?«

»Egal, wir halten jedenfalls weiter zusammen.«

»Richtig! Einer für alle – alle für einen!«, pflichtete ihm Jacob bei. »Woher sollte der arme Junge denn auch wissen, dass außer Ottmar Walter und Horst Eckel auch noch der Hans Schäfer –, dass also noch drei von der 54er-Mannschaft am Leben sind.«

»Trotzdem wird es jetzt richtig eng für Sie, meine Herren«, sagte Kern von einem hämischen Grinsen begleitet. »Die falsche Antwort von Tobias war schon ein gewaltiger Schlag ins Kontor.«

»Warum?«, warf Jacob ein. »Wir haben ja noch den Megajoker.«

»Das ist richtig«, bestätigte der Quizmaster. Er wandte sich zur Führungskamera um. »Für diejenigen von Ihnen zu Hause an den Bildschirmen, die sich vielleicht zum ersten Mal unsere Quizshow anschauen, eine kurze Erläuterung des Megajokers: Die Kandidatenteams haben in der zweiten Runde die Möglichkeit, alles auf eine Karte zu setzten. Sie können dadurch den Punktestand ihres Teams beträchtlich verbessern.«

Mit einer ausladenden Geste wies er zum Kandidaten-Container hin. »Mit Hilfe des Megajokers bietet sich selbst in einer so scheinbar aussichtslosen Lage wie der, in welcher sich heute Abend die Familie Tannenberg befindet, noch die Chance, erfolgreich in die Finalrunde einzuziehen.«

Marco Kern richtete seine nächsten Worte wieder direkt an die Tannenbergs. »Wollen Sie jetzt wirklich den Megajoker ziehen?«

»Natürlich werden wir diese letzte Chance zu nutzen versuchen«, antwortete Jacob, der als sogenannter ›Teamchef‹ der Familie fungierte. »Und wenn's denn sein muss, gehen wir eben mit wehenden Fahnen unter.«

»Sie sind ganz schön mutig. Meine Hochachtung! – Nun, gut. Dann bekommt Ihr Team ab sofort nur noch Fragen mit dem höchsten Schwierigkeitsgrad vorgelegt. Außerdem stellen wir Ihnen eine Zusatzfrage.« Er hob theatralisch die Augenbrauen, während er den Zeigefinger in Richtung der Glasscheibe streckte. »Und nur, wenn Sie *alle* Fragen richtig beantwortet haben, kommt der Megajoker ins Spiel – und verdoppelt die bis dahin von Ihrem Team erreichte Punktzahl. Sind Sie bereit?«

»Ja«, gab Jacob mit fester Stimme zurück. Heiner und sein Sohn nickten.

»So, dann warten wir jetzt alle sehr gespannt auf Ihre erste Megajoker-Frage«, sagte der Moderator, ging ein paar Schritte zurück und blickte gemeinsam mit den Zuschauern auf die riesige Leinwand, die man hinter der Sitzgruppe platziert hatte.

»Literatur«, las Kern das in grellem Rot gerade aufleuchtende Wort vor. Er wandte sich ans Publikum. »Trauen *Sie* sich zu, aus diesem Themenbereich eine schwierige Frage zu beantworten?«

Die Zuschauer reagierten ziemlich skeptisch. Viele zuckten leicht mit den Schultern, andere schürzten die Lippen oder wiegten unschlüssig den Kopf hin und her. Insgesamt schien ihr Vertrauen in die eigene literarische Fachkompetenz nicht sonderlich ausgeprägt zu sein.

Marco blickte schmunzelnd über die Reihen hinweg. »Dann bin ich mal gespannt, wie die liebe Familie Tannenberg mit der folgenden Frage zurechtkommt:

»Welcher französische Autor verbrachte lange Jahre seines Lebens in einem schalldichten, mit Korkplatten isolierten Raum am Pariser Boulevard Haussmann?

A) Jean-Paul Sartre
B) Arthur Rimbaud
C) Marcel Proust
D) André Gide?«

8

Mertel warf das schwere Türblatt in den Metallrahmen und begab sich zu einer nur wenige Schritte entfernten, völlig identisch aussehenden Brandschutztür. Wieder hatte er in Windeseile das Schloss geknackt. Mit Schwung zog er die Tür auf.

Diesmal blickten die Männer in eine etwa fünf Meter lange Betonröhre, an deren Ende sich eine weitere, ebenfalls baugleiche Tür befand, die in eine kreisrunde Wand eingelassen war.

»Ach, du dickes Ei«, seufzte der sichtlich enttäuschte Rechtsmediziner, »sind wir jetzt etwa im Abwassersystem der Stadt gelandet?«

»Weiß nicht«, gab Karl Mertel zurück. »Ich mach sie auf alle Fälle jetzt gleich mal auf.«

»Jawohl – Volltreffer!«, jubilierte Tannenberg nur wenig später, als er mit seiner Stablampe in einen über mannshohen, in einen Sandsteinfelsen getriebenen Tunnel leuchtete. Er drückte sich an Mertel vorbei, machte einen Satz in den gut einen Meter breiten Stollen hinein. Doch plötzlich blieb er stehen, drehte sich um. »Verdammt, da vorne ist ja noch ein Gitter«, fluchte er vor sich hin.

»Dann kommst du am besten gleich mal wieder raus und lässt den Fachmann ran«, meinte der Kriminaltechniker schadenfroh. »Das kommt davon, wenn man sich immer und überall vordrängeln muss.«

Während Tannenberg zähneknirschend der Aufforderung nachkam, entnahm Mertel seinem Rucksack eine akkubetriebene Trennscheibe und seine Schutzbrille.

»Wolf, komm, stell dich hinter mich und leuchte mir«, befahl er in barschem Ton.

Brav befolgte der Leiter des K 1 die Anweisung. Noch bevor der Funkenflug einsetzte, hatte Tannenberg seinen Kopf hinter dem Rücken des Kriminaltechnikers in Sicherheit gebracht. Für Mertels Spezialwerkzeug stellte auch die verrostete, dicke Eisenkette kein ernstzunehmendes Hindernis dar. Ein zufriedenes Lächeln huschte über sein Gesicht. Er drückte das quietschende Gittertor nach innen. Danach verstaute er die Flex im Rucksack und zog die letzte darin noch verbliebene Stablampe hervor.

Karl Mertel schlurfte vorsichtig los. Seine beiden Begleiter folgten ihm in kurzem Abstand.

Plötzlich wurde Tannenberg von einem schmerzlichen Déjà-vu-Erlebnis heimgesucht. Es war von dem bedrückenden, feuchtkalten Ambiente um ihn herum ausgelöst worden. Er erinnerte sich unwillkürlich an seine Konfrontation mit der international agierenden Organmafia vor etwa eineinhalb Jahren.

Maximilian Heidenreich, der Freund seiner Nichte und Vater des Kindes, das Marieke seit fast acht Monaten unter ihrem Herzen trug, war nach einem leichten Motorradunfall in die Trippstadter Schlossklinik eingeliefert worden und dort von einem geldgierigen Ärzteteam als lebende Organkonserve gefangen gehalten worden. Nur unter Einsatz seines Lebens war es ihm damals quasi in letzter Sekunde gelungen, den armen Max aus den Fängen der illegalen Organhändler zu befreien.

Die skrupellosen Verbrecher waren mit ihrem Opfer durch einen Geheimgang aus dem Trippstadter Schloss entkommen. In diesem Fluchttunnel, dem sogenannten Brunnenstollen, hatte es fast genauso ausgesehen und auch so ähnlich gerochen wie in dem Felsentunnel, in welchem er sich jetzt gerade befand. Mit dem einzigen Unterschied, dass auf dem Boden des Brunnenstollens knöcheltief das Wasser stand, wogegen es in diesem Schacht relativ trocken war.

Tannenberg musste in diesem Zusammenhang unweigerlich an Marieke denken, die nur einen Steinwurf von ihm entfernt schräg über ihm in der Fruchthalle saß und bei der vorzeitig die Wehen eingesetzt hatten.

Hoffentlich hat Max inzwischen die Sanitäter gefunden, pochte es unter seiner Schädeldecke. Aber warum hat er sich dann noch nicht bei mir gemeldet? Ich muss doch den Arzt instruieren. Sonst veranstaltet der vielleicht irgendwelche Chaosaktionen. Verdammt, warum meldet sich Max denn nicht?

Er tastete nach seinem Handy, zog es heraus und drückte irgendeine Taste. Das Display leuchtete auf. »Scheiße! Kein Empfang!«, fauchte er ungehalten.

»Was?«

»Mein Handy hat keinen Empfang.«

»Eigentlich kein Wunder, hier unten, oder?«, bemerkte Mertel trocken.

»Komm, Karl, halt keine Vorträge, beeil dich mal lieber.«

Ohne inhaltlich auf das Drängeln seines Kollegen einzugehen, schimpfte der Kriminaltechniker mit einem Mal los: »Elende Mistviecher!«

»Was ist denn?«, fragte Dr. Schönthaler, dem die Sicht nach vorne durch die beiden massigen Körper weitgehend versperrt war.

»Ach, nichts, nur diese verdammten Ratten«, entgegnete Mertel mürrisch. »Verschwindet!« Er kickte mit seinem Fuß einen Stein in Richtung der Tiere, die daraufhin das Weite suchten.

Danach war es einige Sekunden lang relativ still im Felsentunnel. Man hörte außer den schnaubenden Atemstößen der Männer lediglich ein in unregelmäßigem Rhythmus an- und abschwellendes, gedämpftes Hintergrundgeräusch, das von fahrenden Autos und dem Lärm in der Fruchthalle stammte.

»Links oder rechts?«, zerschnitt urplötzlich der Ruf des Kriminaltechnikers die geradezu andächtige Ruhe.

»Was?«, fragte Tannenberg.

»Vor mir teilt sich der Stollen in zwei Abgänge.«

»Links«, entschied Dr. Schönthaler spontan die offene Frage.

Doch bereits kurze Zeit später blieb Mertel so abrupt stehen, dass Tannenberg von hinten auf ihn auflief.

»Zurück, marsch, marsch. Das war wohl nichts«, verkündete Mertel, nachdem er sich zu seinem Hintermann umgewandt hatte. Einen Augenblick lang betrug der Abstand zwischen den beiden Männergesichtern höchstens eine Handbreit. »Los, mach schon! Der Gang hier ist verschüttet.«

Tannenberg und Dr. Schönthaler vollführten nun ebenfalls eine halbe Körperdrehung und gingen zurück zur Gabelung. Dort ließen sie, ohne auch nur ein einziges Wort darüber verlauten zu lassen, dem Kriminaltechniker erneut den Vortritt.

Plötzlich bebte die Erde über ihnen, dröhnender Lärm betäubte ihre Ohren. Reflexartig duckten sich die Männer, zogen erschrocken die Köpfe ein.

»Was'n das?«, stieß Tannenberg mit schreckverzerrtem Gesicht aus. »Eine Explosion?«

»Nein, nein«, beschwichtigte Mertel, der seinen kurzzeitigen Schockzustand bereits überwunden zu haben schien, »das war wohl eher ein schwerer LKW, der eben über uns hinweggerauscht ist. Wir befinden uns schließlich im Moment ziemlich genau unter der Ost-West-Achse.«

»Mann, bin ich gerade erschrocken«, stöhnte der Kriminalbeamte, der immer noch am ganzen Körper zitterte. »Ich dachte: Eben haben diese Scheißkerle die Fruchthalle in die Luft gejagt.«

Abermals reagierte Mertel nicht auf den Einwurf seines Kollegen. Er konzentrierte sich auf den Leuchtkegel seiner Stablampe, der grelle Löcher in die rabenschwarze Dunkelheit hineinfraß.

»Da vorne ist schon wieder so ein blödes Gitter«, verkündete er Sekunden später über seine Schulter hinweg nach hinten.

Etwa einen Meter vor einem weiteren Eisentor, dessen Stäbe mit dick verkrustetem Rost überzogen waren, fanden sich zum ersten Mal in diesem Felsentunnel senkrechte Stützpfeiler. Es handelte sich um geschälte Rundstämme aus Eichenholz. Die Gittertür war zwar unverschlossen, jedoch bedurfte es einigen Kraftaufwandes, um die stark korrodierten, störrischen Türangeln zum Nachgeben zu bewegen.

»Bin mal gespannt, wo wir da wohl rauskommen werden«, sagte Mertel, vom spitzen Quietschgeräusch der Scharniere untermalt. »Da vorne geht es eine Treppe hoch.«

»Eine Treppe?«, rief Dr. Schönthaler nach vorne. »Waren wir denn so tief?«

»Anscheinend. Es ging ja auch die ganze Zeit über leicht bergab.«

Die in den Fels gehauene Sandsteintreppe wies eine Höhe von etwa zwei Metern auf. Mertel hatte die Stufen mit vier großen Schritten überwunden. Noch bevor er oben auf einem kleinen Podest angelangt war, hatte er den Lichtkegel seiner Stablampe auf Erkundungsreise geschickt.

»Verdammt«, stieß er unvermittelt aus.

»Was, was ist denn los?«, stammelte Tannenberg.

»Schaut es euch am besten selbst an«, versetzte Mertel.

Er schlurfte zwei Schritte nach vorne in einen circa zehn Quadratmeter großen, rechteckigen Raum, dessen Wände mit unterschiedlich großen Bruchsandsteinen gemauert waren. Seine beiden Begleiter trafen bei ihm ein, stellten sich neben ihn. Mit entsetzten Mienen starrten die Männer auf das, was sich ihnen da gerade im grellen Schein ihrer Stablampen darbot.

»Natürlich Antwort C – Marcel Proust«, platzte es regelrecht aus Heiner Tannenberg heraus.

Überrascht sperrten seine Teamkollegen zugleich Mund und Augen weit auf.

Auch Marco Kern schien einen kurzen Moment lang irritiert zu sein, dass Heiner sofort geantwortet und sich nicht eine Sekunde mit den anderen Mitgliedern seiner Familie beraten hatte.

»Das kam ja wirklich wie aus der Pistole geschossen. Woher wollen Sie das denn eigentlich so genau wissen?«, zeigte sich der Moderator nach wie vor verwundert.

»Ganz einfach, Herr Kern, ich bin Deutschlehrer. Und die richtige Antwort auf diese Frage sollte nun einmal zum Basiswissen eines jeden Germanisten gehören. Wenn ein Deutschlehrer nicht weiß, dass Proust unter extremer Geräuschempfindlichkeit litt und sich deshalb in ein schalldichtes Zimmer am Boulevard Haussmann zurückgezogen hat. Wer sollte es denn dann wissen?«, dozierte Heiner.

Nach einem kurzen Räuspern hinter seiner vorgehaltenen Faust fuhr er fort. »Dort hat Marcel Proust übrigens sein berühmtes Meisterwerk ›Auf der Suche nach der verlorenen Zeit‹ – oder wie es im Original heißt ›A la recherche du temps perdu‹ – geschrieben.«

Er stieß kopfschüttelnd einen Schwall Luft durch die Nase. »Also wirklich, ein Deutschlehrer, der das nicht weiß. Na, solch ein Mensch dürfte wohl leider seinen Beruf total verfehlt haben. Ich sag dazu nur eins: PISA lässt schön grüßen. Der 1871 geborene Marcel Proust gilt übrigens neben James Joyce und Franz Kafka als Begründer der literarischen Moderne.«

Alter Klugscheißer – typisch Lehrer!, hatte der Starmoderator schon zu Beginn des kleinen Fachvortrags bei sich gedacht. Aber er hatte Heiner absichtlich nicht unterbrochen, musste er doch unter allen Umständen Zeit gewinnen. Schließlich hatte der Erpresser gefordert, dass die Unterhaltungssendung ohne weitere Werbeunterbrechung bis 23 Uhr weiterlaufen müsse. Er spürte den kalten Schweiß in seinem Nacken. Damit niemand sehen konnte, wie sehr seine rechte Hand zitterte, umschloss er das Mikrofon noch ein wenig fester.

Natürlich behielt Marco Kern diese abschätzigen und angstgetränkten Gedanken für sich. Ich darf jetzt nicht versagen. Ich muss meine Rolle unter allen Umständen weiterspielen, feuerte er sich selbst an.

»Respekt, mein lieber Herr Tannenberg«, lobte er scheinheilig, »bei solchen fachkompetenten Lehrern wie Ihnen müssen wir uns wohl keine ernsthaften Gedanken um die Zukunft unserer Kinder machen.« Er wandte sich zum Publikum. »Nicht wahr, meine verehrten Damen und Herren? Das sehen Sie doch genauso, oder?«

Stürmische Ovationen. Mehrere Kameras nahmen die begeistert applaudierenden Zuschauer ins Visier.

Während die Regie diese Bilder sowohl auf die Großleinwand in der Halle als auch zu Hause auf die Mattscheiben brachte, wurde Marco immer deprimierter.

Und jetzt ist es erst 21 Uhr 19, pochte es unter seiner Schädeldecke. Noch über eineinhalb Stunden. Aber auch nur, wenn alles gut geht. In einer knappen Dreiviertelstunde läuft ja schon dieses schreckliche Ultimatum ab. Wo soll Gero denn bis dahin so viel Geld herkriegen?

Die Führungskamera fing nun abermals die Familien in der Sofaecke ein.

»Marco, was ist denn mit dir?«, hörte der von Panikattacken heimgesuchte Quizmaster plötzlich die Stimme der Regieassistentin neben sich. Die junge Frau zupfte ihn am Ärmel seines Sakkos. Sie war über ihren Kopfhörer von Gero Lottner instruiert worden, sofort nach dem Jungmoderator zu sehen und war deshalb umgehend zu ihm geeilt.

Kern brummte zunächst nur kurz fragend auf. Erst als die Regieassistentin erneut seinen Vornamen zischte, reagierte er: »Hmh? Was?«

»Marco, du darfst jetzt nicht schlappmachen. Es steht zu viel auf dem Spiel.«

Ein Ruck ging durch den nach vorne gebeugten Körper des Showmasters. Er richtete sich auf, räusperte sich, schluckte hart. »Natürlich. Entschuldige.«

Sie taxierte ihn mit einem skeptischen Blick. »Bist du wirklich wieder fit, Marco?«

»Ja, doch«, versicherte er gedehnt.

»Gut. Denk dran: Gleich ist der Auftritt dieser Musicaltruppe. Danach hast du wieder ein paar Minuten Pause.« Sie hob die Stimme und verlieh ihr dadurch Schärfe: »Aber zuerst bist du nochmal dran. Klar?«

»Klar.«

»O.K. Also: In 10 Sekunden bist du wieder drauf.«

Marco Kern nickte. Mit einem tiefen Zug schöpfte er Atemluft, die er umgehend wieder mit einem kräftigen Stoß in die Freiheit entließ. Er rückte seinen Schlips zurecht.

Das Rotlicht flammte auf. Per Handmikrofon wandte er sich an Heiner: »Da sieht man mal, wozu ein Germanistikstudium doch gut sein kann«, bemerkte er lächelnd. »Aber nun zur zweiten Frage. Sind Sie alle bereit?«

Er wartete, bis alle drei Tannenbergs mit einem Nicken ihre Bereitschaft bekundet hatten. Dann gab er das obligatorische Handzeichen an die Regie. Ein dumpfer Gong ertönte und zeitgleich erschien das nächste Themengebiet auf der Leinwand.

»Wow – Allgemeines«, rief der Starmoderator geradezu verzückt aus. »Na, was halten Sie denn davon?«

»Mal abwarten«, erwiderte Jacob, »wie die Fragen aussehen.« Man sah ihm sehr deutlich die enorme Anspannung an, unter der er litt.

Voilà, da ist sie auch schon – Ihre neue Frage:

Was bezeichnet man als Myrmekologie?

A) Die Überlieferung von Sagen
B) Die Ameisenkunde
C) Die Wissenschaft von den Muskeln
D) Die Pilzkunde.

»Myr-me-ko-lo-gie«, zerlegte Marco Kern das Fremdwort in dessen einzelne Silben. »Ich bin sehr gespannt darauf, ob Ihr Team diese harte Nuss knacken wird. Während Sie sich nun in aller Ruhe mit dieser kniffligen Frage beschäftigen können, genießen wir in dieser Zeit die spektakuläre Bühnenshow des Londoner Magic-Theaters.«

Schnitt – Die Führungskamera richtete sich auf die bunt kostümierten Tanzakrobaten, die mit Elan auf die Bühne stürmten.

Marco Kern hastete derweil in den Übertragungswagen, wo Gero Lottner gerade seine liebe Mühe mit der Bildmischerin hatte, die augenscheinlich die Nerven verloren hatte. Als sie den von ihr vergötterten Moderator erblickte, riss sie sich von Lottner los und warf sich Marco an den Hals.

»Um Himmels willen, was ist denn mit dir los?«, fragte Kern entsetzt.

»Marco«, wimmerte die ungepflegte, stark nach Schweiß riechende Frau mit weinerlicher Stimme, »wenn *du* schon die Panik kriegst, wie soll ich das denn alles aushalten? Ich hab's doch gerade gesehen, wie du fast keinen Ton mehr rausgekriegt hast. Ich halt's nicht mehr aus!«

Sie drückte sich von seinem Körper weg und wollte an ihm vorbeipreschen. Aber der Regisseur hatte sich inzwischen hinter Marco gestellt und hielt seine Mitarbeiterin an beiden Oberarmen fest.

Ihr schweißnasses, teigiges Gesicht war von Todesangst entstellt. »Ich muss sofort hier raus«, schrie sie wie von Sinnen.

Lottner presste ihr seine Hand auf den Mund. »Sei sofort ruhig! Reiß dich jetzt endlich mal zusammen, zum Donnerwetter«, blaffte er sie wütend an. »Ich hab im Moment bestimmt wichtigere Probleme, als mich um eine hysterische Tussi zu kümmern! Geh endlich an deine Arbeit! Sonst sorg ich dafür, dass du keine Stunde länger mehr beim Sender bist.«

Diese unverhohlene Entlassungsdrohung zeigte umgehend Wirkung.

»Nein, nein, Gero, bitte nicht«, flehte sie. »Ich hab doch sonst nichts.«

»Dann mach jetzt deinen Job! Wenn nicht ...« Weiter sprach er nicht, sondern nahm einen großen Schluck aus einer Wasserflasche.

Marco legte unterdessen den Arm um die Bildmischerin und führte sie zu ihrem Stuhl. »Beruhige dich. Es wird schon irgendwie gutgehen.« Dann wandte er sich an den Regisseur. »Hat sich inzwischen etwas Neues getan?«

»Nein«, seufzte Lottner kopfschüttelnd, »nichts. Der hat sich bis jetzt auch nicht mehr gemeldet.«

»Verdammt. Hoffentlich dreht dieser Kerl nicht durch, wenn er in einer halben Stunde sein Geld nicht bekommt.«

Gero Lottner streckte in einer entschuldigenden Geste seinem Starmoderator die geöffneten Handflächen entgegen. »Was soll ich denn machen, Marco? Geld ist keins da. Unser Sender könnte – selbst, wenn er wollte – unmöglich in so kurzer Zeit, so viel Geld auftreiben. Dann auch noch samstagabends! Der Typ ...«

»Du hast noch nicht mit dem Sender gesprochen?«, schnitt ihm Marco Kern das Wort ab.

»Nein, das Risiko ist mir einfach zu groß.«

»Und mit der Polizei auch nicht?«

Lottner ließ seinen fast haarlosen Kopf schwungvoll hin- und herpendeln. »Nein. Das würde höchstens zu einer Eskalation führen. Wir können nur hoffen, dass diese Leute nicht Ernst machen und die Bomben hochgehen lassen.«

»Oh Gott, oh Gott.«

»Mein Junge, du musst schon bald wieder raus. Denk an die vielen Leute. Denk an deine Verantwortung. Wir dürfen keine Fehler machen. Vor allem dürfen wir diese Mistkerle nicht durch irgendetwas Unbedachtes provozieren.«

Ein paar Sekunden später schlüpfte Marco Kern wieder in seine schwierige Rolle. Nachdem sich die Akrobatiktruppe mehrmals artig für die tosenden Beifallsstürme des Publikums bedankt hatte, überreichte der Starmoderator der Choreografin einen großen Blumenstrauß. Danach begab er sich zurück zur Ratekabine. Der Vorhang des Kandidaten-Containers öffnete sich. Das Innere des schallisolierten Raums erschien auf der Großleinwand.

»So, nun wieder zu Ihnen, liebe Familie Tannenberg«, säuselte Kern ins Handmikrofon. »Ihre maximale Bedenkzeit ist nahezu abgelaufen. Haben Sie sich inzwischen auf eine Antwort geeinigt?«

»Ja, haben wir«, entgegnete Jacob. »Jedenfalls fast.«

»Fast? Na gut, dann schießen Sie mal los!«

»Wir sind nach dem Ausschlussverfahren vorgegangen.«

»Eine sehr professionelle Strategie«, lobte Kern.

»Zuerst zu Antwort A: Mein Sohn ist sich sicher, dass man die Überlieferung von Sagen als My-tho-logie bezeichnet«, knüpfte Jacob an die Silbenzerlegung des Quizmasters an. Er ließ einen Augenblick verstreichen, auf eine Reaktion von seiten Marco Kerns zu warten. Als diese sich aber nicht einstellte, fuhr er fort: »*Ich* wiederum bin mir hundertprozentig sicher, dass die Pilzkunde My-ko-lo-gie heißt.«

»Interessante Thesen«, bekundete der Moderator. »Wenn das beides stimmt, wären nur noch zwei Antwortalternativen übrig.«

»Genau. Und genau da liegt der Hase im Pfeffer. Sie haben nicht einen kleinen Tipp für uns?«

Marco lachte. »Nein, nein, Sie Ratefuchs. Das müssen Sie schon alleine hinkriegen.«

Tobias flüsterte aufgeregt seinem Vater etwas ins Ohr. Daraufhin ergriff Heiner das Wort: »Vater, Tobi hatte gerade eine Idee. Heißt Wolfs Krankheit nicht Fibromyalgie?«

Jacob zuckte die Achseln, schob die Unterlippe vor.

»Fibro-my-al-gie«, wiederholte Heiner abgehackt.

»Meine Herren, Sie sollten nun allmählich zu einem Ergebnis kommen«, drängte der Quizmaster.

»Nur noch eine Sekunde«, bettelte Heiner und schob an seine Mitspieler gerichtet nach: »Ich denke, wir sollten es damit versuchen. ›My- oder Myos‹ oder so was kann ›Muskel‹ heißen. Das wäre dann Antwort C.«

»Und Antwort B würde übrig bleiben«, schlussfolgerte Jacob, »also die Ameisenkunde.«

Die beiden anderen nickten, woraufhin der Senior der Familie verkündete: »Dann nehmen wir Antwort B – Ameisenkunde.«

»Jetzt sind wir aber alle sehr gespannt darauf, was unser superschlauer Computer von Ihrer Vermutung hält.«

»Meinst du, da ist ein Sprengsatz drin versteckt?«, fragte Tannenberg mit entsetztem Blick auf die blaue Sporttasche, die unmittelbar neben einer weiteren Brandschutztür platziert war.

»Woher soll ich das denn wissen, Wolf?«, antwortete Mertel mürrisch. »Und wenn es so wäre? Was sollen wir dann tun? Ich bin schließlich kein Sprengstoffexperte.« Er hielt einen Moment inne. Bedeutend lauter und mit einer vorwurfsvollen Klangfärbung versetzt, ergänzte er: »Oben an der Pfalzgalerie sind die Fachleute des LKA. Vielleicht hättest du sie doch besser vorhin in deinen verrückten Plan einweihen sollen.«

»Dafür ist es jetzt sowieso zu spät«, gab Tannenberg schroff zurück.

»Ich glaub das nicht«, murmelte Dr. Schönthaler, während er sich zur Tür hin in Bewegung setzte.

»Was glaubst du nicht?«, fragte Tannenberg, der seinem Freund auf dem Fuß folgte.

Der Rechtsmediziner kniete sich etwa einen Meter vor der Sporttasche auf den Boden. Er musterte die antiquiert und verschlissen wirkende Tasche mit skeptischer Miene. Er wies mit seinem ausgestreckten Arm zur Sporttasche hin und sagte: »Also, Wolf, wenn es sich hierbei wirklich um eine Sprengfalle handeln sollte, müssten dann nicht irgendwelche Drähte zu sehen sein, die mit der Tür verbunden sind?«

»Stimmt.«

»Quatsch!«, zischte Mertel, »habt ihr denn noch nie etwas von Bewegungsmeldern oder Lichtschranken gehört, mit denen man die Zünder von Sprengsätzen koppeln kann?«

Dr. Schönthaler reagiert nicht auf den Einwurf des Kriminaltechnikers. Unbeeindruckt inspizierte er die Tasche weiter. »Wenn der Reißverschluss offen wäre, könnten wir wenigstens mal einen Blick reinwerfen.«

Aus Richtung der Tür konnte man die ganze Zeit über gedämpfte Musik hören. Doch urplötzlich brach sie ab und wurde durch ein aufbrausendes Geräusch ersetzt, das unzweifelhaft auf euphorische Zuschauerreaktionen zurückzuführen war.

Dieser akustische Impuls löste bei Tannenberg eine

spontane Trotzreaktion aus. »Mir ist jetzt alles egal. Ich muss durch diese Tür«, verkündete er todesmutig und setzte sich in Bewegung.

Der Kriminaltechniker hielt ihn am Arm fest.

»Mensch, Karl, lass mich! Meine gesamte Familie ist da drin. Die befinden sich doch alle in akuter Lebensgefahr! Bringt euch jetzt mal besser schnell in Sicherheit!«

»Und wie willst du die Tür aufkriegen? Mit den Fingernägeln?«, spottete Mertel, der keinerlei Anstalten machte, der Aufforderung Tannenbergs nachzukommen.

»Vielleicht ist sie ja gar nicht abgeschlossen.«

»Wolf, geh mal zur Seite«, meinte Mertel gelassen. »Ich denke, dass wir aus lauter Panik zur Zeit überall Gespenster sehen.«

»Wieso?«

»Na, nun mal ganz rational: Weshalb sollten denn die Erpresser ausgerechnet diesen Zugang absichern? Von dem weiß doch niemand etwas.«

»Außer diesem Hausmeister – hast du doch vorhin selbst gesagt«, wandte Tannenberg ein. »Vielleicht steckt der ja mit denen unter einer Decke.«

»Nein, das kann ich mir nicht vorstellen. Das ist eine ausgesprochene Dumpfbacke. Also, das kannst du getrost vergessen! Hier haben wir es mit Profis zu tun.«

Aus Tannenbergs Richtung konnte man lediglich ein abschätziges Brummen vernehmen. Mertel machte sich unterdessen am Türschloss zu schaffen. Allerdings hatte man den Eindruck, dass er dabei ein wenig mehr Vorsicht als an den anderen Türen walten ließ. Diesmal drückte er nach getaner Arbeit auch nicht gleich die Klinke herunter und öffnete die Tür, sondern verstaute erst mal sein Werkzeug im Rucksack.

»Lass mich das mal machen«, forderte Tannenberg,

der das zögerliche Verhalten des Kriminaltechnikers sehr wohl registriert hatte. »Bringt euch jetzt endlich in Sicherheit«, forderte er abermals. »Es geht ja schließlich um meine Familie und nicht um eure.«

Er sog tief die feuchtkalte Luft in seine Lungen. Dabei betrachtete er die gestandenen Männer neben sich, wartete auf ihre Reaktion. Aber nichts tat sich. Beide blieben wie angewurzelt auf der Stelle stehen.

»Nun mach schon, alter Junge!«, forderte Dr. Schönthaler. »Wenn's denn sein muss, gehen wir eben gemeinsam mit dir in den Tod. Mitgegangen – mitgehangen!« Er boxte seinem besten Freund mit der Faust leicht auf den Oberarm. »Außerdem hab ich keine Lust, deine Einzelteile nachher in der Pathologie zusammenzupuzzlen. Dann geh ich schon lieber selbst mit drauf.«

Schniefend und mit Tränen in den Augen bedachte Tannenberg den Rechtsmediziner mit einem ergriffenen Blick, den Dr. Schönthaler sogleich lächelnd auffing. Da der Leiter des K1 sich aber offensichtlich noch immer nicht zu dieser gravierenden Entscheidung durchringen konnte, schob ihn der Gerichtsmediziner ein wenig zur Seite. »Dann schreite ich eben jetzt zur Tat.«

»Nein, lass mal. Das ist meine Sache«, erwiderte Tannenberg und legte seine Hand auf die Türklinke.

Er verharrte einen Moment in dieser Position, schloss die Augen und schickte geschwind ein kurzes Stoßgebet gen Himmel. Dann drückte er die Metallklinke vorsichtig zwei, drei Zentimeter nach unten. Wieder legte er eine kurze Pause ein und wandte sich zu seinen todesmutigen Weggefährten um. Zitternd führte er den Zeigefinger seiner linken Hand an die bebenden Lippen, hob, um das Schweigegebot noch ein wenig zu verstärken, mit ernster Miene die Augenbrauen.

Anschließend hielt er den Atem an und drückte die Klinke ganz nach unten. Behutsam schob er das schwere Türblatt von sich weg ins Gebäudeinnere, aber nur etwa eine Handbreit. Mit ängstlichen Blicken tastete er die Ränder des Türblatts und den sichtbaren Teil der Zarge nach Hinweisen auf eine Sprengfalle ab. Aber er entdeckte nichts Auffälliges. Dann lauschte er, ohne die Tür auch nur einen Millimeter weiter zu öffnen, einige Sekunden angestrengt durch den Türspalt.

In Zeitlupentempo drückte er die Tür weiter nach innen und streckte den Kopf durch die entstandene Lücke. Spähend schaute er sich nach allen Seiten um. Als er die Unzahl von Rohren sah, die im ganzen Raum verteilt die Wänden und Decken entlangliefen, öffnete er die Tür bis zum Anschlag. Rechts tauchte eine moderne Heizungsanlage in seinem Blickfeld auf. Er ging ein paar Schritte in den weitaus angenehmer temperierten Raum hinein und drehte sich zu den beiden anderen Männer um.

»Da sind wir wohl im Heizungskeller der Frucht-halle gelandet«, schlussfolgerte Mertel flüsternd. Merklich erleichtert blies er die Backen auf und ließ den angestauten Atem geräuschvoll entweichen. »Gott sei Dank, ist mir eben vielleicht die Muffe gesaust.«

»Wir haben es aber noch nicht ganz geschafft, Karl«, bemerkte Tannenberg in abgesenkter Lautstärke. Seufzend knetete er sein Kinn. »Die nächste Tür hat es vielleicht in...«

»Wieso denn, Wolf?«, fiel ihm Dr. Schönthaler ins Wort. »Ich kann mir nicht vorstellen, dass die Erpresser am Eingang des Heizungskellers einen Sprengsatz angebracht haben? Wozu denn? Außerdem wäre das viel zu zeitaufwändig gewesen.«

»Irgendwie kommt mir das hier alles immer spanischer vor«, meinte Tannenberg wispernd. »Vielleicht gibt's ja *überhaupt* keine Sprengsätze. Vielleicht bluffen die ja nur, um die Zuschauer am Verlassen der Halle zu hindern. Denn ohne die Geiseln als Faustpfand würde ihnen schließlich das Druckmittel für ihre Erpressung fehlen.«

»Stimmt. Ist sicherlich eine Möglichkeit«, stimmte Mertel zu. »Nur darauf verlassen sollten wir uns nicht unbedingt. Ich denke, wir sollten uns mal überall vorsichtig umsehen. Deshalb schlage ich vor, Rainer bleibt hier unten und inspiziert den Keller. Ich schau mir mal ganz unauffällig einen der Hallenausgänge an. Die sollen ja angeblich mit Sprengsätzen bestückt sein.«

»Okay, gute Idee«, entgegnete Tannenberg. »Aber achtet ja darauf, dass ihr nicht die Aufmerksamkeit der Securityleute erregt. Sonst überreagieren die vielleicht. So etwas könnten wir im Moment absolut nicht gebrauchen.«

»Gut. Wobei ich mir ehrlich gesagt nicht vorstellen kann, dass irgendeiner von denen hier unten im Keller rumläuft.«

»Nein, das denk ich auch nicht, Rainer«, versetzte sein bester Freund. »Die sind bestimmt alle oben in der Halle und in dem Raum, in dem die Geldkoffer stehen.«

»Wobei ihr Einsatzleiter sicherlich den einen oder anderen von ihnen an den Ausgängen platziert hat«, sagte der berufserfahrene Kriminaltechniker. Schmunzelnd ergänzte er: »Ist ja auch egal. Ich bin ab sofort ein Zuschauer, der dringend zur Toilette muss.«

»Und ich mach mich jetzt schleunigst auf die Suche nach Marieke. Wir treffen uns …«, der Leiter des K 1 stockte, um einen schnellen Blick auf seine Armbanduhr zu werfen, »in fünf Minuten bei den Sanitätern. Denkt dran: Wir müssen uns völlig unauffällig verhalten. Wer weiß, vielleicht haben die ja auch irgendwo Überwachungskameras installiert.«

Wolfram Tannenberg brauchte nicht lange zu suchen. Die Sanitäter hatten ihre Notfallstation direkt oben am Ende der breiten Kellertreppe aufgebaut. Als er im Erdgeschoss der Fruchthalle eintraf, lag Marieke auf einer Trage. Max stand neben ihr und streichelte zärtlich ihre Hand. Vor Verwunderung brachten weder Max noch Marieke im ersten Moment auch nur einen einzigen Ton heraus.

Tannenberg hastete zu seiner Nichte und gab ihr einen Kuss auf die Stirn. Vor Rührung schossen ihm Tränen in die Augen. »Wie geht's dir, mein Schatz?«, fragte er mit zitternder Stimme.

»Ich hab nur leichte Wehen«, entgegnete sie. »Ist aber nicht so schlimm.«

»Gott sei Dank! Du hast es jetzt auch gleich geschafft.«

Nachdem Wolfram Tannenberg sich die Feuchte aus den Augen getupft hatte, umarmte er Max mit seinen langen Krakenarmen und drückte ihn fest an sich.

Mit wenigen Sätzen informierte er den Notarzt und die Sanitäter über die Lage, wie sie sich ihm im gegenwärtigen Augenblick darstellte. Er ermahnte sie dabei zur strikten Verschwiegenheit. Anschließend bat er darum, Marieke umgehend über den unterirdischen Schleichweg aus der Fruchthalle in Sicherheit zu bringen. Max und einer der Sanitäter gingen sogleich ans Werk und transportierten Marieke auf der Trage die Kellertreppe hinunter.

»Richtig ist die Antwort …« Marco Kern brach ab.

Auf den Zuschauerrängen wurde es mit einem Mal mucksmäuschenstill. Die Spannung in der Halle steigerte sich ins Unerträgliche. Schmunzelnd ließ er weitere, schier endlose Sekunden verstreichen.

»B«, brüllte der Moderator in die Fruchthalle.

Im selben Moment blinkte auf der Leinwand in Signalfarbe der entsprechende Großbuchstabe auf. Die Siegesfanfare ertönte. Das Publikum geriet völlig aus dem Häuschen. Euphorisierte Menschen jeglichen Alters schrien, tobten, trampelten, klatschten im Stehen Beifall.

In der Kandidatenkabine waren die drei Tannenbergs von ihren Stühlen hochgeschnellt und lagen sich in den Armen. Jacob und Heiner feierten Tobias, der mit seiner Inspiration entscheidend zum Erfolg beigetragen hatte. Die Männer trennten sich voneinander und setzten sich wieder auf ihre Drehstühle.

»Jaaa«, frohlockte Jacob. Er ballte die linke Faust und schleuderte sie zur verspiegelten Glasscheibe hin.

»Wahnsinn, Wahnsinn, Wahnsinn«, schrie Kern in die abflauenden Ovationen hinein. »Wer von Ihnen hätte denn gedacht, dass diese Kaiserslauterer Familie heute Abend noch zu einer derartigen Höchstform auflaufen würde?«

»Na, wir zum Beispiel«, bemerkte der überglückliche Senior aus der Kabine heraus.

Der Quizmaster lachte, auch die Zuschauer quittierten diesen Einwurf mit schallendem Gelächter.

»Aber Sie haben es noch nicht geschafft«, dämpfte Kern die aufgeschäumten Emotionen. »Vor Ihrem großen Ziel müssen Sie noch ein weiteres, gewaltiges Hindernis überwinden. Und diese alles entscheidende Zusatzfrage hat es wirklich in sich. Das kann ich Ihnen flüstern. Allein schon deshalb, weil Sie sich diesmal mit sage und schreibe *acht* Antwortmöglichkeiten herumplagen müssen. Sind Sie trotzdem dazu bereit?«

»Ja, das sind wir«, erwiderte Jacob.

»Gut. Gleich sehen Sie *die* Frage auf Ihren Monitoren, die darüber entscheiden wird, ob Sie in ein paar Minuten ganz aus dem Spiel sind oder ob Sie in die Endrunde einziehen werden, wo zehn Millionen Euro als Megagewinn auf Sie warten. Zehn Mil-li-o-nen Euro! – Und da ist sie auch schon, Ihre nächste Frage:

Welches Bundesland weist zur Zeit die höchste Arbeitslosenquote auf?

A) Brandenburg
B) Hamburg
C) Saarland
D) Mecklenburg-Vorpommern
E) Bremen
F) Sachsen-Anhalt
G) Berlin
H) Sachsen

Marco Kern drehte sich den Zuschauern zu. »Während die Familie Tannenberg nun ein paar Minuten über dieser schwierigen Frage brüten muss, dürfen Sie sich entspannen.« Mit einer ausladenden Handbewegung wies er hinüber auf die andere Seite der Bühne. »Viel Spaß beim zweiten Teil der faszinierenden Akrobatikshow des Londoner Magic-Theaters.«

9

Inzwischen trafen auch Mertel und Dr. Schönthaler bei den Sanitätern ein. Beide berichteten, dass sie bei ihren Inspektionsgängen nirgendwo auch nur die Spur eines Sprengkörpers oder einer Überwachungskamera entdeckt hätten. Anschließend eilten die drei Männer zum Übertragungswagen. Auf ihrem Weg dorthin brandete in der Halle plötzlich Applaus auf, der von kurz darauf einsetzender Popmusik übertönt wurde.

»Kriminalpolizei Kaiserslautern«, stürmte der Leiter des K1 mit vorgehaltenem Dienstausweis in den Regieraum. Um keine unnötige Verwirrung zu stiften, verzichtete er dabei auf die Nennung seines Familiennamens. »Wer von Ihnen ist hier der Verantwortliche?«

»Ich«, antwortete Gero Lottner reflexartig. Doch erst Sekundenbruchteile später schien ihm die Brisanz der Situation bewusst zu werden. Mit gekrauster Stirn schob er nach: »Wie? Polizei? Wo kommen Sie denn so plötzlich her? Wir dürfen doch die Polizei nicht verständigen, sonst …«

»Jetzt ist alles aus«, wimmerte die Bildmischerin aus Richtung der flackernden Monitorwand.

»Kein Grund zur Besorgnis«, versuchte Tannenberg die ängstlichen Gemüter zu beruhigen. »Die Erpresser können überhaupt nicht wissen, dass wir in der Halle sind. Wir sind durch einen Tunnel hierher gekommen. Durch den können wir die Zuschauer evakuieren. Im Übrigen haben wir eben bei einem Schnelldurchgang keinen einzigen Sprengsatz entdeckt. Aber das heißt natürlich nicht, dass nicht doch irgendwo welche versteckt sein könnten. Deshalb dürfen wir nicht das kleinste Risiko eingehen.«

Der Regisseur warf einen hektischen Blick zur Digitaluhr. »Verfluchter Mist! In knapp einer halben Stunde läuft das Ultimatum ab.«

»Welches Ultimatum?«

»Um exakt 22 Uhr soll ich die Geldkoffer einem Taxifahrer übergeben.«

»Einem Taxifahrer?«

»Ja.«

»Und wo?«

»Am Hintereingang der Halle.«

»Was genau fordern die Erpresser?«

»Die 10 Millionen aus dem Super-Jackpot.«

Tannenberg brummte nachdenklich. »Was haben die Erpresser noch gesagt?«

»Dass wir die Polizei nicht …«

»Wissen wir schon – weiter!«

»Wenn wir uns genau an das halten, was sie wollen, würden sich eine Stunde später – also um 23 Uhr – die Bomben automatisch entschärfen und alle Zuschauer könnten dann gefahrlos die Halle verlassen.«

»Aber in den Koffern ist doch gar kein Geld«, jammerte die Bildmischerin mit tränenerstickter Stimme.

»Was?«, fragte Dr. Schönthaler mit fassungslosem Gesichtsausdruck.

Lottner seufzte tief. »Ja, leider. Und genau das ist unser Problem. Wir können diesen Verbrechern gar kein Geld geben – weil wir keins haben.«

»Ja, und was ist, wenn meine …«, sprudelte es aus Tannenberg zunächst ungeprüft heraus. Da er seine Familie jedoch vorläufig aus dem Spiel lassen wollte, brach er mitten im Satz ab und korrigierte sich in Windeseile: »Wenn die Kandidaten alle Fragen richtig beantworten?«

Ein bitteres Lächeln zeigte sich in Lottners Gesicht. »So weit kann es gar nicht kommen, dafür sorgen wir schon.«

»Und wie?«

»Betriebsgeheimnis.«

»Dann ist Ihre Millionen-Show ja die totale Verarsche«, bemerkte der Kriminaltechniker mit fassungsloser Mimik.

»Wie fast alles im Fernsehen«, grinste Lottner.

»Unglaublich!«, murmelte Mertel kopfschüttelnd vor sich hin.

Tannenberg fand verständlicherweise gegenwärtig keine Muße, sich mit medienkritischen Erörterungen zu beschäftigen, dazu drängte die Zeit zu sehr. Bereits im Tunnelgang hatte er sich nämlich einen Aktionsplan zurechtgelegt, den es nun mit Hilfe des Regisseurs in die Tat umzusetzen galt.

»Herr …« Er las den Namen des leitenden *Event-TV*-Mitarbeiters von dem Namensschildchen ab, das dieser am Revers seines beigen Cordsakkos trug. »Lottner, hat der Erpresser eigentlich angekündigt, dass er sich vor der Geldübergabe noch einmal bei Ihnen melden wird?«

Der Angesprochene wiegte entschieden seinen Kopf hin und her. »Nein. Der Typ war so sauer, als ich ihm gesagt hab, dass kein Geld …«

»Was, das haben Sie ihm gesagt?«, warf Tannenberg dazwischen.

»Ja, aber als ich gemerkt habe, wie er reagiert, hab ich mich sofort korrigiert und behauptet, dass es nur der Versuch war, ihn zur Aufgabe zu bewegen.«

»Da haben Sie aber verdammt hoch gepokert. Das hätte leicht ins Auge gehen können.«

»Ich weiß. Mir wird jetzt noch ganz schlecht, wenn ich daran denke.«

»Na, das ist ja gerade nochmal gut gegangen.«

»Ja. Hoffentlich.«

»Aber der Mann hat uns doch daraufhin gedroht«, meldete sich die Bildmischerin zu Wort.

»Womit?«

»Wissen wir nicht, Herr Kommissar«, erwiderte Lottner in einen tiefen Stoßseufzer hinein. »Er hat seine Drohung nicht konkretisiert.« Plötzlich leuchtete sein Gesicht hoffnungsvoll auf. »Aber ich hab da eine Idee, wie wir vielleicht wichtige Zeit für die Evakuierung der Halle gewinnen können.«

»Welche?«

»Wir könnten doch behaupten, dass die Geldkoffer mit Zeitschlössern und einem Mechanismus versehen sind, der bei vorzeitiger Öffnung das Geld unbrauchbar macht. Das wäre …«

»Ich glaube, das ist keine sonderlich gute Idee«, wandte der Leiter des K1 ein. Wir sollten die Sache nicht auch noch unnötig verkomplizieren.« Er hob den Zeigefinger, krauste die Stirn. »Das wäre auch deshalb Quatsch, weil es nur funktionieren würde, wenn sich der Erpresser nochmals meldet. Und gerade das glaube ich nicht.«

»Warum?«

»Das ist nur so ein Gefühl. Ach, übrigens werde *ich* nachher die Koffer diesem angeblichen Taxifahrer übergeben.«

»Sie?«

»Ja.«

»Aber der Erpresser hat gesagt, dass ich das tun soll.«

»Der kennt Sie doch nicht persönlich, oder?«

Lottner zuckte unschlüssig seine Schultern. »Eigentlich kann ich mir nicht vorstellen, dass er weiß, wie ich aussehe, aber ...«

»Spielt jetzt auch überhaupt keine Rolle mehr. Ich mache das – basta!«, stellte Tannenberg unmissverständlich klar. »Diese Übergabe ist auch viel zu gefährlich für Sie. Schließlich kann der angebliche Taxifahrer möglicherweise ja selbst der Täter sein ...«

»Glauben Sie?«, warf der Regisseur verblüfft dazwischen.

»Ausschließen kann man das natürlich nicht. Ist meines Erachtens allerdings eher die unwahrscheinlichere Variante. Wir gehen aber auf alle Fälle auf Nummer sicher: Falls der Taxifahrer mich bei der Übergabe fragt oder der Erpresser Sie nochmal anruft, dann sagen wir einfach, Sie seien völlig mit den Nerven runter und ein Mitarbeiter – also ich – hätte die Geldübergabe für Sie übernommen. Okay?«

Lottner stimmte mit einer Kopfbewegung zu.

»Außerdem will ich mir diesen Typ mal etwas genauer anschauen.« Anschließend wechselte Tannenberg das Thema. »Sie können ja sicherlich den Moderator ...«

»Was ist mit mir?«, fragte plötzlich eine jugendliche Männerstimme im Rücken des Kriminalbeamten.

»Ach, da sind Sie ja schon. Sie kommen wie gerufen«, sagte Tannenberg, nachdem er sich umgedreht hatte. Der sieht ja von Nahem noch schleimiger und unsympathischer aus als im Fernsehen, dachte er spontan. Da er den Moderator aber für seinen Plan unbedingt benötigte, mahnte er sich zur Freundlichkeit. »Fein. Hätten

Sie einen Augenblick Zeit für mich?«, säuselte er so, als ob er gerade Kreide gegessen hätte.

»Er hat noch ziemlich genau vier Minuten Zeit. Dann muss er wieder raus«, erklärte der Regisseur.

»Sehr gut. Das müsste reichen.« Hinter Marco Kern tauchten wie aus dem Nichts plötzlich zwei ihm unbekannte weibliche Wesen auf. »Wer sind *Sie* denn?«

»Das ist Mandy, unsere Maskenbildnerin. Und das ist meine Regieassistentin«, antwortete Lottner an Stelle der beiden jungen Frauen.

Tannenberg nickte. Dann riss er abrupt seinen Blick weg von den attraktiven Geschöpfen und wandte sich erneut an den Regisseur. »Haben Sie eine Verbindung zum Einsatzleiter des Sicherheitsdienstes?«

»Ja, natürlich.«

»Gut. Dann beordern Sie ihn sofort hierher.«

»Okay.« Lottner ging zum Telefon.

»Stopp. Wissen diese Securityleute eigentlich darüber Bescheid, dass sie einen leeren Koffer bewachen?«

»Nein. Die holen vor jeder Sendung die verschlossenen und mit Altpapier gefüllten Koffer in unserer Hausbank ab.«

»Aber warum wissen die das denn nicht?«

»Weil mein Chef gemeint hat, der Kreis der Eingeweihten müsse so klein wie möglich gehalten werden. Außerdem würden diese Leute dann ihren Job nicht mehr ernst nehmen. Oder irgendeiner von denen würde die Sache verpfeifen. Was meinen Sie, was los wäre, wenn das rauskäme.«

»Verstehe. Ist in unserer jetzigen Situation sowieso besser. Und das bleibt auch so! Klar?« Da Tannenberg diese Aufforderung an alle im Regieraum versammelten *Event-TV*-Mitarbeiter gerichtet hatte, wartete er kurz, bis jeder von ihnen per Kopfnicken zugestimmt hatte.

»Ja. Aber warum?«, fragte Lottner.

»Ich möchte unbedingt verhindern, dass eine Panik entsteht! Und je mehr davon wissen, umso höher ist das Risiko, dass jemand drauflosplappert.«

»Natürlich«, gab der Regisseur zurück und verständigte den Einsatzleiter des Sicherheitsdienstes.

Es dauerte nur ein paar Sekunden, bis derselbe Mann, der Tannenberg tags zuvor bei seinem Besuch der Firma *SIOK-Security* schon einmal begegnet war, abermals vor ihm stand. Er fixierte ihn mit einem abschätzigen, stechenden Blick.

»Was machen Sie denn hier«, fragte Sievers verdutzt.

»Sie hören mir jetzt ganz genau zu und tun exakt das, was ich Ihnen sage«, blaffte Tannenberg. Seine Stimme gewann noch mehr an Schärfe. »Ist das klar?«

Sievers nickte stumm.

»Gut«, fuhr Tannenberg fort. »Wir haben es mit einer Bombendrohung und einem Erpressungsversuch zu tun. Die Polizei regelt ganz alleine diese Sache. Ist das klar?«, gebrauchte er dieselben Worte nochmals.

»Ja.«

»Schön. Ich sehe, wir verstehen uns. Ich werde nachher die Koffer holen und sie dem Boten übergeben. Informieren Sie ihre Mitarbeiter darüber. Sie und Ihre Leute halten sich völlig raus aus der Sache. Ich brauche Sie nachher für andere Aufgaben.«

»Und für welche?«

»Sag ich Ihnen gleich.«

»Okay.«

»So, nun zu meinem Plan: Wir müssen die Zuschauer

über den Tunnel aus der Halle schaffen. Und zwar so schnell wie möglich. Es darf dabei keine Panik entstehen. Deshalb werde ich gleich nach der Pause auf die Bühne gehen und die Leute informieren.« Tannenberg warf einen schnellen Blick auf die Digitaluhr, durchfurchte mit den Fingern seine Haare. »Verdammt, können Sie nicht dafür sorgen, dass ich noch zwei, drei Minuten länger Zeit habe, bis ich …«

»Das kriegen wir hin«, fiel ihm Lottner ins Wort. Er fasste die Regieassistentin am Arm. »Kümmer dich darum, dass die Akrobatiktruppe eine Zugabe dranhängt.«

»Aber wieso durch einen Tunnel?«, fragte Sievers. »Warum können die Leute denn nicht einfach durch die normalen Ausgänge raus?«

»Weil die Erpresser nichts davon mitbekommen dürfen«, antwortete der Leiter des K 1. »Wer weiß, wie die darauf reagieren würden.«

»Wie sollen die Leute denn durch den Stollen gehen? Der ist doch stockfinster«, gab Mertel zu bedenken.

Tannenberg schlug sich mit der flachen Hand an die Stirn. »Mist, daran hab ich ja gar nicht gedacht.«

»Auch kein Problem. Wir haben Lichterketten, mit denen wir nachts den Weg vom Ü-Wagen zur Halle oder zur Bühne beleuchten, wenn wir nicht wie hier direkten Zugang …«

»Wo?«

»Hinter Ihnen in der Box.«

»Sind die auch lang genug?«

»2 mal 30 Meter.«

»Das müsste reichen. – Karl, das ist dein Job.«

»Geht klar.«

»Weitere Probleme?«, fragte Tannenberg in die Runde.

»Diese Verbrecher kriegen aber doch mit«, versetzte Dr. Schönthaler mit nachdenklicher Miene, »wenn die Zuschauer die Halle verlassen. Die schauen garantiert auch die Sendung an.«

»Natürlich. Aber sie sehen nur das, was auf ihren Bildschirmen erscheint, nicht das, was tatsächlich in der Halle passiert«, bemerkte Gero Lottner nebulös.

»Was meinen Sie damit?«, wollte der Leiter des K1 wissen.

»Ganz einfach: Wir haben alles, was unsere verschiedenen Kameras seit 20 Uhr aufgenommen haben, auf Festplatten gespeichert: Bildsequenzen mit den Kandidaten, Aufnahmen von Zuschauern …«

»Genial!«, platzte es aus Tannenberg spontan heraus.

Unterdessen fuhr Lottner fort: »Und dieses Filmmaterial könnten wir während der Evakuierungsaktion an Stelle der Livebilder senden. Somit bekämen die Erpresser nichts von dem mit, was hier in der Halle wirklich abgeht.«

»Die perfekte Illusion!«, warf Mertel dazwischen.

»Exakt! Und wenn Ihr Kollege nachher auf der Bühne steht und das Publikum informiert, spielen wir irgendeine Showeinlage aus einer schon länger zurückliegenden Sendung ein. Er blickte zu Kern. »Marco moderiert das kurz an: Als besonderer Gag heute Abend: ein weiterer Show-Doppelpack – oder so ähnlich.«

Der Starmoderator signalisierte wortlos seine Zustimmung.

»Mann, das ist es!«, jubilierte Tannenberg und verabreichte dem Regisseur einen kräftigen Schlag auf die Schulter. »Einfach genial«, wiederholte er. »Und wenn die Halle geräumt ist, schnappen wir uns den Geldboten und danach seine Hintermänner. Super Idee, wirklich!«

»Danke.«

»Sie kümmern sich um den reibungslosen Ablauf, Herr Lottner?«

»Ja.«

»Gut.«

»Aber ...«

»Aber was?«

Lottners Augen klebten förmlich an der Digitaluhr. »Bis 22 Uhr sind es noch gut zwanzig Minuten. Nach dem Showblock, der gerade läuft, sind es immer noch 15 Minuten. Wir können doch nicht die ganze Zeit über den Leuten an den Fernsehgeräten nur Aufnahmen von Zuschauern oder alte Aufzeichnungen einspielen. Das fällt vielleicht auch den Erpressern auf.«

»Sie haben recht«, entgegnete der Leiter des K1. Er wies zur Monitorwand hin, und zwar genau auf den Bildschirm, der das Tannenbergteam bei der angeregten Diskussion über die gerade anstehende Quizfrage zeigte. »Dann läuft die Sendung eben noch ein paar Minuten ganz normal weiter – mit diesen Kandidaten da und dem Moderator.«

Lottner nickte kurz mit zusammengepressten Lippen. »Das wäre sicherlich das Beste.«

»Während dieser Zeit können wir schon die Zuschauer und die anderen Kandidaten aus der Halle geleiten. Am sinnvollsten Reihe für Reihe – beginnend mit dem linken Tribünenteil. Darum kümmern sich meine beiden Kollegen. Und Ihr Team unterstützt sie dabei, ja?«

»Ja, natürlich.«

Tannenberg wandte sich an den Einsatzleiter des Sicherheitsdienstes, der die ganze Zeit über schweigend den Äußerungen des Kriminalbeamten gelauscht hatte. »Sie teilen nun Ihren Mitarbeitern unseren Plan mit und helfen nachher bei der Räumungsaktion.«

»Jawohl, Herr Hauptkommissar, selbstverständlich«, antwortete der solariumsgebräunte Muskelprotz, der unwillkürlich Haltung angenommen hatte.

Offensichtlich hatte sich seine Meinung über Tannenberg in den letzten Minuten radikal verändert. Er war sehr beeindruckt von dessen professionellem Auftreten und akzeptierte vorbehaltlos die Amtsautorität, die der Leiter der Kaiserslauterer Mordkommission ausstrahlte.

»Gut, dann gehe ich jetzt zuerst mal in den Kandidatenraum zu diesen Ratefüchsen. Sie schalten das Mikro ab, solange ich in dieser Kabine bin, klar?«

»Warum soll ich das Mikro abschalten?«

»Ganz einfach: Sie würden sonst die Polizei bei ihrer Arbeit abhören. Und das geht natürlich nicht!«

»Okay.«

»Wunderbar. Und als Belohnung für Ihre Unterstützung erhalten Sie jetzt einen Spezialauftrag von mir«, sagte Tannenberg und bedachte den Regisseur mit einem schalkhaften Augenzwinkern, das dieser allerdings nicht zu interpretieren vermochte.

Nachdem er seinen ominösen Auftrag erteilt hatte, rief er Sabrina Schauß an. Die junge Kommissarin hielt sich nach wie vor am Gewerbemuseum auf. Zunächst beschrieb er ihr genau die Stelle im Theater-Parkhaus, an dem sich der Tunneleingang befand. Er wies sie jedoch an, nicht in die Halle zu kommen, sondern dort im unteren Parkdeck zu verbleiben und später die evakuierten Zuschauer in Empfang zu nehmen.

Anschließend ließ er sich von ihr den ranghöchsten

LKA-Beamten geben und informierte diesen über die dramatischen Ereignisse. Er weihte ihn in seinen Plan ein und forderte ihn zur strikten Zurückhaltung seiner Einsatzkräfte auf. Angesichts der ihm geschilderten Extremsituation zeigte sich der Kriminalrat ausgesprochen kooperativ und eilfertig. Außerdem bat er ihn darum, sogleich die ihm unterstellten Sprengstoffexperten über den unterirdischen Geheimgang in die Frucht-halle zu schicken.

Danach hastete er zu seiner Familie in den containerartigen Bühnenaufbau. Natürlich staunten die drei Tannenbergs nicht schlecht, als urplötzlich ausgerechnet dasjenige störrische Familienmitglied vor ihnen stand, das sich im Vorfeld der Sendung vehement geweigert hatte, den Rest der Familie in die Fruchthalle zu begleiten. Am stärksten geschockt reagierte allerdings Jacob, befürchtete er doch, dass durch diesen irregulären Auftritt ihr Team sofort disqualifiziert werden würde.

Aber sein jüngster Sohn vermochte ihn umgehend zu beruhigen. »Es ist alles mit dem Regisseur abgesprochen«, erklärte er. »Gleich verschwinde ich wieder. Dann geht die Sendung wie gehabt weiter.«

Nun berichtete der Kriminalbeamte von der Erpressung und der Bombendrohung. Verständlicherweise wollten die drei Männer sofort die Kabine verlassen und sich um ihre auf der Zuschauertribüne sitzenden Angehörigen kümmern. Doch Tannenberg konnte sie davon abbringen. Zuerst teilte er ihnen mit, dass die hochschwangere Marieke bereits die Halle verlassen habe. Dann versicherte er seinen ungläubigen Familienmitgliedern, dass nicht der geringste Anlass zur Panik bestehe. Schließlich habe man bislang keine Sprengsätze entdeckt. Nachdem wieder einigermaßen Ruhe eingekehrt war, präsentierte er ihnen seinen Evakuierungsplan, der durch die pfiffige Idee des Regisseurs erst zur Perfektion gelangt war.

»Ja, wirklich, Max hat Marieke durch diesen Fluchttunnel bereits in Sicherheit gebracht«, beantwortet er Heiners Nachfrage. »Und auch allen anderen hier in der Halle wird nichts passieren. Das verspreche ich euch. Aber damit alles hundertprozentig klargeht, müsst ihr unbedingt noch ein paar Minuten weiterspielen, so als ob nichts geschehen wäre.«

Alle nickten. Tannenberg weihte sie anschließend noch in weitere Details seines Plans ein. Doch Jacob schien nicht recht bei der Sache zu sein. Mit eingezogenem Hals ließ er seinen Blick unruhig durch den Raum wandern.

»Was ist denn mit dir, Vater?«, fragte Tannenberg, dem das merkwürdige Verhalten des Seniors nicht entgangen war.

Jacob ging zu ihm hin, flüsterte ihm ins Ohr: »Weißt du zufällig, welches Bundesland die höchste Arbeitslosenquote hat?«

»Was?«

Der alte Tannenberg wiederholte die Frage.

Nun endlich verstand sein jüngster Sohn. »Ja, das hab ich gerade gestern in der *FAZ* gelesen«, wisperte er zurück. »Das ist Mäck-Pomm.«

Der Senior stutzte, während er den Kopf ein wenig von dem Ohr seines Sohnes hinwegbewegte. »Also Hamburg«, murmelte er vor sich hin.

»Wieso Hamburg?«, fragte Wolfram Tannenberg verständnislos. »Übrigens kann uns niemand hören. Der Regisseur hat die Mikros abgeschaltet.«

Jacob schien dieser Behauptung keinen rechten Glauben schenken zu wollen, denn er verringerte abermals die Distanz zum Ohr seines Sohnes und flüsterte: »Du hast doch gerade ›Mäck-Pomm‹ gesagt – das ist doch so'n Amifutter – so'n Hamburger. Versteckter Hinweis, he?« Er drückte ihm seinen Ellenbogen in die Seite, zwinkerte ihm verschwörerisch zu.

Tannenberg lachte: »Ach, Vater, das ist doch kein Hamburger, das ist die Abkürzung von Mecklenburg-Vorpommern.«

Von der geschlossenen Tür her erklang mit einem Mal ein dumpfes Klopfgeräusch. Nur einen Wimpernschlag später stand die Regieassistentin im Türrahmen. »Herr Kommissar, Sie müssen jetzt gleich raus auf die Bühne. Marco ist schon dort und serviert den Fernsehzuschauern mit warmen Worten den Show-Doppelpack.«

»Ja, ich komme gleich«, erklärte Tannenberg. »Nur noch eine Sekunde.« Er schloss die Tür, umarmte geschwind jeden einzelnen. »Schafft ihr das?«

»Klar, mein Junge, schaffen wir das«, versicherte Jacob. »Auf deine Familie kannst du dich immer verlassen.«

Die Regieassistentin wartete ungeduldig zwischen der Führungskamera und der vollbesetzten Zuschauertribüne. Als Tannenberg in ihrem Blickfeld auftauchte, gab sie Marco Kern sofort ein Zeichen.

»Wie ich eben signalisiert bekommen habe, ist gerade ein geheimnisvoller Überraschungsgast bei uns eingetroffen«, verkündete der Starmoderator. »Dieser sympathische Herr hat Ihnen allen etwas sehr Interessantes mitzuteilen. Da Eile geboten ist, verzichten Sie bitte auf Applaus. Hören Sie jetzt bitte genau zu, was er Ihnen zu sagen hat.«

Mit ausgestreckter Hand begrüßte er den Leiter des K 1 und übergab ihm das Handmikrofon.

»Guten Abend, meine Damen und Herren«, begann Tannenberg ein wenig zögerlich. Er brach ab, schluckte hart. Sein Mund war total ausgetrocknet. Er hatte Angst, dass ihm gleich die Zunge am Gaumen festkleben würde.

Junge, da musst du jetzt durch – reiß dich zusammen!, feuerte er sich selbst an.

Er räusperte sich hinter vorgehaltener Hand und ergänzte danach mit sich erhebender Stimme: »Stellen Sie sich bitte einmal folgendes Szenario vor: Sie haben sich auf irgendein Ereignis, zum Beispiel auf diese tolle Sendung heute Abend, unheimlich gefreut. Ist doch so, nicht wahr?«

Viele Zuschauer nickten, andere murmelten ihre Zustimmung. Einige deuteten auf ihn, sie schienen ihn zu erkennen.

»Und dann taucht plötzlich jemand auf, der Ihnen dieses Highlight, auf das Sie sich so sehr gefreut haben, verderben will. Da wären Sie doch sicherlich sauer, oder etwa nicht?«

Dieselbe Reaktion.

»Es gibt tatsächlich jemanden, der Ihnen den heutigen Abend gründlich verderben möchte.«

Nun machte sich etwas Unruhe in der Halle breit.

»Und zwar dadurch, indem er versucht, ein makabres Spielchen mit Ihnen zu spielen. Aber das dürfen und wollen Sie sich natürlich nicht bieten lassen – richtig?«

Ein anschwellendes Raunen ging durch die Menge. Mit einer Geste versuchte er mäßigend auf die Zuschauer einzuwirken.

»Wie ich sehe, sind wir uns da einig. Schön.« Tannenberg ging ein paar Schritte weiter nach vorne in Richtung des Publikums. »Ich werde Ihnen nun meinen Plan verraten. Ein ausgetüftelter Plan, mit dem wir den Spieß umdrehen und selbst die spielerische Initiative übernehmen werden. Vorab möchte ich Ihnen allerdings noch versichern, dass es nicht den geringsten Anlass zur Besorgnis gibt.«

Der Leiter der Kaiserslauterer Mordkommission ließ ein paar Sekunden verstreichen, während denen er ängstlich das Publikum sondierte. Zu seiner großen Erleichterung entdeckte er jedoch auf den Zuschauerrängen keinerlei Anzeichen von Panik. Eher war das genaue Gegenteil eingetreten. Wie bei einer Messe war es in der Halle sehr still geworden. Geradezu andächtig lauschten die Menschen dem Mann, der da wie ein Prediger direkt vor ihnen auf der Bühne im grellen Scheinwerferlicht stand.

»Sie können sich hundertprozentig auf das verlassen, was ich Ihnen eben gesagt habe. Ich bin Kriminalbeamter.« Er stockte, wartete auf eine mögliche Publikumsreaktion. Aber weiterhin blieb alles relativ ruhig, nur an wenigen Stellen keimte etwas Unruhe auf. »Wir haben eine Bombendrohung erhalten, verbunden mit einer kleinen Erpressung.«

Nun allerdings ging ein heftiges Raunen durch die Menge.

Tannenberg machte abermals eine beschwichtigende Handbewegung. »Bitte bewahren Sie Ruhe! Meine Kollegen und ich haben vorhin die Halle durchsucht und dabei nicht den kleinsten Hinweis auf irgendeinen Sprengkörper entdeckt.« Auf den Rängen ebbte die Woge der Unruhe ein wenig ab. »Trotzdem möchten wir Sie vorsorglich bitten, die Halle zu verlassen.«

Einige Zuschauer erhoben sich.

»Nein, nein. Bitte setzen Sie sich wieder hin. Ich möchte Ihnen jetzt meinen Plan präsentieren.«

Alle, die sich aufgerichtet hatten, folgten der Anweisung und nahmen wieder Platz.

Die Augen des Publikums klebten förmlich an Tannenbergs Lippen, während er fortfuhr: »Da die Erpresser möglicherweise die Hallenausgänge beobachten, werden Sie die Fruchthalle über einen Schleichweg verlassen. Und zwar durch einen kurzen, unterirdischen Stollen, der unter der Straße hindurchführt und auf der anderen Straßenseite in einem Parkhaus endet. Haben Sie das verstanden?«

»Ja«, antwortete ein leiser, vielstimmiger Chor von der Tribüne herab.

»Sehr gut. Und in diesem Parkhaus warten Sie bitte, bis meine Kollegen mit ihren Spürhunden noch einmal gründlich die Halle nach Sprengstoff abgesucht haben. Und danach können Sie über die normalen Eingänge wieder zurück in die Halle – und die Show geht weiter! Was glauben Sie wohl, welch ein Triumphzug das für Sie alle werden wird.«

»Den *Event-TV* selbstverständlich live überträgt«, warf Marco Kern von der Seite her ein. »Diese spektakulären Bilder können Sie noch in dreißig Jahren stolz Ihren Enkeln vorführen. Damit machen wir jedem Fernsehzuschauer klar: Von Kriminellen lassen wir uns den Spaß nicht verderben, wir nicht! Oder sehen Sie das etwa anders?«

»Nein!«, tönte es aus vielen Mündern, diesmal allerdings bedeutend lauter.

Der Starmoderator ergriff die Hand des Kriminalbeamten, riss beide Arme in die Höhe. Tosender Applaus brandete auf.

Tannenberg dämpfte erneut die aufgeschäumten Emotionen mit einer entsprechenden Geste. »Vielen Dank, meine Damen und Herren. Ich wusste, dass die Polizei auf Ihre

Unterstützung bauen kann. Ich werde Sie nun kurz über den genauen Ablauf der Evakuierungsmaßnahme informieren. Meine Kollegen und die Mitarbeiter von *Event-TV* werden mich bei der Durchführung unterstützen.«

Während die Räumungsaktion ohne jegliche Hektik anlief, begab sich Marco Kern, gefolgt von der Führungskamera, hinter die Bühne. Vor dem Eingang zur Kandidatenkabine blieb er stehen. Das Rotlicht unterhalb des Kameraobjektivs glimmte auf.

»Meine lieben Zuschauer zu Hause an den Bildschirmen«, sagte er mit abgesenkter Stimme in sein Mikro. »Wir haben uns heute Abend noch etwas ganz Besonderes für Sie einfallen lassen: Zum ersten Mal seit Bestehen unserer Millionenshow werden Sie nun bei etwas Außergewöhnlichem live dabei sein.« Er wurde noch etwas leiser und fuhr fast in Flüsterton fort: »Wie werden nun den Kandidaten in ihrer sonst hermetisch abgeriegelten Kabine einen überraschenden Besuch abstatten. Aber nicht nur das. Sie werden Bauklötze staunen!«

Die Führungskamera zoomte auf die goldfarbene Klinke der Kabinentür, auf welcher der Quizmaster gerade seine rechte Hand ablegte. In Zeitlupe drückte er den Metallgriff nach unten und öffnete behutsam die Tür.

Die drei Tannenbergs, die vom Leiter des K1 natürlich vorab von dieser Aktion informiert worden waren, mussten nun die völlig Überraschten mimen. Dies gelang ihnen auch nahezu perfekt: Verblüfft unterbrachen sie ihre angeregte Diskussion und blickten entsetzt zu den Eindringlingen hin.

»Da staunen Sie, was?«, spielte nun auch Marco Kern die ihm in diesem wahrhaften ›Kammer-Spiel‹ zugedachte Rolle.

Die Kandidaten schwiegen mit betretenen Mienen.

Mit Blick auf einen der Monitore verkündete der Moderator: »Das ist Timing! Wie ich sehe, ist genau in diesem Moment Ihre Bedenkzeit abgelaufen. Haben Sie sich inzwischen für eine der acht Alternativen entschieden?«

»Ja«, antwortete der Teamchef, »haben wir. Und zwar ...«

»Stopp!«, befahl Kern. »Behalten Sie Ihre Wahl bitte noch eine Weile für sich! Damit aber alles mit rechten Dingen zugeht, schreiben Sie bitte den entsprechenden Buchstaben auf diesen Zettel hier.«

Marco reichte Jacob ein zusammengefaltetes Blatt. Der Senior malte, ohne dass ihn die Kamera dabei beobachtete, einen Buchstaben auf das Papier. Anschließend reichte er den Zettel zurück.

»Danke! Wir möchten unseren Fernsehzuschauern ausnahmsweise einmal Gelegenheit geben, bei einem Entscheidungsfindungsprozess live dabei zu sein. Um hautnah zu erfahren, wie ein Team zu einer, letztendlich ja für alle verbindlichen Entscheidung gelangen kann. Deshalb, liebe Familie Tannenberg, möchten wir Sie nun bitten, uns einen Einblick in diesen Prozess zu ermöglichen. Erzählen Sie doch einfach mal. Vielleicht fangen wir mit Ihnen an, Tobias. Schließlich handelt es sich ja bei dieser Frage um eine aus dem Sozialkundeunterricht.«

Tobi blies die Backen auf, hob die Schultern. »Also, da machen wir gerade das Grundgesetz.«

»Geht es im Grundgesetz denn nicht auch an irgendeiner Stelle um das Recht auf Arbeit?«, protzte Marco Kern mit politischem Basiswissen.

»Ähm, na ja, schon«, stammelte Tobias. »Ist aber trotzdem nicht gerade mein Spezialgebiet.«

Heiner sah anscheinend die Zeit gekommen, seinem Sohn hilfreich zur Seite zu springen: »In seinem

Alter hätten Sie diese Frage wahrscheinlich auch nicht beantworten können, Herr Kern«, bemerkte er keck. Mit einem kurzen Seitenblick zu seinem Vater schob er nach: »Da waren wohl eher wir beide gefragt.«

»Dann erzählen Sie mal«, forderte der Moderator.

»Uns war sofort klar, dass es sich bei dem Bundesland mit der höchsten Arbeitslosigkeit um ein Land aus der Ostzone handeln muss«, erklärte Jacob.

»Bitte?«, fragte Kern im Brustton der politischen Korrektheit.

»Aus den neuen Bundesländern, meint mein Vater«, übersetzte Heiner.

»Ich weiß schon, was ich meine!«, giftete der Senior zurück. »Also sind Berlin, Bremen, Hamburg und auch das Saarland …«, Jacob gelang es gerade noch in letzter Sekunde, einen seiner berüchtigten, ketzerischen Bemerkungen zu dem pfälzischen Nachbarland hinunterzuschlucken, »schon mal weg. Aber bei den Ossiländern …«

»Das war schon recht schwierig«, fiel ihm sein Sohn ins Wort. »Da waren wir alle ziemlich unsicher.«

»Aber mein Vater, der ja schließlich Lehrer ist«, bemerkte Tobias mit spöttischem Unterton, »hat dann doch ein paar waghalsige Spekulationen rausgehauen.«

»Die uns aber auch nicht viel weitergebracht haben«, bemerkte der Teamchef schmunzelnd.

»Ja, wir sind ganz schön rumgeeiert«, meinte Tobias. »Bis dann …«

»Bis dann plötzlich wie ein Blitz aus heiterem Himmel die richtige Lösung im Raum stand«, schnitt ihm Jacob, der offensichtlich große Angst hatte, dass sein Enkel sich gleich verplappern würde, das Wort ab. »In Gestalt meines Sohnes. Der hat sich nämlich auf einmal daran erinnert, dass er die Lösung dieser Frage gestern in der Zeitung gelesen hat.«

Ein kurzes, verschwörerisches Grinsen wanderte zwischen den Teammitgliedern hin und her. Am meisten amüsierten sie sich darüber, wie geschickt Jacob gerade die Klippen der Unwahrheit umschifft hatte.

»Das nenne ich großes Glück, werter Herr Tannenberg«, sagte Marco Kern. »So es denn stimmt, woran sich Ihr Sohn zu erinnern glaubt. Ich wäre mir an Ihrer Stelle nicht so sicher, ob es sich bei dieser Antwort hier in meiner Hand tatsächlich um die richtige Lösung handelt.«

Schlagartig gefroren die Gesichtszüge der drei Tannenbergs.

»Wieso?«, wollte Heiner mit dünner Stimme wissen.

»Jetzt hab ich Sie aber ziemlich verunsichert, nicht wahr?« Der Starmoderator hob die Hand mit dem Zettel und hielt ihn dem Rateteam entgegen. »Dann verkünden Sie uns nun bitte Ihre Entscheidung.«

»Wir glauben, es ist Mäck-Pomm – oder wie das heißt«, kam Jacob sogleich der Aufforderung nach.

»Bitte«?, fragte Marco Kern.

»Mecklenburg-Vorpommern«, erläuterte Heiner und ergänzte: »Also Antwort D.«

Mit spitzen Fingern faltete der Moderator den Zettel auseinander, präsentierte ihn der Kamera. »Wie Sie sehen, meine lieben Zuschauer, hier steht tatsächlich ein ›D‹.« Er steigerte die Spannung, indem er einige weitere schier endlose Sekunden verstreichen ließ.

»Und das ist richtig!«, schrie er plötzlich so laut, dass sich seine Stimme dabei überschlug. »Damit ziehen Sie als das Team mit der höchsten Punktzahl in die Endrunde ein – Glückwunsch!«

Während sich die Tannenbergs um den Hals fielen und

in der Kabine einen regelrechten Freudentanz aufführten, spendete Kern theatralischen Beifall. Doch dann hielt er plötzlich inne und verkündete mit mahnenden Worten: »Meine Herren, bitte mäßigen Sie nun Ihre Gefühlsausbrüche. Ich kann Sie ja nur zu gut verstehen, aber denken Sie bitte daran: Wir sind live auf Sendung.«

Die Männer reihten sich im Halbkreis vor der Führungskamera auf. Jacob stand in der Mitte, Tobias links, Heiner rechts von ihm. Sie hatten sich gegenseitig die Arme auf die Schultern gelegt und grinsten wie Honigkuchenpferde in das Objektiv. Tobias spreizte die Finger zu einem Victoryzeichen.

»Es ist wirklich unglaublich, aber es stimmt tatsächlich.« Marco Kern betrachtete ein Karteikärtchen in seiner Hand. Er las den Text vor: »Mecklenburg-Vorpommern: 20,5 % aktuelle Arbeitslosigkeit – Sachsen-Anhalt 20,3 % – Brandenburg 18,7 %. Welch minimale Unterschiede. Unglaubliche Leistung, meine Herren, Respekt!«

»Wow, das war auch ein megahartes Stück Arbeit, kann ich Ihnen flüstern«, versetzte Tobias im Glückstaumel.

»Das glaub ich.« Der Starmoderator drehte dem jubilierenden Rateteam den Rücken zu und sagte in die Führungskamera hinein: »Bevor wir nun zum absoluten Höhepunkt der Sendung kommen, genießen Sie den nächsten Showblock. Denn anschließend begleiten Sie die beiden verbliebenen Familienteams in der Finalrunde. Und dort geht es wie immer um sage und schreibe *10 … Millionen … Euro*. Und da wird es erst richtig spannend. Das verspreche ich Ihnen.«

10

Das Timing mit den sicherheitshalber angeforderten Sprengstoffexperten funktionierte optimal. Noch bevor die ersten Zuschauer am Tunnel eintrafen, hatten die herbeigerufenen, von Spürhunden begleiteten LKA-Spezialkräfte mit ihrer Arbeit begonnen.

Die Räumung der Fruchthalle lief völlig reibungslos an. Die Zuschauer verhielten sich dabei äußerst diszipliniert. Wie in einer geduldigen Mensaschlange reihten sie sich zu einer schier endlosen menschlichen Perlenkette auf, die sich die breite Treppe hinunter in den Keller schlängelte.

Unterdessen schnappte sich Tannenberg die beiden Geldkoffer und machte sich auf den Weg zum verabredeten Übergabeort. Exakt um 22 Uhr traf ein aus Richtung des Schillerplatzes kommendes Taxi vor dem Hintereingang der Fruchthalle ein. Die Seitenscheibe senkte sich in den Türrahmen und ein vollbärtiger, älterer Mann musterte den Leiter des K 1 mit einem misstrauischen, flackernden Blick. Erst als er die etwas versteckt deponierten Koffer sah, entspannte sich seine Mimik.

Dem bis in die Haarspitzen konzentrierten Kriminalbeamten stach sofort der Kopfhörer mit dem Mikrofonbügel ins Auge, an dem der Taxifahrer recht unbeholfen herumhantierte.

»Ja, ich bin ja schon dabei«, knurrte der etwa 60-jährige Mann ins Mikro. Zeitgleich bog er den flexiblen

Draht nach außen zu Tannenberg hin. »Zuerst soll ich Ihnen ausrichten, dass Sie genau das tun sollen, was ich Ihnen sage. Es wird alles mitgehört. Wenn Sie nicht spuren und zum Beispiel anfangen sollten, mich auszufragen oder gar zu verfolgen, müssen Sie mit sofortigen ernsten Konsequenzen rechnen«, gab er die ihm übermittelten Anweisungen weiter.

»In Ordnung. Ich werde alle Ihre Forderungen erfüllen. Ihnen wird niemand folgen. Ich gebe Ihnen mein Wort.«

»Gut. Also, ich soll hier genau um zehn Uhr zwei Koffer abholen. Wie's aussieht, bin ich da im wahrsten Sinne des Wortes goldrichtig.« Schmunzelnd zeigte er auf die beiden goldfarbenen Metallkoffer, die links und rechts neben dem Leiter des K 1 standen. »Stellen Sie sie bitte auf die Rückbank …«

Er brach ab und nickte eifrig, während er zu seinem geheimnisvollen Gesprächspartner sagte: »Weil das Kofferraumschloss kaputt ist. Ich hab zwei Decken zum Drüberlegen dabei.« Dann wandte er sich wieder an Tannenberg, der auf eine weitere Order wartete. »Stellen Sie die Koffer auf die Rückbank«, wiederholte er. »Und legen Sie die Decken drüber. Ich kann Ihnen leider nicht helfen, ich hab's im Kreuz.«

»Schon gut«, meinte Tannenberg. Er hätte natürlich allzu gerne gewusst, wer den Taxifahrer beauftragt hatte und wo seine Fahrt jetzt hingehen sollte. Aber da er nicht bereit war, auch nur das geringste Risiko einzugehen, hielt er den Mund.

Der ältere Mann nahm ein Handy, das auf dem Beifahrersitz lag und in dem das Kopfhörerkabel steckte, hob es demonstrativ in die Höhe. »Bitte beeilen Sie sich. Sonst passiert was – soll ich Ihnen ausrichten.«

Der Kriminalbeamte legte einen Zahn zu und hievte die schweren Metallkoffer auf die Rückbank. Anschließend warf er die beiden kamelfarbenen Wolldecken darüber und drückte vorsichtig die Autotür ins Schloss.

»Alles klar. Ich muss jetzt los«, verkündete der Taxifahrer. Die Scheibe wanderte surrend nach oben und der beige Mercedes älterer Bauart brauste davon.

Viel Glück, dachte Tannenberg, während er mit einem nachdenklichen Blick das Taxi auf seiner Fahrt an der Fruchthalle vorbei begleitete. Es bog vor dem Burggymnasium nach rechts ab und verschwand aus seinem Sichtfeld.

Anschließend ging er gemeinsam mit Mertel, der die ganze Zeit über die Aktion mit gezogener Waffe im Hintergrund verfolgt hatte, in den Übertragungswagen. Als sie dort eintrafen, telefonierte Gero Lottner gerade gestenreich mit der Zentrale seines Senders. Mit Tannenbergs Einverständnis war Lottner als einziger seines Teams im Regieraum verblieben. Der Kapitän verlässt nie sein sinkendes Schiff, hatte der Regisseur schmunzelnd erklärt.

»Hat sich der Erpresser inzwischen noch einmal bei Ihnen gemeldet?«, fragte der Leiter des K 1 mitten in das Telefongespräch hinein.

»Einen Augenblick bitte«, sagte Gero Lottner in den Hörer und verschloss mit der rechten Hand das Mikrofon. »Nein, bei mir hat sich bislang niemand gemeldet.« Er lüpfte die Augenbrauen und ergänzte seufzend: »Außer meinem Sender. Mein Chef macht mir vielleicht die Hölle heiß. Er sagt, wir sind in allen Nachrichtensendungen *das* Topthema. Er fordert, dass wir unsere Quizshow sofort abbrechen und dafür eine Sondersendung bringen sollen. Sie verstehen – wegen der Quote!«

»Klar, verstehe ich das. Aber eigentlich schade. Wo wir doch gerade die *10 … Millionen … Euro* gerettet haben«, entgegnete Tannenberg grinsend. »Sie haben es auch nicht immer leicht.«

Der Regisseur machte eine wegwerfende Handbewegung und beschäftigte sich wieder mit seinem quotenlüsternen Gesprächspartner. »Ja, ja, machen wir. Interviews? Klar. Damit können wir gleich anfangen. Neben mir steht nämlich gerade der Held des Abends – Hauptkommissar … Wie heißen Sie denn eigentlich?«

Aber die beiden medienscheuen Kriminalbeamten hatten bereits auf dem Absatz kehrtgemacht. Sie waren schon auf dem Weg zu den Sprengstoffexperten. Diese versicherten ihnen, dass man inzwischen fast die gesamte Fruchthalle durchsucht habe, die Spürhunde aber noch nicht einmal den Ansatz eines Hinweises auf irgendeinen Sprengkörper entdeckt hätten. Demzufolge sei die Halle ab sofort wieder gefahrlos zu betreten.

Als Tannenberg vorhin den ranghöchsten LKA-Beamten verständigt und ihm die dramatische Situation in der Fruchthalle geschildert hatte, stellte dieser natürlich sofort einen inhaltlichen Zusammenhang zwischen den beiden Straftaten her. Deshalb instruierte der Kriminalrat den Einsatzleiter des LKA-Spezialistenteams, so schnell wie möglich alle verfügbaren Informationen zusammenzutragen und sie unmittelbar an ihn weiterzugeben.

Und dazu gehörte natürlich auch die Befragung Tannenbergs. Der ansonsten für seine Sturheit bekannte Kaiserslauterer Ermittlungsbeamte beantwortete nun geduldig alle Fragen, die der Einsatzleiter an ihn stellte. Er machte detaillierte Angaben zur Person des Taxifahrers, schilderte den genauen Ablauf der Geldübergabe, berichtete über den Inhalt des Gesprächs und nannte das Autokennzeichen des beigefarbenen Mercedes. Da inzwischen die Fruchthalle vollständig evakuiert worden war, leitete das LKA sofort die Fahndung nach dem Taxi und dessen unbekanntem Fahrer ein.

Danach überquerten Tannenberg und Mertel mit fliegenden Beinen die Ost-West-Achse und eilten ins Große Haus des Pfalztheaters, um dem Publikum die frohe Kunde zu überbringen.

Dr. Schönthaler hatte bei der Räumungsaktion den Tross angeführt. Er leitete die Menschen durch den von Lichterketten erhellten Tunnel in das Theater-Parkhaus. Von dort aus ging es direkt weiter ins Pfalztheater, wo sich nach und nach alle Evakuierten im Zuschauerraum des Großen Hauses einfanden.

Als leidenschaftlicher Theaterbesucher war der Rechtsmediziner darüber informiert, dass wegen der Veranstaltung in der Fruchthalle an diesem Abend im Pfalztheater keinerlei Aufführungen stattfanden. Für Unterhaltung war trotzdem bestens gesorgt, denn Gero Lottner hatte die Gesangsinterpreten, Musiker und Tanzakrobaten von der notwendigen Räumungsaktion in Kenntnis gesetzt und sie gebeten, das Publikum auf der Bühne des Pfalztheaters mit improvisierten Darbietungen zu unterhalten.

Was sich kurze Zeit später in der unmittelbaren Umgebung der Fruchthalle abspielte, wurde für alle Beteiligten zu einem unvergesslichen Erlebnis. In der Stadt hatte sich die Nachricht über die spektakulären Ereignisse wie ein Lauffeuer verbreitet. Zu Hunderten strömten die Bürger zu ihrer im Zentrum der Barbarossastadt schräg gegenüber der alten Kaiserburg gelegenen Festhalle. Durch ihr zahlreiches Erscheinen verliehen sie dem, was nun folgen sollte, erst den gebührenden Rahmen. Man gewann den Eindruck, dass selbst die schmucke, über 150 Jahre alte Sandsteinfassade der Fruchthalle zu dieser frühen Nachtstunde in besonderem Glanz erstrahlte.

Ohne dass sie irgendjemand dazu angewiesen hätte, bildeten die herbeigeeilten Bürger zwischen dem Theaterparkhaus und dem Nordeingang der Fruchthalle einen breiten Korridor. Einige der von der Spittelstraße herannahenden Fahrzeuge schwenkten vor dem immer dichter werdenden Menschenspalier nach rechts in die Martin-Luther-Straße ein. Andere Schaulustige parkten ihre Autos einfach auf der Busspur und liefen von dort aus zu dem nächtlichen Spektakel.

Bereits als die ersten der evakuierten Menschen das Parkhaus verließen, brandete frenetischer Beifall auf. Mehrere, an den Fenstern der Fruchthalle postierte Fernsehkameras begleiteten die fröhlichen, winkenden Zuschauer bei ihrem Triumphzug über die mehrspurige Ost-West-Achse. Der Leiter des K1 und seine todesmutigen Mitstreiter beobachteten dieses geradezu feierliche Szenario vom Dach des Parkhauses aus. Es erinnerte ein wenig an die Rückkehr eines siegreichen antiken Kriegsheeres.

Schmunzelnd betrachtete sich Tannenberg diese außergewöhnliche Prozession, an der selbstredend auch Mitglieder seiner Familie teilnahmen. Er war ausgesprochen erleichtert darüber, dass der Plan, der durch die geniale Beigabe des Regisseurs erst die richtige Würzung erhalten hatte, so perfekt funktioniert hatte. Natürlich verspürte er in dieser euphorischen Stimmungslage ein starkes Bedürfnis, seine Familie so schnell wie möglich in die Arme zu schließen.

Aber die Vorstellung, in der Fruchthalle von Kamerateams belagert und zu Statements genötigt zu werden, schreckte ihn jedoch davon ab. Also vertagte er lieber dieses sehr persönliche, emotionale Ereignis auf einen späteren Zeitpunkt in den eigenen vier Wänden. Was er allerdings umgehend tätigte, war ein Anruf bei Max. Dieser hielt sich noch mit Marieke im Krankenhaus auf. Der junge Mann teilte ihm mit, dass Mariekes wehenähnliche Krämpfe nicht besorgniserregend seien und sehr wahrscheinlich von alleine wieder abklingen würden. Trotzdem solle seine Freundin besser noch ein paar Stunden zur Beobachtung in der Klinik bleiben.

Mertel stand direkt neben Tannenberg. Er wartete geduldig, bis sein Kollege das Telefonat beendet hatte. Dann sagte er kopfschüttelnd: »Junge, Junge, das war vielleicht eine Horrornummer.«

»Du hast zwar ausgesprochen selten recht, mein lieber Karl, aber diesmal hast du mit deiner Einschätzung ausnahmsweise mal genau ins Schwarze getroffen.«

»Finde ich auch. Aber das eigentlich Sensationelle bei dieser Horrornummer war ja wohl die Tatsache, dass dieser mundfaule Kerl hier neben mir«, sagte Dr. Schönthaler und stieß den Leiter des K 1 grinsend in die Seite, »zu solch einem perfekten Vortrag vor einer derart großen Menschenmenge fähig war. Hätte das irgendjemand von euch vorher für möglich gehalten?«

»Nee, nie und nimmer«, lachte der Kriminaltechniker.

»Ich ehrlich gesagt auch nicht«, seufzte Tannenberg, dem gerade ein kalter Schauer den Rücken hinunterlief, als er daran dachte, wie er vorhin auf der Bühne im grellen Scheinwerferlicht gestanden hatte.

Der Rechtsmediziner hängte ihm seinen Arm über die Schultern. »Weißt du was, Wolf, wenn ich jetzt kein Mann wäre ... Ich glaube, ich würde dich küssen.«

Tannenberg schürzte die Lippen, nahm entsetzt den Kopf zurück.

»Keine Angst, mach ich aber doch nicht, mein liebes Wölfchen. Nicht wegen dir – sondern wegen mir.« Er zeigte hinüber zu den vielen Rundbogenfenstern der Fruchthalle. »Stell dir mal vor, einer dieser voyeuristischen Kameraleute würde diese Szene einfangen. Knackiger Rechtsmediziner küsst alten, runzeligen Hauptkommissar – Pfui Teufel!«

»Aber ich darf das doch, oder?«, fragte Sabrina Schauß. Sie stand seitlich versetzt hinter Tannenberg. Nun zog sie ihn an der Schulter ein wenig zu sich herunter und drückte ihm einen zärtlichen Schmatzer auf die Wange.

»Und plötzlich sieht alles ganz anders aus, meine Damen und Herren«, übte sich Dr. Schönthaler in der Rolle eines Fernsehreporters. »Ein offensichtlich bei der Damenwelt sehr begehrter Hauptkommissar wird von einer jungen, bildhübschen Maid geküsst. Als Dank für seine heldenhafte, mutige Tat. – Alternder Rechtsmediziner wohnt traurig und neidgequält dieser anrührenden Szene bei.« Er schniefte theatralisch auf.

»Och, herrje, das kann man ja wirklich nicht mitanschauen. Das zerreißt einem ja förmlich das Herz«, stimmte Sabrina in das Heldenepos mit ein. Nun bekam auch der frustrierte Gerichtsmediziner einen Kuss ab.

Als das schallende Gelächter seiner Kollegen verklungen war, kehrte andächtige Stille auf dem Parkhausdach ein. Tannenberg hing seinen abschweifenden Gedanken nach. In tiefen Zügen sog er die nasskalte Novemberluft ein. Anschließend schickte er seinen körperwarmen Atem stoßartig nach draußen. Sein verklärter Blick durchdrang die dünnen Dunstschleier vor seinem Mund.

Eine Weile ruhte er auf dem aus dieser Frontalperspektive ein wenig klotzig wirkenden Prachtbau direkt vor ihm.

Wie oft hat mich Lea wohl in die Fruchthalle mitgeschleppt?, dachte er. Es waren unzählige Male: Fasching, Medizinerball, Uniball – und was weiß ich noch alles. Sie war so eine begeisterte und begnadete Tänzerin. Sie schwebte geradezu über das Parkett. Manchmal hatte ich das Gefühl, eine Feder in meinen Armen zu halten. Ach, Gott, Lea, du fehlst mir ja so sehr. Wenn du nur wieder bei mir sein könntest.

Ein kurzer Seitenblick auf seinen besten Freund genügte Dr. Schönthaler, um aus dessen Körperhaltung und Gesichtsausdruck treffsicher Tannenbergs momentane psychische Befindlichkeit abzuleiten.

»Du kannst wirklich stolz auf dich sein, mein alter Junge!«, versuchte er ihn auf andere Gedanken zu bringen. »Das, was du dort drüben gerade geleistet hast, hätten nicht viele hingekriegt.« Er gab ihm einen sanften Schupps.

Tannenberg hatte anscheinend nicht richtig zugehört. Er brummte irritiert auf.

»Hast nichts versäumt. Ich habe dich nur gerade gelobt. Sollte man bei dir sowieso tunlichst vermeiden. Wahrscheinlich ist dein ungewöhnlich leidenschaftliches Engagement in dieser Angelegenheit vor allem darauf zurückzuführen, dass dein gesamter Familienclan in der Fruchthalle versammelt war.«

»Nicht nur vielleicht«, seufzte der Leiter des K 1.

»Wisst ihr was? Ich hab eine Idee«, stieß der Rechtsmediziner freudig aus: »Was haltet ihr davon, wenn wir noch irgendwo hingehen und ein bisschen feiern?«

»Ich weiß nicht. Eigentlich gibt es keinen Grund zu

feiern«, wandte Tannenberg mit bekümmerter Miene ein. Er drehte sich um hundertachtzig Grad und wies in Richtung der nicht sichtbaren, etwa zweihundert Meter Luftlinie entfernten Pfalzgalerie. »Da oben wurde vor noch nicht einmal zwei Stunden ein Mensch getötet. Das ist irgendwie keine gute Idee, Rainer.«

»Hast ja recht, Wolf. Hatte ich wirklich einen Moment lang völlig vergessen. Na, so was. Ich glaube, auch ich werde allmählich alt. – Aber mal was anderes: Glaubt ihr eigentlich, dass die Leute in der Fruchthalle vorhin die Detonationen gehört haben?«

»Wohl eher nicht«, entgegnete Mertel. »Bei dem Lärm, den die bei ihrer Show veranstaltet haben. Und wenn, hätten sie bestimmt an einen Düsenjäger gedacht, der mal wieder die Schallmauer durchbrochen hat. Das kommt bei uns ja leider immer noch oft genug vor. Obwohl es verboten ist.«

Völlig ohne Bezug zu dieser Äußerung Tannenberg einen Vorschlag: »Aber irgendwo ein bisschen in Ruhe zusammensitzen, das könnten wir schon noch. Schlafen kann ich jetzt sowieso nicht.«

»Ich auch nicht«, pflichtete Karl Mertel bei. »Nach der Aufregung.«

»Aber wo?«

»In der Stadt, Wolf?«, fragte Sabrina.

»Nee, da ist mir jetzt zu viel Trubel.«

»Hast du einen besseren Vorschlag?«

»Ja, den hab ich allerdings«, erwiderte ihr Vorgesetzter: »Wir ziehen uns ins Kommissariat zurück. Ich muss dort sowieso noch etwas Dringendes erledigen.«

»Und was?«, fragte Mertel neugierig.

»Das werdet ihr dann schon sehen.«

»Okay. Warum eigentlich nicht?«, stimmte Dr.

Schönthaler zu. »Dann gehen wir zu Fuß zum Pfaffplatz. Auf dem Weg dorthin kommen wir an der Tankstelle in der Pariser Straße vorbei. Die hat durchgehend geöffnet. Da können wir uns mit allem eindecken, was wir für diese Nachsitzung brauchen werden.«

Man gewann mittlerweile den Eindruck, als ob fast die halbe Stadt auf den Beinen war, um den gleichermaßen furchtlosen wie besonnenen Menschen ihre Aufwartung zu machen. Eine durchaus angebrachte Solidaritätsbekundung, schließlich hatten die Zuschauer mit ihrem Mut erfolgreich einer massiven kriminellen Bedrohung getrotzt. Nachdem das Publikum durch die applaudierende Menschengasse hindurch zurück in die Fruchthalle stolziert war, ebbte die Woge der Begeisterung allmählich ab.

Die herbeigeeilten Zaungäste gaben sich jedoch mit ihren überschwänglichen Ovationsbekundungen nicht zufrieden, sondern folgten der nächtlichen Prozession in die Fruchthalle. Die sichtlich überforderten Securitykräfte konnten sie nicht am Eindringen in das alte Bruchsandsteingebäude hindern.

Unter diesen Umständen war natürlich an eine Fortsetzung der Quizshow nicht mehr zu denken. Auch deshalb nicht, weil sich inzwischen weitere auskunftsbegierige Fernsehteams und Zeitungsjournalisten eingefunden hatten. Nach Lottners Gespräch mit seinem Vorgesetzten war die Fortsetzung der Sendung überdies schon vor einer halben Stunde ad acta gelegt worden.

Gero Lottner teilte den in die Endrunde vorgestoßenen beiden Familien mit, dass sich die *Event-TV*-Zentrale zum sofortigen Abbruch der Quizshow entschlossen habe. Im ersten Moment zeigten die Teams dafür Verständnis, doch kurz darauf kam es fast zum Eklat.

Denn auf die Frage Jacobs, wann die Endrunde fertiggespielt werden würde, verwies Lottner lapidar auf den *Event-TV*-Vertragstext, den jedes Team unterzeichnet hatte. Aus diesem ging eindeutig hervor, dass nach einem Abbruch der Sendung die davon betroffenen Kandidaten keinerlei Rechte auf eine Fortsetzung geltend machen konnten.

Der Senior des Tannenberg-Teams reagierte verständlicherweise ziemlich ungehalten: Zuerst packte er Lottner wutentbrannt am Kragen, dann beschimpfte er den Regisseur mit den derbsten Ausdrücken seines in dieser Hinsicht recht umfangreichen Wortschatzes.

Aber da Jacob von seinem Wesen her ebenso widerborstig und verbissen war wie sein jüngster Sohn, konnte und wollte er sich mit dieser, seiner Meinung nach himmelschreienden Ungerechtigkeit nicht abfinden. Es dauerte auch gar nicht lange, bis er einen Weg gefunden hatte, mit dem er die von ihm als persönliche Schmach empfundene Niederlage doch noch einigermaßen erträglich gestalten konnte.

Geistesgegenwärtig verkaufte er nämlich noch an diesem Abend die Exklusivrechte für eine Veröffentlichung der Erlebnisse seines Rateteams an einen Privatsender. Darüber hinaus handelte er auch noch einen Auftritt des gesamten Teams in einer bekannten Talkshow aus.

Als Heiner und Tobias davon hörten, waren sie zunächst alles andere als begeistert und verweigerten strikt ihre Teilnahme. Als der Senior ihnen allerdings eröffnete, das bereits verbindlich ausgehandelte, stattliche Honorar gerecht durch drei teilen zu wollen, hatte er zumindest seinen Enkel sofort auf seine Seite herübergezogen.

Denn Tobias sah durch diesen warmen Geldregen

den Traum von einem neuen Scooter in greifbare Nähe gerückt. Heiner dagegen war nicht so leicht mit Geld zu überzeugen gewesen. Erst die Zusage des Privatsenders, vor einem Millionenpublikum sein Buch mit dem Titel ›Stumme Schreie – Kriminalpoesie‹ vorstellen zu dürfen, revidierte schlagartig seine ablehnende Haltung.

Der diensthabende Beamte staunte nicht schlecht, als Tannenberg und seine Begleiter die Loge im Erdgeschoss der Polizeiinspektion am Pfaffplatz passierten. Selbstverständlich hatte auch er die Berichterstattung über die spektakulären Ereignisse inmitten seiner Heimatstadt verfolgt.

Die nächtlichen Besucher führten mehrere Sixpacks mit sich und winkten dem verdutzt dreinblickenden Mann mit bunten Chipstüten in den Händen freundlich zu. Mit offenem Mund wies er hin zu einem Fernsehgerät, auf dessen Mattscheibe der Leiter der Mordkommission in Großaufnahme zu sehen war. Er stand mit einem Mikrofon in der Hand auf der Bühne und hielt gerade seine flammende Rede ans Publikum.

Tannenberg ignorierte den Fernseher. »Wir wollen nicht gestört werden!«, verkündete er, während er an ihm vorbeimarschierte. »Vor allem nicht von irgendwelchen Pressefritzen oder Fernsehleuten. Wenn welche hier auftauchen, sag ihnen, sie sollen sich am Montag an die Pressestelle wenden. Schließ am besten die Tür ab.«

»Ja, ja, mach, mach ich«, stammelte der verdatterte Polizeibeamte. »Leute, das habt ihr wirklich toll gemacht! Wir sind alle unheimlich stolz auf euch!«

Aber seine Kollegen hörten nur noch den Beginn seiner Lobeshymne. Sie waren bereits im Treppenhaus verschwunden.

Ein paar Minuten später saßen die ›Die Helden von Kaiserslautern‹ – wie sie am nächsten Tag von der *Bild am Sonntag* tituliert werden sollten – in Tannenbergs geräumigem Büro am Besuchertisch und machten sich gierig über das Bier und die Kartoffelchips her.

»Ich glaub, dass ich noch eine ganze Weile brauchen werde, bis ich richtig kapiert habe, was in den letzten Stunden so alles abgelaufen ist«, sagte Mertel schmatzend. Kopfschüttelnd nahm er einen tiefen Schluck aus der Bierflasche und wischte sich anschließend mit dem Handrücken über den Mund. »Tut das gut. Ich weiß nicht, ob mir schon jemals zuvor ein Bier so gut geschmeckt hat wie das hier.« Sein verträumter Blick streichelte geradezu liebevoll das grüne Flaschenetikett.

»Obwohl es ein saarländisches ist«, bemerkte Dr. Schönthaler grinsend. »Trotzdem: Prost!«

Er stieß zuerst seine Bierflasche an die des Kriminaltechnikers, dann an Sabrinas. Als letzter der Runde kam sein bester Freund an die Reihe, der urplötzlich einen ziemlich in sich gekehrten Eindruck machte.

»Hat dich gerade mal wieder einer deiner berühmten, radikalen Stimmungswechsel überfallen?«, frotzelte der Rechtsmediziner.

»Was?«

»Woran denkst du gerade, Wolf? Los, alter Junge, erzähl's uns sofort.«

Tannenberg grummelte missmutig.

»Nein? Gut, dann werde ich jetzt mal versuchen, deine Gedanken zu erraten. Okay?«

Wieder erklang ein Geräusch, das jedem angeketteten Hofhund alle Ehre gemacht hätte.

»Es gärt in dir«, begann Dr. Schönthaler mit der Demonstration seine telepathischen Fähigkeiten. »Wenn etwas nicht stimmt, darfst du mich gerne unterbrechen.«

»Wie großzügig von dir. Danke!«

Der Gerichtsmediziner rieb sich genüsslich die Hände. »Also, das hab ich schon mal erraten. Nun weiter …« Er stockte, trank an seinem Bier und leckte sich danach kurz über die Lippen. »Und zwar gärt es aus mindestens zwei Gründen in dir: Zum einen, weil sich irgend so ein Drecksack – in diesen oder ähnlichen verbalen Denkkategorien watest du rachsüchtiger Primitivling doch gerade, oder etwa nicht?«

Tannenberg schmunzelte amüsiert. »Wie immer: Formal zwar etwas geschwollen, aber inhaltlich liegst du gar nicht so falsch.«

»Hab ich mir doch fast gedacht. Nun weiter: Du hast eine unheimliche Wut auf diesen Erpresser-Mistkerl, weil …?« Er legte abermals eine kleine Pause ein, rechnete aber nicht ernsthaft mit einem Einwurf seines alten Freundes. »Weil er deiner Familie so böse mitgespielt hat, ihnen Angst gemacht hat, sie mit dem Tode bedroht hat«, vollendete er. »Stimmt's, oder hab ich recht?«

»Jaaaa«, zog sein Freund das einsilbige Wort in die Länge.

»Nun zum zweiten Grund: Es brodelt auch deshalb in dir wie in einem Vulkan kurz vor dem Ausbruch, weil *du* ebenfalls von dem gemeinen, hinterhältigen Spiel dieses brutalen Mörders betroffen warst. Und zwar *existentiell* betroffen! Regelrechte Todesangst hast du sogar gehabt.«

»Du übrigens auch«, bemerkte Tannenberg mit ruhiger Stimme, »wenn ich dich dezent daran erinnern dürfte.«

»Richtig, ich auch«, seufzte Dr. Schönthaler, »hätte

ich doch glatt vergessen.« Er schlug sich an die Stirn. »Ach, gerade eben ist mir noch ein Grund eingefallen, der schwer auf deinem Gemüt lastet.«

»Und welcher?«

»Einer mit drei Buchstaben – na?«

Während Wolfram Tannenberg lediglich mit einem fragenden Blick reagierte, antwortete Sabrina an seiner Stelle: »L – K – A.«

»Volltreffer!« Der Rechtsmediziner prostete der jungen Kriminalbeamtin, die ihm schräg gegenüber saß, lachend zu.

»Du tust mir wirklich leid, mein armer einsamer Wolf«, säuselte Sabrina und streichelte sanft über die Wange ihres Chefs. »Aber, wie du siehst, kennen wir dich einfach zu gut.«

»Ja, wir können inzwischen sogar deine Gedanken lesen«, pflichtete Dr. Schönthaler ihr triumphierend bei. »L – K – A. – Drei Buchstaben, die deinen Puls sofort in die Höhe schnellen lassen. Und warum?« Er wartete einen Augenblick, dann präsentierte er genüsslich die Antwort: »Nur, weil du so ein eitler Fatzke bist und niemandem außer dir zutraust, diesen überaus interessanten, kniffligen Fall zu lösen, richtig?«

»Bei diesem unqualifizierten Ermittlerteam, das mich leider tagtäglich umgibt, ist diese Einschätzung doch wohl auch nur allzu verständlich, oder?«, konterte Tannenberg schlagfertig. Lachend prostete er jedem zu. »Aber Rainer, du hast es wirklich mal wieder voll erfasst.«

Er schnellte wie von einem Katapult geschossen von seinem Stuhl empor, zog eine Kassette aus der Innentasche seines Sakkos und hielt sie in die Höhe. »Deswegen fangen wir am besten gleich mal mit der Ermittlungsarbeit an *unserem* neuen Fall an.« Süffisant grinsend ergänzte er: »Der ja *eigentlich* in den Zuständigkeitsbereich des Landeskriminalamtes fällt. Eine reine Formalie, die wir im Hinblick auf die von Dr. Schönthaler gerade dargelegten Gründen natürlich nicht akzeptieren können.«

»Und was ist da drauf?«, fragte Sabrina Schauß neugierig.

Verwundert schob Tannenberg die Augenbrauen zusammen. Doch dann veränderte sich seine Mimik, sein zuvor verkniffenes Gesicht leuchtete geradezu auf. »Stimmt. Du warst ja im Übertragungswagen gar nicht dabei, als ich dem Regisseur den Auftrag gegeben habe, mir die Erpresseranrufe zu kopieren.«

»Natürlich ohne Wissen des L–K–A«, ergänzte Mertel.

»Natürlich.« Der Kommissariatsleiter begab sich zu einer Regalwand, in der ein Kassettenrecorder ein ansonsten recht unbeachtetes Dasein fristete. Er versorgte ihn mit Strom und spulte die Kassette zurück. Dann drückte er die Starttaste

Gebannt lauschten die Kriminalbeamten und Dr. Schönthaler der ersten mitgeschnittenen Dialogsequenz. Tannenberg ging unterdessen zu einer großen Tafel und schrieb die Worte ›Anruf‹, ›Uhrzeit‹, ›Gesprächsinhalt‹ und ›Besonderheiten‹ darauf. Dann malte er unter den ersten Begriff die Ziffer ›1‹.

Er drückte die Pausentaste. »Wie spät war es etwa beim ersten Anruf?«, fragte er in die Runde.

»Ich schätze mal: circa Viertel vor neun«, meinte der Rechtsmediziner, korrigierte sich aber gleich anschließend. »Nein, wohl eher früher. Ach, was weiß denn ich. Ich hab einfach kein gutes Zeitgedächtnis. Außerdem hab ich nicht andauernd auf die Uhr geschaut. Wann war denn die erste Werbepause?«

»So irgendwie um diese Zeit rum.«

»Aber der erste Anruf muss ja schon ein paar Minuten früher im Ü-Wagen eingetroffen sein, nicht wahr, Wolf?«

»Ja, denke ich auch. Aber es kommt im Moment nicht auf ein paar Minuten an. Das können wir später genauer rekonstruieren. Dieser Lottner und sein Team werden uns bestimmt exaktere Zeitangaben liefern.«

Nachdem Wolfram Tannenberg die ungefähre Uhrzeit an die Tafel geschrieben hatte, zeigte er wortlos auf den nächsten Begriff. Er lautete ›Gesprächsinhalt‹.

Diesmal antwortete Mertel: »Erstens – die Forderung: Der Erpresser will die Geldkoffer mit den vermeintlichen 10 Millionen Euro haben. Zweitens – die Drohung: Er gibt an, mehrere Sprengsätze an den Ausgängen und unter der Halle deponiert zu haben. Er droht damit, sie zu zünden, wenn man nicht genau seine Anweisungen befolgt. Drittens – die Einschüchterung. Er kündigt einen spektakulären Beweis an. Der Zweck: Demonstration, dass er es mit seiner Drohung wirklich ernst meint.«

Tannenberg, der die ganze Zeit über stichwortartig an der Tafel mitgeschrieben hatte, war sichtlich beeindruckt. »Respekt, Karl! Genau so liebe ich es: kurz und prägnant«, lobte er. »Nun zum letzten Punkt, den Besonderheiten.«

Nachdenklich schob Sabrina ein paar Strähnchen ihrer schulterlangen, kastanienbraunen Haare hinters Ohr. Sie fing Tannenbergs fragenden Blick auf, zuckte mit den Schultern. »Klar, die verzerrte Stimme des Anrufers. Aber darauf willst du wahrscheinlich nicht hinaus, oder?«

»Warum nicht? Ist ja durchaus ein wichtiger Gesichtspunkt.« Er notierte die Bemerkung und wandte sich an Mertel. »Kümmerst du dich um die …«

»Klar. Ich versuche, alle Hinweise auf den Täter aus dieser Kassette herauszufiltern.«

»Gut. Ist jemandem von euch noch etwas anderes aufgefallen?«

Dr. Schönthaler rückte sich die Brille zurecht und kratzte sich mit nachdenklicher Miene am Hals. »Meinst du vielleicht die Tatsache, dass der Erpresser nicht ›Halle‹ gesagt hat, sondern ›Fruchthalle‹?«

»He, super!«

»Du denkst, das ist vielleicht ein Hinweis darauf, dass wir es hier mit einem ortsansässigen …«

»Oder zumindest orts*kundigen* Täter zu tun haben könnten. Wir sollten uns nochmals die Stelle anhören, wo er von dem ›spektakulären Beweis für die Ernsthaftigkeit meiner Drohung‹, wie er es wörtlich genannt hat, spricht.« Tannenberg spulte das Band zurück, ließ es erneut ablaufen.

»Ziemlich komplizierte, gestelzte Sprache«, bemerkte Sabrina.

»Stimmt. Könnte glatt von unserem werten Herrn Rechtmediziner stammen«, meinte ihr Vorgesetzter.

»Lässt sich daraus nicht auf den Bildungsgrad des Erpressers schließen?«

»Kann sein, Sabrina. Aber genauso möglich ist es, dass dieser Kerl uns gerade dadurch auf eine falsche Fährte locken will.«

»Genau wie mit der Fruchthalle«, gab Dr. Schönthaler zurück. »Könnte ja auch nur Teil eines raffiniert ausgetüftelten Spielplans sein.«

»Komm, verschon mich bitte mit deiner Spielneurose. Hinter jedem meiner Fälle vermutest du jemanden, der mit mir eine makabere Schnitzeljagd veranstalten will.«

»War ja auch schon oft so.«

Ohne sich weiter zu diesem Thema zu äußern, betätigte Tannenberg abermals die Play-Taste. Gebannt lauschten nun alle dem Inhalt des zweiten Telefongesprächs, das allerdings weniger ein Dialog war, als eine einseitige Ordererteilung.

»Sind Sie online?« – »Ja.«

»Gehen Sie zu google!« – Okay, bin ich.«

»Geben Sie ›kaiserslautern+pfalzgalerie+webcam‹ ein!« – »Hab ich.«

»Doppelklick auf die erste Meldung!« – »Hab ich.«

»Was sehen Sie?« – »Ein großes Gebäude.«

»Was noch?« – »Ähm.«

»Sehen Sie so ein Ding, das aussieht wie ein Ofenrohr?« – »Ja.«

»Gut. Dann passen Sie jetzt mal gut auf.« – »Oh, Gott!«

»Sind Sie noch da?« – »Ja.«

»Ist Ihnen jetzt klar, wie ernst ich es meine?« – »Ja.«

»Nach dieser Werbung darf es keine weitere Werbepause mehr geben. Die Show muss ohne Unterbrechung weiterlaufen. Haben Sie mich verstanden?« – »Ja.«

»Wenn nicht, zünde ich die Bomben unter der Halle. Verstanden?« – »Ja.«

»Ich melde mich gleich nochmal.«

Tannenberg drückte auf ›Stopp‹. Anschließend begab er sich zur Tafel an sein tabellenartiges Schaubild und zeichnete eine ›2‹ in die linke Spalte. Er fischte sein Handy aus der Jackentasche, tippte auf der Tastatur herum.

»Mariekes Anruf hat mich genau um 20 Uhr 51 erreicht. Woraus wir folgern können, dass der zweite Erpresseranruf ein paar Minuten früher im Ü-Wagen eingegangen ist.« Er schrieb die entsprechende Uhrzeit, mit einem Fragezeichen versehen, in die nächste Spalte. »Was fällt euch bei diesem zweiten Gesprächsmitschnitt auf?«

»Zu deiner Theorie mit dem ortsansässigen oder zumindest ortskundigen Täter – bzw. Tätern«, begann Dr. Schönthaler in ein verschmitztes Lächeln hinein, »würde die Sache mit dem Ofenrohr ziemlich gut passen. Denn ein Auswärtiger wüsste wohl kaum etwas von dem Spitznamen dieser Stahlplastik.«

»Es sei denn, auch hierbei handelt es sich wieder nur um eine geniale Finte«, spielte nun Tannenberg die Rolle des Skeptikers.

»Wer weiß, vielleicht ist es ja auch tatsächlich so.«

»Wird sich zeigen, lieber Rainer. Aber du hast eben einen wichtigen Aspekt ins Spiel gebracht.«

»Und welchen?«

»Du hast die Frage aufgeworfen, ob wir es mit einem Einzeltäter oder mit einer Tätergruppe zu tun haben.«

»Also, bei beiden Anrufen handelt es sich um ein und dieselbe Person, oder was meint ihr?«

»Seh ich genauso, Sabrina«, stimmte Mertel zu.

»Für eine Tätergruppe würde meines Erachtens die Komplexität und logistische Professionalität sprechen.«

»Wie immer: Trefflich formuliert – aber nicht sonderlich fundiert. Denn diese Aussage trifft nur die Planung, aber nicht die Ausführung«, sagte Tannenberg.

»Wieso denn?«, wandte der Rechtsmediziner ein. »Wenn die 10 Millionen in den Koffern gewesen wären, hätte doch alles perfekt funktioniert.«

»Damit hat der liebe Rainer nicht ganz unrecht«, bemerkte Sabrina schmunzelnd.

»Ist ja schon gut«, knurrte Tannenberg.

»Ich weiß nicht, aber irgendwie hab ich das Gefühl, dass es sich um einen ausgebufften, skrupellosen Einzeltäter handelt. Schließlich gibt es bislang keinen einzigen Hinweis auf eine weitere Person, die in diese Sache involviert wäre«, sagte Mertel. »Na ja, möglicherweise entdecke ich auch noch etwas Interessantes bei der genaueren Tonbandanalyse.«

»Aber eines können wir schon mal im Hinblick auf ein zu erstellendes Täterprofil definitiv festhalten«, versetzte die junge Kriminalbeamtin. »Der Anrufer kennt sich anscheinend sehr gut mit dem Internet aus.«

»Außerdem beherrscht er die Kunst, seine Stimme elektronisch zu verfremden«, ergänzte Mertel. »Das kann nicht jeder.«

»Ja. Und beides lässt möglicherweise auf einen jüngeren Mann schließen«, behauptete Sabrina.

Sie steckte sich einige Kartoffelchips in den Mund, ging zum Schreibtisch ihres Chefs, setzte sich auf dessen Ledersessel und fuhr den PC hoch. »Ich schau mir jetzt mal diese Webcam an.« Sie befolgte genau die Anweisungen, welche der Erpresser vor ein paar Stunden dem *Event-TV*-Regisseur gegeben hatte.

Wie ein langsam herabgelassener Rollladen baute sich das Livebild auf. Es wurde offensichtlich von einer fest installierten Kamera gesendet. Ihre Kollegen hatten sich inzwischen hinter sie gestellt und starrten nun ebenfalls auf den Flachbildschirm. Die Männer sahen das gleiche unwirkliche Szenario, welches sie kurz vor 21 Uhr verlassen hatten: Die Fassade der Pfalzgalerie und die verwüstete, mit zwei Kratern verunstaltete Parkanlage waren nach wie vor in grellen Lichtschein getaucht.

»Die Perspektive ist eindeutig und lässt nur einen einzigen Schluss zu: Diese Kamera steht hundertprozentig auf dem Dach oder zumindest im obersten Stockwerk des Albert-Schweitzer-Gymnasiums.«

»Ja, den Eindruck hab ich auch«, nickte der Kriminaltechniker. »Wenn es den toten Politiker nicht gäbe, müsste man durchaus neidlos anerkennen, dass diese Drohgebärde und die Idee mit der schon vorhandenen Webcam einfach genial war!«

»Okay, Leute. Auf die Sache mit dem armen Dr. Winkelmann kommen wir später noch einmal ausführlicher zurück«, erklärte Tannenberg. Während die anderen weiter in den PC-Monitor stierten, schlenderte er zu seiner Tabelle, machte weitere Eintragungen.

Anschließend richtete er erneut das Wort an seine inzwischen wieder an den Besuchertisch zurückgekehrten Kollegen: »Jetzt konzentrieren wir uns zunächst weiter auf die Erpresseranrufe. Es gibt nämlich noch zwei offene Fragen: Erstens: Warum bestand der Täter darauf, dass es keine Werbeunterbrechungen mehr geben dürfe.«

»Weil er immer genau sehen wollte, was in der Halle passiert«, antwortet Mertel wie aus der Pistole geschossen.

»Das heißt: Er saß entweder irgendwo vor einem Fernsehgerät …«

»Oder er hatte eins dabei«, fiel Dr. Schönthaler seinem alten Freund ins Wort.

Tannenberg brummte zustimmend. »Zweitens: Warum bleibt der Erpresser nicht einfach in der Leitung, sondern sagt, dass er gleich nochmal anruft, und legt dann auf.«

»Vielleicht, weil er dringend noch einige andere Dinge

erledigen musste. Oder, weil er Angst hatte, jemand könnte den Anruf zu ihm zurückverfolgen.«

»Ja, kann alles sein«, seufzte Tannenberg. Er zog tief die Luft ein. »Wie immer: Fragen über Fragen.« Ein heftiger Ruck ging durch seinen Körper. Er betätigte abermals die Abspieltaste des Kassettenrecorders.

»Am Anfang war er ja noch ziemlich gut drauf, hat sogar gelacht«, sagte Dr. Schönthaler, gleich nachdem die Aufzeichnung des dritten Erpresseranrufs geendet hatte.

»Aber am Schluss ist er richtiggehend ausgeflippt«, beteiligte sich Mertel an der Feinanalyse des Telefongesprächs. »Affenarsch und so.«

»Das passt wohl nicht so ganz zu deiner These, dass wir es hier mit einem Bildungsbürger-Söhnchen zu tun haben.«

»Wieso, Wolf? Nur, weil dieser beschissene Scheißkerl derbe Schimpfwörter gebraucht hat, meinst du, er könne keine akademischen Weihen besitzen? Ich sag dir dazu nur eins: Auch unter den Verwendern eines elaborierten Sprachcodes gibt es genügend Primitivlinge.«

»Hört, hört«, bemerkte Tannenberg amüsiert.

»Übrigens ist jeder Mensch in einer Extremsituation zu solch einem Rückfall in die Barbarensprache fähig. Und dass der Täter sich in diesem Augenblick in einer ziemlich extremen Lage befunden hat, steht doch völlig außer Zweifel, nicht wahr? Schließlich hat er gerade erfahren müssen, dass man ihm den Lohn für seine anstrengende Arbeit vorenthalten will.«

»Hast schon wieder recht, du elender Mistkerl!«, zollte Tannenberg dem Rechtsmediziner unverhohlen Anerkennung. Unter den Oberbegriff ›Gesprächsinhalt‹ schrieb er ›2 Ultimaten: 22 und 23 Uhr‹. Kopfschüttelnd zog er die Stirn in Falten. »Warum lässt der nur so viel Zeit verstreichen? Zwischen seinem letzten Anruf und der geplanten Geldübergabe liegen gut eine Stunde. Warum nur?«

»Vielleicht, weil er sich um den Taxifahrer kümmern musste«, spekulierte Sabrina.

»Inwiefern kümmern?«

»Na ja, zum Beispiel musste er ihn ja irgendwie überwachen. Dass er auch wirklich seinen Job macht.«

»Kann eigentlich nicht der Taxifahrer selbst hinter der ganzen Sache stecken? Du hast ihn doch gesehen«, fragte die junge Kriminalbeamtin.

»Nein, das kann ich mir beim besten Willen nicht vorstellen. Das war ein alter, einfältiger Mann. Dem würde ich sowas nie und nimmer zutrauen. Der war garantiert nur ein harmloser Kurier. Außerdem hat er doch während der Geldübergabe vom Erpresser genaue Instruktionen erhalten.«

»Das könnte natürlich auch fingiert gewesen sein«, bemerkte der Rechtsmediziner.

Stimmt, dachte Tannenberg.

11

Irgendwann in den frühen Morgenstunden dieses trüben Novembertages schickte der Leiter der Mordkommission die Mitglieder seines illegalen, bunt zusammengewürfelten Ermittlerteams nach Hause in ihre Betten. Geradezu selbstverständlich legte Dr. Schönthaler als Termin für die Fortsetzung der nächtlichen Sitzung neun Uhr fest. Obwohl niemand aus dem Quartett an diesem Sonntag Dienst hatte und das K 1 überhaupt nicht für die Bearbeitung dieses Falles zuständig war, erhob keiner Einspruch.

Allerdings war jedem der Beteiligten klar, dass ein anderer Ort für diese neuerliche Zusammenkunft gesucht werden musste. Denn es war absehbar, dass Kriminaldirektor Eberle, der Oberstaatsanwalt oder auch ein LKA-Mitarbeiter irgendwann im K 1 aufkreuzen würden. Spontan schlug Sabrina als neuen Treffpunkt ihr Elternhaus im Dunkeltälchen vor, in das sie erst vor kurzem gemeinsam mit ihrem Ehemann umgezogen war. Nachdem Karl Mertel die wertvolle Kassette an sich genommen und Tannenberg sein Schaubild von der Tafel entfernt hatte, löste sich die illustre Runde auf.

Der diensteifrige Spurensucher ging jedoch nicht gleich nach Hause, sondern zog sich in sein Labor zurück. Dort wollte er die Gesprächsmitschnitte einer weiteren Analyse unterziehen, diesmal unter Verwendung diverser kriminaltechnischer Gerätschaften und Verfahren.

Nach nur wenigen Stunden Schlaf trudelten die übernächtigten Gestalten nacheinander in Sabrinas Elternhaus ein. Obwohl alle ein wenig müde und abgeschlafft wirkten, waren sie dennoch ziemlich schnell geistig wieder auf der Höhe. Dies verdankten sie hauptsächlich dem Konsum mehrerer Espresso, die sie sich in Rekordtempo als Muntermacher einflößten.

Mit ein paar Minuten Verspätung traf nun auch der Rechtsmediziner ein.

»Guten Morgen, ihr Helden von Kaiserslautern!«, begrüßte er die Mitarbeiter des K1.

Wolfram Tannenberg reagierte mit einer wegwerfenden Handbewegung. »Sei bloß ruhig! Was meinst du wohl, wie oft ich mir diesen Satz heute schon anhören musste.«

Bis auf den Kommissariatsleiter hatten sich alle zu Hause umgezogen. Nur er hatte aus purer Faulheit dieselben Kleidungsstücke übergestreift, die er schon am Abend zuvor getragen hatte. Etwas beschämt registrierte er deshalb das wie immer tadellose Outfit des Rechtsmediziners, der im Gegensatz zu ihm stets ein besonderes Augenmerk auf ein ansprechendes Äußeres legte.

Dr. Schönthaler war frisch rasiert und roch dezent nach herbem Männerparfum. Er trug zu seinem maßgeschneiderten, dunklen Anzug eine farblich genau darauf abgestimmte Fliege – sein extrovertiertes Markenzeichen, das seinem besten Freund nicht selten Anlass zu spöttischen Bemerkungen gab.

Diesmal allerdings hielt sich Tannenberg mit seinen Provokationen zurück. Er überreichte dem Pathologen sogleich die Niederschrift der Erpresseranrufe, die von Mertel angefertigt und kopiert worden war.

»So, jetzt hat jeder von euch den Text der drei Telefonate vorliegen. Den könnt ihr euch in aller Ruhe irgendwann nochmal durchlesen. Wobei wir heute Nacht die wesentlichen Dinge eigentlich schon herausgearbeitet haben.« Er wandte sich an den Kriminaltechniker: »Karl, ich denke, du solltest uns nun nicht mehr länger auf die Folter spannen und uns endlich sagen, was deine Tonbandanalyse ergeben hat.«

»Es ist mir gelungen, ein Hintergrundgeräusch herausfiltern«, begann Mertel. Als er jedoch die erwartungsvollen Gesichter seiner Kollegen sah, seufzte er und nahm entschuldigend die Schultern hoch. »Tut mir leid, es ist nur der Fernseher gewesen.«

»Sonst nichts?«, bellte Tannenberg enttäuscht zurück.

»Nein, Wolf, leider. Absolut nichts, was uns irgendeinen Rückschluss auf den Ort erlauben würde, von dem aus der Erpresser im Ü-Wagen angerufen hat.«

»Verdammter Mist. Wäre ja auch zu schön gewesen.«

»Auch keine Stimmen oder andere Geräusche, die auf die Anwesenheit weiterer Personen hinweisen würden?«, bohrte Sabrina nach.

»Nein, leider.«

»Na gut, ich meine, das ist doch auch schon was«, bemerkte der Gerichtsmediziner. »Schließlich ist es ein weiteres Indiz dafür, dass wir es mit einer gewissen Wahrscheinlichkeit nur mit einem Einzeltäter zu tun haben«,

»Das haben wir heute Nacht auch schon vermutet«, murmelte Tannenberg. Dann erhob er die Stimme: »Und weiter, Karl. Hast du noch etwas gefunden?«

»Ja. Wie ihr vielleicht wisst, unterscheiden sich die Grundfrequenzen beider Geschlechter beträchtlich. So hat die männliche Stimme ...«

»Kaaarl«, zog Tannenberg den Namen seines Kollegen in die Länge. »Heute ist zwar Sonntag, aber ich hab trotzdem keine Lust auf eine Predigt. Fass dich also bitte kurz – so wie heute Nacht.«

»Gut: Mann, etwa 20-30 Jahre alt, akzentfreies Hochdeutsch, also kein Pfälzer – kurz und prägnant genug?«, gab Mertel angesäuert zurück.

»Ja, ja, schon. Sei doch nicht gleich eingeschnappt.«

»Bin ich überhaupt nicht. Aber mehr hab ich sowieso nicht rausholen können, so auf die Schnelle. Vielleicht können ja die Psycholinguistik-Experten des LKAs noch mehr aus dem Tonband herausfiltern.«

»Wieso bist du denn so sicher, dass wir es mit keinem Pfälzer zu tun haben?«, wollte Sabrina wissen.

»Ganz einfach«, antwortete der Kriminaltechniker: »Wenn ein Pfälzer versucht, Hochdeutsch zu reden, kann er sich nicht verstellen und ...«

Eine helle Klingelmelodie schnitt Mertel ins Wort.

Schmunzelnd schnappte sich Sabrina ihr Handy, das auf dem Wohnzimmertisch lag und drückte die grüne Taste. Kurz danach gefroren ihre Gesichtszüge. »Was? – Wo?«

Die rasante Fahrt führte das weit seine Kompetenzen überschreitende Ermittler-Quartett am Warmfreibad vorbei stadtauswärts. Mit eingeschaltetem Martinshorn und kreisendem Blaulicht brausten sie die L 504 entlang, passierten die Lauterspring und erreichten etwa einen Kilometer später den Hungerbrunnen. Auf Anweisung ihres Chefs bog Sabrina rechts in einen schwarzglänzenden, asphaltierten Waldweg ein. Die schmale Straße führte von hier aus direkt ins herrliche Aschbachtal.

Bereits nach der ersten Wegkehre entdeckten sie das Taxi. Es stand mit geöffneten Türen in einer Ausweichbucht, unmittelbar vor einem Langholzstapel. Ein Streifenwagen parkte in circa zehn Metern Entfernung auf der anderen Seite. Um das Fahrzeug herum lagen Dutzende von Papierbündeln. Sie hatten das Format von banderolierten Geldscheinen.

Trotz des Nieselregens hatte Kriminalhauptmeister Krummenacker anscheinend im Freien auf die Ankunft seiner Kripokollegen gewartet, denn seine Hornbrille war mit unzähligen kleinen Wassertröpfchen besprengt, Gesicht und Haare trieften vor Nässe.

»Ein Spaziergänger hat ihn entdeckt«, sagte der Polizist. »Er sitzt im Auto.«

»Wann?«

»Vor etwa einer Viertelstunde.«

»Hat er irgendwelche Beobachtungen gemacht?«

»Nein. Der Mann hat niemanden gesehen, auch nichts Auffälliges gehört.«

»Sonst noch was?«

Der uniformierte Beamte warf einen schnellen Blick in seinen Notizkalender. »Ja: Ich hab'ne Halterabfrage gemacht. Das Auto ist auf einen gewissen Walter Klöckner zugelassen, selbstständiger Taxiunternehmer, 62 Jahre alt, wohnhaft: Gut-Heim-Straße 132. Das könnte der Tote sein.«

»Danke, Krummenacker.«

Routinemäßig streiften sich die drei Kriminalbeamten und der Rechtsmediziner im Gehen die Plastikhandschuhe über. Dr. Schönthaler bückte sich und kniete sich seitlich neben den Beifahrersitz des beigen Mercedes.

Mertel dagegen inspizierte das Autoinnere von der anderen Seite her. Der Taxifahrer lehnte zusammengesunken über dem Lenkrad, sein Kopf berührte die blutbespritzte Windschutzscheibe.

Nachdem Tannenberg ebenfalls einen kurzen Blick in das Taxi hineingeworfen hatte, hob er ein nasses Papierbündel auf, das direkt vor seinen Füßen im Regen lag. Das Päckchen erinnerte vom Format her tatsächlich an zusammengebündelte Banknoten. Gedankenversunken betrachtete er das zurechtgeschnittene und mit einer Banderolenattrappe versehene Zeitungspapier. Irgendein Scherzbold hatte feinsäuberlich mit Kugelschreiber ›500 Euroscheine‹ daraufgeschrieben.

Erst verarschen sie die Leute, und dann machen sie sich auch noch über sie lustig. Unglaubliche Saubande!, schimpfte er tonlos.

»Sieht ganz nach einer Hinrichtung aus«, verkündete unterdessen der Gerichtsmediziner. »Kopfschuss aus kurzer Distanz. Projektileintritt hinten rechts. Austritt Stirn links. Da oben steckt das Mistding«, sagte er und zeigte auf einen kleinen Einriss im Dachhimmel.

Mit einer flüchtigen Geste wies er nach hinten in den Fond des Autos, wo auf dem Boden und der Rückbank ebenfalls unzählige Papierbündel verstreut waren. »Ich schätze mal, der Täter hat rechts hinten gesessen und von dort aus geschossen.«

»Verdammt«, fluchte Tannenberg wütend vor sich hin. »Ich hätte ihn nicht fortfahren lassen dürfen. Der arme Mann wäre jetzt noch am Leben!« Kopfschüttelnd wühlte er in seinen leicht angefeuchteten Haaren. »Ich Idiot!«

Während Dr. Schönthaler und Mertel mit ihrer Arbeit fortfuhren, versuchte Sabrina ihren Vorgesetzten und väterlichen Freund ein wenig zu trösten: »Aber was hättest du denn anderes tun sollen, Wolf? Du musstest ihn doch wegfahren lassen. Zu diesem Zeitpunkt hast du schließlich noch nicht wissen können, dass keine Sprengsätze in der Halle versteckt waren. Dich trifft keine Schuld.«

Tannenberg kniff seine Lippen zu einem dünnen Strich zusammen, warf den Kopf noch energischer hin und her. »Mann, Mann, Mann, ich hätte das verhindern müssen!«, schimpfte er laut.

Voller Wut auf sich selbst kickte er einen Schotterstein weg, der kurz darauf knallend auf dem Stamm einer mächtigen Eiche einschlug. »Es war doch klar, dass dieser elende Drecksack so reagieren würde, wenn er entdeckt, dass ihm der Taxifahrer nur Papier mitgebracht hat.«

»Das war nicht klar, Wolf«, versetzte Sabrina mit kummervoller Miene. »Es war nur eine von vielen Möglichkeiten.«

»Aber eine ziemlich wahrscheinliche«, seufzte ihr Chef. Wie im Tran schlurfte er mit hängendem Kopf zum Kofferraum, entriegelte ihn und schob den Deckel vorsichtig nach oben. »Ach, du Scheiße«, stieß er so unvermittelt und heftig aus, dass Mertel und Dr. Schönthaler sofort ihre Arbeit unterbrachen und neugierig zu ihm gingen.

Den entsetzten Betrachtern bot sich ein bizarrer Anblick: Im Kofferraum befand sich ein weiterer männlicher Leichnam. Auch er war offensichtlich mit einem Kopfschuss getötet worden. Der Tote lag mit angewinkelten Beinen auf der Seite. Sein Rücken berührte eine blaue Sporttasche. Die Augen waren weit aufgerissen, das Gesicht entstellt, schreckverzerrt.

Eine dünne Blutspur zeichnete sich auf der Stirn ab.

Sie mündete in eine etwa tellergroße, angetrocknete Blutlache. In der Mundhöhle steckte ein auseinander gefächerter Packen Pseudo-Banknoten. Weitere Papierbündel waren über den leblosen Körper verteilt, so als habe irgendjemand einen großen Papierkorb über ihm ausgeschüttet. Das zweite Opfer trug Jeans und eine marineblaue Windjacke. Dieser Mann allerdings war bedeutend jünger als der ermordete Taxifahrer.

Auch Krummenacker eilte herbei. Er hatte in der Zwischenzeit die nähere Umgebung abgesucht und in einem Graben hinter einem Langholzstapel gerade zwei goldene Metallkoffer entdeckt. Einen der beiden trug er wie ein Serviertablett vor sich her, den anderen hielt er in der Hand. Er legte beide neben dem Taxi ab. Offensichtlich waren sie mit roher Gewalt aufgebrochen worden.

Dann betrachtete er sich ebenfalls dieses, selbst für einen hartgesottenen Polizeibeamten wie ihn erschütternde Bild. »Alles nur wegen diesem verfluchten Geld!«, zischte er und trat eine kleine Beule in den Metallkoffer. »Manchmal hasse ich meinen Beruf.«

»Ich auch«, brummelte Tannenberg.

Mertel und der Rechtsmediziner blieben noch im Wald und wandten sich wieder ihrer Ermittlungsarbeit zu, für die sie zwar von höchster Stelle nicht offiziell autorisiert waren, die ihnen allerdings auch nicht ausdrücklich untersagt wurde. Nachdem Tannenberg als späteren Treffpunkt Sabrinas Elternhaus festgelegt hatte, ließ er sich von seiner jungen Kollegin zurück in die Stadt chauffieren.

Da der Leiter des K 1 das östliche Stadtgebiet als Zielort auserkoren hatte, schlug Sabrina einen anderen Weg ein als bei der Hinfahrt: Vor der ehemaligen Eissporthalle verließ sie die Entersweilerstraße, passierte die 23er-Kaserne und schwenkte am Daennerplatz in die Mannheimer Straße ein. Das silberne Zivilfahrzeug folgte der schier endlosen Bruchsteinmauer des Hauptfriedhofs bis zu ihrem westlichen Ende. Dort bog Sabrina Schauß in nördlicher Richtung ab.

Nun schlüpfte Tannenberg in die Rolle eines menschlichen Navigationssystems. Er kannte diese Gegend aus unbeschwerten Kindertagen wie seine Westentasche. Oft hatte er gemeinsam mit seinem Bruder die Großeltern besucht, die im so genannten Grübentälchen ein Siedlungshäuschen besaßen. Ein befreundeter Klassenkamerad hatte damals in der Gut-Heim-Straße Nr. 119 gewohnt. Deshalb wusste er noch ziemlich genau, wo sich das gesuchte Einfamilienhaus des Taxifahrers befinden musste.

Er traf mit seiner Vermutung voll ins Schwarze. Die erste Hausnummer, die Tannenberg entdeckte, nachdem seine Kollegin die Kahlenbergstraße verlassen hatte, war die 140. Also waren sie genau richtig.

»138, 136, 134, 132«, zählte er ab. »Das hier muss es sein.«

Sabrina hatte bereits das Tempo auf Schrittgeschwindigkeit reduziert und brachte nun ihr Fahrzeug gänzlich zum Stillstand. Beide Kriminalbeamten blickten hinüber zu dem auf der anderen Straßenseite gelegenen kleinen Anwesen.

Fast die gesamte Straßenfront des Grundstücks war mit einem schwarz gestrichenen Lattenzaun versehen, der auf einer etwa einen halben Meter hohen Betonmauer thronte. Nur der aus einem schwarzen, schmiedeeisernen Doppeltor und einem gleichartigen Türchen bestehende Eingangsbereich ermöglichte einen Blick auf das unscheinbare Häuschen. Ansonsten bot eine hohe, akkurat gestutzte Ligusterhecke nahezu perfekten Sichtschutz.

Tannenberg erinnerte sich noch sehr gut daran, dass die Siedlungshäuschen im Grübentälchen vor vierzig Jahren äußerlich alle ziemlich ähnlich aussahen. Zudem hatte vor jedem der in der Vorkriegszeit erbauten, schnörkellosen Gebäude ein großer Kirschbaum gestanden. Dies hatte das schmucke Einheitsbild der Siedlung noch stärker betont. Im Frühjahr war die Kirschblüte im Grübentälchen stets eine regelrechte Attraktion gewesen, die jedes Jahr eine Vielzahl von Besuchern aus nah und fern angelockt hatte.

Aber im Laufe der Zeit fiel ein prächtiger Baum nach dem anderen der Motorsäge zum Opfer und die ursprünglich schlichten und baugleichen Häuser erfuhren gravierende äußerliche Veränderungen: Dachgeschosse wurden ausgebaut und mit Gauben versehen. Diverse Anbaumaßnahmen erweiterten die beengten Wohnverhältnisse und verliehen dem jeweiligen Haus eine eigene architektonische Note.

Dieses kleine Häuschen jedoch, auf dem gerade Tannenbergs Blick für ein paar Sekunden ruhte, sah fast noch genau so aus, wie er die Einheitsbauten aus seiner Kindheit in Erinnerung hatte. Bis auf die moderne, von wulstigen Querstreben dominierte Aluminiumtür, die ausgesprochen deplaziert wirkte.

Die Mitarbeiter des K1 suchten nach einer Klingel. Auf der Innenseite des Betonpfostens stießen sie auf ein Namensschildchen mit der Aufschrift ›Familie Klöckner‹. Direkt daneben traten zwei Drähte aus einer Vertiefung heraus. Sabrina schob das quietschende Gartentürchen nach innen. Ihr Kollege folgte ihr. Nach ein paar

Metern über feuchte, glitschige Waschbetonplatten hinweg erreichten sie die mit gelblichem Gitterglas hinterlegte, klobige Haustür.

Während die junge Kriminalbeamtin läutete, sondierte ihr Chef die Umgebung. Schräg vor ihm breitete sich eine gepflegte Gartenanlage aus, deren Zentrum eine winterlich vergilbte Rasenfläche bildete. Um sie herum waren akkurat geschnittene Rosensträucher, Zierbüsche und Koniferen angeordnet. Neben der Dachrinne entdeckte er ein paar Gartenzwerge, die Schubkarren und andere Werkzeuge in ihren Händen hielten.

In Zeitlupe öffnete sich die Alutür.

»Haben Sie ihn gefunden?«, hauchte eine dünne Stimme durch den kaum mehr als eine Handbreit geöffneten Türspalt, der nur ganz langsam breiter wurde.

Der Anblick versetzte Tannenberg unwillkürlich einen Stich ins Herz. Vor ihm stand eine zierliche, kaum mehr als einen Meter fünfzig große Frau, deren Alter schwer abzuschätzen war. Es mochte irgendwo zwischen sechzig und siebzig Jahren liegen. Sie war ganz in Schwarz gekleidet, so als käme sie gerade von einer Beerdigung. Ihr Gesicht war aschfahl, die braungefärbten Haare unfrisiert, die Augen leer und rotgeädert. Der schmale, farblose Mund war von den hängenden Mundwinkeln aus gesehen wie die Sichel eines Mondes zur Nase hin emporgewölbt.

»Ihre Kollegen haben heute Nacht schon gesagt, dass sie meinen Mann nicht erreichen können«, fuhr die Frau fort.

Verdammt, die waren schon hier, schoss es Tannenberg durchs Hirn. Daran hab ich überhaupt nicht gedacht,

»Haben Sie ihn gefunden?«, wiederholte sie nahezu tonlos. »Ist er tot?«

Wolfram Tannenberg bedachte Sabrina mit einem scharfen Blick. Sie wusste ihn sofort richtig zu deuten: Es war die Aufforderung, zu schweigen und ihm die Gesprächsführung zu überlassen.

Um auf diese unerwartete Situation angemessen reagieren zu können, musste er unbedingt Zeit gewinnen. Er schluckte hart, bevor er ausweichend antwortete: »Wollen wir nicht besser ins Haus gehen?«

Spontan entschloss er sich dazu, die Frau anzulügen. Er brachte es einfach nicht übers Herz, sie mit der schrecklichen Wahrheit zu konfrontieren.

Sie würde garantiert zusammenbrechen. Und dann könnten wir keine Informationen mehr von ihr einholen, versuchte er sein fragwürdiges Handeln zumindest ein wenig vor sich selbst zu rechtfertigen.

Da auf der Hand lag, dass die Frau mit ›seinen Kollegen‹ höchstwahrscheinlich die LKA-Beamten gemeint hatte, fand er umgehend ein weiteres Argument: Sollen die das doch tun, die sind ja schließlich auch zuständig. Wir verhalten uns einfach so, als ob wir von der Sache am Hungerbrunnen überhaupt nichts wüssten.

Frau Klöckner entfernte kraftlos die faltige Hand vom Türblatt und drehte sich um. Mit hängenden Schultern schlurfte sie in einen engen, dunklen Flur hinein. Tannenberg und Sabrina schlichen ihr nach. Sie betrat ihr Wohnzimmer und ließ sich matt auf einen Couchsessel niedersinken. Die beiden Kriminalbeamten nahmen ihr gegenüber auf einem Dreisitzersofa Platz.

Tannenberg ließ seinen Blick durch den recht kleinen Raum schweifen. Eiche rustikal bestimmte hier das Ambiente. Für seinen Geschmack stand hier eindeutig zu viel und vor allem zu klotziges Mobiliar herum. Er empfand die Einrichtung geradezu als erdrückend.

Vielleicht war dieses spontane Beklemmungsgefühl aber auch auf die schweren Gardinen zurückzuführen. In Verbindung mit dem diesigen Novemberlicht erzeugten sie nämlich eine gruftähnliche Atmosphäre. Einen Moment lang dachte er daran, das Licht einzuschalten, verwarf den Gedanken aber sogleich wieder.

Über dem Fernsehgerät hing ein großes Holzkreuz, daneben ein Marienbild. Auf dem Glastisch zwischen ihm und der deprimierten Frau lag ein Rosenkranz.

Er holte tief Luft, räusperte sich. Er faltete seine Hände und legte sie in den Schoß. »Wir können Ihnen leider nichts Neues über Ihren Mann sagen«, begann er. »Es tut mir wirklich leid, aber wir müssen Sie bitten, uns einige Fragen zu beantworten.« Erneut räusperte er sich. »Auch wenn Ihnen meine Kollegen möglicherweise heute Nacht schon einmal dieselben Fragen gestellt haben. Wären Sie dazu bereit?«

Gerda Klöckner nickte.

»Danke. Dürfte ich Sie zunächst um ein Foto Ihres Mannes bitten.«

»Da im Schrank stehen welche«, gab sie leise seufzend zurück.

Tannenberg erhob sich und begab sich zu einer mächtigen Schrankwand aus dunklem Eichenfurnier. Dieses wuchtige Möbelstück füllte die gesamte Raumseite aus. Als er die dort aufgestellten Familienfotos sah, raubte es ihm fast den Atem. Denn die Fotos zeigten nicht nur den ermordeten Taxifahrer, sondern unzweifelhaft auch dessen Sohn – den im Kofferraum des Taxis entdeckten Toten. Er nahm eines der gerahmten Fotos, zeigte es verdeckt Sabrina. Sie riss entsetzt die Augen auf, schüttelte unmerklich den Kopf. Sie hatte also verstanden, worauf er sie hatte hinweisen wollen.

Auf seiner inneren Leinwand tauchte plötzlich das großformatige Gruppenfoto der Tannenberg-Familie auf, das bei seinen Eltern über dem Küchentisch hing. Der Gedanke daran, dass derselbe Schwerstkriminelle, der gestern Abend seine Familie mit dem Tode bedroht hatte, der armen alten Frau Mann und Sohn geraubt hatte, machte ihn fast wahnsinnig. Er verspürte plötzlich ein derart extremes Hassgefühl auf diesen barbarischen Menschen, wie er es in seinem gesamten bisherigen Berufsleben noch nie einem Mörder gegenüber empfunden hatte.

Er benötigte mehr als nur einen Augenblick, bis er sich wieder einigermaßen unter Kontrolle hatte. Er schnäuzte sich die Nase und tupfte sich die Tränen der Wut aus den Augenwinkeln.

»Ist das Ihr Sohn?«, fragte er, ohne seinen mitleidigen Blick von einem Kommunionbild zu entfernen. Es zeigte einen strahlenden Jungen mit einer großen weißen Kerze in der Hand.

Die alte Frau hob den Kopf, ihr Gesicht leuchtete kurz auf. »Ja, das ist Jens, unser Sohn.«

Tannenbergs schniefte, putzte sich abermals die Nase.

Sabrina registrierte seine neuerliche Beklemmung. Deshalb ergriff sie nun die Initiative.

»Wann haben Sie Ihren Mann denn zum letzten Mal gesehen?«, fragte sie behutsam.

»Gestern Abend.«

»Um wieviel Uhr war das?«

»Kurz vor halb zehn.«

»Wissen Sie das genau?«

»Ja, ziemlich. Wir haben Fernseh geguckt. Es war gerade so spannend. Weil die Familie Tannenberg aus unserer Stadt ihre letzte Chance hatte.« Ein bitteres Lächeln huschte ihr übers Gesicht. »Besser gesagt: *Ich* hab geguckt. Walter ist nervös im Haus rumgelaufen. Immer auf und ab. Bis das Telefon geklingelt hat.« Sie stockte. Ihr Kinn zitterte, Tränen schossen ihr in die Augen.

Sabrina reichte ihr ein Tempo-Taschentuch. Sie nahm es, tupfte sich die Nässe aus den Augenwinkeln. »Er hat mir zum Abschied sogar einen Kuss gegeben.« Wieder kämpfte sie machtlos gegen ihre Tränen an. »Dann hat er unsere Couchdecken zusammengelegt, seine Tasche geschnappt und ist weg.«

»Was hat er denn mit den Decken und seiner Tasche gewollt?«, hakte Tannenberg nach. Als die alte Dame nicht sofort antwortete, formulierte er eine weitere Frage: »Wo ist ihr Mann denn gestern Abend hingefahren?«

»Nach Spanien.«

»Nach Spanien?«, fragten beide Ermittler wie aus einem Munde.

»Ja. Und dafür hat er seine Reisetasche und die Decken gebraucht. Damit er nicht kalt hat, wenn er irgendwo auf einem Rastplatz ein bisschen schlafen muss.«

»Verstehe«, nickte Tannenberg. »Aber wieso Spanien?«

»Weil man ihn für eine Fahrt nach Barcelona engagiert hat.« Als Gerda Klöckner die verständnislosen Mienen sah, erklärte sie: »Solche Fernfahrten kommen schon manchmal vor. Obwohl eine nach Spanien sehr selten ist.«

»Wer hat ihn denn engagiert?«

»Das weiß ich nicht. Walter hat mir nur gesagt, dass er für einen Mann ganz viel Gepäck so schnell wie möglich nach Barcelona bringen soll.« Sie brach ab, schien nachzudenken. »Ja, genau: Eine dringende Lieferung.

Ein Termingeschäft. Er hat Walter dafür sehr viel Geld geboten.«

»Wie viel?«

»5 000 Euro.«

»So viel Geld für *eine* Taxifahrt?«, platzte es aus Tannenberg heraus. Er wunderte sich natürlich sehr über die allzu offensichtliche Naivität der älteren Frau, zog es allerdings vor, sie nicht darauf anzusprechen.

»Warum? Für den Mann war es eben ganz wichtig«, versetzte sie mit protestierendem Unterton. »Warum sollen wir denn nicht auch einmal Glück haben? Wir können das Geld doch sehr gut gebrauchen.«

»Wofür?«, fragte Sabrina, ohne über die Belanglosigkeit dieser Frage zuvor nachgedacht zu haben.

Abermals veränderte sich die Mimik der betagten Frau. Ein seltsamer Glanz zeigte sich in ihren wässrigen Augen. »Damit können wir uns nämlich unseren Lebenstraum erfüllen und uns ein kleines Haus an der Costa Brava kaufen. Das reicht genau für die letzte Ansparrate. Damit haben wir das Geld zusammen. Walter will ein paar Tage in Spanien bleiben und sich schon mal umschauen.«

Jetzt weiß ich auch endlich, warum der Taxifahrer diesen komischen Job überhaupt angenommen hat, dachte der Leiter des K 1.

Gerda Klöckner rieb sich die Hände. »Sonne, Wärme, Salzwasser. Das wird uns so gut tun. Walter hat nämlich Schuppenflechte und ich hab starkes Rheuma.«

Als Tannenberg diesen Begriff hörte, fiel ihm schlagartig auf, dass er seit gestern Abend keinerlei rheumatische Schmerzzustände mehr verspürt hatte. Sein Körper hatte sich offensichtlich als Reaktion auf die psychische Extremsituation mit hohen Dosen körpereigener Schmerzmittel quasi selbst narkotisiert.

Er verscheuchte dieses leidige Thema, indem er mit der Befragung fortfuhr. »Wann sollte er das Geld denn erhalten?«

»2000 Euro haben wir schon gekriegt. Den Rest bekommt Walter in Barcelona.«

»Wie haben Sie das Geld erhalten?«

Gerda Klöckner krauste die Stirn.

»Ich meine: Auf welchem Weg wurde Ihnen das Geld übergeben?«, erläuterte er. »Wurde es Ihnen zum Beispiel mit der Post geschickt? Oder hat es jemand vorbeigebracht?«

»Vorbeigebracht? Nein, vorgestern steckte ein braunes Couvert im Briefkasten. Da war das viele Geld drin. Und Unterlagen – Wegbeschreibungen und so.«

»Haben Sie das Couvert noch?«, wollte Sabrina wissen.

»Nein. Das hat Walter in seine Tasche gesteckt. Das weiß ich deshalb, weil ich ihm ja die Tasche gepackt hab – und da war das Couvert drin.«

»Vielen Dank, Frau Klöckner. Ich denke, das war's erstmal«, sagte Tannenberg und erhob sich. Seine junge Kollegin tat es ihm gleich. »Sobald wir etwas über Ihren Mann erfahren, melden wir uns wieder bei Ihnen.«

»Glauben Sie, dass ihm etwas passiert ist?«

»Nein«, log Tannenberg.

»Aber warum meldet er sich dann nicht? Er hat es mir doch fest versprochen.«

Der Leiter des K 1 fühlte sich immer unwohler in seiner Haut. Am liebsten hätte er sofort fluchtartig das Haus verlassen. Aber eine Sache musste er zuvor unbedingt noch abklären. Er ging zwei Schritte zur Schrankwand hin. »Was ist ihr Sohn denn von Beruf?«, fragte er.

»Zimmermann.«

»Wohnt er noch bei Ihnen hier im Haus?«

»Nein, schon lange nicht mehr.«

»Und wo wohnt er?«

»Kantstraße, Nr. 66. In einem dieser schrecklichen Hochhäuser. – Aber warum wollen Sie das denn wissen?«

»Nur damit wir ihn verständigen können, falls Sie nicht erreichbar sind.«

Bei Tannenberg krampfte sich der Magen zusammen angesichts seiner Lügenorgie. Er musste raus, dringend an die frische Luft. »Bemühen Sie sich nicht, Frau Klöckner. Wir finden alleine den Weg. Auf Wiedersehen.«

Im Vorbeihuschen erspähte er im Flur einige Fotos von weißen Häusern vor tiefblauem Meereshintergrund.

»Ich glaube, ich habe mich noch niemals in meinem Job so elend gefühlt wie jetzt gerade«, seufzte er, nachdem er wieder in seinem Dienstwagen saß. Mit einem gequälten Blick schaute er Sabrina in ihre kastanienbraunen Augen. »Aber ich hab's einfach nicht fertiggebracht. Ich konnte der armen alten Frau nicht sagen, dass aus ihrem Lebenstraum nun nichts mehr werden wird.« Er fletschte die Zähne, ballte seine Fäuste. »Weil irgend so ein elender Drecksack vor ein paar Stunden ihren Mann und ihren Sohn erschossen hat.«

»Ich hätte es auch nicht gekonnt, Wolf.«

»Oh je, oh je. Was haben wir doch manchmal für einen beschissenen Job.«

Sabrina streichelte sanft über das dick aufgequollene Aderngeflecht seiner linken Hand. »Aber irgendwer muss es ihr doch beibringen.«

Tannenberg stieß geräuschvoll einen Schwall Luft

durch die Nase. »Sicher. Aber wir nicht, denn wir dürfen ja eigentlich gar nicht ermitteln. Das LKA ist bestimmt schon unterwegs hierher.«

»Wahrscheinlich.«

»Den Vorsprung müssen wir ausnutzen. Komm, lass uns schleunigst zur Taxizentrale fahren und die Leute dort befragen.«

Allerdings konnten die beiden Kriminalbeamten ihr Vorhaben nicht direkt in die Tat umsetzen, denn als sie in der Blumenstraße einfuhren, fiel ihnen sofort ein schwarzer PKW mit MZ-Kennzeichen auf. Das Auto parkte direkt vor der Taxizentrale.

»Da müssen wir uns wohl noch ein wenig gedulden, bis die lieben LKA-Kollegen verschwunden sind«, sagte Tannenberg und lehnte sich in seinem Sitz zurück. »Dass die vor uns da sind, hat aber durchaus auch Vorteile.«

»Du meinst, damit kommt uns keiner so schnell auf die Schliche?«

»Genau, Sabrina. Und wenn da drinnen irgendjemand skeptische Fragen an uns stellt, behaupten wir einfach, dass es bei der Polizei im Moment etwas chaotisch zugeht.« Er wies auf das zweistöckige Gebäude. »Die Leute da in der Zentrale haben doch garantiert auch mitgekriegt, was seit gestern Abend in ihrer Stadt so alles abgegangen ist.«

»Aber was ist, wenn das LKA nachher bei Frau Klöckner auftaucht?«

»Na ja, so schlimm ist das nun auch wieder nicht. Schließlich haben wir uns ja vorhin absichtlich nicht mit unseren Namen oder Dienstgraden vorgestellt. Wir könnten ja auch von der Presse sein«, meinte er schmunzelnd und streckte zufrieden seine langen Beine aus. »Denen ist ja sowas zuzutrauen.«

Die auskunftsfreudige Mitarbeiterin der Taxizentrale beschrieb den selbständigen Kleinunternehmer Walter Klöckner als sehr netten, ruhigen und zuverlässigen Zeitgenossen. Von seiner angeblichen Spanientour besaß sie keinerlei Kenntnis. Sie erinnerten sich aber daran, dass er sich vor ein paar Tagen zu einem Kurzurlaub abgemeldet hatte. Seitdem hätte sie nichts mehr von ihm gehört.

12

Als Tannenberg und seine junge Kollegin vor Sabrinas Elternhaus eintrafen, wurden sie bereits von Kriminalhauptmeister Krummenacker und den beiden anderen Mitgliedern des ungewöhnlichen Ermittlerteams erwartet. Mertel und Dr. Schönthaler hatten den Fundort der beiden männlichen Leichname unweit des Hungerbrunnens zu Fuß verlassen. Vereinbarungsgemäß hatte sie Krummenacker etwa eine halbe Stunde später unterhalb des Mölschbacher Sportplatzes aufgegabelt und sie über einen Schleichweg durch das Aschbachtal hierher ins Dunkeltälchen gefahren.

Krummenacker war immer noch in Rage. Mit hochrotem Kopf schimpfte er zunächst eine Weile über die geballte LKA-Arroganz, welche ihm am Hungerbrunnen in Form einiger nassforscher Kollegen begegnet war und die ihn zum willfährigen Hilfspolizisten degradiert hatten. Da er ebenfalls ausgeprägte Aversionen gegenüber den LKA-Beamten hegte, hatte er sich dies aber nicht sehr lange gefallen lassen und sich so schnell es ging mit einer fadenscheinigen Begründung aus dem Staub gemacht.

Nachdem der erzürnte Streifenpolizist genügend Dampf abgelassen hatte, ergriff Tannenberg das Wort. In Kurzfassung schilderte er den Besuch bei der Frau des ermordeten Taxifahrers und berichtete über die spärlichen Befragungsergebnisse in der Taxizentrale. Anschließend erbat er sich von seinen Kollegen aktuelle Informationen.

»Es hat leider nur für eine Schnellinspektion gereicht«, antwortete Mertel. »Ihr seid vielleicht zehn Minuten weggewesen, da sind auch schon diese aufgeblasenen LKA-Gestalten am Hungerbrunnen aufgekreuzt.«

»Wie immer mit Pauken und Trompeten«, ergänzte Dr. Schönthaler, von einem abschätzigen Grinsen begleitet. »Aber diesmal war dieses Imponiergehabe sehr vorteilhaft für uns. Denn dadurch haben wir diese Lackaffen rechtzeitig gehört und konnten uns unerkannt verdrücken.«

»Was ist eigentlich mit Krummenacker, hält der dicht?« Der Leiter des K 1 stockte. Für einen Augenblick hatte er doch tatsächlich vergessen, dass Kriminalhauptmeister Krummenacker hinter ihm im Türrahmen stand. Entsetzt drehte er sich zu ihm um.

»Ja, der hält dicht. Darüber musst du dir keine Gedanken machen. Außerdem haben mich deine Kollegen schon vorhin im Auto zum absoluten Stillschweigen vergattert.«

Krummenacker wusste nur allzu gut, dass die Mitarbeiter des K 1 lieber ihr eigenes Süppchen kochten. Sie waren ein eingeschworener Verein und hielten sich gegenüber Streifenbeamten mit Informationen über ihre Arbeit meist ziemlich bedeckt. Obwohl sie umgekehrt stets darauf bestanden, jede Kleinigkeit von ihnen mitgeteilt zu bekommen. Aber er war schon so lange im Geschäft, dass er sich damit im Laufe seiner vielen Berufsjahre arrangiert hatte.

»Wie ich sehe, möchtet ihr lieber alleine sein. Muss sowieso weg«, sagte er und machte auf dem Absatz kehrt.

»Danke, Krummenacker – für alles!«, rief ihm Tannenberg nach. Bevor sich seine innere Stimme tadelnd zu Wort melden konnte, fuhr er schnell fort: »Und was ist mit diesem Spaziergänger, der den Taxifahrer entdeckt hat? Plaudert der vielleicht unseren illegalen Auftritt aus?«

»Wolf, der Mann stand doch unter Schock«, gab der Kriminaltechniker zurück. »Der hat bestimmt überhaupt nicht mitbekommen, *wer* dort im Wald *wann* aufgekreuzt ist.«

Tannenberg brummte zufrieden. »Habt ihr in dem Taxi oder bei den Leichnamen noch irgendwas Interessantes gefunden?«

Mertel lag die Antwort bereits auf der Zunge, als der Leiter des K 1 eine konkretere Frage nachschob: »Zum Beispiel ein Handy – oder vielleicht sogar zwei.«

»Nein, nein, Handys hab ich leider keine gefunden. Obwohl ich ziemlich gründlich danach gesucht habe.«

»Eins hab ich jedenfalls mit eigenen Augen gesehen«, bemerkte Tannenberg. »Das hat mir der Taxifahrer an der Fruchthalle gezeigt. Mit dem hat ihm der Täter Instruktionen gegeben.«

»Das muss der Mörder dann wohl mitgenommen haben. – *Ich* hab übrigens auch ein paar Sachen aus dem Auto mitgenommen.«

»Mein lieber, lieber Karl, wenn das unser werter Herr Oberstaatsanwalt wüsste«, sagte Tannenberg mit scherzhaft erhobenem Zeigefinger.

Der Kriminaltechniker ging in den Flur. Kurz darauf kehrte er mit einer blauen Reisetasche in der Hand zurück.

»Ist das etwa die Tasche aus dem Kofferraum des Taxis?«

»Ja, genau die ist es. Ich hab sie mir mal lieber gleich unter den Nagel gerissen. Bevor sie noch in falsche Hände kommt.«

»Sehr gut, Karl«, lobte der Leiter des K 1. »Ist da was Interessantes drin?«

»Nee, eigentlich nicht. In der Tasche waren nur Klamotten, Waschzeug, Straßenkarten und Proviant.«

»Kein größeres braunes Couvert?«

»Nein, in der Tasche ist keins gewesen. Und im Kofferraum oder im Auto ist mir auch keins aufgefallen.«

»Dann muss der Täter dieses Couvert wohl auch mitgenommen haben. Denn die Frau des Taxifahrers hat behauptet, sie habe es in der Reisetasche gesehen.«

»Wahrscheinlich hat der Mörder alles durchsucht, bevor er verschwunden ist.«

»Ja, sieht so aus«, seufzte Tannenberg.

»Ich hab noch einen Schlagring gefunden. Der hat dem Sohn des Taxifahrers in der Hosentasche gesteckt. Ich vermute mal, er hat seinen Vater bei dieser gefährlichen Fahrt im Kofferraum begleitet.«

»Deswegen auch die Story mit dem kaputten Kofferraumschloss«, murmelte Tannenberg vor sich hin.

»Was?«, fragte Dr. Schönthaler von der Seite her.

»Ach, bei der Geldübergabe hätte ich eigentlich die Geldkoffer in den Kofferraum legen sollen. So lautete jedenfalls die Anweisung des Erpressers. Aber der Taxifahrer hat dann behauptet, das Schloss sei kaputt. – Aber mal was anderes: Was ist den eigentlich mit den Geldbörsen der beiden Opfer?«

»Die sind verschwunden«, antwortete Mertel mit gekrauster Stirnpartie. »Die wird der Täter bestimmt auch an sich genommen haben.«

»Um ihre Identifizierung zu erschweren.«

»Bei einem Taxifahrer, Wolf, der in seinem eigenen Taxi aufgefunden wird?«, wunderte sich der Rechtsmediziner. »Das ergibt ja wohl kaum einen Sinn.«

»Keine Ahnung. Vielleicht war er ja so sehr in Panik geraten, dass er einfach nicht darüber nachgedacht hat, was er …«

»Egal«, unterbrach Mertel. »Jedenfalls hab ich außer dem Schlagring des Sohns auch noch die Sachen aus dem Handschuhfach mitgenommen. Aber da war auf den ersten Blick nichts Besonderes dabei, nur Kleinkram. Ich schau später aber nochmal alles genauer durch.«

»Okay, das mach mal. Auf alle Fälle ist es sehr wichtig, dass wir die Tasche und die Dinge aus dem Handschuhfach sichergestellt haben. Vielleicht bringt uns deren Inhalt ja entscheidend weiter. Schließlich sind die drei toten Männer Bürger unserer Stadt gewesen. Und allein schon deshalb haben sie ja wohl auch ein Recht darauf, dass *wir* uns darum kümmern, wer sie brutal ermordet hat.« Verächtlich stieß er einen Schwall Luft durch die Nase. »Und nicht irgendwelche selbsternannten Superbullen aus der Landeshauptstadt.«

»Wenn der Täter aber nun auch einer von uns wäre, Wolf?«, warf der Rechtsmediziner ein. »Was ist dann?«

»Ja und? Gerade dann müssen *wir* uns diesen gemeingefährlichen Verbrecher schnappen! Und zwar so schnell wie möglich. Ich gehe davon aus, dass ihr sowieso heute nichts anderes mehr vorhabt, oder?«

Wie immer, wenn sie mit solchen außerplanmäßigen Einsätzen konfrontiert wurde, dachte Sabrina sofort an ihren Ehemann. Doch diesmal gab es keine Notwendigkeit, ihn über diesen Zusatzdienst zu informieren. Denn Michael Schauß hielt sich zur Zeit gerade in Brüssel auf, wo er an einer einwöchigen Interpol-Fortbildung teilnahm. Sie erwartete ihn erst am morgigen Nachmittag zurück.

Tannenberg taxierte nacheinander jeden einzelnen seiner Mitstreiter mit einem prüfenden Blick. Sabrina war als Letzte an der Reihe. Sie schüttelte ebenso wie ihre beiden Vorgänger den Kopf.

»Nun gut, ihr habt es nicht anders gewollt«, schmunzelte der Leiter der Mordkommission. »Dann also mit Volldampf an die Arbeit.« Er blickte sich suchend in dem modern eingerichteten Wohnzimmer um.«

»Was suchst du denn, Wolf?«, fragte Sabrina sichtlich irritiert.

»Hast du irgendeine Tafel oder so was? Worauf ich ein paar wichtige Ergebnisse festhalten könnte?«

»Nein, leider.«

»Macht nichts. Dann gib mir bitte einen Schreibblock. Zur Not tut's auch normales Druckerpapier.«

Sabrinas Gesicht leuchtete auf. »Doch, ich glaub, ich hab etwas für dich«, sagte sie und begab sich sogleich in die Küche.

Dort entführte sie eine direkt neben dem Kühlschrank aufgehängte, großflächige Pinwand und stellte sie im Wohnzimmer auf einen Stuhl am Esstisch. Dann entfernte sie die darauf angebrachten Zettel. Anschließend zauberte sie Spiralblock und Kugelschreiber aus einer Kommodenschublade und legte beides auf die Tischplatte.

»Danke, Sabrina«, sagte Tannenberg. Er setzte sich neben die Pinwand und forderte seine Kollegen mit einer Geste zum Hinsetzen auf. »Was haben wir bis jetzt?«

»Drei Opfer«, sagte Mertel, »einen Politiker, einen Taxifahrer und dessen Sohn.«

»Der von Beruf Zimmermann ist«, ergänzte der Leiter des K 1.

»Na ja, ob uns diese Information wohl entscheidend weiterbringen wird, wage ich ernsthaft zu bezweifeln.«

»Wer weiß, Rainer, wer weiß. *Jede* Information ist im Augenblick wichtig.« Trotzig schrieb er den Beruf des Opfers neben dessen Namen und pinnte den Zettel auf die Korkplatten. Er schob nachdenklich die Augenbrauen zusammen. »Ich schlage vor, wir fangen mal ganz von vorne an.«

»Du meinst bei dem Sprengstoffanschlag auf diese beiden Kunstwerke vor der Pfalzgalerie?«, fragte Sabrina.

Tannenberg schürzte verächtlich die Lippen. »Wenn ich in diesem Zusammenhang dieses Wort höre, krieg ich sofort Bauchweh.«

»Was? Welches Wort?«

»Kunst-Werke«, wiederholte er mit noch etwas leidvollerer Miene. Er seufzte tief, zupfte sich am Ohrläppchen. »Weißt du, Sabrina, ich hab vielleicht ein anderes Kunstverständnis als viele meiner Mitmenschen. Aber für mich fängt Kunst genau dort an, wo ich ein bestimmtes Gefühl habe ...«

»Hört, hört, der Herr Hauptkommissar behauptet, Gefühle zu besitzen«, höhnte der Rechtsmediziner dazwischen.

Ohne auf diesen Einwurf zu reagieren, fuhr Tannenberg mit seinen Erläuterungen fort: »Eigentlich ist es ganz einfach, Sabrina: Ich muss eine tiefe Bewunderung vor einer künstlerischen Leistung empfinden. Ja, ich muss regelrechte Ehrfurcht vor dem Künstler haben, von seinem schöpferischen Werk zutiefst ergriffen und begeistert sein. Verstehst du, was ich meine?«

»Ich glaube schon.«

Seiner ausdrucksstarken Gestik und Mimik konnte man entnehmen, dass ihm dieses Thema offensichtlich sehr wichtig war.

»Siehst du«, fuhr er fort, »wenn es für *mich* keine *Kunst* ist, nach zwei, drei Wochen Einarbeitungszeit selbst dazu in der Lage zu sein, ein solches, so genanntes *Kunst*-Werk zu schaffen, dann ist es für mich auch keine Kunst. Und diese beiden hässlichen Dinger vor der Pfalzgalerie könnte ich dir garantiert sofort zusammenbasteln. Vorausgesetzt natürlich, ich besäße dazu das nötige Material und Werkzeug.«

Dr. Schönthaler sah sich spontan zum Eingreifen veranlasst. Er ging zu seinem besten Freund und griff ihm ans Handgelenk. »Wolf, dein Puls rast.« Er fasste ihn an die Stirn. »Und du hast hohes Fieber!«

»Hör auf mit dem Quatsch«, schnauzte er ihn an.

»Du immer mit deinen merkwürdigen Ansichten! Was ist denn eigentlich los mit dir? Sollten wir nicht besser mal eine längere Pause einlegen?«

»Warum machst du dich darüber lustig?«, fragte Tannenberg, der ganz und gar nicht den Eindruck hatte, Unsinn von sich gegeben zu haben. »Vielleicht liegt ja genau dort der Schlüssel zu diesem Fall vergraben.«

»Wo?«

»Na, in diesen beiden Kratern.«

»In den Kratern vor der Pfalzgalerie?« Er lachte schallend. »Im linken oder im rechten?«

»Mensch, Rainer, jetzt hör doch mal auf, hier so herumzualbern. Eine entscheidende Frage ist doch wohl die: Warum hat der Täter – wir gehen als Arbeitshypothese immer noch von einem Einzeltäter aus – diese beiden Skulpturen in die Luft gejagt? Warum ausgerechnet die? Warum keine anderen?«

Dr. Schönthaler klatschte in die Hände, knetete sie kurz. Anschließend riss er sie auseinander und reckte sie beschwörend an die Zimmerdecke. »Oh, Gott, was weiß denn ich. Vielleicht ist der Kerl ja genau so ein elender Kunstbanause wie du.«

»Also, ich denke«, mischte sich Mertel mit ruhiger Stimme ein, »der Ort der Anschläge und die davon betroffenen Objekte spielten für den Täter überhaupt keine Rolle. Er hätte genauso gut auch ein Auto in die Luft sprengen können. Oder ein anderes Kunstwerk. Ich denke, dass für ihn nur eins wichtig war: Die Detonation musste von einer Webcam aufgezeichnet werden und im Internet live zu sehen sein.«

»Wenn du mit deiner Theorie richtig liegst, würde das aber bedeuten, dass möglicherweise der Tod von Dr. Winkelmann vom Täter gar nicht beabsichtigt war.«

»Ja, die Vermutung liegt nahe.«

Tannenberg brummte nachdenklich. »Du behauptest also, dass der Tod von Dr. Winkelmann reiner Zufall war, so etwas wie ein Kollateralschaden.«

»Diesen Begriff mag ich zwar nicht besonders, Wolf, aber die Sache trifft er schon. Ja, sein Tod war meines Erachtens ein bedauerlicher Zufall. Das hätte auch jeden anderen treffen können – oder eben auch keinen. Es ging dem Täter ja vor allem darum, Druck auf die Leute von *Event-TV* auszuüben. Und mit diesen wirklich spektakulären Sprengungen hat er ihnen genau den Beweis seiner Brutalität geliefert, mit dem er seinen Erpressungsversuch wirksam untermauern konnte.«

»Gut. Dann konzentrieren wir uns jetzt ganz auf diese Hypothese. Falls es sich doch um einen Anschlag mit terroristischem Hintergrund handeln sollte, tangiert uns das sowieso nicht. Die Prüfung dieser Hypothese überlassen wir gerne den Kollegen des Staatsschutzes.«

Der Leiter des K 1 beschrieb mehrere Zettel und befestigte sie an der Pinwand. »Gut. Nun weiter im Text.« Er verweilte einen Augenblick, schien nach dem richtigen Anknüpfungspunkt zu suchen. »Okay. Dieser Anschlag nährt die Vermutung, dass wir es unter Umständen mit einem Einheimischen zu tun haben. Denn zum einen wusste er, wo sich die Webcam befindet, nämlich oben im ASG. Das weiß …«

»Vielleicht ist der Täter ja der Hausmeister des Albert-Schweitzer-Gymnasiums«, warf Dr. Schönthaler dazwischen.

Tannenberg wusste diese Bemerkung nicht so recht einzuordnen. Hatte sein Freund gerade einen ernsthaften Beitrag leisten wollen oder hatte es sich dabei einmal mehr um einen seiner berühmt-berüchtigten Scherze gehandelt? Deshalb notierte er zwar diesen Einwurf auf seinem Block, versah ihn jedoch mit einem großen Fragezeichen.

Anschließend fuhr er fort: »Und zum zweiten hat er bei seinem Telefongespräch mit dem Regisseur vom ›Ofenrohr‹ gesprochen. Also besitzt er nicht nur eine gute Ortskenntnis, sondern weiß auch über diesen Spitznamen Bescheid. Was wiederum für einen Einheimischen spräche.« Er schaute in die Runde. »Kritische Anmerkungen dazu, werte Kollegin, werte Kollegen?«

Da niemand irgendwelche Einwände geltend machte, schnitt er nun andere wichtige Fragen an: »Woher hat der Täter den Sprengstoff? Und woher hat er die Kompetenz, damit umzugehen?«

»Vielleicht doch ein terroristischer Hintergrund? Politikermord verbunden mit einer Erpressung zur Geldbeschaffung?«

»Ja, Sabrina, mir spukt diese Option auch noch immer im Kopf herum«, entgegnete Dr. Schönthaler. »Auch wenn dein störrischer Chef natürlich recht damit hat, dass sich darum der Staatsschutz kümmert. Aber wenn es keine Terroristen waren, dann reduzieren sich natürlich die Verdächtigen auf den kleinen Kreis derjenigen, die in der Lage sind, sich Sprengstoff zu beschaffen.«

»Dieser Kreis ist aber gar nicht so klein, wie du in deinem weltfremden Medizinerhirn vielleicht denkst«, wandte Tannenberg in überheblichem Ton ein. »Denn heutzutage bekommst sogar du in Berlin und weiter östlich davon alles, was du haben willst. Inklusive einer Unterweisung, wie du relativ gefahrlos damit umgehen kannst.«

»Danke für den Tipp. Da fahr ich nächstes Wochenende doch gleich mal hin und besorg mir was. Schließlich hab ich einige auf meiner schwarzen Liste. Du stehst übrigens ganz oben.«

Unbeeindruckt führte Tannenberg seinen kleinen Fachvortrag fort: »Außerdem finden sich im Internet genügend Anleitungen, wie man aus frei verkäuflichen Chemikalien hochexplosive Sprengsätze basteln kann. Erinnert euch nur mal an die verheerenden Bombenanschläge in London. Das Zeug dafür haben sich die Attentäter ganz legal in Apotheken zusammengekauft.«

»Diese Frage sollten wir vielleicht verschieben, bis meine LKA-Kollegen den verwendeten Sprengstoff identifiziert haben«, schlug der Kriminaltechniker vor. »Danach gibt es nämlich sehr gute Chancen, die Herkunft des Sprengstoffs näher zu bestimmen.«

»Okay, Karl, vertagen wir dieses Thema«, stimmte Tannenberg zu. »Unser liebes Sabrinalein ist zu gegebener Zeit sicherlich gerne bereit, ihre Kontakte zu den netten Herren aus Mainz ...«

»Ja, ja«, fiel ihm die junge, attraktive Kommissarin ins Wort. »Selbstverständlich rufe ich liebend gerne einen dieser netten, aufdringlichen Herren an. Wenn's denn der Wahrheitsfindung dient.«

»Vorbildliche Dienstauffassung, liebe Frau Kollegin«, scherzte ihr Vorgesetzter. »Wisst ihr was, ich hab auf einmal einen Bärenhunger. Und weil es richtig Spaß macht, mit euch Chaoten zusammenzuarbeiten, lade ich euch jetzt zum Essen ein. Was haltet ihr von einer Wagenladung Pizza und italienischem Salat – und zwei Flaschen Barbera?«

Niemand wehrte sich. Knapp eine halbe Stunde später saßen alle vier am Esstisch der Familie Schauß und ließen es sich schmecken. Plötzlich schrillte Tannenbergs Handy. Es lag direkt neben ihm auf der Eckbank. Als er reflexartig auf das erleuchtete Display blickte, fuhr ihm sogleich der Schreck in alle Glieder. ›Hohl, Hohl, Hollerbach ruft an‹, stach es ihm in die Augen. Er sprang wie von einer Tarantel gestochen in die Höhe, hechtete zur Terrassentür, riss sie auf und trat auf die zugige Veranda hinaus.

»Wo sind Sie denn nur, Tannenberg?«, bellte ihm die herrische Stimme des Oberstaatsanwaltes entgegen.

»Mitten im Wald bei den scheuen Rehlein«, versuchte er sich so ruhig wie nur irgendmöglich zu geben.

»Kommen Sie sofort ins K 1. Die Kollegen des Staatsschutzes wollen sich dringend mit Ihnen unterhalten.«

»Geht nicht.«

»Wieso?«

»Laut Gutachten des Herrn Rechtsmediziners stehe ich unter Schock und bin deshalb die nächsten Tage nicht vernehmungsfähig. Ich muss unbedingt durch intensive körperliche Bewegung meinen Psycho-Stress abbauen.«

»Was reden Sie denn da für einen Blödsinn?«

»Doch, dass hat er mir wirklich verordnet. Sonst könnten ernsthafte Schäden zurückbleiben«, erklärte der Leiter des K 1. Demonstrativ beschleunigte er seine Atmung. »Ich bin gerade mitten in einem steilen Anstieg.« Während er keuchend weitersprach, entfernte er das Mobiltelefon immer weiter von seinem Ohr. »Außerdem ist mein Akku gleich alle.«

Auf diesen Schrecken hin spendierte Sabrina jedem der Anwesenden ein Gläschen Mirabellengeist. Ihr Vorgesetzter schenkte sich zweimal nach.

»Nun zum nächsten Thema, liebe Kollegin, liebe Kollegen«, läutete Tannenberg die nächste Ermittlungsrunde ein. Seine Sprache wirkte etwas behäbig. »Wenden wir uns jetzt den Ereignissen in und an der Fruchthalle zu. Zunächst steht Folgendes fest: Der Coup war perfekt getimt. – Einwände?«

Stummes Kopfschütteln.

»Und zwar deshalb, weil der Besuch des amerikanischen Präsidenten in Landstuhl der ideale Zeitpunkt für diese Aktion war. Denn der Täter konnte davon ausgehen, dass ein Bombenanschlag in der Kaiserslauterer Innenstadt im Vorfeld dieses Besuchs die Ermittlungen sofort in Richtung Terrorismus dirigieren würden. Einfach genial geplant.«

»Bis auf die Kleinigkeit mit dem fehlenden Geld«, wandte Mertel ein.

»Richtig, Karl.«

Wie ein Schulkind reckte Sabrina den Finger empor. Allerdings nicht, um sich das Wort zu erbitten, sondern weil sie gerade ein vermeintlicher Geistesblitz ereilt hatte. »Das ist ein ganz wichtiger Punkt. Dieses Wissen bzw. Nichtwissen …«

»Du redest schon genauso nebulös wie dein seniler Chef«, warf Dr. Schönthaler trocken dazwischen.

Tannenberg stöhnte gequält auf.

»Also, dann versuch ich's jetzt eben allgemeinverständlicher: Der Täter wusste *nicht*, dass in den Koffern kein Geld war«, variierte die Kommissarin. »Und das engt doch den Kreis der Verdächtigen ziemlich ein.«

»Ich weiß nicht, Sabrina«, meldete der Kriminaltechniker dezenten Widerspruch an, »umgekehrt wäre es mir eigentlich lieber.«

»Klartext bitte!«, forderte Tannenberg.

»Es ist ganz einfach«, behauptete Mertel. »Dass *kein* Geld in den Koffern war – das wussten nur ganz wenige. Aber alle anderen haben sich doch den gleichen Bären aufbinden lassen.«

»Stimmt, das war wohl eben ein unlogischer Schnellschuss«, pflichtete Sabrina bei.

»Macht nichts, so etwas passiert deinem Chef andauernd«, provozierte der Gerichtsmediziner abermals.

Tannenberg hatte zur Zeit anscheinend keine Lust auf eines der legendären Scharmützel mit dem wortgewandten Pathologen. Also überging er mit rollenden Augen die Bemerkung.

»Mir fällt gerade noch etwas anderes ein«, sagte die junge Kriminalbeamtin, die sich offensichtlich von ihrem kleinen Denkfehler nicht sonderlich hatte beeindrucken lassen.

Sie hastete in ihr Arbeitszimmer und schaltete den Computer ein. Während der PC hochfuhr, erschien sie nochmals bei ihren Kollegen und erläuterte ihre neuerliche Eingebung. »Wenn ich mich richtig erinnere, habe ich vor kurzem irgendwo etwas über den Moderator dieser Ratesendung gelesen. Im Zusammenhang mit finanziellen Problemen … oder einem Strafverfahren gegen ihn.«

»Was?«, zeigte sich Tannenberg sehr verwundert. »Gegen diesen Marco Kern?«

»Ja. So heißt der doch, oder?«

Ihr Vorgesetzter nickte.

»Ich schau schnell mal im Internet nach«, versetzte Sabrina, schon auf dem Weg zurück in ihr Arbeitszimmer.

Kaum mehr als eine Minute später traf sie wieder bei ihren Kollegen ein. Sie hielt ein Blatt in der Hand und strahlte über das ganze Gesicht. »Ich hab's doch gewusst. Hier steht's: Starmoderator in der Klemme. Marco Kern hat sich mit der von ihm gegründeten Produktionsgesellschaft finanziell übernommen. Laut eines glaubwürdigen Informanten steht das Unternehmen kurz vor der Insolvenz.«

»Das ist ja wirklich interessant«, erklärte Tannenberg, während ein schadenfrohes Lächeln seine Lippen umspielte. »Anscheinend gelingt diesen dauersmilenden Showfuzzis auch nicht immer alles.«

»Dann könnte es doch auch durchaus sein, dass ein Komplize des Moderators die Taten begangen hat, oder?«, fragte Dr. Schönthaler mit gekrauster Stirnpartie.

»Warum eigentlich nicht?«, erwiderte der Kriminaltechniker. »Ich frage mich schon die ganze Zeit über, wie ein Externer es geschafft haben sollte, an die Telefonnummer dieses Regisseurs zu kommen. Es war ja nicht seine private Festnetznummer, sondern die Gespräche liefen über den Apparat im Übertragungswagen. Und diese Nummer steht garantiert nicht im Telefonbuch.«

»Damit versetzt ihr natürlich meiner Hypothese mit dem ortsansässigen Einzeltäter einen Todesstoß«, seufzte Tannenberg.

»Oder auch nicht«, bemerkte der Rechtsmediziner. »Mit der kriminellen Energie, über die der Täter ja zweifelsohne verfügt …«

»Ja, theoretisch möglich ist es schon für einen Externen, an diese Nummer heranzukommen«, fiel ihm Mertel ins Wort. »Aber es birgt für den Täter eben auch das enorme Risiko in sich, aufzufallen. Und gerade das wollte er garantiert nicht.«

Dr. Schönthalers Miene verfinsterte sich. Er war wohl verschnupft darüber, dass Mertel ihn so brutal abgewürgt hatte. Er schwieg jedoch und hörte weiter konzentriert zu.

»Aber nochmal zurück zum Moderator«, fuhr der Kriminaltechniker fort. »*Der* kannte diese Telefonnummer. *Und* er wusste laut Aussage des Regisseurs nichts davon, dass in den Koffern kein Geld war. Das wussten nach unserem bisherigen Kenntnisstand nur Lottner und sein Chef.«

»Was, so ganz nebenbei bemerkt, logischerweise diesen Gero Lottner als potentiell Verdächtigen völlig ausschließt. Denn warum sollte er zwei wertlose Koffer stehlen lassen?«, warf Tannenberg ein.

»Stimmt!«, pflichtete ihm Mertel bei. »Ganz im Gegensatz zu Kern, der ja davon ausging, dass sich in diesen goldenen Koffern *10 … Millionen … Euro* befanden.«

»Gut, Karl, wir behalten diese interessante These im Hinterkopf«, verkündete der Leiter des K 1. »Aber lasst uns jetzt mal darüber nachdenken, wer überhaupt relativ problemlos in den Besitz dieser Telefonnummer gelangen konnte.«

»Natürlich alle *Event-TV*-Mitarbeiter«, antwortete Sabrina als Erste.

»Die Leute von diesem Sicherheitsdienst«, ergänzte Mertel.

»Die angeblich auch nichts davon wussten, dass kein Geld in den Koffern war. Das jedenfalls hat dieser Lottner behauptet«, versetzte Tannenberg.

»Aber, ob das auch wirklich stimmt, Wolf?«, wandte Dr. Schönthaler ein. »Ich traue keinem dieser Fernsehleute über den Weg. Schließlich sind das alles wahre Meister der Illusion. Vielleicht will man uns nur an der Nase herumführen und das Motiv für diesen ganzen Albtraum liegt ganz wo anders verborgen.«

Die anderen drei bombardierten den Rechtsmediziner mit fragenden, ungläubigen Blicken.

»Vielleicht hat der ermordete Politiker ja einem dieser mächtigen Medienmogule kräftig auf die Füße getreten«, setzte er seine Ausführungen fort. »Und der hat ihn sich nun vom Hals schaffen lassen. Vielleicht war alles andere nur ein makabres Ablenkungsmanöver. Eines, das vielleicht noch nicht einmal der Mörder selbst durchschaut hat.«

Tannenberg blies die Backen auf und ließ aufstöhnend die Luft entweichen. »Also, mein lieber Rainer, ich weiß nicht, ob uns das jetzt entscheidend weiterbringt. Selbstverständlich ist *alles* möglich. Aber wir sollten doch besser versuchen, uns auf die wahrscheinlicheren Varianten zu konzentrieren.«

»Die da wären?«, gab der Rechtsmediziner ein wenig angesäuert zurück und genehmigte sich zum Trost einen weiteren Belli – wie die beiden zecherprobten Freunde ihr hochprozentiges Lieblingsgetränk in der Kurzfassung nannten.

»A: Terroristischer Hintergrund – genaues Motiv unklar«, antwortete Tannenberg stichwortartig. »B: Einzeltäter hier aus der Gegend – Motiv: Geldgier. Variante C: Mörder hat gemeinsame Sache mit einem Komplizen gemacht. – Motiv: ebenfalls Geldgier. Dieser Mittäter befindet sich möglicherweise in unmittelbarer Nähe des *Event-TV*-Teams.«

»Womit wir bei den Mitarbeitern des Sicherheitsdienstes angekommen wären«, sagte Mertel. »Denn auch die hatten direkten Zugang zum Ü-Wagen. Zumindest in der Zeit, in der er unbesetzt war. In den Auf- und Abbauphasen, nachts und ...«

»Genau: Vielleicht hat ja einer dieser sympathischen Securityleute ein Verhältnis mit der jungen Frau des Politikers. Sein genialer Plan hatte zwei Ziele: A: Den nervenden, scheidungsunwilligen Ehemann aus dem Weg zu räumen. B: Dem jungen Glück mit *10 Millionen Euro* eine komfortable Startbasis zu verschaffen.«

Tannenberg schüttelte den Kopf. »Rainer, vielleicht solltest du mal besser damit aufhören, den Belli so lieblos in dich hineinzuschütten. Der ist doch viel zu schade dafür.« Demonstrativ nahm er sein mit Mineralwasser gefülltes Glas und prostete ihm zu. »Es gibt schließlich auch noch andere Getränke.«

Grinsend bediente sich der Rechtsmediziner ebenfalls aus der Sprudelflasche. »Schöner Satz, Wolf. Ich erinnere dich bei Gelegenheit mal daran. Aber, okay. Machen wir also weiter. Und zwar mit der Rekonstruktion des Taxifahrermordes«, schlug er vor und nahm einen tiefen Schluck Mineralwasser.

»Gut, dann leg mal los«, forderte sein bester Freund.

»Erste Frage: Wo hat sich der Täter während dieser etwa eineinhalb Stunden aufgehalten? Ich meine die Zeitspanne zwischen seinem ersten Anruf im Übertragungswagen und der Ermordung der beiden Männer am Hungerbrunnen.«

»Vermutlich hat er in seiner Wohnung vor laufendem Fernseher und eingeschaltetem Computer gesessen«, spekulierte Mertel. »Wenn er die beiden Sprengsätze mit Zeitzündern versehen hat, konnte er sich die Detonationen auf seinem Monitor anschauen.«

»Wenn die Zeitzündervariante zutrifft, folgt daraus aber zwangsläufig, dass der Tod Dr. Winkelmanns totaler Zufall war.«

»So ist es, Wolf«, pflichtete ihm der Kriminaltechniker bei. »Nur wissen wir das noch nicht definitiv. Der Täter kann auch irgendwo in der Nähe gesessen sein und die Sprengsätze mit einer Fernsteuerung gezündet haben. Aber wie gesagt: Ich vermute, er war zu Hause. Von dort aus konnte er auch in aller Ruhe mit dem Regisseur telefonieren.«

»Wie hat er es eigentlich hingekriegt, seine Stimme so zu verändern?«, fragte der Rechtmediziner.

»Das ist heutzutage wirklich ein Kinderspiel«, antwortete Mertel sichtlich amüsiert. »Einen Stimmenverzerrer kannst du in jedem gutsortierten Spielwarengeschäft kaufen – ein begehrter Scherzartikel zum Beispiel für Halloween. Oder du kannst ihn dir im Internet bestellen. Es geht aber auch direkt über den PC. Kostenlose Software findest …«

»Karl, ich denke, wir sollten jetzt nicht ins Detail gehen«, schnitt ihm Tannenberg das Wort ab. Er wandte sich an Sabrina: »Frau Klöckner hat doch gesagt, dass ihr Mann etwa um 21 Uhr 30 einen Anruf erhalten hat und gleich anschließend weggefahren ist. Hab ich das richtig in Erinnerung?«

»Ja.«

»Bei mir an der Fruchthalle ist er kurz vor 22 Uhr eingetroffen. Macht etwa eine halbe Stunde Differenz. Von der Gut-Heim-Straße bis zur Fruchthalle sind es samstagabends kaum mehr als 5 Minuten Fahrzeit. Bleiben folglich gut gerechnet zwanzig Minuten übrig. Wo war er in dieser Zeit?«

»Vielleicht hat er den Täter irgendwo getroffen«, meinte die junge Kommissarin.

»Um ihm Handy und Headset zu übergeben«, knüpfte der Leiter des K 1 an diesen Gedankengang an. »Darüber liefen ja später die Instruktionen für den Taxifahrer.«

»Aber dazu hätte er doch seine sichere Deckung verlassen müssen. Warum sollte er dieses Risiko eingehen?«, fragte Dr. Schönthaler. »Das konnte er schließlich auch viel einfacher haben. Stichwort: toter Briefkasten.«

Tannenberg wiegte skeptisch den Kopf hin und her. »Na ja, ich weiß nicht. Aber möglicherweise hat er den Taxifahrer ja auch irgendwoher gekannt. Vielleicht waren die beiden sogar Komplizen.«

»Der Taxifahrer und der Erpresser?«, versetzte Sabrina mit skeptischem Gesichtsausdruck. »Auch das hätte sein Risiko beträchtlich erhöht. Und er hätte seine Beute teilen müssen.«

»Damit kannst du natürlich richtig liegen«, stimmte ihr Chef zu. Er wandte sich an seinen Freund. »Vielleicht ist ja doch was dran an deinem toten Briefkasten.«

Der Rechtsmediziner reagierte nicht auf diese Bemerkung, sondern brummte ein paar Sekunden gedankenvertieft vor sich hin. Dann brachte er eine weitere Möglichkeit ins Spiel: »Vielleicht hat er ja auch in der fraglichen Zeit seinen Sohn abgeholt. Irgendwo muss der Mann ja schließlich in den Kofferraum gestiegen sein.«

»Zwischenfrage«, meldete sich Mertel zu Wort: »Warum so kompliziert? Warum hat er nicht einfach in seinem Elternhaus gemeinsam mit seinem Vater auf den Anruf gewartet?«

»Ganz einfach, weil Frau Klöckner nichts von dieser

gefährlichen Tour wissen durfte. Sie wollten sie nicht beunruhigen.«

»Okay, Wolf, leuchtet mir ein.«

»Also nehmen wir mal an, es war so, wie Rainer gesagt hat.« Tannenberg stockte, trank aus seinem Glas. Nach einem Räuspern fuhr er fort. »Und dieser – Sabrina, wie heißt der Sohn?«

Die Kommissarin zog ihren Notizblock zu Rate. »Er heißt Jens Klöckner und wohnt in der Kantstraße Nr. 66.«

»Danke. Also gehen wir mal davon aus, dass dieser Jens irgendwo dort in der Nähe in den Kofferraum geklettert ist. Gut, dann könnte es folgendermaßen abgelaufen sein: Das Taxi fuhr von der Gut-Heim-Straße an einen toten Briefkasten, von dort aus auf den Betzenberg und dann an die Fruchthalle. Damit hätten wir eine mögliche Erklärung für den maßgeblichen Zeitraum gefunden. Aber das sind bislang alles nur Spekulationen. Deshalb machen wir am besten mal mit dem weiter, was wir an Fakten haben«, schlug der Leiter der Kaiserslauterer Mordkommission vor.

Nickend bekundeten seine Ermittlerkollegen ihre Zustimmung.

Tannenberg fuhr fort: »Wir wissen definitiv, dass der Taxifahrer ziemlich genau um 22 Uhr bei mir am Hintereingang der Fruchthalle erschienen ist. Unser Gespräch und das Einladen der Koffer hat maximal fünf Minuten gedauert. Von dort aus ist er losgefahren ist, an der Kaiserstraße vorbei und danach in die Maxstraße eingebogen. Nehmen wir weiter an, er ist auf schnellstem Weg zum Hungerbrunnen gefahren. Das dauert auch nicht viel mehr als fünf Minuten. Am Hungerbrunnen ist er auf seinen Mörder getroffen. Was ist dort im Wald passiert?«

»Versuch einer Tatrekonstruktion«, ergriff Dr.

Schönthaler die Initiative: »Erstens: Warum hat der Täter ausgerechnet diesen Treffpunkt gewählt?« Er machte eine auffordernde Geste. »Bitte, meine Herrschaften, ich warte.«

»Von der Straße aus uneinsehbar, abgelegen, wegen Asphalt keine Reifenspuren, Schüsse unverdächtig, weil Jagdrevier«, sagte Mertel im Telegrammstil.

»Es sprach die Kriminaltechnik«, grinste der Rechtsmediziner. »Dem ist wohl inhaltlich kaum etwas hinzuzufügen. Zweitens: Wie gestaltete sich der wahrscheinliche Tatablauf?«

Sabrina meldete sich mit einem Handzeichen.

»Bitte, Frau Kollegin, ich erteile Ihnen hiermit das Wort.«

»Der Täter hat das Taxi verfolgt, vielleicht schon von der Innenstadt aus. Er hat den Fahrer zu dieser Stelle im Wald dirigiert und ihm gesagt, er solle im Auto sitzen bleiben. Er hat ihn mit der Waffe bedroht und sich rechts hinten auf die Rückbank gesetzt. Dann hat er den ersten Koffer aufgebrochen.«

»Womit?«, warf Tannenberg ein.

»Stemmeisen?«

»Ja, Sabrina, dafür spricht einiges«, bestätigte Mertel. »Die Koffer wurden mit brachialer Gewalt aufgehebelt.« An Tannenberg gerichtet schob er nach: »Ein Stemmeisen hab ich allerdings keines gefunden.«

»Weiter, Frau Kollegin«, drängte Dr. Schönthaler.

»Es war kein Geld drin, sondern nur wertloses Papier. Er hat den zweiten Koffer geöffnet und auch darin kein Geld vorgefunden. Wutentbrannt hat er den Taxifahrer mit einem gezielten Kopfschuss getötet.«

»Und sein Sohn im Kofferraum?«

»Der hat das natürlich alles mitgekriegt und wollte

seinem Vater helfen. Deshalb hat er sich bemerkbar gemacht.«

»Ist das nicht unlogisch, Sabrina?«, wandte Tannenberg ein. »Wäre es in solch einer Situation nicht viel naheliegender, dass man sich völlig still verhält? Weil man Angst – Todesangst – hat, den Täter auf sich aufmerksam zu machen.«

»Solch eine Reaktion ist sicherlich möglich, vielleicht sogar wahrscheinlich«, entgegnete der Gerichtsmediziner. »Aber im vorliegenden Fall war es nun mal eben anders.«

»Woher willst du das denn schon wieder wissen?«

»Weil ich in der Innenseite des Kofferraumdeckels Blutspuren und Hautreste entdeckt habe. Der Sohn hat in seiner Panik anscheinend so fest dagegen getrommelt, dass er sich dabei die Knöchel aufgeschlagen hat.«

»Dadurch ist der Täter auf ihn aufmerksam geworden. Er hat den Kofferraum geöffnet und diesen zweiten Mann ebenfalls mit einem gezielten Kopfschuss getötet«, sagte Mertel.

Ein paar Sekunden lang wanderte das Schweigen zwischen den Ermittlern hin und her.

Der Rechtsmediziner brach die Stille: »Abschließend zum Tatmotiv. Lassen wir mal den Herrn Hauptkommissar in die erste Reihe. Wir ersuchen hiermit um Ihre fachkundige Stellungnahme.«

Der Leiter des K 1 verrollte die Augen, zog die Oberlippe zur Nase empor. »Alter Schwafelkopf. Ich mach's einfach wie Karl, kurz und prägnant: Wut über leere Koffer – Mitwisser beseitigen – pure Mordlust.« Er stöhnte auf. »So ein verdammter Mist! Was gäb ich dafür, wenn wir jetzt offiziell für die Ermittlungen zuständig wären. Da gibt es doch massenweise interessante Ansatzpunkte.«

»Tja«, seufzte Mertel, »aber leider sind uns allen die Hände gebunden.«

Tannenbergs Gesicht leuchtete auf. »Sabrina, du bist doch gestern Abend vor der Pfalzgalerie einige Zeit mit diesen LKA-Typen zusammengewesen.«

»Nicht nur dort«, berichtigte die junge Kriminalbeamtin. »Wir waren ja vorher schon gemeinsam in der Altsstadt. Und außerdem sind wir ja alle in der Planungsgruppe in Landstuhl – Vorbereitung des Präsidentenbesuchs.«

»Klar, klar, hab ich fast vergessen. Das ist ja noch viel besser.« Er rückte ein Stückchen näher an sie heran, setzte seine freundlichste Miene auf und betrachtete sie mit einem schmachtenden Blick. »Liebes Sabrinalein«, flötete er ihr ins Ohr, »von diesen netten, sympathischen Herren hat dich doch garantiert wieder einer angemacht.«

»Einer? Wolf, willst du mich beleidigen?«, fragte sie, während sie die Brauen hob und sich eine Haarsträhne hinters Ohr legte.

»Nein, auf diese Idee käme ich doch nie. Hat dir einer dieser Herren zufälligerweise sein Visitenkärtchen gegeben?«

»Ach, jetzt verstehe ich. Du meinst, ich könnte mich ja mal bei demjenigen melden. Der eine von ihnen ist auch wirklich ein sehr interessanter Mann.«

Tannenbergs Gesicht verdüsterte sich schlagartig. Schließlich war er Michael und Sabrinas Trauzeuge und deshalb immer auf der Hut, wenn irgendjemand sich seiner jungen Kollegin mit fragwürdigen Absichten näherte.

Sie kannte ihren Vorgesetzten und väterlichen Freund nun schon so lange, dass sie nicht selten seine Gedanken erahnen konnte. »Du brauchst dir aber keine Sorgen zu machen, mein liebes Wölfchen. Für mich gibt es auch weiterhin nur einen Herzbuben, nämlich meinen lieben Michael – und dich natürlich.« Sie warf ihm ein Küsschen zu. Danach fischte sie ihr Handy aus ihrer Handtasche. Ihrem Geldbeutel entnahm sie ein kleines Pappkärtchen.

Zum Telefonieren ging sie in ihr Arbeitszimmer. Ihre Kollegen warteten ungeduldig. Nach wenigen Minuten kehrte sie zu ihnen zurück.

»Dieser Kollege ist wirklich ein sehr netter Kerl«, sagte Sabrina mit einem süffisanten Lächeln. »Und deshalb müssen wir diese Informationen auch unbedingt für uns behalten. Sonst kommt er in Teufels Küche. Und das möchte ich ihm nicht antun. Geht das in Ordnung?«

Alle nickten.

»Die Sprengsätze waren anscheinend in Außenscheinwerfern versteckt. Die muss der Täter irgendwann direkt vor den Skulpturen platziert haben. Wahrscheinlich erst vor kurzem. Denn ein Zeuge hat sich gemeldet, der dort immer seinen Hund ausführt. Er hat behauptet, dass diese Strahler erst seit vorgestern Nacht dort lagen. Sie seien ihm deshalb aufgefallen, weil sie nicht funktioniert hätten.«

»Das war ja wohl auch nicht ihr Zweck«, versetzte der Rechtsmediziner nüchtern.

»Es gibt aber noch eine andere Information.«

»Welche?«

»Es ist ein Bekennerschreiben aufgetaucht.«

»Von wem?«

»Das wollte er mir nicht sagen.«

13

Es war Zeit für einen ausgiebigen Verdauungsspaziergang. Das inoffizielle Freizeit-Ermittlerteam nahm den direkten Weg vom Einfamilienhaus im Dunkeltälchen in den südlichen Teil des Stadtwaldes.

Um die Mittagszeit herum riss endlich die dichte Wolkendecke auf. Eine rechts neben dem Humbergturm knapp über den Baumwipfeln festgeklebte Novembersonne tauchte das Bremertal in ein malerisches Licht. Auf den Waldwegen türmte sich buntes Herbstlaub. Beim rhythmischen Durchpflügen der Laubberge erzeugten die Ermittler das urtypische, raschelnde Geräusch, wie es nur zu dieser Jahreszeit im Wald erklingen kann. Ein eigentümlicher, würziger Duft stieg ihnen in die Nase.

Sie hatten diese aktive Pause auch dringend nötig. Reichliches Essen und der nicht gerade unbedeutende Alkoholkonsum hatte die Körper träge werden lassen und besonders den Männerköpfen Taucherglocken übergestülpt. Am Anfang trottete jeder schweigend des Weges und hing seinen Gedanken nach. Erst am Reichswaldbrunnen loderte das Gespräch wieder auf.

Karl Mertel bildete mit seinen Händen eine Kelle, schöpfte sich damit eiskaltes Wasser und klatschte es sich prustend ins Gesicht. Mit einem großen Leinentaschentuch wischte er anschließend die Feuchte wieder von der Haut.

»Hat das gut getan«, rief er freudig aus. »Da geht's einem doch gleich wieder bedeutend besser.« Er wandte sich zu seinen Kollegen. »Wollt ihr euch nicht auch ein bisschen erfrischen?«

Tannenberg schüttelte sich wie ein nasser Hund. »Nee, nee, darauf verzichte ich gerne. Mir ist es auch so schon frisch genug.«

»Aber es belebt wirklich. Los, mach schon. Hab dich mal nicht so«, beharrte der Kriminaltechniker.

»Komm, lass ihn in Ruhe«, mischte sich Dr. Schönthaler ein. »Unser armer einsamer Wolf mag kein kaltes Wasser.« Er ging einen Schritt auf seinen alten Freund zu, fixierte ihn mit einem prüfenden Medizinerblick. »Außerdem ist er noch immer deprimiert. Schaut ihn euch nur mal an: dieser trübe, leere Blick, diese eingefallenen Wangen, diese schlaffe Körperhaltung. – Und warum? Nur, weil er nicht ermitteln darf, der Arme.«

»Quatsch, ist mit doch egal«, blaffte Tannenberg zurück. »Diesen Job können gerne die LKA-Fuzzis machen. Ich reiß mich nicht darum. Die haben jetzt ja auch endlich, was sie dafür brauchen: ein Bekennerschreiben.«

»Ach, jetzt schwant mir endlich, weshalb das hypersensible Kriminalistengemüt unseres liebenswerten Herrn Hauptkommissars trotz des gleißenden Sonnensonntags immer noch von düsteren Nebelschwaden umwölkt ist«, fabulierte der Rechtsmediziner in Poetenmanier.

Dr. Schönthaler hatte einmal mehr den Nagel auf den Kopf getroffen. Oder besser gesagt: Er hatte brutal an dem Stachel herumgezerrt, der Tannenberg zentimetertief im Körper steckte. Damit riss er die Wunde noch weiter auf. Denn genau das war der springende Punkt:

Durch diese neuerliche Entwicklung verfügte nun der Staatsschutz ohne Wenn und Aber über die absolute Ermittlungshoheit in diesem Fall.

Und das ausgerechnet in einem Mordfall, bei dem drei Kaiserslauterer Mitbürger auf brutalste Art und Weise ihr Leben verloren hatten. Aber das Allerschlimmste an der ganzen Sache war: Er, ein Kriminalbeamter mit ausgeprägtem Lokalpatriotismus, konnte nichts gegen diese überheblichen Landeshauptstädter unternehmen. Denn obwohl sie vorsätzlich in sein Revier eingedrungen waren, darin ungeniert herumwilderten und nun auch noch eine großangelegte Mörderjagd veranstalteten, waren er und sein Team zur völligen Tatenlosigkeit verdammt.

Er war nun endgültig aus dem Spiel. Die von Sabrina überbrachte Nachricht hatte ihm den Rest gegeben. Die ganze Zeit über hatte er inständig gehofft, die Terrorismusspur würde schnell im Sande verlaufen. Aber durch den Eingang eines Bekennerschreibens waren die Zuständigkeiten nun endgültig geklärt. Dieser Fakt war ihm kräftig auf den Magen geschlagen.

Aber nicht nur das, auch sein Rheuma hatte sich zurückgemeldet. Und zwar mit einer derartigen Heftigkeit, dass er den Eindruck gewann, sein Körper wolle die Schmerzen, von denen er seit gestern Abend verschont geblieben war, nun auf einen Schlag nachholen. Seit Sabrina von den LKA-Neuigkeiten berichtet hatte, tat ihm jede Bewegung und jeder Schritt höllisch weh.

»Dieses angebliche Bekennerschreiben muss ja erst mal auf seine Authentizität hin überprüft werden«, versuchte Sabrina ihn ein wenig aufzumuntern. »Es kann sich bei den Verfassern schließlich auch um Trittbrettfahrer handeln.«

»Das nutzt uns aber auch nicht viel. Denn selbst dann wird das LKA hier in den nächsten Monaten präsent sein. Die ermitteln direkt vor unserer Haustür. Und wir sind mal wieder die dummen Provinzbullen, die handlungsunfähig daneben stehen oder stumpfsinnige Lakaientätigkeiten ausführen dürfen. Verdammt und zugenäht!«

»Komm, Wolf, mach dir doch nicht so einen Kopf. Wenn wir fest zusammenhalten, stehen wir auch das wieder gemeinsam durch. Wir spazieren jetzt zurück zu unserm Hause, trinken Espresso und -« Die junge Kommissarin brach ab und hakte ihren Vorgesetzten unter. »Und?«, wiederholte sie, während sie ihn von der Seite her anschob.

Tannenberg legte die Stirn in Falten und ließ dabei ein grunzendes Brummgeräusch verlauten, das garantiert jedes Wildschwein als arttypisch identifiziert hätte.

»Und … schauen uns gemeinsam das Sonntagsspiel unseres geliebten FCKs in Dortmund an.«

Mann, Mann, was ist denn mit dir los, du Trottel, beschimpfte ihn seine innere Stimme. Wie weit ist es bloß mit dir gekommen: Jetzt vergisst du auch schon die wichtigsten Termine!

Bis zum Spielbeginn um 17 Uhr 30 waren es noch über zwei Stunden. Die Spaziergänger hatten sich inzwischen wieder in Sabrinas Elternhaus eingefunden. Dr. Schönthaler nutzte die vermeintliche Gunst der Stunde und nötigte seinen nach wie vor mental ziemlich angeschlagenen Freund zu einer Schachpartie. Während sich die beiden Männer am Wohnzimmertisch auf ihr Spiel konzentrierten, zog sich Sabrina in ihr Arbeitszimmer zurück.

Mertel inspizierte derweil aus purer Langeweile die im Kofferraum des Taxis aufgefundene Reisetasche. Fein säuberlich breitete er den Inhalt auf einem großen Berberteppich aus, dessen farbenfrohe Webmuster ein wahrer Blickfang waren.

Tannenberg hatte sich mittlerweile einen kleinen Figurenvorteil verschafft und stand nun vor einem aussichtsreichen Endspiel. Nach einem neuerlichen Zug streifte sein zufriedener Blick die Auslage, die der Kriminaltechniker wie ein Flohmarkthändler vor sich auf dem Boden ausgebreitet hatte.

»Was sind denn das für Kassetten?«, fragte er.

»Die lagen im Handschuhfach. Eine steckte noch im Recorder.«

»Und warum hast du die mitgenommen?«

»Ich weiß auch nicht«, seufzte Mertel. »Aus Routine, nehm ich mal an.«

»Wahrscheinlich wollte Karl einfach nur mal wieder gute Musik hören und nicht immer nur diesen Radaukram, den du dir immer anhörst.« Dr. Schönthaler verzog angewidert das Gesicht: Deep Purple, Led Zeppelin – und wer noch so alles diese schreckliche Musik produziert hat.«

»Die du dir ja auch nach wie vor täglich reinziehst.«

»Kein Wunder: Das war eben die beste Rockmusik aller Zeiten.«

»Meine Worte, lieber Rainer«, entgegnete Tannenberg, der immer noch den Spurenexperten bei dessen Arbeit beobachtete.

»Übrigens: Schach, Herr Hauptkommissar.«

Entsetzt warf sein Freund den Kopf zum Schachbrett hin. Ein höllischer Schmerz fuhr ihm ins Genick. Er griff sich in den Nacken, knetete stöhnend die verkrampfte Muskulatur.

»Mach dich mal ganz lang und drück das Kinn auf die Brust.«

Dieser Tipp half, die Schmerzen reduzierten sich spürbar.

»Du Stinkstiefel hast doch gerade die Stellung verändert, als ich vom Brett weggeguckt habe«, schimpfte Tannenberg empört los. »Den Bauern hatte ich doch schon auf e 5 vorgezogen.«

»Nein, mein alter Junge, das hast du noch nicht getan. Das hast du vielleicht vorgehabt. Aber daraus wird wohl nichts. Zumindest jetzt nicht. Denn du stehst im Schach.«

Mit grimmiger Mimik analysierte der Schmerzgeplagte die neue, unerwartete Situation.

»Karl, deinem werten Herrn Kollege eröffnet sich gerade die Aussichtslosigkeit seiner Lage«, höhnte der Rechtsmediziner. »Ich denke, er könnte durchaus ein wenig Aufmunterung gebrauchen. Zum Beispiel durch gute Musik. Leg doch mal eine der Kassetten ein. Hören wir uns mal an, welchen Musikgeschmack der Taxifahrer hatte. Ich tippe mal auf die Egerländer Musikanten.«

»Ich eher auf die Wildecker Herzbuben«, grinste der Kriminaltechniker. Er begab sich zur Stereoanlage, legte eine Kassette ein und spulte sie bis zum Anfang zurück. »Wer recht hat, erhält vom anderen zehn Euro. Abgemacht?«

Nachdem der Rechtmediziner genickt hatte, drückte Mertel die Starttaste.

»Sabrina, komm mal schnell her!«, brüllte Tannenberg plötzlich aus vollem Halse.

Sie riss die Tür des Arbeitszimmers auf, stürmte zu ihren Kollegen.

»Setz dich hin. Hör dir das an.« An den Kriminaltechniker adressiert, forderte er: »Lass nochmal von Anfang an laufen. Und dreh lauter, damit man die Stimme aus dem Kofferraum besser hören kann!«

Mertel tat wie ihm geheißen.

Gebannt lauschten Dr. Schönthaler und die drei Kriminalbeamten einem Hörspiel – das jedoch leider keine Fiktion war. Es handelte sich um einen Dialog zwischen dem Taxifahrer und seinem Sohn.

Walter: »Ich hab doch gleich gesagt, dass es funktionieren wird. Man muss nur das Mikro vom Taxifunk an den Kassettenrecorder anschließen.«

Jens: »Cool, dann haben wir ja alles auf Band. Zur Sicherheit. Wenn der Typ uns linkt, geben wir die Kassette den Bullen.«

Walter: »Hoffentlich geht das gut.«

Jens: »Bestimmt, Vater.«

Walter: »Hoffentlich tut der uns nichts.«

Jens: »Nein, warum sollte er denn? Der will doch nur, dass du eine Fuhre für ihn erledigst. Außerdem bin ich ja bei dir. Und wenn er dir was antun will, kriegt er von mir eins in die Fresse.«

Walter: »Wenn ich bloß wüsste, was er genau von mir will.«

Jens: »Mach dir keine Gedanken. Denk lieber an euer Häuschen in Spanien.«

Walter: »Ja. Dann kannst du endlich in unser Haus einziehen.«

Jens: »Da freue ich mich auch schon riesig drauf. Endlich raus aus diesem Scheiß-Hochhaus. – Wo sind wir gerade?«

Walter: »Gleich da. Ich seh schon die Südtribüne … Da vorne ist auch der große Papiermüllcontainer.«

Jens: »Hast du die Tüte?«

Walter: »Ja.«

Jens: » Und was ist drin?«

Walter: »Ich fahr erst mal ein Stück weg. Vielleicht sitzt der hier irgendwo und beobachtet mich. Der darf mich nicht sprechen sehen.«

Jens: »Gut. Siehst du im Rückspiegel, ob uns jemand folgt?«

Walter: »Nein, da ist niemand. Ich halt nochmal an. – In der Tüte ist ein Zettel, ein Handy und ein Kopfhörer, der im Handy steckt. Auf dem Zettel steht, dass ich den Kopfhörer aufsetzen und das Handy einschalten soll. Dann bekomme ich weiter Anweisungen.«

Jens: »Stopp, Vater, noch nicht einschalten. Weil der sonst sofort alles mithören kann.«

Walter: »Gut.«

Jens: »Nachdem du es eingeschaltet hast, darfst du nicht mehr mit mir sprechen, klar?«

Walter: »Klar. Ist noch was, Jens, oder kann ich jetzt das Handy einschalten?«

Jens: »Alles klar bei mir. Ich hab ab jetzt Funkstille. Viel Glück, Vater.«

Walter: »Danke.« – »Ja, ich verstehe Sie gut. – Ich wiederhole: 22 Uhr Fruchthalle, Hintereingang gegenüber Einfahrt Parkhaus. – Ja, ich weiß, wo der ist. – Gut, habe verstanden: Dort werden mir zwei Koffer übergeben. – Ich wiederhole: Ich fahre in Richtung Warmfreibad und erhalte dann weitere Anweisungen von Ihnen.«

»Das ist jetzt die Stelle, wo ich ihm die Koffer übergebe«, erklärte Tannenberg, während der entsprechende Gesprächsmitschnitt aus den Boxen dröhnte. »Das hab ich euch ja alles schon erzählt.«

Walter: »Ja, beide Koffer sind bei mir im Auto. – Ich bin jetzt in der Ludwigstraße. – Zum Hungerbrunnen? – Ja, natürlich weiß ich, wo der ist.«

Ein paar Minuten lang hörte man lediglich Fahrtgeräusche, ab und an das Klicken der Blinkanlage oder das Räuspern und Husten des Fahrers. Regungslos verharrten die Zuhörer auf ihren Plätzen.

Walter: »Sind Sie das, der mir gerade von hinten Lichthupe gegeben hat? – Ja, ich biege jetzt in den Waldweg ein. – Gut, bei Ihrer nächsten Lichthupe halte ich an.«

Männerstimme: »Bleiben Sie sitzen!«

Walter: »Ja. – Da hinten stehen die Koffer.«

»Jetzt setzt er sich auf die Rückbank«, wisperte Sabrina. Sie warf die Hand vor den Mund. »Oh, Gott.« Im Hintergrund hörte man, wie sich der Unbekannte an einem der Koffer zu schaffen machte.

Männerstimme: »So, gleich hab ich dich geknackt, du Scheißding. – Was ist denn das? Papier. Wo ist die Kohle? Hast du mich etwa gelinkt, du Saukerl?«

Walter: »Ich? Um Himmels willen, nein. Das müssen Sie mir glauben. Das Geld ist bestimmt im anderen Koffer.«

Männerstimme: »Das will ich für dich hoffen! Gnade dir Gott, wenn es nicht so ist. Schau sofort wieder nach vorne!«

Erneut vernahmen die gebannten Zuhörer helltönende, metallische Geräusche.

Männerstimme: »Auch nix. Du Sau hast mich gelinkt! Du musst die Koffer ausgetauscht haben. Wo ist die verdammte Kohle? Los, red schon, sonst mach ich dich kalt!«

Walter: »Ich hab nichts getan, nur die Koffer abgeholt. Wirklich!«

Männerstimme: »Deine letzte Chance: Ich zähle bis drei: Eins – Zwei – Drei.«

Ein fürchterlich lautes, schneidendes Geräusch peitschte aus den Boxen. Sabrina schrie kurz auf, dann wimmerte sie nur noch. Tannenberg hatte sich an seinen Hosennähten festgekrallt. Seine Gesichtszüge waren völlig erstarrt, genauso wie diejenigen seiner Kollegen. Nach dem Schuss war es einen Augenblick lang gespenstisch still.

Jens: »Neiiiiiiin, Vater, neiiiiiiin!«

Männerstimme: »Verflucht, da ist ja noch einer! – Ach, wen haben wir denn da? Den Jens Klöckner. Dich Scheißkerl konnte ich schon in der Schule nicht ausstehen.«

Wieder hörte man fast das gleiche Geräusch, nur ein klein wenig leiser und gedämpfter. Danach warf der Unbekannte offensichtlich die Koffer in den Wald und entfernte sich mit quietschenden Reifen vom Tatort. Anschließend war es totenstill.

»Lass das nochmal laufen. Nur die letzten Sätze«, forderte Tannenberg im Befehlston.

Während das Band zurücklief, verkündete Mertel: »Das könnte dieselbe Stimme sein, wie die des Anrufers im Ü-Wagen. Solch ein akzentfreies Hochdeutsch kann kaum ein Pfälzer sprechen.«

Nachdem diese Stelle der Kassette noch einmal abgespielt worden war, ergriff der Rechtsmediziner das Wort: »Trotz seiner für einen Pfalzwaldbewohner wirklich außergewöhnlichen Sprachkompetenz hast du wohl mit deiner Vermutung recht gehabt, Wolf. Es handelt sich bei dem Täter unzweifelhaft um jemanden hier aus der näheren Umgebung.«

»Möglicherweise kommt dieser Mistkerl sogar aus dem Grübentälchen. Denn eins steht fest: Der Täter und Jens Klöckner haben gemeinsam dieselbe Schule besucht. Vielleicht gingen sie sogar in dieselbe Klasse, zumindest eine gewisse Zeit lang.«

Tannenberg setzte sich zu Sabrina und legte ihr die Hand auf die Schulter. Sie hatte sich inzwischen wieder ein wenig beruhigt, doch ihre Augen waren immer noch gerötet. »Erinnerst du dich noch daran, was Frau Klöckner geantwortet hat, als ich sie nach dem Beruf ihres Sohnes gefragt habe?«

Sabrina machte Anstalten, sich zu erheben. Aber ihr Chef hinderte sie daran, indem er sanften Druck auf ihre Schulter ausübte. »Du brauchst nicht in deinem Notizblock nachzuschauen. Mir ist es gerade eingefallen: Er ist Zimmermann von Beruf, oder täusche ich mich da?«

»Nein, du hast recht. Das hat uns seine Mutter gesagt«, bestätigte die junge Kommissarin.

»Daraus folgt: Mit großer Wahrscheinlichkeit haben

Jens und der Täter die Geschwister-Scholl-Schule besucht.«

»Wieso bist du dir da so sicher?«, fragte Mertel verwundert nach.

»Ganz einfach: Für den Beruf des Zimmermanns benötigt man für gewöhnlich den Hauptschulabschluss. An der Geschwister-Scholl-Schule kann man diesen erwerben. Und da die Hauptschulen im Gegensatz zu Gymnasien festgelegte Schulbezirke haben, bedeutet das: Auch unser Täter lebte – oder lebt vielleicht sogar noch – im Grübentälchen oder in unmittelbarer Nähe davon.«

»Na, das ist ja schon mal was. Und gleich geht's dir wieder bedeutend besser, nicht wahr, mein alter Freund?«

»Exakt! Das bedeutet nämlich weiter: Diesen ganzen LKA-Staatsschutz-Terrorismus-Mist können wir getrost ad acta legen!«

»Ach, wenn dieser Jens sich doch nur still verhalten hätte«, seufzte Sabrina, deren Gedanken sich nach wie vor mit dem dramatischen Inhalt der Tonbandaufnahme beschäftigten. »Er wäre bestimmt noch am Leben.«

»Das ist möglich«, entgegnete ihr Vorgesetzter. Er kniff die Lippen zusammen, sog tief die Raumluft ein. »Aber ich denke, der junge Mann war in dieser Extremsituation gar nicht in der Lage, rational zu denken. Er konnte wahrscheinlich gar nicht anders, als seinen unglaublichen Schmerz laut herauszuschreien.«

Mit einem Gedankensplitter dachte er an den Senior seiner eigenen Familie. Er schluckte hart. »Schließlich ist gerade sein Vater erschossen worden.« Er räusperte sich mehrmals. »Leute, wir müssen uns sofort an die Arbeit machen. Das sind wir diesen armen Kerlen schuldig.«

»Und wo fangen wir an?«

Ein starker Ruck ging durch Tannenbergs Körper. »In Jens Klöckners Schulzeit.« Er klatschte in die Hände. »Irgendwo werden sich doch wohl ein paar alte Klassenfotos von ihm auftreiben lassen. Auf denen hoffentlich auch dieser Schwerverbrecher abgebildet ist.«

Mit Elan stürzten sich die vier in die Ermittlungsarbeit. Tannenberg splittete die Gruppe. Er und seine Kollegin fuhren mit ihrem zivilen Dienstwagen noch einmal zum Haus des Taxifahrers. Mertel und Dr. Schönthaler dagegen borgten sich Sabrinas Privat-PKW aus und machten sich auf den Weg zur Kantstraße Nr. 66.

Jens Klöckners Appartement im neunten Stockwerk des Hochhauses war schnell gefunden. Für den fingerfertigen Kriminaltechniker stellte die Eingangstür zur Wohnung des ermordeten Zimmermanns kein ernstzunehmendes Hindernis dar. Aus diesem erfreulichen Grund musste der Hobbydetektiv aus der Rechtsmedizin nicht lange am Treppenhauseingang Schmiere stehen. Mertel bedachte ihn bereits nach kaum einer halben Minute mit einer eindeutigen Geste. Nachdem sein Begleiter bei ihm eingetroffen war, zog er nahezu geräuschlos die Tür ins Schloss. Er schaltete das Flurlicht ein.

Während die beiden Männer routinemäßig ihre Plastikhandschuhe überstreiften, schauten sie sich um. Schon der Korridor der recht beengten Wohnung erweckte einen ziemlich verwahrlosten Eindruck: Rechts an der Wand hingen mehrere Jacken an einem Haken so dick übereinander, dass man sie beim Vorbeigehen unwillkürlich berühren musste.

Direkt darunter standen zwei bis zum Rand gefüllte Mülltüten. Unmittelbar daneben lagen einige Männerschuhe wild durcheinander. Nur wenige Zentimeter weiter stand ein Küchenstuhl, auf dem sich die schwarze Berufskleidung des Zimmermanns übereinander türmte. Der mit dunklem Teppichboden belegte Fußboden war an dieser Stelle reichlich mit Sägespänen bestreut.

Ein kurzer Blick in die Küche genügte, um diesen ersten, überaus chaotischen Eindruck bestätigt zu sehen. Der fensterlose Raum war kaum größer als eine Besenkammer und beinhaltete neben einer kleinen Küchenzeile nur noch einen Klapptisch, an dem ein einziger Holzstuhl ein ziemlich einsames Dasein fristete.

Obwohl Mertel sich nicht viel davon versprach, begann er in diesem Raum mit der Durchsuchungsaktion. Auch Dr. Schönthaler inspizierte, allerdings eher pro forma, das ebenfalls fensterlose Minibadezimmer. Er öffnete nacheinander alle Türchen des weißen Toilettenschränkchens, zog die Handtücher von den Regalbrettern und schlug sie auseinander.

Was für ein Quatsch! Warum sollte er denn die Fotoalben zwischen der Wäsche verstecken? Warum sollte er sie überhaupt verstecken?, kritisierte er kopfschüttelnd seinen unsinnigen Aktionismus.

Neben der Kloschüssel entdeckte er einen Wäscheberg. Nachdem er sich diesem bis auf eine Entfernung von etwa einem halben Schritt genähert hatte, stieg ihm ein penetranter, aus kaltem Schweiß, Moder und Urin zusammengesetzter Geruch in die Nase. Spontan entschied er, wohl besser auf eine intensivere Begutachtung zu verzichten.

Anschließend wartete er im Flur auf Mertel. Gemeinsam betraten sie den integrierten Wohn- und Schlafraum des Appartements. Offensichtlich hatte der Bewohner die Bettcouch nicht nur zum Schlafen, sondern auch zum Fernsehen genutzt. Denn außer diesem Liegesofa existierte im gesamten Raum keine einzige, weitere Sitzgelegenheit.

Das Bettzeug lag rechts neben der hochgestellten Couch zusammengeknäuelt auf dem Boden. Auf einem billigen Weichholztisch befanden sich einige leere Bierflaschen, ein Öffner, Kronkorken, eine Fernsehzeitschrift, eine aufgeklappte Pizzaschachtel sowie mehrere Filmkassetten mit offensichtlich pornografischem Inhalt.

Sichtlich angewidert warf Dr. Schönthaler seinem Kollegen einen vielsagenden Blick zu. Mertel nickte zustimmend und begab sich zu einem halbseitig geöffneten Kleiderschrank, der links neben dem Fernsehgerät stand. Während er eine Schublade nach der anderen herauszog und darin mit spitzen Fingern herumstocherte, durchsuchte der Rechtsmediziner im Flur eine schmale Kommode.

Außer einem Berg alter Rechnungen und einem Telefonbuch entdeckte er dort zwei Aktenordner mit persönlichen Unterlagen, die er an sich nahm. Mertel wurde auch im restlichen Teil des Kleiderschrankes nicht fündig. Da sich in diesem Raum kein weiteres Mobiliar mehr befand, beendeten die beiden Ermittler die Wohnungsinspektion.

Der silberne Dienstwagen des K 1 befuhr die Gut-Heim-Straße in nordöstlicher Richtung. Nachdem der Mercedes die Gärtnereistraße überquert hatte, mahnte Tannenberg seine Kollegin zu erhöhter Wachsamkeit. Es war nicht auszuschließen, dass sich die LKA-Beamten gegenwärtig im Haus des Taxifahrers aufhielten. Und gerade ihnen wollte er unter keinen Umständen in die Arme laufen.

Seine Befürchtungen bewahrheiteten sich glücklicherweise nicht. Von irgendwelchen Polizeiautos oder Zivilfahrzeugen mit MZ-Kennzeichen war weit und breit nichts zu sehen. Lediglich ein roter Kleinwagen der Marke Hyundai mit Stadtnummer parkte direkt vor dem Siedlungshäuschen der Familie Klöckner. Ihm war bekannt, dass im gesamten Zuständigkeitsbereich des Polizeipräsidiums nur PKWs von inländischen Herstellern als Dienstfahrzeuge eingesetzt wurden.

Im Wohnzimmer stießen die beiden Kriminalbeamten auf einen pausbäckigen, etwa vierzigjährigen katholischen Priester, dem der Kleinwagen gehörte.

»Was suchen Sie denn hier? Auf der Stelle hinaus mit Ihnen«, begegnete er den Eindringlingen mit einer Aggressivität, die nicht unbedingt dem klassischen Bild eines kirchlichen Würdenträgers entsprach.

Erst als ihm Tannenberg seinen Dienstausweis unter die Nase hielt, zeigte er sich bedeutend friedfertiger.

Nachdem er sich als Notfallseelsorger vorgestellt hatte, sagte er mit einer sanften Klangfärbung versehen: »Entschuldigen Sie bitte meinen rüden Ton. Ich nahm an, auch Sie seien von der Presse. Gerade vor ein paar Minuten sind einige dieser Leute hier unbefugt eingedrungen. Ich konnte sie nur mit Mühe zurückhalten.« Seine Stimme gewann an Schärfe: »Ich musste sie schließlich hinauswerfen.«

»Sie wissen, was passiert ist?«

»Ja, das weiß ich.« Der untersetzte Mann bekreuzigte sich und faltete anschließend die Hände vor einem unübersehbaren Kugelbauch. »Ihre Kollegen haben die schreckliche Nachricht vorhin Frau Klöckner überbracht. Im Vorfeld ihres Besuchs haben sie mich als geistigen Beistand angefordert. Ich bin ja speziell für solche

Kriseninterventionen ausgebildet. Trotzdem hat die arme Frau einen Nervenzusammenbruch erlitten und musste notärztlich versorgt werden.«

»Wurde sie ins Krankenhaus gebracht?«, fragte Sabrina.

»Ja, meine Tochter.«

Die junge Kommissarin warf ihrem Chef einen irritierten Blick zu. Tannenberg bedankte sich daraufhin bei dem Priester für seine seelsorgerische Tätigkeit und geleitete ihn nach draußen.

Anschließend durchforsteten die beiden Ermittler das Erdgeschoss des Siedlungshäuschens. Sie entdeckten zwar eine Zigarrenkiste mit vergilbten Fotos und Zeitungsausschnitten, die Suche nach einem Klassenbild aus der Schulzeit Jens Klöckners dagegen blieb zunächst erfolglos.

Unterdessen waren auch Mertel und Dr. Schönthaler in der Gut-Heim-Straße eingetroffen. Sie erhielten sogleich den Auftrag, im Keller nach den enorm wichtigen Fotos zu suchen. Tannenberg und seine Kollegin stiegen die schmale Treppe ins Obergeschoss hinauf. Als der Kriminalbeamte die Klapptreppe zum Dachboden erspähte, schnappte er sich die an der Wand hängende Hakenstange. Mit einer schnellen Bewegung schob er den Riegel zurück und fuhr die Treppe aus. Sabrina bat er, sich unterdessen in den Räumen dieses Stockwerks umzuschauen.

Es war eine sehr wackelige Angelegenheit. Da er nur recht wenig Vertrauen in die instabile Holzkonstruktion setzte, ging er bei seiner Kletterübung sehr vorsichtig zu Werke. So versuchte er, sein nicht unbeträchtliches Körpergewicht gleichzeitig auf zwei knarzende Stufen zu verteilen. Anschließend musste er sich auch noch durch die enge Luke zwängen.

Natürlich hätte er auch seine ausgesprochen sportliche Mitarbeiterin darum bitten können, ihm diese körperliche Anstrengung abzunehmen. Für sie wäre es sicherlich ein Leichtes gewesen. Aber ihn hatte vorhin im Wohnzimmer eine merkwürdige Vorahnung heimgesucht. Es war wie früher beim Pilzsuchen gewesen. Da hatte er auch alle Mühsal auf sich genommen, war die steilsten Abhänge hinaufgeklettert, hatte sich durch die undurchdringlichste Dickichte gekämpft – nur um mehr Pfifferlinge und Steinpilze als sein Vater und sein Bruder zu finden.

Ihm war nämlich eingefallen, wo er seine eigenen alten Fotoalben aufbewahrte: Oben auf dem Speicher seines Elternhauses, wo neben den Heften und Büchern aus seiner Schulzeit auch die Erinnerungsstücke seines Bruders lagerten. Und zwar in einer großen Truhe aus dichtem Korbgeflecht. Als Kinder hatten Heiner und er häufig auf dem Dachboden gespielt und manchmal sogar dort oben übernachtet.

Dieser Speicher jedoch war bedeutend kleiner und niedriger als der über seiner eigenen Wohnung befindliche. Hier konnte er sich nur direkt unter dem First in voller Körpergröße aufrichten. Der Abstand seines Kopfes zu den freiliegenden Dachsparren betrug nur wenige Zentimeter. Das Giebeldach besaß keine Wärmedämmung. Man sah direkt auf die Dachlattenkonstruktion, auf der die Ziegelreihen angeordnet waren. Es war unangenehm kalt und sehr zugig.

Eingedenk seiner Kindheitserinnerungen schaute er sich spähend um. In seiner Blickrichtung lag ein dick mit Spinnweben überzogener Stapel Ersatzziegel unter einem als Pseudofenster dienenden Glasbaustein. In diesem spärlichen Licht entdeckte er zudem eine Rolle

Linoleum, mehrere Blumenkübel, Zaunpfosten und einige angebrochene Farbeimer.

Er drehte sich vorsichtig um 180 Grad und hatte nun das Treppenloch unmittelbar vor seinen Füßen. Als er die steilen Stufen hinunterschaute, wurde ihm ein wenig schwindelig. Er ging einen Schritt zurück und hob seinen Kopf. Die andere Seite des Dachbodens, auf der sich auch der Schornstein befand, war völlig leer. Zur Sicherheit kniete er sich auf die staubigen Fußbodendielen nieder, streckte seinen Oberkörper nach links und blickte am Kamin vorbei. Aber auch dort in diesem vormals toten Winkel sah es genauso leergeräumt aus.

Enttäuscht kletterte er die Klapptreppe wieder hinunter. Zuerst klopfte er sich geschwind den Staub von seinen Hosen, dann ging er zu Sabrina, die im Schlafzimmer nach einem Fotoalbum suchte.

»Und wie sieht's aus?«, fragte er.

»Ich hab noch nichts gefunden. Das hier ist das letzte Zimmer.«

»Aber das gibt's doch gar nicht«, grummelte er vor sich hin. »Irgendwo müssen die doch ihre Fotoalben versteckt haben.«

Anscheinend hatte der Kriminaltechniker diesen Satz gehört, denn er meldete sich sogleich zu Wort: Wir haben im Keller einen Kasten mit Fotos entdeckt.«

Tannenberg stürmte die Treppe hinunter. Mertel saß am Küchentisch, vor sich ausgebreitet eine Vielzahl Fotos.

»Warum hast du das denn nicht gleich gesagt, Mann«, schimpfte der Leiter des K 1 ungehalten los. »Ich breche mir da oben fast das Genick und …«

»Reg dich ab, Wolf«, warf der Spurenexperte dazwischen. »Wenn ich etwas gefunden hätte, wärst du der Erste gewesen, der es erfahren hätte. Aber da ist nichts dabei. Kannst sie ja selbst durchschauen. Alle möglichen Bilder sind da, nur keine Klassenfotos. Vielleicht haben die in dieser Schule gar keine gemacht.«

»Quatsch, das kann nicht sein. Das ist ein festes Ritual in allen Schulen. In jedem Jahr gibt's neue Klassenfotos.«

»Egal, jedenfalls sind keine dabei. Vielleicht war dieser Jens ja der totale Außenseiter und Prügelknabe. Und aus lauter Wut auf seine Peiniger hat er irgendwann mal alle Fotos aus seiner Schulzeit vernichtet.«

Skeptisch wiegte Dr. Schönthaler seinen Kopf hin und her. Er saß ebenfalls am Küchentisch und hielt begutachtend ein Kinderfoto in der Hand. Es zeigte Jens Klöckner im Garten mit einem offensichtlich selbst angefertigten Pfeil und Bogen. »Ziemlich abwegig, deine Theorie. Der Junge auf diesem Bild sieht nicht gerade aus wie ein Mobbingopfer, sondern eher wie das genaue Gegenteil. Das war garantiert selbst einer, der seine Mitschüler drangsaliert hat.«

Er reichte das Foto seinem Freund, der einen kurzen Blick darauf warf und es auf dem Tisch ablegte.

»Verdammt, verdammt, wir brauchen unbedingt diese Klassenfotos. Wie sollen wir diesem Verbrecher denn sonst auf die Schliche kommen?« Zornig fletschte Wolfram Tannenberg die Zähne. Wie Rumpelstilzchen begann er in der Küche herumzustapfen.

Plötzlich blieb er stehen. »Ich hab's: Wir schwärmen jetzt sofort in die Nachbarschaft aus. Irgendjemand wird doch wohl wissen, mit wem dieser Jens in die Schule gegangen ist. Komm, Karl, such mal vier schöne Bilder raus, auf denen er so zwischen zehn und fünfzehn Jahre alt ist. Für jeden von uns eins. Wir klappern systematisch die Häuser ab. Ich nehme diese Seite der Straße in Richtung Innenstadt, Sabrina geht auf meiner Seite in die andere Richtung. Und ihr beiden macht das unter euch aus. Sobald jemand einen Hinweis erhalten hat, meldet er sich bei den anderen. Klar?«

Mit einem stummen Nicken erklärten alle ihre Zustimmung.

14

Mertel klingelte am direkt gegenüberliegenden Haus. Aber nichts regte sich. Er läutete erneut. Wieder keinerlei Reaktion. Er ging auf der leicht ansteigenden Straße etwa zwanzig Meter weiter, versuchte abermals sein Glück und läutete. Er befand sich nun etwa auf gleicher Höhe wie Sabrina Schauß. Über seine Schulter hinweg sah er, dass die Kommissarin sich über die Zaunhecke hinweg mit einer älteren Frau unterhielt. Aber das Gespräch war schnell beendet. Sabrina nahm Blickkontakt zu ihm auf und schüttelte den Kopf. Mertel zuckte mit den Schultern.

»Was wollen Sie?«, hörte er in seinem Rücken plötzlich eine dunkle Männerstimme. »Wir haben alles, wir kaufen nichts.«

Der Kriminaltechniker wandte sich um. Ein paar Meter schräg vor ihm stand ein kräftiger, schätzungsweise sechzigjähriger Mann. Er schien viel im Freien zu arbeiten, denn sein Gesicht war vom Wetter gegerbt. Er hielt einen Rechen verkehrt herum in der Hand, die Zinken auf Mertel gerichtet. »Hat man noch nicht einmal am Sonntag seine Ruhe vor euch aufdringlichem Pack?«, schimpfte er wütend. »Los, verschwinden Sie!«

»Entschuldigen Sie, Herr …« Mertel brach ab, suchte nach einem Klingelschild und entdeckte den Namen des unfreundlichen Hausherrn. »… Hellmann, dass ich Ihre heilige Sonntagsruhe störe.« Er zückte seinen Dienstausweis und streckte ihn dem sehr grimmig dreinblickenden Zeitgenossen entgegen. »Aber es ist leider notwendig. Ich bin von der Kriminalpolizei und möchte Sie um eine Auskunft bitten.«

Schlagartig veränderte sich die zuvor ausgesprochen feindselige Mimik des Mannes. Sein Gesicht entspannte sich, die ernsten Züge verflüchtigten sich spurlos. Man konnte kaum glauben, dass ein und dasselbe Gesicht zu zwei derart extrem gegensätzlichen Ausdrucksweisen fähig war.

Hellmann drehte den Laubrechen um und lehnte ihn an einen Zaunpfosten. Dann begrüßte er den Kriminaltechniker mit einem schraubstockartigen Handschlag. Mertel konnte ihm nur mit großer Mühe standhalten.

»Warum haben Sie das denn nicht gleich gesagt?«, fragte er mit einer sanftmütigen Freundlichkeit, die sein Gegenüber noch Sekunden zuvor niemals für möglich gehalten hätte.

»Ja, das hätte ich wohl besser machen sollen.«

»Geht es um den Mord an dem armen Walter?«, wollte Hellmann wissen. Er stöhnte auf. »Was ist das bloß für eine Welt heutzutage? Die arme Gerda. Und dann auch noch ihr Sohn. Der zweite Tote ist doch der Jens, oder?«

Mertel hatte es einen Augenblick die Sprache verschlagen. »Woher, woher wissen Sie das denn?«, stammelte er.

»Na ja, die Nachricht, dass der arme Walter ermordet wurde, ist natürlich wie ein Lauffeuer durch die ganze Siedlung gegangen. Stimmt das denn mit Jens? Im Radio nennen sie ja keine Namen und sprechen immer nur von einem zweiten, weitaus jüngeren Mann.«

»Ja, bei dem anderen Toten handelt es sich sehr wahrscheinlich um seinen Sohn.«

Betroffen schlug Hellmann die Augen nieder, schüttelte den Kopf.

Mertel fuhr unterdessen fort. »Wegen Jens Klöckner bin ich hier. Kennen Sie irgendjemanden, der mit ihm in die Schule gegangen ist, vielleicht sogar in dieselbe Klasse?«

Der Angesprochene hob den Kopf und blickte den Kriminaltechniker mit wässrigen Augen an. »In dieselbe Klasse?«, fragte er schniefend. Er zog einen Moment lang die Stirn in Falten, dann verkündete er mit aufleuchtendem Gesicht: »Ja, natürlich kenne ich jemanden, der mit ihm in der Schule war: meine Tochter nämlich. Mit fünfzehn war sie sogar mal ein paar Wochen mit ihm zusammen. Sie wohnt nur ein paar Häuser von uns entfernt.« Er deutete mit seinem Arm in die entsprechende Richtung. »Da unten.«

»Hausnummer?«

»123.«

»Wissen Sie, ob sie gerade zu Hause ist?«

»Ja, das ist sie. Meine Frau hat gerade vor einer Viertelstunde mit ihr telefoniert.«

»Danke.« Mertel stürmte los.

»Langsam! Sie brauchen nicht zu ihr zu gehen, sie muss alle Augenblick hier auftauchen. Wir gucken uns nämlich nachher alle zusammen das FCK-Spiel an.«

Der Kriminalbeamte schaltete blitzschnell. »Sagen Sie mir bitte trotzdem ihre Nummer.«

Mit fliegenden Fingern tippte er sie in sein Handy ein.

»Kriminalpolizei. Guten Abend, ich möchte Sie …« Die Frau reagierte anscheinend ziemlich schroff, denn

Mertel bedachte Hellmann sogleich mit einem hilfesuchenden Blick. Er reichte dem älteren Mann sein Mobiltelefon. »Sagen Sie ihr bitte, dass ich wirklich von der Polizei bin.«

Hellmann sprach kurz mit seiner Tochter. Danach zeigte sie sich urplötzlich sehr zugänglich und auskunftsfreudig. Sie behauptete, mehrere Klassenfotos zu besitzen. Sie sei sich ganz sicher, denn erst vor ein paar Wochen hätte sie in ihren Fotoalben gestöbert.

Mertel suchte daraufhin die Straße nach seinen Kollegen ab. Sabrina brauchte er nicht zu verständigen, denn sie war mittlerweile auf das interessante Gespräch aufmerksam geworden und stand nun direkt neben ihm. Aber weder Tannenberg noch Dr. Schönthaler waren zu sehen. Also informierte er sie telefonisch.

Wenig später tauchten die beiden Freunde hinter einer dichten Koniferenwand auf, die Hellmanns Grundstück offensichtlich vor allzu aufdringlichen Blicken schützen sollte.

Ein kurzer Blick genügte Hellmann, um den Leiter des K 1 zu identifizieren: »Mutter, komm schnell«, brüllte er in Richtung eines geklappten Küchenfensters. »Du wirst es nicht glauben. Aber vor mir steht der Held von Kaiserslautern.«

Das Fenster öffnete sich und eine gedrungene Frau erschien im braun gestrichenen Holzrahmen. Um besser um die Ecke blicken zu können, schob sie ihren mächtigen Busen über den Fenstersims und lehnte sich nach vorn. »Das ist ja wirklich dieser Tannenberg aus der *Bild am Sonntag*«, rief sie verzückt aus.

Es dauerte kaum eine halbe Minute, bis die fast quadratische Frieda Hellmann mit der aufgeschlagenen Sonntagszeitung vor ihm stand und ihn um ein Autogramm bat.

Tannenberg war derart verblüfft angesichts seiner unerwarteten Popularität, dass er ohne Murren gehorchte. Wie ein berühmter Popstar kritzelte er seine Unterschrift auf ein fast seitengroßes Foto, das ihn mit dem Mikrofon in der Hand auf der Bühne der Fruchthalle zeigte.

»Wie geht es denn Ihrer Familie?«, wollte die feiste Frau wissen.

Diese Frage irritierte ihn noch mehr. Aber er hatte keine Zeit darüber nachzudenken, denn plötzlich tippte ihm von hinten jemand auf die Schulter. Erschrocken fuhr er herum. Es war Bettina, die Tochter des Hauses. Ihre Wangen waren mit rot-weißen Farbstrichen versehen. Sie war mit einer roten Hose und einem aktuellen FCK-Trikot bekleidet. Um beide Handgelenke waren Fanschals gebunden. Sie hob eine Plastiktüte in die Höhe und deutete darauf.

»Da sind die Fotoalben aus meiner Schulzeit drin«, erklärte sie.

»Waren welche dabei, die Hochdeutsch gesprochen haben?«

Bettina krauste die Stirn. »Was?«

»Ich meine, in Ihrer Klasse. Waren da welche, die kein Pfälzisch, sondern Hochdeutsch gesprochen haben?«, erläuterte Tannenberg.

»Ja, einige.«

Damit begnügte er sich vorläufig. Er war mit einem Mal unsicher geworden, ob er sich nicht vielleicht gerade in einen Irrweg verrannte, denn er erinnerte sich daran, was ihm etwa zehn Jahre nach seinem Abitur bei einem Klassentreffen passiert war. Einige seiner ehemaligen Klassenkameraden, die gleich nach der Schule ihrer Heimatstadt den Rücken gekehrt hatten, redeten auf einmal nur noch Hochdeutsch mit ihm. Er hatte sie damals nach dem Grund dafür gefragt. Er wusste noch ziemlich gut, wie sehr ihn besonders eine Antwort geschockt hatte: »Mit diesem breiten Bauerndialekt fällst du doch nur negativ auf in der Welt. Diese Sprache ist extrem peinlich«, hatte einer gesagt, der nach Hannover übergesiedelt war.

Dieser Satz klang ihm gerade im Ohr, als Frieda Hellmann vorschlug, sich ins Innere des Hauses zu begeben.

Tannenberg setzte sich als Einziger an den Küchentisch. Die anderen blieben stehen. Mit fahrigen Händen zerrte er das erste Album aus der Tüte. Bettina, die unmittelbar neben ihm stand, nahm es ihm mit sanfter Gewalt sofort wieder aus der Hand.

»Ich denke, ich finde schneller, was Sie suchen«, sagte sie und blätterte zielstrebig darin herum. Sie legte eine aufgeschlagene Doppelseite vor ihn hin, wies mit dem Zeigefinger darauf. »Das ist das Foto aus der ersten Klasse.«

Er fragte nicht lange nach, ob er es herausnehmen durfte, sondern drückte das Farbfoto in der Mitte zusammen. Dadurch rutschte das Bild aus den Fotoecken heraus. Er drehte es auf die Rückseite.

»So ein Mist!«, fluchte er zischend vor sich hin. »Keine Namen.«

»Aber die kann ich Ihnen doch sagen«, versetzte Bettina mit gönnerhafter Miene. »Von den meisten jedenfalls.«

»Dann machen Sie mal«, forderte Tannenberg. Nur einen Sekundenbruchteil später korrigierte er sich. Er gab der jungen Frau ihr Album zurück. »Bitte suchen Sie mir erst noch die anderen Fotos heraus.«

»Gern. Aber dazu brauche ich das andere Album.«

Er zog es aus der Tüte und gab es ihr. Wieder dauerte es nicht lange, bis sie das nächste gefunden hatte. »Das hier wurde in der 4. Klasse gemacht, kurz bevor einige von uns auf die höhere Schule gewechselt sind.«

»Darf ich?«, fragte Tannenberg. Doch bevor sie ihre Erlaubnis dazu erteilen konnte, hatte er das eingeklebte Foto bereits herausgerissen. »Wieder keine Namen«, schimpfte er, nachdem er es gewendet hatte.

Bettina blätterte weiter. Diesmal steckte das Klassenfoto in durchsichtigen Klebeecken. Sie schob es selbst heraus, drehte es um. »Da sind endlich Ihre Namen«, sagte sie und hielt es dem Kriminalbeamten schmunzelnd unter die Nase. »Das war am Ende der neunten Klasse.«

»Wer von denen ist Jens?«

»Jens Klöckner?«

»Ja, natürlich«, entgegnete Tannenberg genervt.

»Wir hatten zwei Jens in der Klasse«, gab Bettina schnippisch zurück. Sie tippte nacheinander auf die beiden Jungs.

»Und welcher von den beiden ist nun Jens Klöckner?«, fragte er eher pro forma, denn er hatte ihn bereits identifiziert.

»Der da, der so frech in die Kamera grinst. Das war vielleicht ein Krawallo.«

Plötzlich fing sie an zu schluchzen. Erst jetzt schien sie zu begreifen, dass derselbe Jens, mit dem sie nach Angaben ihres Vaters eine Zeit lang liiert gewesen war, inzwischen nicht mehr lebte. Ihre Mutter nahm sie tröstend in den Arm und wiegte sie wie ein kleines Mädchen hin und her.

Von der Eingangstür her ertönte ein schnell anschwellender Schlachtengesang. Kurz darauf stürmte eine Handvoll FCK-Fans in die Küche. Sie trugen allesamt rote Hosen und bordeauxfarbene Trikots. Die Erwachsenen hielten rot-weiße Schals in die Höhe, ein kleiner Junge schwenkte eine Fahne.

»Vor Ihnen steht der Fanclub ›Rote Hosen‹«, verkündete Hellmann mit stolzgeschwellter Brust. Er blickte hinüber zu seiner Frau, die mit dem Rücken am Fenster stand. »Oh je, Mutter, wir müssen uns ja noch umziehen.«

»Der Roland war auch bei mir in der Klasse – bis zum Schluss«, sagte Bettina, die sich wieder beruhigt hatte. Sie deutete auf einen dunkelhaarigen jungen Mann, der im Flur stand und sich gerade eine Zigarette anzündete.

»Was ist mit mir?«

»Komm mal her!«

Der etwas ungelenk wirkende FCK-Fan stakste zum Küchentisch und postierte sich ebenfalls hinter den Kriminalbeamten. Die drei Klassenfotos lagen chronologisch aufgereiht nebeneinander.

»Das waren geile Zeiten, Tinchen, gell?«, lachte der junge Mann, den Blick auf das rechte Foto gerichtet. »Was wir da alles getrieben haben. Vor allem du und der Jens.« Mit melancholischer Stimme schob er nach. »Und jetzt ist er tot und der alte Klöckner auch.« Voller Mitgefühl seufzte er auf.

Tannenberg kroch ein Schwall kalter Rauch über die Schulter. Für ihn als passionierten Nichtraucher war dieser Geruch nahezu unerträglich. Angewidert zückte er sein Taschentuch und schnäuzte sich die Nase.

»Sagen Sie mir mal ein paar Sätze zu den einzelnen Jungs«, forderte er den jungen Mann auf.

Der FCK-Fan räusperte sich, nahm einen intensiven Zug an seiner Zigarette, beugte sich nach vorne und blies den ausströmenden Rauch auf die Fotos hinab.

Blitzartig warf Tannenberg den Kopf zur anderen Seite. Ein stechender Schmerz biss ihm ins Genick.

»Der da ist ein paar Monate später nach einem Saufgelage im Blechhammer ertrunken«, erläuterte der rücksichtslose Raucher. Danach tippte er auf zwei andere Schüler. »Die beiden haben seit der Schule die meiste Zeit im Knast gesessen.«

»Wissen Sie wegen welcher Straftaten?«

»Der eine wegen Mord oder Totschlag oder so was. Das ist halt ein Schläger, wie seine ganze Familie.«

Tannenberg dachte kurz an die gewalttätigen Kinder- und Jugendbanden aus dem nahegelegenen sozialen Brennpunkt, unter denen die Bewohner des Grübentälchens früher massiv zu leiden hatten. Auch er und sein Bruder waren damals mehrfach vor diesen streitsüchtigen Horden geflüchtet.

»Und der andere?«

»Irgendwas mit Drogen.«

Natürlich wurden die Kriminalbeamten bei diesen Aussagen sofort hellhörig.

»Wie heißen die beiden?«, wollte Mertel wissen. Nachdem er sich die Namen notiert hatte, ging er ins Freie und bat die Zentrale um entsprechende Nachforschungen.

Unterdessen konfrontierte Tannenberg den jungen Mann mit einer weiteren Frage: »Wer von Ihren Klassenkameraden hat damals Hochdeutsch geredet?«

»Hochdeutsch?«, fragte er mit einem Gesichtsausdruck, als ob er gerade ein extrem ekelerregendes Wort vernommen hätte. Er überlegte einen Moment lang, während er verächtlich schnaubte. »Von denen da keiner«, sagte er schließlich kopfschüttelnd. »Oder Tinchen?«

»Nein. Die paar, die Hochdeutsch gesprochen haben, sind alle nach der vierten Klasse aufs Gymnasium gewechselt.«

Tannenberg zog das mittlere Foto vom Tisch und hielt es vor sich in die Höhe. »Welche von denen waren das denn?«

Bettina zeigte nacheinander auf fünf Jungs.

»Der da ist Rechtsanwalt – in der Schneiderstraße«, begann der FCK-Fan den weiteren Lebensweg seiner ehemaligen Mitschüler zu kommentieren. Sein Zeigefinger sprang auf den nächsten. »Der Fiedler ist auch hier geblieben. Der wohnt sogar noch in seinem Elternhaus in der Friedenstraße. Ich glaub, der ist beim Finanzamt.«

Wieder sprang der dürre, lange Finger weiter. »Der Michalsky lebt auch noch hier. Der hat schon damals gemeint, er wär etwas ganz Besonderes.« Er spitzte den Mund an, wechselte in eine höhere Tonlage über. »Ein Künstler.« Danach senkte er wieder die Stimme. »Der hatte schon früher ein Rad ab.« Er fasste Bettina an der Schulter. »Weißt du noch, wie der immer mit so 'ner komischen Polaroidkamera rumgelaufen ist und alles mögliche fotografiert hat?«

»Ja, ja, ich weiß.«

»Aber, was aus den beiden anderen da auf dem Foto geworden ist, weiß ich nicht. – Du?«, fuhr der FCK-Fan fort.

»Nein, keine Ahnung. Ich hab sie zwar noch manchmal gesehen. Irgendwann war'n sie dann aber ganz weg. Aus den Augen, aus dem Sinn.«

»Wolf, kommst du mal?«, rief Mertel vom Flur her.

»Ja, gleich.« Tannenberg lehnte sich nach vorne und drückte sich über seine ausgestellten Ellenbogen nach oben. Anschließend legte er das Klassenfoto auf den Tisch. »Sabrina, schreib dir bitte mal die Namen von diesen Hochdeutsch-Schülern auf.«

Nachdem sie dies getan hatte, nahm ihr Vorgesetzter das Notizbuch an sich. »Ich bin gleich wieder da.«

Der Kriminaltechniker erwartete seinen Kollegen vor der Garage. Er teilte ihm mit, dass einer der beiden mutmaßlichen Straftäter sich zur Zeit dauerhaft in der JVA Mannheim aufhalte – zwecks Verbüßung einer mehrjährigen Haftstrafe. Der andere habe eine beeindruckende Dealerkarriere hinter sich, sei allerdings vor etwa einem halben Jahr an einer Überdosis Rauschgift verstorben.

Tannenberg überreichte Mertel Sabrinas Notizbuch und bat ihn, sich erneut mit der Zentrale in Verbindung zu setzen und Erkundigungen über die fünf Hochdeutsch sprechenden Schüler einzuholen. Dann ging er zurück in das gemütliche Siedlungshäuschen der Familie Hellmann. Sabrina kam ihm im Flur entgegen. Sie flüsterte ihm zu, dass es ihr hier drin zu laut und vor allem auch zu verqualmt sei und sie deshalb ein bisschen an die frische Luft müsse.

Sie hatte recht. Die abgestandene, überheizte Raumluft war von wabernden Rauchschwaden durchzogen. Im Wohnzimmer debattierten die Mitglieder des Fanclubs ›Rote Hosen‹ lautstark und gestenreich über die Siegechancen ihres geradezu vergötterten Lieblingsclubs. Frieda und ihr Mann hatten sich inzwischen ebenfalls mit dem Fan-Einheitsdress kostümiert und mit Devotionalien geschmückt. Dies alles störte Dr. Schönthaler offensichtlich überhaupt nicht. Er saß mit einer Bierflasche in der Hand am Küchentisch und machte sich genüsslich schmatzend über ein paar leckere Schnittchen her.

Einem unvoreingenommenen Beobachter wäre sofort die Diskrepanz zwischen dem noblen, mit einer Fliege gekrönten Outfit des Rechtsmediziners und dessen rustikalem Gebaren aufgefallen. Tannenberg dagegen verwunderte dieser Anblick in keinster Weise. Er wusste nur allzu gut, wie ausgesprochen wohl sich sein bester Freund in solch einem gutbürgerlichen Ambiente fühlte. Nach außen hin hatte es oft den Anschein, als sei der Gerichtsmediziner ein snobistischer Akademiker. Dabei handelte es sich allerdings um eine gravierende Fehleinschätzung.

Dr. Rainer Schönthaler war der Sohn eines Schrankenwärters, im Bahnheim geboren und in sogenannten einfachen Verhältnissen aufgewachsen. Er hatte wirklich allen Grund, auf seine berufliche Karriere stolz zu sein. Was er geleistet hatte, musste ihm erst mal einer nachmachen. Nach einer handwerklichen Ausbildung hatte er über den zweiten Bildungsweg das Abitur nachgeholt und diesem ein weitgehend selbstfinanziertes Medizinstudium folgen lassen.

Trotz dieser unglaublichen Energieleistung und des damit einhergehenden gesellschaftlichen Aufstiegs war er stets bescheiden geblieben. Niemals hätte er seine kleinbürgerlichen Wurzeln verleugnet oder gar die Verbindungstaue zu seinem Herkunftsmilieu gekappt. Deshalb war Tannenberg nicht im Geringsten überrascht, wie gut sich sein Freund mit der fülligen Gastgeberin verstand.

»Komm, setz dich zu mir«, forderte der Gerichtsmediziner. »Frau Hellmann macht die besten Schnittchen weit und breit.«

Tannenberg nahm schmunzelnd Platz. Frieda stellte ihm einen reichlich belegten Teller hin. Ihr Mann wünschte höflich einen guten Appetit und bereicherte die Tafel mit einer eben geöffneten Bierflasche.

»Sie bleiben doch hier und gucken sich mit uns das Spiel an, ja?«

»Nein, das geht leider nicht, wir müssen noch arbeiten«, lehnte Tannenberg ab, obwohl er in diesem Augenblick wirklich nichts lieber getan hätte, als das, wozu ihn Frau Hellmann gerade eingeladen hatte.

»Bitte, bleiben Sie doch«, bettelte sie. »Wann haben wir denn schon mal solch einen berühmten Mann zu Gast.«

Plötzlich stürmte Sabrina zur Tür herein. »Kommt bitte mal schnell raus!«

Dr. Schönthaler verschluckte sich fast an einem Bissen Brot. Er hustete, rang nach Atem, trank hektisch einen großen Schluck Bier. Tannenberg klopfte ihm auf den Rücken. Eiligen Schrittes folgten sie der jungen Kriminalbeamtin hinaus ins Freie, wo es bereits zu dämmern begann.

»Mich hat eben der LKA-Kollege angerufen, mit dem ich vorhin schon einmal telefoniert habe.«

»Und?«, fragte Tannenberg ungeduldig.

»Sie haben in Mannheim ein paar Wohnungen durchsucht. Der Verfassungsschutz hat sie schon seit längerem observiert. Dabei haben sie Mitglieder einer Terrorzelle verhaftet, die möglicherweise einen Anschlag auf den amerikanischen Präsidenten geplant haben – bei seinem Besuch in Landstuhl.«

»Weiter, weiter.«

»In dieser Wohnung haben sie außer Waffen, Sprengstoff und Zündern auch einen Stadtplan von Kaiserslautern entdeckt, auf dem die Fruchthalle markiert ist.«

»Was? Also, ich kapier allmählich überhaupt nichts mehr«, verkündete Mertel.

»Ich auch nicht«, pflichtete Tannenberg ihm seufzend bei. Plötzlich hatte er das Gefühl, sich total verrannt zu haben. »Da waren wir vielleicht die ganze Zeit über auf einer völlig falschen Fährte. Weil ich Hornochse mich mal wieder viel zu früh auf *eine* bestimmte Ermittlungsrichtung festgelegt habe. Und die anderen hab ich völlig ignoriert«, fuhr er selbstkritisch fort.

»Na ja, Wolf, jetzt fang nicht gleich an zu heulen«, bemerkte Dr. Schönthaler. »Wer sagt dir denn, dass die nun wirklich auf eine heiße Spur gestoßen sind? Wenn ich dich daran erinnern dürfte: *Wir* haben das Band mit der Originalstimme des Mörders und Erpressers – und *wir* wissen, dass er gemeinsam mit Jens Klöckner die Geschwister-Scholl-Schule besucht hat. Und *die* haben wahrscheinlich außer Vermutungen noch rein gar nichts.«

Trotzdem schüttelte Tannenberg frustriert den Kopf.

»Wobei es natürlich auch sein kann, dass sich beide Spuren überschneiden«, schob der Rechtsmediziner nach.

»Was?«, fragte sein Freund, der allem Anschein nach immer noch seinen zermürbenden Gedanken nachhing.

»Ja, es kann genauso gut auch noch eine dritte Erklärungsmöglichkeit geben. Nämlich die, dass es sich bei unserem Täter und demjenigen, dem der Verfassungsschutz auf die Spur gekommen ist, um ein- und dieselbe Person handelt.«

»Versteh nicht, was du meinst.«

»Na, vielleicht gehört der Kerl ja zu dieser Mannheimer Terrorzelle. Die Tatmotive lägen dann wohl auf der Hand. Erstens: Machtdemonstration durch die Ermordung des konservativen Politikers Dr. Winkelmann, seines Zeichens hohes Tier im Innenministerium und bekannter Hardliner. Zweitens: Geldbeschaffung zur Finanzierung weiterer terroristischer Aktivitäten. Diese Strategie hat die RAF in den 70er-Jahren schließlich oft genug praktiziert.«

Tannenberg griff sich an die Schläfen. »Ich hab das Gefühl, mir platzt gleich der Kopf.«

»Dann brauchst du jetzt dringend eine Ablenkung«, sagte Mertel. »Komm, wir gehen alle wieder rein und schauen uns zusammen das Fußballspiel an. Bis die Zentrale sich bei uns meldet, können wir sowieso nichts Sinnvolles tun.«

Mitte der ersten Halbzeit war die Stimmung auf dem Siedepunkt angelangt. Der 1. FC Kaiserslautern führte in Dortmund 2:0. Eine La-Ola-Welle nach der anderen schwappte durch das Wohnzimmer. Man verstand sein eigenes Wort nicht mehr. ›So ein Tag, so wunderschön wie heute‹ war das Lied der Stunde und wurde nahezu ohne Unterlass intoniert.

Unbemerkt von seinen Kollegen hastete Mertel in den Flur, sein Handy klebte am Ohr. Trotzdem verstand er nur Fetzen. Auch dort war es immer noch zu laut. Er stürzte zur Tür hinaus und machte einen Satz die Treppe hinunter. Nun konnte er klar und deutlich verstehen, was ihm der Anrufer mitteilen wollte.

Er rannte zurück ins Wohnzimmer. Aus Leibeskräften schmetterte er dem vielstimmigen Jubelchor entgegen. »Wir müssen sofort los! Ich glaube, wir haben ihn gefunden.«

15

Alle vier Ermittler spurteten zu ihrem Dienstwagen. Sabrina setzte sich ans Steuer, Tannenberg sprang auf den Beifahrersitz.

Mertel hatte einen Anruf aus der Zentrale erhalten. Als sein Kollege das Wort ›Steinbruch‹ verlauten ließ, machte es in seinem Kopf ›klick‹ und in seinem Gehirn tauchte die Assoziation ›Sprengstoff‹ auf.

Der Kriminaltechniker lehnte sich nach vorne und las aus seinem Notizblock vor: »Gregor Michalsky, wohnhaft auf der Eselsfürth, Steinbruchbesitzer und Künstler. Ledig, Vater vor einem Jahr verstorben, Mutter lebt in den USA. Eine Vorstrafe wegen illegalen Rauchgiftbesitzes.«

»Woran ist der Vater gestorben?«, sprudelte es aus Tannenberg heraus.

»Weiß ich nicht, versuch ich aber nachher noch abzuklären.«

»Ist ja auch nicht so wichtig«, murmelte der Leiter des K 1 kopfschüttelnd. Er haderte mit sich, weil er eben diese völlig nebensächliche Frage gestellt hatte. Dann schlug er sich an die Stirn.

»Wieso bin ich denn nicht selbst auf diese Idee gekommen? Ist doch eigentlich sonnenklar: Steinbruch«, schnaubte er verächtlich. »*Die* besitzen natürlich Sprengstoff – sogar ganz legal. Und die Eselsfürth gehört zum selben Schulbezirk wie das Grübentälchen. Das weiß ich doch eigentlich alles.«

»Na, ja, alter Junge, nimm's nicht so tragisch. Wir waren ja wohl alle gleich dusselig, wenn ich das mal so locker flockig sagen darf«, versetzte der Rechtsmediziner.

Aber Tannenberg ließ sich nicht trösten, er ärgerte sich maßlos über sein Unvermögen. Du verdammter Idiot! *Du* hättest darauf kommen *müssen*!, bombardierte er sich mit weiteren Selbstvorwürfen.

An der Donnersbergstraße bremste Sabrina scharf ab. Die Ampel zeigte rot. Sie warf das Blaulicht aufs Dach und schaltete es ein. Da die beiden Autos vor ihr nicht gleich eine Gasse bildeten, fuhr sie hupend über den Bürgersteig. Der Lärm riss Tannenberg aus seinen düsteren Gedanken. Plötzlich war er wieder hellwach und hochkonzentriert. Sein hektischer Blick hakte sich auf einem der Klassenfotos fest, die er trotz des überhasteten Aufbruchs reflexartig zusammengeschoben und mitgenommen hatte. Seine Augen bohrten sich geradezu in das Gesicht des etwa zehn Jahre alten Gregor Michalsky, der ihm mit einer für dieses Alter ungewöhnlich selbstbewussten Mimik entgegenblickte.

»Verdammt, ich kenne ihn!«, stieß er mit einem Mal hervor.

»Wieso denn das?«, fragte Dr. Schönthaler hinter seinem Rücken.

Tannenberg klatschte sich erneut an die Stirn und schloss die Augen. »Natürlich kenne ich ihn. Jetzt hab ich das Bild genau vor mir: Es ist vielleicht zehn, fünfzehn Jahre her. Mein Vater wollte unseren Hof und die Treppen erneuern. Wir sind auf die Eselsfürth zu diesem Steinbruch gefahren. Da war so ein kleiner Junge, der uns ein paarmal fotografiert hat. Außerdem hat er ganz konfuses Zeug erzählt und uns Löcher in den Bauch gefragt.

Daraufhin hat ihn sein Vater weggescheucht. Aber dieser kleine Knirps ist immer wieder zu uns zurückgekehrt. – Das muss dieser Michalsky gewesen sein.«

Ohne dass es ihm bewusst war, strich er mit den Daumen mehrmals über seine Fingerkuppen hinweg. So wie er es damals getan hatte, und zwar wochenlang. Diese Angewohnheit hatte sich zu einer regelrechten Zwangshandlung entwickelt, die er sich nur mit Leas Hilfe wieder abgewöhnen konnte.

Ein paar Tage nach dem Besuch des Steinbruchs war die vereinbarte Lieferung in der Beethovenstraße eingetroffen. Da Heiner nicht zu Hause war, mussten er und sein Vater die schweren Platten und Sandsteinstufen ganz alleine abladen. Er hatte nicht einmal eine Sekunde daran gedacht, Handschuhe anzuziehen. Mit dem Ergebnis, dass sich die oberste Hautschicht seiner Fingerkuppen abgelöst hatte, so als sei sie mit feinem Sandpapier abgeschmirgelt worden. Erst nach dem Abladen hatte er dann eine extreme Überempfindlichkeit registriert. Jede noch so kleine Berührung mit den rosaroten Fingerspitzen verursachte höchst unangenehme Schmerzen. Selbst nachts wurde er andauernd wach, nur weil er beim Umbetten den Stoff gestreift hatte.

Das Zivilfahrzeug passierte den am östlichen Rand der Stadt gelegenen Technologiepark. Unmittelbar neben der Mainzer Straße leuchtete den Ermittlern die Glasfront eines Fitnesscenters entgegen.

»Wolf, das wär doch mal was für dich. Ich glaub, ich schenk dir zu Weihnachten einen Gutschein. Dann setzt du dich neben diese verschwitzten Menschen aufs Fahrrad und strampelst dir mal ordentlich deine Aggressionen aus dem Leib.«

»Mist, wo geht's denn hier zur B 40?«, schimpfte Sabrina plötzlich los. Sie war gerade mit einer neuen, ihr unbekannten Straßenführung konfrontiert worden. »Das haben die ja völlig verändert. Da bin ich noch nie langgefahren. Laut den Schildern geht's hier nur noch auf die Autobahn, entweder nach Mainz oder …«

»Fahr auf die Autobahn in Richtung Saarbrücken«, fiel ihr Dr. Schönthaler ins Wort. »Gleich da vorne kommt ein Kreisel und dort ist die B 40 ausgeschildert.«

»Was für ein Blödsinn!«, gab sie ungehalten zurück. Zischend ergänzte sie. »Ich hasse Kreisel.«

»Ich auch«, stimmte Tannenberg zu. »Aber, du musst jetzt ruhig bleiben.« Er drehte den Kopf nach hinten und sagte über seine Schulter hinweg. »Leute, wir müssen alle ruhig bleiben. Unten auf der Eselsfürth halten wir am Hotel und überlegen uns ganz genau, wie wir weiter vorgehen werden, okay?«

Alle nickten. Sabrina bewältigte erfolgreich den ungeliebten Verkehrskreisel und überquerte mit hoher Geschwindigkeit die Brücke über die Eisenbahnlinie.

Die Dämmerung war inzwischen weiter fortgeschritten. Vom Eselsbachtal her schoben sich wabernde Nebelschwaden dem zivilen Polizeifahrzeug entgegen. Der Eselsbach hatte der kleinen Ansiedlung, die aus nur wenigen Gebäuden bestand, irgendwann einmal seinen Namen verliehen.

Die junge Kriminalbeamtin schaltete die Nebelbeleuchtung ein. Ausgangs der leicht abschüssigen Bundesstraße tauchten die ersten Häuser der Eselsfürth aus den hellen Dunstschleiern auf. Sabrina schwenkte auf einen rechts von der Straße gelegenen Hotelparkplatz ein. Von hier aus betrug die Entfernung zu dem anvisierten Steinbruchgelände kaum mehr als zweihundert Meter.

»Ich schlage vor, wir gehen jetzt zu Fuß weiter«, verkündete Tannenberg. »Wenn ich mich richtig erinnere«, er wies mit seiner Hand zu einer Wegeinfahrt auf der anderen Seite der Straße, »kommt man auch über diesen Schleichpfad zum Steinbruch. Aber genau weiß ich das nicht mehr.«

»Was soll's. Dann probieren wir das doch einfach aus. Irgendwie werden wir schon da reinkommen. Ein Steinbruch ist ja schließlich kein Hochsicherheitstrakt«, sagte Mertel und öffnete die Autotür.

»Karl, warte noch.« Tannenberg räusperte sich und setzte eine kummervolle Miene auf. »Leute, wenn dieser Michalsky tatsächlich der Schwerkriminelle ist, den wir suchen, dann sollte eins inzwischen jedem von euch klar sein.«

Er stockte, riss die Augenbrauen empor, ließ sie oben verharren. »Dieser Mann ist extrem gefährlich! Wir dürfen nicht das kleinste Risiko eingehen.« Nervös nagte er an einem Finger herum. »Wenn es für uns zu gefährlich wird, brechen wir die Aktion sofort ab. Haben wir uns verstanden?«

»Ja«, erklang es mehrstimmig.

»Wir müssen unbedingt versuchen, diesen Mistkerl so zu überrumpeln, dass er absolut keine Chance zur Gegenwehr hat. Dieser Typ ist völlig skrupellos. Das hat er uns inzwischen mehrfach bewiesen.«

»Vielleicht erwartet er uns ja auch schon«, seufzte Mertel. »Vielleicht hat er in seinem Steinbruch einige Überraschungen für uns vorbereitet. Dem ist sicherlich alles zuzutrauen.«

»Komm, jetzt mal nicht gleich den Teufel an die Wand«, gab der Leiter des K 1 scharf zurück. Selbst erschrocken über die aggressive Klangfärbung seiner Worte, schob er entschieden moderater nach: »Aber du hast ja recht, Karl, denn ausschließen können wir auch das nicht.«

Er schluckte hart und räusperte sich erneut. »Ich denke, wir sollten jetzt los. Das Licht reicht gerade noch aus. Wenn wir noch länger warten, brauchen wir Lampen.« Er bedachte nacheinander jeden mit einem kurzen, eindringlichen Blick. »Aber, Leute, bitte denkt daran: kein Risiko!«

Die Ermittler huschten über die B 40 und verschwanden in einer schmalen Straße. Passenderweise trug sie den Namen ›Rotsandweg‹. Mit schnellen Schritten hasteten sie zur Westseite des mit einem hohen Zaun eingefriedeten Steinbruchs. Dort versteckten sie sich hinter einem Bauwagen. Tannenberg zog seine Waffe und schlich sich zu einem breiten, graugespritzen Metalltor.

Links und rechts der Einfahrt lagerten jeweils zwei, von Holzbohlen voneinander getrennte, rechteckige Buntsandsteinblöcke. Sie maßen etwa einen Meter Höhe und wiesen auf der gesägten Seite mehrere halbrunde, senkrechte Einfräsungen auf. Im Vorbeigehen berührte er kurz mit seiner Hand die feuchte, raue Steinfläche. Sofort lief ihm ein eiskalter Schauer den Rücken hinunter. Unwillkürlich begann er mit seinen Daumen über die Fingerkuppen zu streichen, so als wolle er sich dadurch versichern, dass die oberste Hautschicht inzwischen wieder nachgewachsen war.

Zu seiner großen Überraschung war das Rolltor nicht verschlossen. Ja, es war noch nicht einmal verriegelt, denn der riesige Metallzapfen stand etwa fünf Zentimeter von seinem Gegenstück entfernt. Er fasste in den Spalt und drückte mit seinem Körpergewicht dagegen. Das Tor reagierte zwar mit einem quietschenden Rollgeräusch, aber es war bedeutend leiser, als er befürchtet hatte.

Muss wohl vor kurzem geschmiert worden sein, dachte er. Er blickte sich ängstlich nach allen Seiten um. Vielleicht eine Falle?

Er verscheuchte den furchteinflößenden Gedanken und trat einen Schritt zurück. Mit eindeutigen Handzeichen forderte er seine Kollegen auf, zu ihm zu kommen. Um sie nochmals eindringlich zum Schweigen zu ermahnen, warf er seinen Zeigefinger vor den Mund. Er horchte angestrengt. Natürlich hörte er von seinem Standpunkt aus den schnell an- und abschwellenden Verkehrslärm. Er stammte von den auf der Bundesstraße vorbeirauschenden Autos. Aber da war auch noch ein anderes, diffuseres Geräusch. Er vermochte es allerdings nicht einzuordnen.

Tannenberg zwängte sich als Erster durch den engen Torspalt. Die anderen Ermittler folgten ihm. Nach ein paar Schritten blieben sie stehen, blickten sich um. Direkt vor ihnen erstreckte sich das mächtige, von wabernden Dunstschleiern umwölkte Felsmassiv des Steinbruchs. Links davon lagen in wildem Durcheinander gesägte und unbearbeitete Felsbrocken herum. Viele waren verwittert und darüber hinaus zum Teil mit Ginsterbüschen und anderem Gewächs überwuchert. In diesem Teil des weitläufigen Areals befand sich zudem ein geröllhaldenähnlicher Lagerplatz, der vorwiegend aus Trockenmauersteinen bestand.

Mehrere Bagger und Kipper sorgten für blassgelbe Farbtupfer in der ansonsten von rötlichen Farbtönen dominierten Umgebung. Überall auf dem Gelände zeugten sowohl abstrakte als auch gegenständliche Sandsteinskulpturen von ausgeprägten künstlerischen Aktivitäten.

In östlicher Blickrichtung entdeckten die Eindringlinge hinter mehreren Rohblöcken und anscheinend frisch gesägten und aufeinander gestapelten Sandsteinquadern das Dach eines flachen Gebäudes. Mehr konnten sie von dieser Position aus nicht erkennen.

»Wenn, dann ist er bestimmt da vorne drin«, hatte Mertel gerade geflüstert, als unweit von ihm entfernt zwei Eichelhäher lautkrächzend in die Höhe stoben.

Erschrocken fuhren alle zusammen, duckten sich und nahmen die Köpfe zwischen die Schultern. Doch der Spuk endete genauso plötzlich, wie er aufgetaucht war. Sie spitzten die Ohren, konnten jedoch keine akustischen Veränderungen wahrnehmen. Aber sicherheitshalber warteten sie noch ein paar Sekunden ab.

Tannenberg gab das Startzeichen. Wieder führte er die Gruppe an. Während er im Zickzackkurs durch den Skulpturenpark aus urigen Felsblöcken hastete, suchte er nach Drähten oder sonstigen Auffälligkeiten. Jedes Mal, wenn er eine kurze Wegstreckte absolviert und eine gute Deckung gefunden hatte, winkte er den Nächsten herbei.

Je näher die Ermittler dem vermeintlichen Domizil Gregor Michalskys kamen, umso deutlicher wurde das Geräusch, das Tannenberg zuvor nicht näher definieren konnte. Es handelte sich dabei unzweifelhaft um eine Schleifmaschine, wie Mertel mit dem Fachwissen eines altgedienten Kriminaltechnikers lapidar feststellte. Unterlegt von Musik, wie er zudem anmerkte.

»Dann ist der werte Herr Künstler anscheinend gerade bei der Arbeit. Und das am heiligen Sonntag«, wisperte Dr. Schönthaler, mit dem Rücken an eine glatt gesägte, kalte Sandsteinwand gelehnt.

Im Gegensatz zu seinen Gefährten merkte man ihm eine psychische Belastung kaum an. Er schien sogar sichtlich Gefallen an diesem indianerspielartigen Szenario zu finden. Seinen Humor hatte er allem Anschein nach auch noch nicht gänzlich verloren, denn schmunzelnd ergänzte er: »Mich wundert überhaupt nichts mehr. Der Besitzer eines pfälzischen Steinbruchs, der akzentfreies Hochdeutsch spricht. Sachen gibt's heutzutage.«

Tannenberg nahm diesen Einwurf lediglich als peripheres Rauschen wahr. Seine Sinne waren auf etwas ganz anderes konzentriert. Er stand hinter einem vergleichsweise großen Steinquader und lugte vorsichtig daran vorbei. Er blickte auf die teilverglaste Front eines lagerhallenähnlichen Schuppens. Hinter der beleuchteten, milchigtrüben Glasfläche konnte man verschwommen eine sich bewegende Gestalt erkennen.

»Ich glaube, er ist allein«, sagte der Leiter des K 1, nachdem er sich wieder zu seinen Kollegen hin umgewandt hatte. »Das muss sein Atelier sein. Davor steht ein Auto. Ist wahrscheinlich seins. Ich weiß aber nicht, wie wir dort reinkommen können.«

»Wahrscheinlich durch die Tür«, meinte Dr. Schönthaler mit rollenden Augen. »Oder glaubst du vielleicht, der krabbelt immer durchs Dach?«

Tannenberg ignorierte die Bemerkung. »Wir teilen uns jetzt auf. Rainer, du bleibst bei mir.«

Der Rechtsmediziner, der natürlich keine Waffe mit sich führte, nickte brav.

»Du hältst dich im Hintergrund«, ergänzte er fauchend. »Hast du das kapiert?«

»Okay, okay.«

»Und ihr beide schleicht euch von der anderen Seite an den Schuppen heran. Dort am Haupttor könnt ihr ihm den Weg zur Straße abschneiden, falls er versuchen sollte zu türmen. Weil ihr den längeren Weg habt, sind wir früher dort. Aber wir warten so lange, bis auch ihr vor der Halle seid. Erst auf mein Handzeichen hin erfolgt der gemeinsame Zugriff. Alles klar?«

»Alles klar.«

»Und achtet ja auf mögliche Sprengfallen oder so was.«

Der Leiter der Mordkommission ließ seine beiden Kollegen so lange nicht aus den Augen, bis sie hinter einer Bärenskulptur verschwunden waren. Bitte, lieber Gott, mach, dass alles gutgeht, schickte er geschwind ein Stoßgebet in das diesige, schwarzgrau verhangene Himmelsgewölbe über ihm. Sein Blick schweifte hinüber zu dem dunklen Felsmassiv, vor dem gerade eine Schar Fledermäuse ihre abendlichen Flugübungen absolvierte.

Seufzend packte er seinen alten Freund an den Schultern. »Hoffentlich geht das gut, Rainer.«

»Sicher, alter Junge. Und wenn nicht, denk dran: auch in der Hölle gibt es Mirabellengeist.«

»Wahrscheinlich.« Schmunzelnd stieß Tannenberg Luft durch die Nase und zupfte an der Fliege des Rechtsmediziners. »Komm, bringen wir es hinter uns.«

Der Kriminalbeamte atmete noch einmal kräftig durch. Dabei lehnte er seinen Rücken an die glattgesägte Sandsteinwand. Anschließend schob er seinen Körper bis zur Kante des Quaders vor. Langsam drehte er den Kopf um die Ecke, spähte in die etwa fünf Meter breite und circa siebzig Meter lange Schneise. Der Fahrweg war freigeräumt und führte direkt zu dem hellerleuchteten Schuppen.

Zuerst wechselten die beiden Männer auf die andere Seite. Dann hasteten sie von einer der am Rande der Transportschneise spalierstehenden Skulptur zur anderen. Als ihr Abstand zur Lagerhalle nur noch ungefähr zwanzig Meter betrug, legten sie eine Pause ein.

Sie getrauten sich kaum zu atmen. Bis in die Zehenspitzen hinein angespannt lauschten sie dem hochtönigen Schleifgeräusch. Mit einem Mal wurde es leiser und ebbte schließlich ganz ab. Dafür wurde die Hintergrundmusik deutlicher.

»Hört der vielleicht eine Schrottmusik«, flüsterte Dr. Schönthaler.

Plötzlich wurden die dröhnenden Bässe noch lauter. Parallel dazu öffnete sich in der Mitte der Gebäudefront eine Glastür. Tannenberg hielt den Atem an. Eine männliche Gestalt trat einen Schritt hinaus ins Freie. Das grelle Neonlicht in seinem Rücken warf einen langen Schatten auf die nassgrauen Verbundsteine unmittelbar vor ihm. Man konnte sein Gesicht zunächst nicht sehen. Erst als der Mann an seiner Zigarette zog, erkannte man im rötlichen Glutschein für einen kurzen Moment sein gespenstisches Antlitz. Nachdem er ein paarmal seinen dunstigen Atem in die kühle Abendluft gestoßen hatte, machte der Mann auf dem Absatz kehrt und schloss die Tür.

Nun tauchten hinter einem Schaufelbagger Mertel und Sabrina aus ihrer Deckung auf. Sie befanden sich zu diesem Zeitpunkt etwa in gleicher Entfernung vom Schuppen wie Tannenberg. Allerdings standen sie etwas seitlich versetzt rechts neben der Halle. Der Leiter des K 1 gab das verabredete Handzeichen. Von beiden Seiten her näherten sich die Ermittler mit gezogenen Waffen der Eingangstür. Ein circa ein Meter hoher Backsteinsockel und die beschlagenen Scheiben gewährten ihnen dabei ausreichenden Sichtschutz. Allerdings konnten sie dadurch den Mann in der Halle nur verschwommen wahrnehmen. In der Hocke bewegten sie sich bis zur Glastür.

Tannenberg hörte seinen Herzschlag im Halse pochen. Seine Hände zitterten, er atmete schnell. So lange er nicht weiterarbeitet, ist das Risiko für uns viel zu groß, hämmerte es hinter seiner Schädeldecke. Wir müssen uns unbedingt noch gedulden, warten, bis dieser Scheißkerl die Schleifmaschine wieder eingeschaltet hat.

Endlich, nach langen Sekunden banger Anspannung, setzte das Geräusch wieder ein. Nun nahm er Blickkontakt zu seinen Kollegen auf. Dadurch versicherte er sich noch einmal, dass alle zum Einsatz bereit waren. Er streckte die Faust aus, ließ seine Finger nacheinander herausspringen: eins – zwei – drei.

Verabredungsgemäß blieb Dr. Schönthaler in der Hocke sitzen. Aus dieser Deckung heraus riss er die Tür auf.

»Polizei«, schrien die anderen Ermittler im Kanon, während sie in das Atelier hineinstürmten.

»Hände nach vorne auf den Stein, los, los«, brüllte der Einsatzleiter, unmittelbar nachdem er die etwa mannshohe, abstrakte Sandsteinskulptur entdeckt hatte, an welcher der Künstler offensichtlich gerade arbeitete.

Gregor Michalsky konnte im ersten Moment überhaupt nicht reagieren. Wie eine seiner steinernen Geschöpfe stand er regungslos inmitten des lichtdurchfluteten Raums. Er lehnte mit der linken Hand an der halbfertigen Skulptur, in der rechten hielt er die Schleifmaschine.

Mertel entriss ihm die Maschine, schaltete sie aus, legte sie auf den Boden. Unterdessen zog Sabrina die Arme des Künstlers hinter seinen Rücken und legte ihm Handschellen an. Sie drehte ihn zu Tannenberg um, nahm ihm die Schutzbrille ab. Die weiße Haut darunter war die einzige Stelle, die nicht mit feinkörnigem Sand überzogen war. Er sah wirklich aus wie ein Gespenst.

Plötzlich kehrte das Leben in den von oben bis unten mit einer feinen, rötlichen Sandschicht gepuderten Mann zurück.

»Cool, Mann, cool«, sagte er betont lässig durch fast geschlossene Zahnreihen hindurch. »Was macht ihr denn wegen so'm bisschen Dope so'n Aufstand?«

Er wies mit dem Kinn auf eine Werkbank, wo in einem Stück Alufolie ein dunkelbrauner Haschischbrocken lag. Erst jetzt nahm Tannenberg den schweren, würzigen Geruch wahr, der die Luft im Atelier durchsetzte.

Nach wie vor hing Michalsky die selbstgedrehte Zigarette in Lucky-Luke-Manier im Mund. Er inhalierte einen letzten, tiefen Zug, dann spuckte er den Stummel Tannenberg direkt vor die Füße.

»Ihr Bullen müsstet doch eigentlich wissen, dass der Dopekonsum in diesem freien Land legal ist. Habt ihr denn nichts anderes zu tun, als einen armen Künstler in seinen staatlich geschützten Privatgemächern zu überfallen?« Anscheinend begeistert über seine vermeintlich gelungene Sprachakrobatik fing er an zu kichern.

An deiner Arroganz wirst du noch ersticken!, dachte sein zorniger Häscher. Aber gleich danach rief er sich selbst zur Räson. Ich muss mich beruhigen, darf mich nicht von ihm provozieren lassen. Tannenberg fixierte ihn mit einem stechenden, abschätzigen Blick.

Ist dieser alberne Kiffer tatsächlich unser Täter – ein dreifacher, brutaler Mörder?, fragte er sich. Je länger er das von zwei leicht geröteten, stahlblauen Augen und einem dünnen Kinnbärtchen geprägte, hagere Gesicht betrachtete, umso stärker keimten Zweifel in ihm auf. Wenn ich doch nur in seinen Kopf hineinschauen könnte.

»Karl, tu mir mal den Gefallen und mach diese fürchterliche Schrottmusik aus«, zischte er hinüber zu Mertel. Der Kriminaltechniker hatte inzwischen mit einer Inspektionstour durch die Halle begonnen und war gerade in der Nähe der Stereoanlage angekommen.

»Wohl nicht Ihr Geschmack, Herr Oberinspektor«, scherzte der junge Künstler. Dabei grinste er so breit, dass feiner Sand von seinen kurzgeschnittenen Schnurrbarthaaren herabrieselte. Wieder ertönte dieses hüstelnde Kichern.

»Leben Sie alleine hier?«, brach Sabrina die kurzzeitig eingekehrte Stille.

»Ja, Schätzchen, leider.« Er musterte die attraktive weibliche Erscheinung schräg vor sich. »Aber du könntest doch bei mir einziehen.«

Die Kommissarin ließ sich von dieser billigen Anmache nicht beeindrucken. »Haben Sie keine Eltern oder Geschwister?«

»Nö, Ma-ma ist vor vielen, vielen Jahren mit einem Ami durchgebrannt. Und Pa-pa ist schon zu den lieben En-ge-lein emporgeflogen«, unternahm er einen Ausflug in die Babysprache.

»Gehört Ihnen der Kombi draußen vor der Tür?«

»Klar, Schatzi«, er hauchte einen Kuss in ihre Richtung, »so ein alter Benz ist das ideale Transportauto. Und da kann man auch noch ganz andere Sachen mit machen. Vor allem innen.« Wieder dieses alberne Kichern.

»Wohnen Sie hier in Ihrem Atelier?«, fragte Tannenberg so ruhig wie nur irgendmöglich. Dabei ruhten seine zusammengekniffenen Augen auch weiterhin auf dem etwa 25-Jährigen, der fast einen ganzen Kopf kleiner war als er. Der Mann war lediglich mit einem T-Shirt, weiten Baumwollhosen und Turnschuhen bekleidet.

»Jo, im Anbau da hinten.« Er deutete mit seinem spitzen Kinn nach rechts in Richtung des Felsmassivs. »Jetzt sagt mal endlich, was Sache ist. Ich hab noch 'nen Haufen Arbeit.«

Dr. Schönthaler hatte sich die ganze Zeit über hinter seinem Freund aufgehalten und interessiert der bisherigen Verhaftungsaktion beigewohnt. Nun schlenderte er ein paar Schritte durch das Bildhaueratelier. Links neben der halbfertigen Skulptur, an der Gregor Michalsky noch bis vor ein paar Minuten gearbeitet hatte, stand ein großer Portalkran aus Aluminium. Der Rechtsmediziner begab sich zu ihm hin und inspizierte ihn neugierig. Dann stieß er an die schweren, von einem mächtigen Querträger herunterhängenden Metallketten und beobachtete sie einige Sekunden dabei, wie sie gleichmäßig hin- und herpendelten.

Dann betrachtete er aus dieser neuen Perspektive die an zwei Seiten bereits intensiv bearbeitete Sandsteinskulptur. Nach seinem Eindruck sollte daraus eine geometrische Figur entstehen. Nicht unbegabt, der junge Künstler, dachte er. Dann wandte er sich um. Direkt hinter ihm standen mehrere, nebeneinander angeordnete alte Werkbänke. Darauf befanden sich in chaotischem Durcheinander Schleifscheiben, Riffeleinsätze, Bildhauerknüpfel, Schlageisen, Spitzeisen, Raspeln, Fäustel, Zahneisen und diverse andere Steinmetzwerkzeuge.

»Ei, was haben wir denn da?«, ertönte plötzlich die markante Stimme des Kriminaltechnikers hinter einem schweren Vorhang, der allem Anschein nach die Funktion eines Raumteilers erfüllte.

Nach einem rumpelnden Geräusch erschien Mertel. So als ob er den Anwesenden eine wertvolle Gabe überbringen wollte, hielt er vor seinem Körper einen schwarzen Leuchtstrahler. Als er sah, dass ihm seine Kollegen gebührende Aufmerksamkeit schenkten, reckte er ihn wie einen Siegespokal in die Höhe. »Da hinten in der Ecke liegen noch eine ganze Menge von diesen Dingern herum.«

Tannenberg hatte verstanden. Er strahlte wie ein Honigkuchenpferd, warf Sabrina einen triumphalen Blick zu. Sie fing ihn auf und lächelte kopfnickend zurück.

Ohne seine Arme wieder herunterzunehmen, baute der Kriminaltechniker sich direkt vor Michalsky auf. »Was ist denn das?«, fragte er den jungen Bildhauer.

Der junge Künstler blickte mit verkniffenem Gesicht hinauf zur dachschrägen, unverkleideten Hallendecke. »Lassen Sie mich mal scharf nachdenken«, spielte er seine Kasperrolle weiter. »Diese Frage ist nämlich gar nicht so einfach zu beantworten, wie's vielleicht aussieht.« Er räusperte sich theatralisch. »Das ist in etwa so, als wolle man einem Gehörlosen Beethoven erklären.«

»Was?«

»Ja, Herr Oberinspektor, das ist wirklich kein leichtes Unterfangen.« Das letzte Wort ging nahezu übergangslos in stakkatoartiges Kichern über.

»Dann erkläre ich Ihnen jetzt mal was!«, blaffte Tannenberg. Er riss seinem Kollegen den schwarzen, rechteckigen Breitstrahler aus der Hand, fuchtelte damit hektisch vor des Künstlers sandverkrusteter Nase herum. »Das hier ist genauso ein Strahler wie sie bei den Bombenanschlägen vor der Pfalzgalerie verwendet wurden«, behauptete er, obwohl er zu diesem Zeitpunkt überhaupt nicht wissen konnte, ob er mit dieser Vermutung richtig lag.

Erst jetzt wanderte Michalskys Blick langsam von der Decke nach unten. Frech grinsend schaute er seinem

Widersacher direkt in dessen vor Wut funkelnde Augen. »Ja, und? Was hat das mit mir zu tun?«

Stopp! Jetzt ja nicht ausflippen! Ruhig bleiben! Nicht provozieren lassen!, hörte er die ausnahmsweise einmal konstruktiven Befehle seiner inneren Stimme.

»Erzählen Sie uns doch mal, warum Sie diese Strahler überhaupt hier lagern«, führte Mertel die Befragung fort.

Michalskys eisiger Blick hatte in ihm ein neues Objekt gefunden.

»Ja, da sind wir ja schon wieder bei Beethoven«, seufzte er gequält.

Mertel verrollte die Augen, wiederholte aber seine Frage.

»Also gut, dann versuchen wir nun eben das Unmögliche …« Michalsky brach ab, wiegte den Kopf hin und her, »und erklären Bullen Kunst. Oh, Fuck, was für ein Scheißjob!«, stieß er in verächtlichem Ton aus. »Hat von den werten Herrschaften zufällig schon mal einer etwas von Illuminationskunst gehört?«, fragte er. Seiner überheblichen Mimik konnte man entnehmen, dass er eine fachkundige Antwort seiner Zuhörer als völlig ausgeschlossen erachtete.

»Eigentlich ist der Begriff ›Lichtinstallation‹ oder ›Lichtkunst‹ doch wohl etwas gebräuchlicher, nicht wahr?«, entgegnete Dr. Schönthaler schmunzelnd. Er stülpte die Unter- über die Oberlippe und nickte dazu anerkennend. »Lichtkunst hier in Ihrem Steinbruch vor solch einer grandiosen Kulisse. Das stelle ich mir sehr imposant vor: Die Felsen und Skulpturen angestrahlt, Schattenspiele, farbige Lichtteppiche – mystisch, gruselig, meditativ.«

Michalskys Mienenspiel leuchtete geradezu auf.

»Dieser Event hat bereits stattgefunden.« Urplötzlich gefroren seine Gesichtzüge. »Aber es kam kaum jemand. Alle waren im Vorfeld von meiner Idee begeistert. Ich hatte sogar einen bekannten Lichtkünstler engagiert. Aus den Staaten! Aber als es dann geflopt hat, haben die mich alle auf meinen hohen Schulden sitzen lassen.«

Da hätten wir ja vielleicht ein Tatmotiv, freute sich der Leiter des K 1. Diese Gedanken teilte er allerdings niemandem mit.

Nach seiner Meinung war es vielmehr an der Zeit, seinem alten Freund einen deftigen Schuss vor den Bug zu knallen. »Gibt das jetzt hier ein Kunstsymposion, oder was? Wenn ich dich mal auf etwas hinwiesen dürfte, mein lieber Rainer: Dieser nette, sympathische Kunstexperte, mit dem du dich gerade so anregend unterhalten hast, ist ein dreifacher Mörder.«

Der Rechtsmediziner wirkte zwar etwas pikiert, enthielt sich jedoch eines Kommentars.

Tannenberg hatte einen Entschluss gefasst. Wie häufig bei solchen Anlässen, erwartete er auch diesmal eine schnellstmögliche und vor allem auch widerspruchsfreie Umsetzung:

»Leute, mir reicht dieses Affentheater«, verkündete er. »Wir bringen unseren begnadeten Künstler jetzt zu unserer Dienststelle und führen mit ihm mal ein richtig schönes Verhör durch – nach allen Regeln der Kunst.« An den jungen Bildhauer gewandt, schob er grinsend nach: »Sie werden es zwar nicht glauben, aber auch in den Reihen der Kriminalpolizei gibt es Künstler. Und Licht haben wir auch – ziemlich grelles sogar.«

Er packte Michalsky fest am Arm und führte ihn nach draußen. Als er den vergilbten 240er TD vor der Tür erspähte, fiel ihm ein, dass sie ja nur mit einem Auto zur Eselsfürth gefahren waren. Außerdem befand sich ihr eigener Mercedes zweihundert Meter entfernt auf einem Hotelparkplatz.

»Wo ist Ihr Autoschlüssel«, fragte er Michalsky.

»Such ihn doch.«

»Da auf der Werkbank liegt ein Schlüsselbund«, erklärte Dr. Schönthaler. Er hatte ihn bereits vorhin bei seinem kleinen Rundgang entdeckt.

»Gut. – Karl, du hast doch bestimmt deine Handschellen dabei.«

»Ja, hab ich.«

»Gibt sie mir mal.«

Der Kriminaltechniker überreichte ihm die gewünschten silbernen Handfesseln. »Was willst du denn damit? Er hat doch schon welche an«, zeigte er sich sichtlich verwundert.

»Wirst du gleich sehen. Eigentlich gehört dieser Mistkerl ja in den Kofferraum unseres eigenen Autos gesperrt. Damit er mal leibhaftig spürt …« Er stockte. Mit seinem eigenen Schlüssel, den er im Gegensatz zu den Handschellen immer mit sich führte, öffnete er die linke Metallfessel. »Setzen Sie sich auf die Rückbank«, befahl er.

Als Gregor Michalsky seinem barsch vorgetragenen Befehl endlich nachgekommen war, befestigte er das auseinanderklaffende Teil an dem knapp unterhalb des Dachhimmels befindlichen Haltegriff. Dann eilte er auf die andere Seite des betagten Kombis. Nun kettete er die rechte Hand des potentiellen Mehrfachmörders mit dem zweiten Paar Handschellen an den anderen Griff. Michalskys hing nun wie ein Ringturner im Kreuzhang.

Tannenberg schaltete die Innenbeleuchtung an. Ein fahler Lichtschein fiel auf dieses skurrile Arrangement. »Wie ihr seht, verfüge auch ich über ein gewisses Maß an Kunstsinn: Das, was euch hier gerade dargeboten wird, ist die moderne Version einer berühmten Bibelstelle: Jesus Christ Superstar – lichtilluminiert.«

16

Der Leiter der Kaiserslauterer Mordkommission ließ sich den Spaß nicht nehmen und setzte sich selbst ans Steuer des alten Benz-Kombis. Dr. Schönthaler nahm neben ihm Platz. Sabrina und Mertel öffneten die Heckklappe des geräumigen Fahrzeugs, suchten sich ein besonders originelles Plätzchen auf der Ladekante und ließen die Beine baumeln. Die Fahrt führte über die Transportschneise zurück zum selben Rolltor, durch das die Ermittler vorhin auf das Steinbruchgelände gelangt waren. Von dort aus ging es über den unbeleuchteten Rotsandweg zur B 40. In gebührendem Sicherheitsabstand wartete Tannenberg, bis seine Kollegin den Dienstwagen zu dieser von der Bundesstraße her nicht einsehbaren Stelle chauffiert hatte.

Nun fand die ungewöhnliche und sicherlich auch etwas fragwürdige Kreuzigungsprozession ihr Ende. Man befreite den Künstler aus seinem unbequemen Kreuzhang und verfrachtete ihn auf Tannenbergs ausdrücklichen Wunsch hin in den Kofferraum des Zivilfahrzeugs. Diese Aktion war zwar nicht unbedingt weniger makaber, aber diese Variante hatte einen wesentlichen Vorteil: Auf diese Weise war es nämlich möglich, den vermeintlichen Übeltäter ungesehen in die Tiefgarage der Polizeiinspektion am Pfaffplatz zu schmuggeln.

Tannenbergs tiefsitzendem Rachebedürfnis war damit zumindest für eine Weile Genüge getan. Die Vorfreude auf das nun anstehende Verhör versetzte ihn in eine geradezu euphorische Stimmung. Laut pfiff er die Melodie von ›Ein Tag, so wunderschön wie heute‹, die ihm von seinem Besuch bei den Hellmanns immer noch im Ohr klang. Dazu wiegte er den Oberkörper schunkelnd hin und her und trommelte auf das Armaturenbrett.

»Mach mal nicht so doll, sonst löst du noch den Airbag aus«, scherzte der Kriminaltechniker von der Rückbank her.

»Dann sing ich eben«, gab der Leiter des K 1 zurück. »Wir sind ja sowieso alle Künstler – auf irgendeine Art. Ich bin ab jetzt Gesangskünstler. So ein Tag, so …«

»Oh bitte, Herr, lass Stille vom Himmel regnen!« Dr. Schönthaler legte ihm beide Hände auf die Schultern. Mit energischer Stimme zischte er: »Wolf, sei mal ruhig! Hörst du das nicht?«

»Was?«

»Malleus, Uncus und Stapes – vereint zu einem Klagelied.«

Irritiert wandte sich sein Freund ein Stück zu ihm um. Als er dabei jedoch die Schmerzblockade in seinem Genick erreichte, drehte er den Kopf wieder langsam zurück in die Fahrtrichtung. »Wer?«, stöhnte er auf.

»Hammer, Amboss, Steigbügel – meine Gehörknöchelchen flehen dich an.«

»Dilettant!«, schimpfte Tannenberg. Dann beschäftigte er sich wieder mit einem ernsteren Thema. »Karl, wir bringen unseren blinden Passagier zu dir runter in die Katakomben. Und zwar in das alte Befragungszimmer mit der Spiegelwand. Wir können nämlich nicht ausschließen, dass oben im K 1 irgendwann der Hollerbach oder der Eberle auftauchen.«

»Gute Idee. Obwohl …«

»Obwohl, was?«

»Willst du dich nicht mal bei den beiden Herren melden und sie über unseren grandiosen Ermittlungserfolg informieren?«

»Nee, nee, Karl, erst bringen *wir* diese Sache hier zu Ende. Und zwar ganz allein. Das sind wir unseren ermordeten Mitbürgern schuldig.«

Und das bin *ich* meiner Familie schuldig, ergänzte er in Gedanken, vermied es aber, seinen persönlichen Rachefeldzug der Öffentlichkeit preiszugeben. Niemand darf sie ungestraft mit dem Tode bedrohen! Niemand!

»Hast ja recht!« Mertel wollte offensichtlich vermeiden, dass Michalsky von dem, was er gleich sagen wollte, etwas mitbekam. Deshalb beugte er sich nach vorne und bat Sabrina, das Autoradio einzuschalten.

Als laute Musik das Autoinnere beschallte, fuhr er mit flüsternder Stimme fort. »Übrigens, Wolf, wenn der wirklich so cool ist, wie er sich gibt, dann ist es vielleicht gar nicht so einfach, ihn zu überführen.«

»Was meinst du damit?«

»Es ist meines Erachtens nicht unwahrscheinlich, dass er damit gerechnet hat, dass wir irgendwann bei ihm aufkreuzen werden. Und wenn das so ist, dann war er auch sicherlich so schlau, die Tatwaffe, die getragene Kleidung etc. verschwinden zu lassen. Was glaubst du wohl, wie viele Verstecke es auf diesem Steinbruchgelände gibt.«

Tannenberg brummte nachdenklich.

»Da finden wir nie etwas. Vielleicht hat er ja auch alles irgendwo im Wald verbuddelt.« Der berufserfahrene Spurenexperte seufzte. »Was haben wir denn eigentlich gegen ihn in der Hand? Den Sprengstoff besitzt er ganz legal. Die Leuchtkörper braucht er für diese Lichtkunst.

Bei den Morden am Hungerbrunnen hat er garantiert Handschuhe getragen. Reifenspuren gab es aufgrund des Asphalts keine. Wir haben keine Tatzeugen.«

»Aber«, erwiderte der Leiter der Mordkommission gedehnt, »wir haben doch die Tonbänder mit seiner Stimme drauf. Und die Übereinstimmung mit unserem Fahrgast lässt sich doch wohl hoffentlich technisch unzweifelhaft klären.«

Mertel schnallte sich ab und näherte sich Tannenbergs Ohr bis auf wenige Zentimeter. »Ja, das schon, Wolf. Aber du weißt schließlich selbst, wie es damit vor Gericht aussieht. Wie heißt es da immer so schön: Es ist ohne Zustimmung des Angeklagten unzulässig, im Strafverfahren gegen ihn eine Tonbandaufnahme als Beweismittel zu verwenden, die unter Verletzung seines Persönlichkeitsrechts heimlich über ein von ihm geführtes Gespräch vom Gesprächsteilnehmer hergestellt wurde. Was in vorliegendem Falle ja wohl eindeutig gegeben ist.« Er deutete mit seinem ausgestreckten Daumen über die Schulter nach hinten zum Kofferraum. »Und von dem da hinten eine Zustimmung dafür zu erhalten, kannst du sicherlich getrost vergessen.«

»Verdammt, und so etwas nennt sich dann auch noch Rechtsprechung.« Tannenberg ließ ein ebenso frustriertes wie wütendes Grunzgeräusch verlauten. »Da haben wir wohl noch ein hartes Stück Arbeit vor uns.«

Der schon lange nicht mehr für solche Zwecke verwendete Kellerraum war ungeheizt und im Laufe der Jahre zu einer Art Rumpelkammer verkommen. Tannenberg und der Rechtsmediziner trugen einen mit einer dicken Staubschicht überzogenen Tisch in die Mitte und stellten mehrere, in der Ecke aufeinandergestapelte Stühle dazu. Mertel ging in sein Labor und kehrte wenig später mit einem Kassettenrecorder und einem Mikrofon in der Hand zurück. Mischalsky, der die ganze Zeit über gefesselt und von Sabrina bewacht am Türrahmen angelehnt stand, wurde an den Tisch geführt.

Tannenberg nahm ihm gegenüber Platz, Sabrina links von ihm, Mertel rechts. Dr. Schönthaler blieb stehen. Da er als Gerichtsmediziner selbstverständlich keinerlei Befugnis zur Einflussnahme auf die kriminalpolizeiliche Ermittlungsarbeit hatte, durfte er natürlich auch nicht auf dem Verhörmitschnitt zu erkennen sein. Somit wohnte er quasi inkognito der Beschuldigtenvernehmung bei.

Seine bisherige räumliche Nähe zu den K 1-Mitarbeitern würde er bei möglichen Nachfragen als ausschließlich privater Natur deklarieren. Schließlich hatten ihn am gestrigen Abend die sich überstürzenden Ereignisse brutal von der Wohnzimmercouch des Kommissariatsleiters gerissen und ihn geradezu gezwungen, seinem besten Freund in diesen schweren Stunden tatkräftig zur Seite zu stehen.

Zuerst klärte Tannenberg vorschriftsmäßig den des Dreifachmordes Beschuldigten über seine Rechte auf. Dann begann er, die Kassette zu besprechen. »Vernehmung von Herrn Gregor Michalsky, wohnhaft Kaiserslautern, Eselsfürth. Beginn neunzehn Uhr sieben. Anwesend: KHK Tannenberg, KK Schauß, KHK Mertel. Herr Michalsky wurde über seine Rechte belehrt.«

»Können Sie mir nicht die Handschellen abnehmen? Ich will eine rauchen«, forderte der junge Künstler.

»Nein, das geht nicht. Außerdem herrscht hier drinnen striktes Rauchverbot.«

»Was für ein Bullen-Schikanen-Fuck!«, empörte sich sein Gegenüber.

Wolfram Tannenberg hatte sich vorgenommen, sich auf keinen Fall provozieren zu lassen. Unter keinen Umständen durfte er die Kontrolle über dieses Verhör verlieren. Dafür stand viel zu viel auf dem Spiel.

Betont gelassen fuhr er deshalb mit der Befragung fort: »Herr Michalsky, wo waren Sie gestern Abend zwischen 19 und 23 Uhr?«

»Aha, Alibiüberprüfung – geil! Wie bei Derrick im Fernsehen.«

»Wo haben Sie sich in diesem fraglichen Zeitraum aufgehalten?«

»Im Atelier, Herr Oberinspektor.« Ein albernes Kichern zerschnitt die kurzzeitig eingekehrte Stille.

»Was haben Sie dort gemacht?«

Der junge Künstler schien die Frage als regelrechte Provokation zu erachten. »Na, was macht man denn in einem Atelier, du blöder Superbulle?«

Tannenberg mahnte sich zur Gelassenheit. »Sie haben also gearbeitet.«

Gregor Michalsky antwortete nicht, sondern blickte genervt zur Decke empor. Er schlug ein Bein über das andere und begann gelangweilt mit dem Fuß zu wippen. Dann fing er an, Zickzacklinien auf die verstaubte Tischplatte zu malen.

»Ich will jetzt rauchen. Bitte, ich brauch eine Kippe, bitte«, bettelte er in Kleinkindmanier.

Der verhörerfahrene Kriminalbeamte blieb eisern. »Haben Sie Zeugen für Ihr Alibi?«, fragte er so emotionslos, wie es ihm nur möglich war.

»Neiiiiin«, zog Michalsky das Wort wie einen Kaugummi in die Länge. Ruckartig richtete er seinen Oberkörper auf, fixierte ihn mit seinen eiskalten blauen Augen. »Ich will sofort meinen Anwalt sprechen.«

Tannenberg verspürte einen heftigen Stich in der Magengegend. Verflucht, das muss ich unbedingt hinauszögern, dachte er. Wenn dieser abgebrühte Kiffer erst mal mit einem Anwalt geredet hat, ist die Chose gelaufen.

Plötzlich zündete eine hilfreiche Idee in seinem pulsierenden Hirn. Er blickte sich demonstrativ um. »Schauen Sie selbst. Entdecken Sie hier irgendwo ein Telefon?« Nur eine minimale Veränderung in seiner Stimme zeugte noch von dem gewaltigen Schock, den Michalskys Satz in ihm ausgelöst hatte. Ohne eine Reaktion des Künstlers abzuwarten, ergänzte er sogleich: »Na, sehen Sie. Ich verspreche Ihnen, wenn wir hier fertig sind, werden Sie in einen anderen Raum gebracht. Von da aus können Sie Ihren Anwalt anrufen – und dort dürfen Sie auch rauchen.«

Einen Moment lang ruhten seine Augen auf dem Antlitz des jungen Bildhauers. Sieht ein bisschen dem jungen Klaus Kinski ähnlich, sinnierte er. Schnell verscheuchte er die abschweifenden Gedanken.

»Wieso sprechen Sie überhaupt dieses perfekte Hochdeutsch?«, sprudelte es ungeprüft aus seinem Mund.

Eigentlich hatte er auf diese unüberlegte, zusammenhanglose Frage keine Resonanz erwartet. Aber zu seinem großen Erstaunen antwortete Gregor Michalsky sofort:

»Meine Mutter war Schauspielerin am Pfalztheater«, erwiderte er in besonders geschliffener Form. »Sie hat erfreulicherweise sehr großen Wert darauf gelegt, dass ich diese primitive, grässliche Bauernsprache nicht erlerne.«

»So«, meinte Tannenberg einsilbig. Er war gedanklich noch immer mit der Frage beschäftigt, wieso er gerade solch eine belanglose Sache hatte wissen wollen.

Weil du an die Taxi-Kassette gedacht hast, die du ihm allmählich mal vorspielen solltest, meldete sich seine innere Stimme erläuternd zu Wort, sonst geht's hier überhaupt nicht voran.

Unvermittelt riss Michalsky seine Arme in die Höhe, drückte den Daumen seiner fächerartig gespreizten Hand auf die Nase und die andere dahinter. »Ätsch, veräppelt, Ma-ma war gar keine Schauspielerin. Ma-ma war Buchhalterin.«

Nun platzte Tannenberg der Kragen. Er schlug mit der flachen Hand so fest auf den Tisch, dass sich ein brennender Schmerz von den Fingern bis zum Ellbogen ausbreitete.

»Du bescheuerter Blödmann!«, brüllte er. »Wir sind hier doch nicht im Kasperletheater!« Er schlug Michalskys Hände von dessen Nase weg, griff in sein T-Shirt und zog ihn über den Tisch zu sich heran. Feiner Sand rieselte auf seine Ärmel herab. »Du hast drei Menschen ermordet, du elender Drecksack. Ich werde dafür sorgen, dass du gleich dein Maul aufmachst. Ich geh jetzt raus. Und wenn ich wiederkomme, nehm ich dich mal richtig zur Brust. Da kannst du dich schon mal drauf freuen.«

Er ließ ihn los, wischte sich angewidert den rötlichen Staub von seinem Sakko. »Macht mal weiter, Sabrina. Mir reicht's im Moment. Ich ertrag diese Gespensterfresse nämlich nicht mehr länger.«

Während er sich erhob, signalisierte er Mertel mit einer Augenbewegung, dass er ihm nach draußen folgen solle. Dr. Schönthaler begleitete die beiden. Sie stellten sich in dem direkt danebenliegenden Raum hinter den Einwegspiegel und blickten ins Verhörzimmer.

»Das war wohl das Startsignal für den Böser-Bulle-Lieber-Bulle-Trick, nicht wahr, alter Junge?«

»Ja, das war er, Rainer. Hat ja auch schon oft genug geklappt. Aber ob er bei diesem ausgekochten Mistkerl da drin funktioniert.« Er seufzte tief. »Da bin ich mir nicht so sicher.«

»Mal abwarten, wie sich die Sache weiterentwickelt, wenn erst mal die Drogenwirkung nachlässt«, sagte der Rechtsmediziner. »Also, wenn er außer Haschisch keine weiteren Drogen konsumiert hat, können wir davon ausgehen, dass das Wirkungsmaximum etwa 30 bis 60 Minuten nach Einnahme der Drogen erreicht ist.«

»Das müsste doch schon bald sein«, meinte Tannenberg.

»Ja.« Dr. Schönthaler zog seine Taschenuhr heraus und ließ den Deckel aufspringen. »Du hast recht. Ich bin mal sehr gespannt, wie er reagieren wird. Manchmal schlägt die Stimmung dann urplötzlich radikal um: Aus Euphorie wird Depression, aus Tollkühnheit wird Angst. Diese Reaktionen sind bei Haschisch allerdings atypisch und daher wohl eher selten.« Er ließ einen Augenblick verstreichen, bevor er grinsend eine weitere Bemerkung nachschob: »Obwohl dieses Zeug heute viel stärker ist, als das, was wir früher reingezogen haben.«

»Du vielleicht – ich nicht«, zischte der Leiter des K1.

»Weil du immer nur Bacchus gehuldigt hast.«

Die nächsten zehn Minuten beobachteten die Männer, wie Sabrina perfekt die Rolle der freundlichen, einfühlsamen Polizistin spielte. In der Gewissheit, dass sie ihre Kollegen hinter der Einwegscheibe nicht aus den Augen ließen, befreite sie Michalsky von seinen Handfesseln und erlaubte ihm sogar zu rauchen. Allerdings führte diese weiche Befragungsstrategie zu keinem greifbaren Ergebnis, denn der junge Künstler blieb auch weiterhin verschlossen wie eine Auster.

Mertel sorgte unterdessen für eine kleine Stärkung. Wie ein Oberkellner servierte er drei bis zum Rand mit Mirabellengeist gefüllte Schnapsgläser. Auf dem Silbertablett befand sich zudem eine schwarze Kassette. Tannenberg kippte seinen Obstbrand in einem Schwung die Kehle hinunter. Dann hob er, so als ob er nun schwören wolle, die rechte Hand. Die anderen taten es ihm gleich.

Während sie sich nacheinander abklatschten, verkündete Tannenberg: »Auf in den Kampf, Jungs. Dann werden wir diesem Sandsteinkasper jetzt mal richtig einheizen.«

Die anderen beiden nickten stumm.

Er nahm die Kassette an sich und sog in einem tiefen Zug die kühle Kellerluft ein. Dann drückte er die Klinke hinunter. »Wissen Sie, was das ist, Herr Michalsky?«, rief er in den fensterlosen Raum hinein.

Sabrina rutschte zurück auf ihren alten Stuhl. Ihr Chef setzte sich jedoch nicht hin, sondern baute sich in voller Körpergröße vor seinem Widersacher auf.

»Na, sieht fast aus wie eine Kassette, Herr Oberinspektor. Meine Musik hat Ihnen ja nicht gefallen. Muss ich mir jetzt etwa Ihre anhören?« Nach wie vor triefte seine Miene geradezu von Arroganz.

Tannenberg schossen einige ziemlich derbe Schimpfwörter durch den Kopf, aber er behielt sie für sich. Er nahm die Kassette aus dem Recorder und legte die mitgebrachte ein. Die Playtaste drückte er allerdings noch nicht.

»Als Künstler haben Sie doch sicherlich sehr viel Fantasie, nicht wahr?«, sagte der Kriminalbeamte mit ruhiger Stimme.

Michalsky nickte und lehnte sich genüsslich in seinem Stuhl zurück. »Das kann man wohl sagen.« Mit einem lüsternen Seitenblick auf Sabrina ergänzte er: »Was glauben Sie denn, was ich mir eben so alles ausgemalt habe, mit dem Schätzchen da.« Er deutete einen Kuss an. Anschließend zog er an seiner Zigarette und blies den ausströmenden Qualm seinem Häscher direkt ins Gesicht.

Tannenberg hielt den Atem an, während er einen Schritt zur Seite ging. »Aufgrund Ihrer ausgeprägten Fantasie haben Sie doch bestimmt eine Idee, was auf der Kassette drauf sein könnte. Was sag ich *eine*, Sie haben sicherlich viele Ideen.«

Michalsky grinste, antwortete allerdings nicht.

»Was, keine einzige Idee? Ein Mann mit Ihren Talenten? Jetzt enttäuschen Sie mich aber wirklich. Gut, dann hören wir uns doch einfach mal die Kassette an.«

Bevor er die Starttaste betätigte, setzte er sich hin. Dabei nahm er den jungen Bildhauer scharf ins Visier. Der jedoch hielt seinem Blick stand. Obwohl Michalsky natürlich nicht wissen konnte, was ihn nun erwartete, schien er es doch irgendwie zu erahnen. Mertel hatte das am Hungerbrunnen aufgenommene Band genau zu der Stelle zurückgespult, an der man zum ersten Mal die Stimme des Mörders hörte.

Tannenberg drückte auf ›Play‹.

»Bleiben Sie sitzen!«, tönte es aus dem Minilautsprecher.

Michalsky blieb äußerlich ruhig. Nur einen winzigen Moment lang hatten sich seine Augen geweitet, und das

Weiße um die stahlblaue Pupille herum war aufgeblitzt. Das Band lief weiter.

»Ist das'n Hörspiel, oder was?«, zeigte er sich unwissend.

»Ja, wenn man pervers genug ist, kann man es sicherlich so nennen«, entgegnete der Leiter des K 1. Nur ein leichtes Beben in seiner Stimme verriet seine wahren Emotionen. »Aber wie Sie natürlich genauso gut wissen wie ich, ist es leider kein Spiel, sondern eine Reality-Crimeshow.«

»Reality-Crimeshow? Wow! Glückwunsch, Herr Oberinspektor. Sie haben gerade eben eine neue Kunstform kreiert.«

Tannenberg schmunzelte und strich sich betont gelassen über die Nase. Er fühlte sich wie in einer von den heimtückischen Attacken des Gegners geprägten, zermürbenden Schachpartie, die urplötzlich auf Messers Schneide stand. Obwohl er wusste, dass sein nächster Zug der alles entscheidende sein konnte, verbarg er seine extreme innere Anspannung. Er war glockenwach, hochkonzentriert.

»Das ist zweifelsfrei Ihre Stimme, nicht wahr? Das hört man doch sofort. Dieses lupenreine Hochdeutsch.«

»Auch in dieser abgefuckten Provinz wird es ja noch ein paar mehr Leute geben, die des Hochdeutschen akzentfrei mächtig sind«, retournierte Michalsky. Verächtlich stieß er Luft durch die Nase. »Soll das etwa ein Beweisanzeichen in Ihrer Indizienkette werden, Herr Oberinspektor? Dass ich nicht lache!« Er warf den Stummel seiner Zigarette neben sich auf den Boden und trat die Glut aus.

Tannenberg ließ ihn kommentarlos gewähren. Aber nicht etwa, weil er diesen provokativen Akt toleriert hätte. Nein, er hatte ihn überhaupt nicht registriert. Denn bei dem nur in Juristenkreisen geläufigen Fachbegriff ›Beweisanzeichen‹ hatten bei ihm sofort die Alarmglocken zu läuten begonnen. Er hatte sich noch nicht einmal ansatzweise von seinem ersten Schock erholt, als der junge Künstler etwas verkündete, das ihn noch weitaus mehr erschaudern ließ.

»Herr Oberinspektor, wie Sie ja selbst wissen, kann diese Bandaufnahme nur dann von einem Gericht als Beweismittel zugelassen werden, wenn der Angeklagte dem zustimmen würde.« Während Michalsky dies sagte, zog er seelenruhig ein Papierchen und eine Portion Feinschnitt aus seinem Tabaksbeutel und begann sich eine Zigarette zu drehen. »Im Übrigen möchte ich jetzt endlich meinen Anwalt sprechen – wozu Sie nach § 114 b StPO verpflichtet sind.«

»Ja, ja, gleich«, gab Tannenberg konsterniert zurück. »Woher wissen Sie das denn alles?«

»Wieso fragen ausgerechnet Sie mich das? Sie gehören doch sicherlich auch zu dieser genialen Familie, die seit gestern Abend in ganz Deutschland dafür bekannt ist, dass sie selbst die schwierigsten Fragen beantworten kann. Oder haben Sie mit denen etwa nichts zu tun?«

Er wartete einen Augenblick. Das Schweigen des Kriminalbeamten deutete er als Zustimmung und fuhr deshalb fort. »Hab ich mir doch gleich gedacht, dass Sie zu diesem komischen Familienclan gehören. So viele von Ihrer Sorte wird es in dieser abgefuckten Stadt ja auch nicht geben.« Anschließend entzündete er seine neue Zigarette, nahm eine gierigen Zug und blies Tannenberg den Qualm ins Gesicht.

Treib es nicht auf die Spitze, mein Junge!

»Ach, Herr Oberinspektor, probieren Sie es doch

auch einmal – und raten.« Er inspizierte eindringlich die verkniffene Mimik seines Gegenübers. »Obwohl, wenn ich Sie mir so anschaue, sieht es nicht unbedingt so aus, als ob Sie im Augenblick geistig auf der Höhe wären.«

Ein Rumpelstilzchen-Kichern erklang. »Also will ich Sie hiermit erlösen: Die einzige logische Antwort auf die von Ihnen gestellte Frage lautet: Ich habe einige Semester Jura studiert. Im Gegensatz zu Ihrer Familie kommen Sie jetzt aber in unserer kleinen Quizshow keine Runde weiter, sondern sind hiermit leider aus dem Spiel.«

Es war so, als ob inmitten einer schon gewonnen geglaubten Schachpartie der Gegner plötzlich eine zusätzliche Dame erhalten hatte. Wolfram Tannenberg spürte, wie es ihm die Kehle abschnürte und ihm schwindelig wurde. Diesen Triumph wollte er Michalsky nicht gönnen. Er nahm seine letzte Kraft zusammen und verließ mit einer fadenscheinigen Begründung das Befragungszimmer. Mit hängendem Kopf schlurfte er zur Toilette und hielt sein Gesicht unter das eiskalte Wasser.

Das gibt es einfach nicht, sagte er zu sich selbst. Dieser Mistkerl spielt uns den zugekifften, hysterischen Kasper vor und dabei hat er sich anscheinend auf alle Eventualitäten vorbereitet. Ganz cool lässt der uns hier auflaufen. Und das Allerschlimmste: Mit dem, was er gesagt hat, hat er den Nagel genau auf den Kopf getroffen.

Tannenberg blickte in sein triefendnasses Gesicht. Auch damit hatte Michalsky recht gehabt: Er sah im Moment wirklich nicht gerade aus, als sei er ein psychisch stabiler, überlegener Ermittler, der einem Beschuldigten Angst und Schrecken einjagen konnte. Eher erinnerte der

Mann im Spiegel an einen übernächtigten Zecher, den man zwangsweise unter die Dusche gestellt hatte.

Mensch, reiß dich zusammen, du Weichei!, schimpfte seine innere Stimme ohne Rücksicht auf sein Selbstmitleid. Angeschlagene Boxer sind die gefährlichsten! Lass dir eben mal was Anständiges einfallen!

Aber wie soll ich diesem eiskalten Hund denn die Morde nachweisen? Außer dem Tonband hab ich doch gar nichts gegen ihn in der Hand. Und auch das nutzt mir nichts. Weil es kein Richter als Beweismittel zulassen wird.

Er zermarterte sich sein Hirn, aber ihm wollte partout nichts Vernünftiges einfallen. Er stöhnte, legte die Stirn an das kalte Spiegelglas. Er schloss die Augen, rieb sich die Schläfen.

Wie aus dem Nichts tauchte vor seinem geistigen Auge urplötzlich eine Filmsequenz auf: Er trifft im Wald am Hungerbrunnen gerade auf Krummenacker. Der sagt etwas zu ihm, aber er kann es nicht verstehen. Dann wird aufgezoomt. Jetzt sieht er nur noch Krummenackers Kopf. Seine Lippen bewegen sich in Zeitlupe auf- und ab. Er versucht, dieses Wort von den Lippen abzulesen, aber es gelingt ihm nicht. Die Szene wiederholt sich. Nun sieht er Krummenackers Lippen in Großaufnahme. Sein eigener Mund bewegt sich synchron dazu. Noch einmal. Plötzlich hat er das Wort entschlüsselt, das sein Kollege andauernd wiederholt: Spa-zier-gän-ger.

Eine Leuchtrakete zischte durch Tannenbergs Kopf: Spaziergänger – das ist es! Nun klingelte ihm auch der ganze Satz im Ohr, den Krummenacker zu ihm gesagt hatte: »Ein Spaziergänger hat ihn entdeckt. Er sitzt im Auto.«

Ich hab diesen Mann zwar überhaupt nicht gesehen, aber vielleicht hat *er* ja etwas gesehen. Vielleicht hat er ja sogar *alles* gesehen! Könnte er ja – zumindest theoretisch.

Nun tat er etwas, was er früher in seiner aktiven Handballerzeit vor jedem wichtigen Spiel getan hatte: Er klatschte sich seine Handflächen mehrmals fest auf die blassen Wangen. Seine Gesichtshaut reagierte sofort mit stechenden Schmerzen. Dieser Mechanismus funktionierte noch immer perfekt und erweckte ihn schlagartig wieder zum Leben. Im Spiegel errötete ein Männergesicht, so als habe eine Maskenbildnerin ihm zu viel Rouge aufgetragen.

Das ist genau die richtige Farbe für diesen abgebrühten Sandstein-Klopfer!

Wie ein buddhistischer Mönch, der durch ständige Wiederholung ein und desselben Mantras seine abschweifenden Gedanken zu disziplinieren versucht, trippelte er in der Toilette auf und ab.

»Ruhig bleiben, ruhig bleiben, ruhig bleiben«, brabbelte er ohne Unterlass vor sich hin.

Aber es nutzte nichts. Obwohl es hier unten im Keller empfindlich kalt war, schwitzte er am ganzen Körper. Sein Puls raste.

Zur Sicherheit noch ein paar weitere Schläge auf die Wangen. Ein letzter Blick in den Spiegel.

»Kriegsbemalung O.K. – auf in den Kampf!«, feuerte er sich selbst an.

Er stürmte aus der Toilette, riss die Tür zum Verhörraum auf.

»So, du meinst also, du bist ein Superschlauer, was?«, schrie er dem sichtlich verdutzten Künstler entgegen.

Es dauerte nur einen kurzen Augenblick, bis Michalsky

den Inhalt des Satzes verarbeitet hatte. Er lehnte sich zurück, zog die Augenbrauen empor. »Na ja, bei einem IQ von über 130 ist das schließlich auch kein Wunder, Herr Oberinspektor.« Er verschränkte die Arme vor seiner Brust, grinste breit. »Da wären Sie doch auch stolz drauf, oder etwa nicht? Übrigens sollten Sie mich bitte auch weiterhin siezen. So viel Höflichkeit muss sein, auch in Bullenkreisen.«

Der sichtlich angespannte Ermittler ließ sich von diesem Einwurf jedoch weder provozieren, noch ging er auf Michalskys Kritik ein. »Du hast vorhin gesagt, dass du dir die *10 … Millionen … Euro-Show* angeschaut hast. Also bist du offenbar ein richtiger Quizshowfan«, sagte er, während er sich gemächlich hinsetzte.

Er wartete eine mögliche Reaktion seines jungen Kontrahenten ab. Als diese sich jedoch nicht einstellte, schob er nach: »Dann pass jetzt mal gut auf. Ich werde dir gleich eine sehr interessante Frage stellen, die du mir beantworten musst. Was dir ja bei deinem hohen Intelligenzquotienten sicherlich nicht sonderlich schwerfallen dürfte. Okay?«

Der junge Künstler nickte mit geradezu gönnerhafter Miene. »Wenn ich Ihnen damit eine große Freude bereite.«

»Gut. Und da ist sie auch schon, deine Masterfrage: Wieso sind wir dir eigentlich so schnell auf die Spur gekommen?«

»Welche Spur …?«, parierte er umgehend.

Tannenberg wollte ihm keine Zeit zum Nachdenken geben. Er setzte sofort nach: »Woher konnten wir wissen, dass ausgerechnet du der Dreifachmörder bist?«

»Ja, woher soll ich denn wissen, was in euren verdammten Bullenköpfen vorgeht.«

»Es gibt nur eine einzige logische Erklärung dafür«, behauptete der Leiter der Mordkommission. »Und die lautet?«

Michalskys Gesicht hatte sich verändert. Die arroganten Züge hatten sich verflüchtigt, angespannte Nachdenklichkeit prägte nun sein Mienenspiel.

»Na, was ist denn mit dir, mein junger Freund?«, erhöhte Tannenberg den Druck. »Wenn du so schlau wärst, wie du eben noch behauptet hast, hättest du schon längst die Antwort gefunden.«

Er tippte mit seinem Finger in Richtung der sandverkrusteten Stirn des Bildhauers. »Wahrscheinlich ist ja da oben in deinem kranken Kopf die Lösung schon drin. Du willst sie uns nur nicht sagen.« Nun lehnte er sich zurück und verschränkte die Arme. »Weißt du eigentlich, dass du psychisch krank bist und dringend ärztliche Hilfe bräuchtest? Oder verdrängst du das etwa?«

Michalskys Lider zuckten, er blinzelte nervös.

Tannenberg griff nun auf Informationen zurück, die er zwischenzeitlich von Mertel erhalten hatte. »Deine Krankheit hast du von deinem Vater geerbt. Woran ist er denn eigentlich gestorben, der arme Mann?«

Schweigen. Gregor biss die Zähne so fest zusammen, dass sich das Spiel seiner Kaumuskeln als kleine rötliche Beulen auf den Wangen abzeichnete.

»Gut, wenn du nicht antworten willst, sag ich's dir eben: Er hat Selbstmord begangen. Er ist in eurem schönen Steinbruch auf einen Felsen geklettert und hat sich in den Tod gestürzt. Weil er offensichtlich keinen Ausweg mehr wusste. Und warum hat er das wohl getan?«

Gregor Michalsky schluckte hart, erwiderte jedoch nichts.

»Vielleicht, weil sein Sohn ein totaler Versager ist, der unter anderem sein Jurastudium hingeschmissen hat. Und der außer zugekifft auf armen, wehrlosen Sandsteinbrocken herumzuhämmern in seinem verkorksten Leben noch nie etwas Vernünftiges hingekriegt hat?« Er warf einen tadelnden Zeigefinger in Richtung des Künstlers. »Egal. Jetzt aber zurück zu unserer Quizfrage, die du mir leider immer noch nicht beantwortet hast.«

Tannenberg ließ einen Augenblick verstreichen, bevor er zum Finale Grande überging: »Dann werde *ich* dir eben die Lösung dieser spannenden Quizfrage verraten. Es gibt nämlich nur *eine* einzige logische Erklärung dafür, weshalb wir dir so schnell auf die Schliche gekommen sind – und die wäre?«

Er fixierte den jungen Künstler mit einem noch durchdringenderen Blick. »Es ist ganz einfach: Du wurdest beobachtet. Und zwar von einem Spaziergänger, der sich im Wald versteckt hatte, als er die beiden Autos kommen hörte. Er hat alles beobachtet – alles! Und er hat dich vor ein paar Minuten eindeutig als *den* Mann identifiziert, der draußen am Hungerbrunnen zwei Männer skrupellos mit Kopfschüssen getötet – oder vielmehr hingerichtet hat.«

»Wenn Sie das alles gewusst haben«, sagte Gregor Michalsky mit langsamen Worten, »warum haben Sie mich dann so lange gequält?«

»Erstens hast du's mehr als verdient, schließlich hast du uns andauernd provoziert. Und zweitens hat der Zeuge dich ja eben erst identifiziert.«

Der junge Künstler schlug die Hände vors Gesicht und rieb sich kopfschüttelnd Stirn und Augenpartie. Dadurch wischte er den feinen Sand in die weiß verbliebenen Regionen hinein. Die rötlichen Striemen erinnerten an eine Kriegsbemalung.

»Es ist ja eigentlich nur eine Formsache, aber ich muss es dich trotzdem fragen: Du gibst also zu, den Taxifahrer Walter Klöckner und dessen Sohn Jens erschossen zu haben?«

Michalsky nickte.

Tannenberg schob das Mikrofon noch ein paar Zentimeter zu ihm hin. »Sag's bitte. Und zwar laut und deutlich.«

Ein tiefes, leidvolles Seufzen. »Ja, ich habe die beiden erschossen.« Nun brachen alle Dämme. Gregor sackte auf seinem Stuhl nach vorne, sein Körper bebte. Er stützte den Kopf auf seinen Armen ab und weinte hemmungslos.

Unterdessen fuhr Tannenberg fort: »Und du hast den Bombenanschlag auf die beiden Stahlplastiken vor der Pfalzgalerie verübt, bei dem der Politiker Dr. Winkelmann zu Tode gekommen ist.«

Michalsky hob den Kopf. »Ja, aber das hab ich nicht gewollt.« Die Tränen hatten nasse Furchen in den roten Staub gegraben. »Das müssen Sie mir glauben.« In ein stakkatoartiges Wimmern hinein ergänzte er: »Das war totaler Zufall, das hab ich wirklich nicht gewollt. Das waren doch Zeitzünder. Da hatte ich überhaupt keinen Einfluss mehr drauf.«

»Warum hast du dir ausgerechnet das Ofenrohr und den Zahnstocher ausgesucht?«

Gregor kämpfte weiter mit den Tränen. »Weil ich diese toten, kalten Materialien hasse«, schniefte er.

»Wie bist du eigentlich in den Besitz der Telefonnummer des Ü-Wagens gekommen?«

»Was?«

»Woher hattest du die Telefonnummer, mit der du den Regisseur angerufen hast?«, erläuterte der Leiter des K 1 seine Frage.

»Ich hab zeitweise bei dieser Sicherheitsfirma gejobbt.«

»Du dünner Hansel?«

»Ich hab bei der Organisation mitgearbeitet, Rechtsfragen und so.«

»Was wolltest du denn eigentlich mit dem erpressten Geld anfangen?«

»Ein neues Leben beginnen. Irgendwo in Südamerika. Dort, wo das Leben pulsiert. Raus aus dieser unfreundlichen, kleinkarierten Scheiß-Pfalz, die kein Auge für einen begnadeten Künstler hat.«

Wolfram Tannenberg ertrug zwar vieles. Aber, dass man in seinem Beisein seine über alles geliebte Heimat beleidigte, war nun doch ein bisschen zu viel für ihn.

Er wandte sich an Sabrina und Mertel, die sich ebenso wie der Rechtsmediziner in den letzten Minuten kaum zu rühren gewagt hatten. »Leute, mir reicht's. Schafft mir diesen begnadeten Steineklopfer endlich aus den Augen. Bringt ihn bitte in Karls Büro und protokolliert sein Geständnis. Ich brauch jetzt dringend mal 'ne Pause.«

Während die beiden Kriminalbeamten Gregor Michalsky wegführten, setzte sich Dr. Schönthaler auf dessen Platz. »Mensch, Junge, war das vielleicht ein Höllenritt. Wegen gravierenden Sauerstoffmangels müsste ich jetzt eigentlich gleich zusammenbrechen. Ich hab nämlich fast die ganze Zeit über die Luft angehalten. Du hast ja gepokert, als ob du einen Royal Flash auf der Hand hättest. Dabei war's noch nicht mal ein läppisches Pärchen.«

Tannenberg warf die Stirn in Falten. »Aber wieso ist er denn so plötzlich zusammengebrochen?«

»Du alter Fuchs hast ihn eben nach allen Regeln der Kunst aufs Kreuz gelegt.« Er räusperte sich, strich sich grübelnd übers Kinn. »Na ja, vielleicht haben ja auch die Drogen ihren Teil dazu beigetragen.«

»Glaubst du?«

Dr. Schönthaler zuckte die Schultern. »Kann schon sein. Gerade Künstler sind ja bekannt dafür, dass bei ihnen auch ohne Drogeneinfluss schon ein kleiner Impuls genügt, um ihre Stimmung von der einen zur anderen Sekunde radikal ins Gegenteil umschlagen zu lassen. Und wenn diese labilen Gestalten dann auch noch Drogen genommen haben ... Im Unterschied zu dir sind Künstler nämlich von Natur aus recht sensible Menschen.«

Plötzlich erschien Mertel im Türrahmen. »Wolf, die Zentrale hat sich gerade bei mir gemeldet. Du sollst sofort zu Eberle ins Präsidium kommen.«

»Hast du ihnen etwa gesagt, dass ich hier bin?«

»Nein«, erwiderte er gedehnt. »Ich hab doch nicht die geringste Ahnung, wo du stecken könntest. Aber an deiner Stelle würde ich doch besser bald mal dort aufkreuzen.«

»Hatte ich sowieso vor, Karl.«

Wolfram Tannenberg hatte Kriminaldirektor Eberles Büro noch nicht einmal vollständig betreten, schon kam Dr. Hollerbach mit rudernden Armen auf ihn zugestürzt.

»Wo haben Sie denn bloß gesteckt?«

Alle Köpfe schossen herum, die Gespräche erstickten.

»Wieso? Wollen Sie etwa auch ein Autogramm von mir haben, Herr Oberstaatsanwalt?«

»Wo waren Sie?«, knurrte er.

»Das wissen Sie doch: Ich war in unserem schönen Pfälzer Wald spazieren. Das beruhigt die Nerven. Würde einem Choleriker wie Ihnen auch mal gut tun.«

Empört schnappte er nach Luft. »Hier ist die Hölle los«, blökte er. Dabei wies er auf einen grauköpfigen, düster dreinblickenden Herrn, der neben dem LKA-Einsatzleiter stand. »Sogar der Herr Generalstaatsanwalt ist eigens aus Zweibrücken angereist. Und Sie sind nicht erreichbar.«

»Ja, was gibt's denn so Dringendes?«, spielte er den Unwissenden.

»Hören Sie endlich auf, so blöd zu grinsen!«

»Tut mir leid, Herr Oberstaatsanwalt. Aber ich kann nichts dagegen tun. Ich hab's wirklich versucht. Aber es geht einfach nicht mehr weg.«

»Sind Sie etwa schon wieder betrunken?«

»Betrunken?«, gab er mit angespitztem Mund zurück. Unmittelbar nach diesem Wort schnellten die Mundwinkel erneut nach außen. »Nee«, gab er breit grinsend zurück.

Dr. Hollerbachs Gesicht begann sich vom Hals her zu röten.

»Das wird ernste Konsequenzen für Sie haben, Herr Hauptkommissar«, schrie er mit sich überschlagender Stimme. »Sehr ernste sogar. Das verspreche ich Ihnen.« Währenddessen blickte er hinüber zum Generalstaatsanwalt, der zustimmend nickte.

Der Appell fruchtete nicht und die Drohung fruchtete auch nicht. Und dies alles nur aus einem einzigen Grund: Bei Tannenbergs grotesker Gesichtsakrobatik handelte es sich nämlich nicht etwa um irgendeine besorgniserregende Zwangshandlung. Nein, es war reines Kalkül.

Auf seiner kurzen Wanderung vom Pfaffplatz hierher ins Polizeipräsidium in der Logenstraße hatte er dieses absonderliche Mienenspiel regelrecht trainiert. Er hatte sogar getestet, wie lange er es ohne Unterbrechung durchhalten könnte. Mit dem erzielten Ergebnis war er mehr als zufrieden. Ganz im Gegensatz zu einigen Passanten, die sehr unfreundlich auf seine Grimassen reagierten.

»Was soll denn dieser alberne Blödsinn?«, stieß nun auch der ranghohe LKA-Beamte in dasselbe Horn wie Dr. Hollerbach.

Kriminaldirektor Eberle dagegen schwieg weiter betreten vor sich hin. Er blickte hinab zu seinen Schuhen, wiegte monoton den Kopf hin und her. Er wäre anscheinend am liebsten vor Scham im Erdboden versunken.

»Wo bleibt denn Ihr Berufsethos, Mann?«, legte der adrett gestylte Einsatzleiter nach. Auch er schäumte innerlich vor Wut. »Hier in Ihrer Stadt wurden drei Menschen brutal ermordet und Sie grinsen wie ein Vollidiot!«

Tannenberg wollte die Situation nicht weiter eskalieren lassen, das Spiel mit seinen Busenfreunden nicht übertreiben. Zumal ihm das deprimierende Bild seines Vorgesetzten einen Stich ins Herz versetzte. Im Gegensatz zu den anderen beiden mochte er Eberle nämlich sehr. Noch nie hatte er bislang mit ihm ernsthafte Probleme gehabt.

Ohne seine Mimik zunächst zu verändern, zog er hinter seinem Rücken einen Packen zusammengehefteter Blätter aus dem Hosenbund. Er wedelte damit vor Dr. Hollerbach herum.

»Was ist das? Ihre Kündigung«, giftete der Oberstaatsanwalt mit puterrotem Kopf.

Wolfram Tannenbergs Gesichtszüge normalisierten sich. »Nein. Das hier ist das Geständnis des Täters – in fünffacher Ausfertigung. Eigenhändig von ihm unterschrieben.« Er ging zu Eberle und drückte ihm eine Kopie in dessen schlaffe Hand. Danach versorgte er die anderen Männer mit einem Geständnisprotokoll.

Für ein paar Sekunden kehrte absolute Ruhe ein.

»Unglaublich, Tannenberg«, sagte der Kriminaldirektor, nachdem er den Text überflogen hatte.

Dr. Hollerbach schwenkte nach der Lektüre des Geständnisses sofort um und pflichtete Eberle bei: »Unglaubliche Leistung, Herr Hauptkommissar«, wiederholte er seine Worte. »Wir sind stolz auf Sie. Sie sind wirklich der Held von Kaiserslautern.«

Der Leiter des K 1 konnte sich nun doch eines erneuten, allerdings ausgesprochen triumphalen Grinsens nicht mehr erwehren. Diesmal blieb er jedoch von bissigen Kommentaren gänzlich verschont.

Während sich die anderen hohen Beamten angeregt zu unterhalten begannen, zog ihn der Oberstaatsanwalt ein wenig beiseite.

»Ich habe noch eine weitere tolle Nachricht für Sie«, verkündete er strahlend. Hinter vorgehaltener Hand sprach er im Flüsterton weiter: »Stellen Sie sich vor, Tannenberg: Heute Nachmittag wurden die Kois entdeckt. In einem Fischweiher im Karlstal, von einem Spaziergänger.«

»Schon wieder ein Spaziergänger«, nuschelte Tannenberg schmunzelnd.

»Bitte?«

Er machte eine flüchtige Handbewegung. »Ach, nichts weiter.«

»Freut es Sie denn gar nicht, dass wir endlich die Kois wiederhaben?«

»Doch, natürlich, Herr Oberstaatsanwalt. Gott sei Dank. Ich bin ja so unglaublich erleichtert darüber.« Er legte nun ebenfalls seine Hand vor den Mund, näherte sich Dr. Hollerbachs Ohr und sagte:

»Unter uns: Ich hab in den letzten 24 Stunden an nichts anderes gedacht.«

ENDE

Weitere Krimis finden Sie auf den folgenden Seiten und im Internet: www.gmeiner-verlag.de

Bernd Franzinger
Wolfsfalle

325 Seiten, 11 x 18 cm, Paperback.
ISBN 3-89977-650-X. € 9,90.

In der Asche eines Krematoriums wird ein Platinring gefunden. Er trägt die Gravur »In ewiger Liebe, deine Leonie«. Eine Frau gleichen Namens meldet bei der Polizei ihren Freund als vermisst. Am Abend dieses schicksalhaften Hochsommertages erhält Wolfram Tannenberg eine SMS, in der ihm Leonie mitteilt, dass sie ihn dringend sprechen müsse. Der Kriminalbeamte rast sofort zum Studentenwohnheim. Ein Albtraum beginnt: Als er nach tiefer Bewusstlosigkeit im Appartement der Studentin erwacht, ist Leonie tot – brutal ermordet. Die Indizien sprechen eine eindeutige Sprache: Tannenberg muss der Täter sein. Völlig verzweifelt entschließt er sich zur Flucht. Von der Polizei per internationalem Haftbefehl gesucht, von Profikillern gejagt …

Bernd Franzinger
Pilzsaison

441 Seiten.11 x 18 cm. Paperback.
ISBN 3-89977-606-2. € 9,90.

Wolfram Tannenberg, frischgebackener Leiter der Kaiserslauterer Mordkommission, wird in seinem ersten Fall gleich mit einem mysteriösen Verbrechen konfrontiert: Im südlichen Teil des Stadtwaldes liegt auf einem Sandsteinfelsen eine weibliche Leiche, in deren aufgeschlitzter Kehle mehrere Pfifferlinge stecken. Die Kriminalbeamten tappen völlig im Dunkeln. Bereits wenige Tage später finden Spaziergänger eine weitere Frauenleiche. Tannenbergs Gegner ist ein geschickter Stratege, ein leidenschaftlicher Spieler, der immer eine Überraschung für seine Häscher bereithält.

Bernd Franzinger
Dinotod

324 Seiten. 11 x 18 cm. Paperback.
ISBN 3-89977-630-5. € 9,90.

Auf dem Gelände der größten Dinosaurier-Ausstellung Europas entdecken Kinder einen von den stacheligen Rückenplatten eines Stegosaurus aufgespießten weiblichen Leichnam. Es handelt sich bei der Toten um die Frauenbeauftragte des nahegelegenen Bildungszentrums. Bereits ein paar Tage später treibt der leblose Körper einer engagierten Kulturjournalistin nur wenige Meter von der Urtier-Nachbildung entfernt in einem kleinen See.
Zwei zentrale Fragen drängen sich den Ermittlern auf: Was verbindet diese beiden Frauen miteinander? Warum hat der Täter ausgerechnet diesen Ort ausgewählt?

Bernd Franzinger
Ohnmacht

377 Seiten. 11 x 18 cm. Paperback.
ISBN 3-89977-619-4. € 9,90.

Von einem Eisenbahntunnel herunter wird ein betäubter Mann auf die Gleise geworfen und kurz danach von einem Intercity überrollt. Exakt 48 Stunden später wiederholt sich dieses makabere Szenario. Aber das ist nicht das Einzige, was die Toten miteinander verbindet: beide waren nackt, ihre Hinterteile zierte die gleiche auffällige Tätowierung. Da die Mordopfer ansonsten keinerlei Identifikationsmerkmale aufweisen, gestaltet sich die Ermittlungsarbeit zunächst äußerst schwierig.
In Wolfram Tannenbergs privatem Umfeld ereignen sich derweil erfreuliche Dinge: Nichte Marieke hat ihren Traummann gefunden. Umso größer ist der Schock, als sie erfährt, dass ihr Freund nach einem Motorradunfall in eine Privatklinik eingeliefert werden musste.

KRIMI IM GMEINER-VERLAG

Bernd Franzinger
Goldrausch

376 Seiten. 11 x 18 cm. Paperback.
ISBN 3-89977-609-7. € 9,90.

Brand in einer renommierten Softwarefirma! Bei der Brandnachschau finden Feuerwehrleute einen stark verkohlten Leichnam. Hauptkommissar Tannenberg nimmt nur widerwillig die Ermittlungen auf, denn sie führen in eine Welt, in der er sich ganz und gar nicht zu Hause fühlt. Während er sich, genervt von einem cleveren Anwalt und mit privaten Problemen überhäuft, mit der frustrierenden kriminalistischen Alltagsarbeit herumplagt, werden seine Kollegen vom Virus der Geldgier infiziert.

Erwin Kohl
Grabtanz

277 Seiten, 11 x 18 cm, Paperback.
ISBN 3-89977-691-7. € 9,90.

Ein Spaziergänger macht kurz nach Mitternacht eine seltsame Entdeckung: Er beobachtet eine Frau, die in einem roten Kleid auf einem Grab tanzt. Einige Tage später werden ähnliche Ereignisse vermeldet. Es stellt sich heraus, dass alle Toten Opfer eines perfiden Verbrechens waren. Obwohl es sehr genaue Beschreibungen der ›Tänzerin im roten Kleid‹ gibt, scheinen Kommissar Joshua Trempe und sein Team von der Mordkommission Krefeld ein Phantom zu jagen. Hilflos müssen die Ermittler sich fragen, wann und wo sie wieder zuschlägt …

Alle Gmeiner-Autoren und ihre Krimis auf einen Blick

Anthologien: Grenzfälle (2005) • Spekulatius • Streifschüsse (2003)
Artmeier, H.: Feuerross (2006) • Katzenhöhle (2005) Schlangentanz • Drachenfrau (2004)
Baecker, H.-P.: Rachegelüste (2005)
Beck, S.: Einzelkämpfer (2005) • Duftspur (2006)
Bomm, M.: Beweislast (2007) • Schusslinie (2006) • Mordloch • Trugschluss (2005) • Irrflug • Himmelsfelsen (2004)
Bosch van den, J.: Wassertod • Wintertod (2005)
Buttler, M.: Dunkelzeit (2006) • Abendfrieden (2005) • Herzraub (2004)
Danz, E.: Steilufer (2007) • Osterfeuer (2006)
Detering, M.: Herzfrauen (2007)
Dünschede, S.: Deichgrab (2006)
Emme, P.: Killerspiele (2007) • Würstelmassaker • Heurigenpassion (2006) • Schnitzelfarce • Pastetenlust (2005)
Enderle, M.: Nachtwanderer (2006)
Erfmeyer, K.: Karrieresprung (2006)
Franzinger, B.: Bombenstimmung (2006) • Wolfsfalle • Dinotod (2005) • Ohnmacht (2004) • Goldrausch (2004) • Pilzsaison (2003)
Gardener, E.: Lebenshunger (2005)
Gokeler, S.: Supergau (2003)
Graf, E.: Elefantengold (2006) • Löwenriss • Nashornfieber (2005)
Gude, E.: Mosquito (2007)
Haug, G.: Gössenjagd (2004) • Hüttenzauber (2003) • Finale (2002) • Tauberschwarz Riffhaie Tiefenrausch (2002) • Höllenfahrt (2001) • Sturmwarnung (2000)
Heim, Uta-Maria: Totschweigen (2007) • Dreckskind (2006)
Heinzlmeier, A.: Bankrott (2006) • Todessturz (2005)
Karnani, F.: Turnaround (2007) • Takeover (2006)
Keiser, G.: Apollofalter (2006)
Keiser G./Polifka W.: Puppenjäger (2006)
Klewe, S.: Wintermärchen (2006) • Kinderspiel (2005) • Schattenriss (2004)
Klingler, E.: Königsdrama (2006)
Klugmann, N.: Wehmutter (2007) • Kabinettstück (2006) • Schlüsselgewalt (2004) • Rebenblut (2003)
Kohl, E.: Flatline (2007) • Grabtanz • Zugzwang (2006)
Köhler, M.: Schreckensgletscher (2006)
Koppitz, R. C.: Machtrausch (2005)
Kramer, V.: Todesgeheimnis (2006) • Rachesommer (2005)
Kronenberg, S.: Kultopfer (2006) • Flammenpferd • Pferdemörder (2005)
Lebek, H.: Schattensieger • Karteileichen (2006) • Todesschläger (2005)
Leix, B.: Hackschnitzel (2006) • Zuckerblut • Bucheckern (2005)
Mainka, M.: Satanszeichen (2005)
Matt, G. / Nimmerrichter, K.: Schmerzgrenze (2004) • Maiblut (2003)
Misko, M.: Winzertochter • Kindsblut (2005)
Puhlfürst, C.: Mordssachsen • Rachegöttin (2007) • Dunkelhaft (2006) • Eiseskälte • Leichenstarre (2005)
Senf, J.: Mitwisser (2007)
Seyerle, G.: Schweinekrieg (2007)
Schmitz, I. G.: Sündenfälle (2006)
Schmöe, F.: Schockstarre (2007) • Käfersterben • Fratzenmond (2006) Kirchweihmord • Maskenspiel (2005)
Schröder, A.: Mordsgier (2006) • Mordswut (2005) • Mordsliebe (2004)
Schuker, K.: Brudernacht (2007) • Wasserpilz (2006)
Schwab, E.: Angstfalle (2006) • Großeinsatz (2005)
Schwarz, M.: Zwiespalt (2007) • Maienfrost • Dämonenspiel (2005) • Grabeskälte (2004)
Steinhauer, F.: Narrenspiel (2007) • Seelenqual • Racheakt (2006)
Thadewaldt A./Bauer C.: Kreuzkönig (2006)
Valdorf, L.: Großstadtsumpf (2006)
Wark, P.: Epizentrum (2006) • Ballonglühen (2003) • Machenschaften (2002) • Albtraum (2001)
Wilkenloh, W.: Feuermal (2006) • Hätschelkind (2005)

KRIMI IM GMEINER-VERLAG